研究叢書49

# 現代中国文化の光芒

中央大学人文科学研究所 編

中央大学出版部

# まえがき

本書は、中央大学人文科学研究所の研究会チーム「多様化する現代中国文化」第二期（二〇〇五―二〇〇九）の研究成果である。第一期（一九九九―二〇〇四）の終了時に刊行した『現代中国文化の軌跡』から、五年の歳月が流れた。この間に現代中国の文化状況は、文字通りの「多様化」がますます進んだように思う。ただし、それはストレートに豊かな収穫を意味するものではない。文学・芸術の商品化傾向が強まり、情報が氾濫して、中国文化はまさに混沌とした様相を呈している。その中から真の輝きを放つ精華を見つけ出したいという思いを込めて、本書のタイトルを「現代中国文化の光芒」とした。本質を見極めるまでの道のりは険しく、幾多の「興亡」（もしくは「攻防」）もあろう。五年間の研究会チームの活動記録が、それを物語る。

第二期は第一期に比べて、チーム外から報告者を招いての公開講演会、公開研究会が多かった。振り返ってみると、以下のごとくである。

二〇〇五年　六月　陸倹明氏（北京大学教授）「漢語文法研究の発展方向」
二〇〇五年　七月　尾崎文昭氏（東京大学東洋文化研究所教授）「新聞の発行形態から見た九〇年代中国の文化変容」
二〇〇六年一二月　金良守氏（韓国東国大学校助教授）「日本植民地時代の韓国と台湾における魯迅の受容」
二〇〇七年一〇月　陸偉栄氏（本学文学部非常勤講師）「近代中国出版文化における日本美術の受容」
二〇〇八年　四月　劉平氏（中国社会科学院文学研究所教授）「中国演劇創作と舞台上演の現状」

二〇〇八年一二月　秋山珠子氏（本学文学部非常勤講師）「中国ドキュメンタリー映画の現状」
二〇〇九年一一月　趙京華氏（中国社会科学院文学研究所教授）「小林多喜二の『蟹工船』と中日両国の一九三〇年代プロレタリア文学」

チームメンバーだけではカバーしきれない広汎な分野に目を向けたと考えれば、これらは有意義な活動だった。しかし、正直に言えば、オリジナルメンバーのパワーが落ちていたという側面もある。それでも、結果的には五年前の叢書を上回る一二篇の論考を集めることができた。その内容は、文字、文法、方言、詩、小説、茶文化、俗信、演劇、音楽、写真など、多方面に及んでいる。二〇〇六年度に新設された、本学大学院文学研究科中国言語文化専攻の出身者および在学生が、それぞれ客員研究員、準研究員という形で参加していることも喜ばしい。執筆者を代表して、大方の叱正を請う次第である。
なお、各専門領域によって論述スタイルに慣例の違いがあるため、若干体裁の不統一が見られるかと思うが、その点はどうか寛恕願いたい。

二〇〇九年一二月

研究会チーム「多様化する現代中国文化」
責任者　飯塚　容

# 目次

目　次

# 現代中国文化の光芒

# ゲルブの文字学と漢字
## ——言語にとって理想の文字とは何か——

讃井唯允

### 一　はじめに

アメリカの構造主義言語学者ブルームフィールドは、今では古典的な言語学入門書『言語』で文字について次のように述べている。

文字は言語ではないが、文字は言語を目に見える符号によって記録する方法である、ただそれだけのことにすぎない。（中略）書かれた符号を実際に話された言葉に解釈する際には、しばしば失敗するので、よほど深い注意を払わなければならない。したがって、我々はどちらかというと耳に聞こえる語を研究対象にするほうがよい。(1)

つまり、言語研究においては文字言語を研究対象にするよりも、音声言語を対象にしたほうがよい、と読者に勧告している。(2) ブルームフィールドにかぎらず、欧米のどんな言語学概説書でも、文字のことに一応触れてはいるものの、文字の本質とか、文字の言語的機能などについて本格的にとりくんでいるものはない。

しかし、欧米にも文字研究に関する専著がないわけではない。アメリカの著名なアッシリア学者ゲルブ(3)（一九〇七－一九八五年）は、文字に関する学問領域あるべしと考えて、「文字学」を意味するgrammatologyという用語を造語し、一九五二年に『文字の研究（A Study of Writing）』を著した。本稿はゲルブが文字の本質をどのように考えているかを紹介し、その文字観の妥当性を検討し、かつ漢字やその他の文字に対する彼の評価の当否について述べ、更に言語にとって理想の文字とはどのような条件を満たしていればよいかについて論じるものである。

## 二　ゲルブの文字観

文字言語はブルームフィールドが言うように、確かに音声言語の上になりたつものであって、その逆ではない。その意味では、文字言語は第二義的な言語にすぎない。しかし、文字言語を人類の文化史的意義から見れば、それは第一義的な音声言語にくらべて優るとも劣らない、というよりも遙かに大きな意義を担っている、と言えよう。音声言語は人間の自然の所産であるのに対し、文字言語は文化の所産だからである。

中国では最古の文字研究書である許慎『説文解字』（紀元一〇〇年成立）以来、言語研究と言えばすなわち文字学のことであり、その研究書はまさに汗牛充棟のありさまで、説文学を究めるのさえ容易ではない。ただし、中国の伝統的な文字学は一種の文字研究ではあるが、それは言語にとって文字の何たるかを問うものではなく、単に漢字を所与の研究対象とし、その属性たる「形・音・義」を議論するだけの学問であって、中国以外の世界に存在する多くのさまざまな文字体系が研究の視界の中には入って来ることはなかった。

ゲルブは上掲書で古代オリエント、古代ギリシャにおける文字の発生および発展を中心として、中国の文字を含む全世界の諸文字を記述的かつ歴史的に概観し、それらの文字の価値を評価し、言語にとってあるべき将来の文字の見通しまで述べている。

ゲルブは同書第一〇章「文字の未来（FUTURE OF WRITING）」において、「全世界共通の新しい文字を公式に提案するつもりはない」とことわりながらも、未来の理想の文字の姿を描くとすれば次のような文字であろうと述べている。

我々が探し求めるべきものは、IPA（国際音標文字）の音声表示の精確さと速記文字の字形の簡便さとを結合させた文字体系である。（上掲書（修訂版）、二四六頁）

文字が対応する言語形式（＝言語的意味をもつ音声連鎖）を表示するのは当然のことであるが（この条件が満たされなければ、それは文字ではなく文字以前の段階の符号にすぎない）、それだけではなく音声をできるだけ精確に一対一の関係で再現するのが文字の理想なのだと、ごくナイーブに考えているように見える。あまりにも単純すぎると言えるような文字観ではあるが、これはゲルブがメソポタミア楔形文字（スメル文字、アッカド文字など）、エジプト聖刻文字、北西セム文字（ウガリト文字、フェニキア文字、ヘブライ文字など）、あるいは古代ギリシャ文字などに対し長い年月をかけて心血を注いだ研究から生まれた一つの信念であって、浅学非才の者がおろそかに扱うのは憚られるであろう。

わが国の文字論の開拓者であり、かつ数多くの優れた文字論の論考を著している言語学者河野六郎博士[4]は、実はゲルブの文字観に対して、「ゲルブのように著名な学者ですら、文字と音声記号の区別において誤りを犯している[5]」と不満をもらしている。同博士は、「表語文字であれ表音文字であれ、文字の根本的な言語的機能は究極的には表語ということにあるらしい」[6]と考えている。そして、次のような興味深い文字論を展開している。

この様に文字はすべて表語を目的とするものである。同じく表語を目的としながら、或る文字は表語文字であり、又或る文字は表音文字であるというのは表語の仕方が違うからである。表音文字は語を表示するのにその語の構成要素である単音或いは音節を示すのに対して、表語文字は語全体を示す。表音文字は語形を分析的に表すが、表語文字は語を綜合的に表す。更にいえば、この両種の文字はその表示するものにレヴェルの相違がある。表語文字は直接語を表示し、その表示は形態論的単位に向けられるのに対し、表音文字ではその表示はこれより一段下位の語構成要素たる音素或いは音素結合に向けられ、いわば音素論のレヴェルにある。この二つのレヴェルに応じて一般に二つの単位を設定することが出来る。一つは形態論のレヴェルに応ずるもので、之を仮に字（graph）と呼ぶとすれば、もう一つは音素論のレヴェルに応ずるものとして之を仮に字素（grapheme）と呼ぼう。とすると、所謂表語文字の単位は字（graph）であり、所謂表音文字の単位は字素である。そして、表音文字で字（graph）はその要素である字素結合、即ち spelling に相当する。又、一方表語文字では字素は例えば偏と旁が之に当たる。勿論、偏旁の結合は表音文字の字素結合とは原理を異にする。[7]

この河野博士の文字に対する深い洞察は、筆者の推測にすぎないが、博士の最も造詣が深い分野である朝鮮語学から閃くものがあったのかもしれない。ちなみに、筆者はかつて博士の朝鮮漢字音の講義をうけたことはあるが、文字論について高説をうかがった記憶がないので、単なる推測にすぎない。さて、朝鮮語の文字ハングルは、朝鮮語表記のために考案された音素文字なので朝鮮語の音声を忠実に表記できる。にもかかわらず、朝鮮語の正書法では発音通りには表記しないことになっている。たとえば、「読む」という意味の動詞を発音通りに表記すれば、익따［ik-ʔta］となるが、正書法では읽다 ilk-ta と綴ることになっている。「読ませる」という意味の

動詞を発音通りに表記すれば、일키다［il-khi-da］となるが、正書法では읽히다 ilk-hi-ta と綴ることになっている。もしも、発音通りに表記するとすれば、これはゲルブの文字の理想を実現したに等しい。しかし、韓国、朝鮮の正書法では「理想の文字表記」を選択してはいない。その理由は、「読む」、「読ませる」この二つの動詞の共通の語幹を形態論的に表記すれば、読者に瞬間的に動詞の意味を連想させる力をもたせることができるからである。朝鮮語を母語とする者にとっては、単語の意味を連想できるということは、同時に単語の発音もわかるということを意味する。逆に、もしも発音通りに綴るとすると、読者はまず視覚によって文字情報を入力し、頭の中でそれを音声に変換し、音声情報を更に語の意味に変換するという頭脳労働をしなければならない。ゲルブの言う理想の文字表記では、読者は朝鮮語の場合おそらく頭痛をおこすか、すくなくとも精神的にいらいらさせられることになるであろう。

## 三　ゲルブの言語類型論と文字進化論

ゲルブはその著書の中で言語の類型についてほとんど論じていないが、言語は「孤立語→膠着語→屈折語→孤立語→……」のように円、もしくは螺旋状に変化すると述べている部分がある（上掲書、二〇二頁）。文字の発生および歴史的発展に対するゲルブの見方は、ドイツで完成したと言われる言語類型論からの影響を見てとることができよう。印欧語族の比較文法を大成し、一九世紀言語学に大きな影響を残したドイツの言語学者アウグスト・シュライヒャー（一八二一－一八六八年）の言語類型論を今様の用語で説明すれば、「形態論の発達している言語ほど完全に近く、語と語の関係が言語的に（すなわちオトによって）明示されず、解釈が状況に依存しているばあいは、言語として完全ではない」(8)と考える類型論である。ここで言う「完全な言語」とは具体的には典型的な屈折語であるサンスクリットあるいはギリシャ語のことであり、「不完全な言語」とは典型的な孤立語である中国語（＝漢語）のことを指して言っている。このような言語類型論のドイツ語文化圏における影響の大きさは、フリッツ・マウトナー（一八四九－一九二三年）が「シナ語は我々（ドイツ人）の二歳児のことば同様に孤立的である」と言っていることからも容易に見てとれるように、ドイツ語文化圏の人々はたっぷりと偏見に毒されているように見える。(9) シュライヒャーは生物学における進化論を、迷うことなく言語の類型論的発達と結びつけた。しかし、事実としては、ゲルマン語ですらゴート語あたりまではほぼ完全に屈折語と言い得ても現代英語の段階になると、屈折語尾はほとんど消滅して、ますます孤立語的性格を深めている。中国語の勉強を始めてみると、漢字とアルファベットという正反対の文字の違いにもかかわらず、敏感な学生ならば中国語と英語の共通の言語的性格をすぐに容易に察知する。このような歴史的事実に対して、シュライヒャーは言語には「発展の歴史」ばかりではなく、発展を極めた後の「没落の歴史」があるのだと考える。ゲルブの類型論的発展史観は、シュライヒャーの考えに対応しているように思われる。

ゲルブは文字の発生もしくは起源については、世界各地でさまざまな文字以前の段階の判じ絵や符号が作られたが、その符号がどのように絵図に近いものであったにしろ、それを言語形式と対応するように用いたのは、つまり完全に文字として用いたのはメソポタミアのスメル人であるという。その段階の視覚記号に対して、ゲルブはphonographyという用語を造語した。この用語は言語形式（＝意味をもつ音声連鎖）を表現する視覚記号としての文字体系という意味で、文字以前の未熟な段階と区別したのである。その意味で、最初に文字を発明した民族がスメル人だという点については、考古学的には異論がないであろう。それは、文字資料が粘土板であるがゆえに、数千年の風雪に朽ちはてることが無かったという幸運がもたらした栄誉であって、もしかしたら中国人が、あるいは他の民族が最初だったかもしれないという可能性はなお残されていると言えよう。

ゲルブによれば、文字の変遷には「単一方向発展の原理（the principle of unidirectional development）」がある。つまり、文字は原始的段階から完成の段階へと変化するのであって、その逆の方向に変化することはないというのである。文字の変遷は、言語類型論的に孤立語から膠着語へ、膠着語から最高に完成した段階である屈折語に至る変遷と並行する進化の現象であると考える。ゲルブの上掲書第六章「文字の進化（EVOLUTION OF WRITING）」によれば、文字の発展段階は大きく分けると次のように三つの段階になる。

〔1〕最初の段階はゲルブが「表語・音節文字（Word-Syllabic）」と名づける文字である。一つの視覚記号で一つの単語を表示すると表語文字、一音節の表語文字がもっている意味を捨象して表音文字として使用すると音節文字となる。この段階の文字は、そのような二種の文字からなる文字体系を意味する。ゲルブによれば、スメル古拙文字、スメル楔形文字、エジプト聖刻文字、ヒッタイト象形文字、漢字などが、この段階の文字に含まれる。

〔2〕次の段階は「音節文字（Syllabic）」と名づける文字である。この段階の文字は一つの記号が音声面では一音節を表示し、しかも特別の言語的意味を示さない文字体系を意味する。北西セム文字（ウガリト文字、ヘブライ文字、フェニキア文字）、日本語の仮名文字などが、この段階の文字に含まれる。後で検討するように、北西セム文字と仮名文字を同じレベルの音節文字として分類するのが妥当か否かについては、大いに疑問がある。

〔3〕最後の完成された段階は「単音文字（Alphabetic）」と名づけている。一つの記号で子音や母音などを一対一で示す文字体系を意味する。典型的なものは、ギリシャ文字、ラテン文字（＝ローマ字）などの所謂「アルファベット」がこの段階の文字に含まれる。

英語で通常「アルファベット」と称しているものの中には次のようなものが含まれている。エジプト聖刻文字の中には一つの限定符と一つまたは幾つかの音符によって構成される表語文字、つまり漢字の「六書」の中の意符と声符からなる形声文字によく似た構成の表語文字がある。エジプト聖刻文字では、一つの音符が一つ、または二つないし三つの子音を示す場合があるが、この音符はいずれも子音に後続する母音が想定される場合と想定されない場合があるけれども、母音が想定される場合どの母音であるかは特定されないという性質をもつ子音符号である。このような子音符号の使い方は「頭音書法（acrophony）」と称されるが、この子音符号それ自体は英語では「エジプト・アルファベット（Egyptian alphabet）」と呼ばれることがある。北西セム語の文字には、エジプト聖刻文字のような限定符がなく、いずれも一つの符号が特定の一つの子音を示し、後続する母音が想定される場合と想定されない場合がある。この種の北西セム語の子音符号も、英語では通常はアルファベットと呼ばれている。しかし、ゲルブはこれらは断じてアルファベットではなく、音節文字であると主張する。その理由は、ゲルブが文字の歴史における至上の価値をギリシャ文字に置いているからである。

アルファベットとは単音を表す記号体系であると定義するならば、正当にそう呼びうる最初のアルファベットはギリシャ文字である。（ゲルブ、上掲書（修訂版）、一六六頁）

子音および母音の記号によって、文字が言語の単音を表す完成されたギリシャ文字へと発展したことは、文字の歴史における最後の重要なステップである。古代ギリシャから現代に至るまで、文字の本質的な新しい発展は何もない。我々は一般的に言って、古代ギリシャ人と同じやり方で子音文字と母音文字を書いているのである。（同書、一八四頁）

ゲルブはこのように主張しているが、実際のところは、古代ギリシャ人は北西セム文字（フェニキア文字）をそっくりそのまますべて借用したにすぎない。フェニキア文字は、通常の言い方をすれば、すべて子音文字なので、ギリシャ語表記には不必要な幾つかの子音字をギリシャ語の母音を表記するために転用しただけのことである。

セム語では特定の母音を明示的に表記しないで子音だけを表記するフェニキアの文字体系を、ギリシャ人は母音を明示的に表記する文字体系に変更して使用するようになった。何故であろうか。セム語とギリシャ語はシュライヒャーの言語類型論では、どちらも屈折語に分類されるのであるが、この二つの言語の言語的特性は後述するようにかなり異なる。セム語とギリシャ語の表記の違いは、この言語的特性から生じたものであって、それをゲルブのように重大な革命的な文字発展のステップ、あるいは進化論的至上段階に解釈するのは、自分の都合のよいようにアルファベットを定義し、無理やり進化論の理論的化粧をほどこした牽強付会の説のようにも見える。

さて、中国の文字はゲルブによれば依然として原始的段階つまり「表語・音節文字」の段階で足踏みしていることになる。ゲルブはこの点について、次のように述べている。

しかし、人間は常に進歩よりも、習慣のほうにより愛着を感じるものである。その結果として、ある地域では文字がこのような段階（＝アルファベットの段階）にまで発達することはまれである。（中略）中国が表語文字を信じがたいほど高度に発達させているのはよく知られている。中国は東半球において地理的な辺境に位置していたおかげで、近東地域ほどには外国勢力による侵略の影響を蒙らなかった。そのような理由で、漢字は外国の影響によって進化させられることなく、数千年の時を経過してきたのである。その結果、漢字はごく少数の官僚の必要性に関しては完全に適合しているものの、人口の九割を占める人々にとっては全く理解できないタイプの文字のままになっている

のである。（上掲書（修訂版）、二〇二–二〇三頁）

ゲルブの叙述は歴史的事実に反する。中国はむしろ頻繁に「異民族」の征服王朝が全土を支配したにもかかわらず、「異民族」が漢民族の言語文化に征服され、自らの言語を忘れてしまい漢民族に同化する歴史を繰り返してきたのであって、他民族からの侵略を蒙らなかったわけではない。ゲルブの書が中華人民共和国建国初期に書かれたという時代的制約には一定の配慮がなされなければならないと思われるが、ゲルブの漢字の現状に対する判断は、当時の国際社会における中国の政治的、文化的、経済的状況など言語外の事柄によって歪められており、「文字学」という学問の名にふさわしい見解とは思われない。

## 四　中国語の言語的特性とフンボルトの中国語観

ヴィルヘルム・フォン・フンボルト（一七六七–一八三五年）は二〇歳のときにフランクフルト大学で法律学を学び、プロイセンの政治家として活躍し、五二歳で内務大臣に就任を最後に、まもなく退職した。それ以後、六八歳で逝去するまでほぼ一五年間言語の研究に没頭した言語学者であり、また思想家としても世に知られる。一八二〇年六月、フンボルトが五三歳のときベルリン・アカデミーで行った講演「言語展開の異なった時期に関連した言語の比較研究について」において、彼の基本的な言語観が示されているように見える。

言語には完成された構造組織が備わっているものであって、その有機構造、その確立された形態は変化することがない。そしてこういう既存の限界の中で、一層細かな仕上げがなされ得るのである。(10)

フンボルトは言語が生物と同じような有機体であることを繰り返し力説するが、その観点がフンボルトの次の世代の比較言語学者シュライヒャーのように短絡的に生物進化論に結びつけられることはなかった。この講演によって、フンボルトはむしろ自分と同時代の常識的な考え方に真っ向から挑戦しているように見える。どんな言語でも、最初はごく少数の語彙とその原始的な結合から始まり、語彙数が徐々に増加し、語と語の連結方法が進歩し、言語構造が進化していくというのが、当時の常識的な考え方だったからである。この講演において、フンボルトは言語の研究や比較をしようとするとき、先ず当該言語の徹底的な考察が必要なことを強調している。その言語に対する十分な知識がないにもかかわらず、安易に他の言語と比較したりするような研究態度に警告を発しているのである。

その後、フンボルトは、フランスの中国学者アベル＝レミュザ（一七八八－一八三二年）との往復書簡を契機として自分なりに中国語を徹底的に研究することによって、言語学者としての良心を示そうとした。(11) アベル＝レミュザは、フランス、更にはヨーロッパにおける中国学の創立者として名高い。中国語の文語と口語の両方に熟達している中国学の学者である。フンボルトがアベル＝レミュザと接触するきっかけができたのは、フンボルトの一八二二年のベルリン・アカデミー講演「文法形式の成立と、観念の発達に対するその影響」に対して、アベル＝レミュザが『アジア学報 Journal Asiatique』誌上にその書評を公開してからのことである。中国語は屈折語にくらべて劣ると考えているフンボルトに対して、中国学者アベル＝レミュザはしっかりと中国語を擁護して、中国語はギリシャ語と同じほどの明確さをもって、プラトン学派の教義やブラーマンの形而上学の緻密さを表現できる主張した。その後、アベル＝レミュザの死に至るまでの七年間におよぶ書簡のやりとりを通じて、フンボルトの中国語観は着実に変化していった。フンボルトの死後一八三六年に刊行された『カヴィ語研究序説』では、中国語について次のように述べられている。

我々の知るかぎりのすべての言語の中で、最も決定的な形で対立しているのが、中国語とサンスクリットである。それは、中国語の方は言語の持つべき文法形式を全部拒否して、それをみな精神の働きに委ね切ってしまうのに対し、サンスクリットの方は文法形式の最も微細な陰翳の隅々に至るまで、音声と一体化させようとしているからである。（亀山健吉訳（一九八四年）、四一六頁）

さて、中国語とサンスクリットは我々の知る限りでの言語という領域の中で、このように相対する二つの極点を形成していることになる。ただし、この両者は、精神の展開に適った言語であるという点では必ずしも互角とは言い得ないにしても、自らの言語の内的な一貫性を堅持し、自己の言語体系を完全な形であらゆる場面に徹底させているという点においては、両者ともに譲るところはない。ところで、セム語族の言語が、この二者の中間に置かれているとは考えられない。セム語族の言語が、決定的に屈折の方向を目指しているという点からみれば、サンスクリット語族と同一の部類に属するものと考えなくてはならない。ところが、それ以外の言語はすべて、上記の二つの極点の中間に位置していると見做してもよい。（同書、四二〇－四二一頁）

フンボルトの晩年には、このようにサンスクリットとセム語は同類の屈折語として、中国語は孤立語として、言語的特性の異質な正反対の対極の地位を占め、他の諸言語はその中間のいずれかに位置すると考えるようになっていく。いたずらに中国語を低い地位に置くことはなくなったとはいえ、やはりまだ言語としての価値の序列をつけたい気分が残っているように見える。中国語の言語的特性は「言語としても精神の道具としても、サンスクリット語族やセム語族の言語の後塵を拝するようになっていることは否めない」（同書、四一八頁）と考えているからである。フンボルトはフランスの中国学者ほどには中国語に熟達できなかったのである。偏見に曇らされた眼で言語を観察したのでは、なぜセム語が必要とした文字体系とギリシャ語が必要とした文字体系が異なるのか、またなぜ中国語が必要とする文字体系が漢字なのかについて説明できない。言語類型論が言語の価値の序列を論じるだけならば、それは単なる精神の遊戯にすぎない。

## 五　セム語と印欧語の言語的特性と文字表記

前述のように、セム語（ヘブライ語、アラビア語など）と印欧語（サンスクリット、ギリシャ語など）は、言語類型論では通常屈折語として同類にくくられるが、その言語的特性は大きく異なる。まず、セム語は「内部屈折」[12]を中心として語形変化するのに対し、印欧語は接辞の添加などによる「外部屈折」を中心として語形変化する。

セム語の「内部屈折」というのは、馴染みのある英語の例をあげて説明してみよう。たとえば、「歌う」という意味の動詞は、sing sang sung、「話す」という意味の動詞は、speak spoke spoken のように単語の内部で母音の交替が起こり、それぞれ「現在形」「過去形」「過去分詞形」となり、屈折する部分は文法的意味を担っており、語彙的意味を担っているのは、常に存在する子音 s-ng、および sp-k-(n) の部分であり、これらが単語の骨格となって語幹を形成している。

英語では、このような内部屈折は例外的な現象であるが、セム語ではこれが語構成全体にわたる一貫した原理となっている。現代の代表的なセム語であるアラビア語の例を見てみよう。アラビア文字はローマ字の大文字で転写する習慣になっていることが多いので、ここではその習慣にしたがうことにする。KTB という子音字のみの綴りは、kataba と読み、「彼は書いた」という意味になる。KTBT を katabat と読めば、「彼女は書いた」という意味に解釈される。K'TB は kātib と読み、名詞「書く者＝作家」の意味になり、KT'BN は kitābun と読んで、これも名詞「書かれた物＝本」の意味の語になる。（「'」はアラビア文字のアリフ（ヘブライ文字のアレフに相当する文字）の転写字で、本来は声門閉鎖音を示す子音字であるが、長母音を表示する際にも利用される）。これらの場合、語幹がKTB（「書く」という意味をもっている）であることは、容易に観察できるであろう。アラビア語の語彙も文法も知らない外国人にとっては、子音字のみの表記だと困ってしまうというか、途方にくれてしまうように思われる。しかし、アラビア語に精通している者にとっては、単語の切れ目さえはっきり表示してあれば、瞬間的に単語の意味と音を同時に認識できる。これは、私たち日本人が「生きる」「生まれる」「生える」「生じる」のように、仔細に考えると非常に不可思議な表記法に振り仮名がなくとも、日本語の読み書きを学習していれば、楽々と読みこなすのと同じようなものだと思われる。アラビア文字の多くは同一の音を示す複数の字形を備えている。ローマ字に転写してしまうとその違いが見えなくなってしまうが、アラビア文字だと独立形、語頭形、語中形、語末形として異なる字形が具備されており、アラビア文字のスペリングを一見しただけで、単語の切れ目がわかる仕掛けになっている。書きやすく、単語を認識しやすいスペリングにする工夫がなされているのである。ゲルブは英語のアルファベットにおいて、同一の音を表すのに大文字と小文字の区別しなければならないのは、まったく道理がない無駄なことだと考えている。アラビア文字の表記で同一音を表すのに複数の字形を具備しているのは、道理がないどころか、そのために読書を大いに楽にする働きをしているのであって、アラビア語にとってはこれが一種の理想的な文字表記なのである。

　印欧語の「外部屈折」についてラテン語の例をあげて説明してみよう。たとえば、日本語の名詞＋助詞「人は」はラテン語ではhomoと言い、「人を」はhominenと言う。日本語では「ひと」という名詞を独立させて用いることができるが、ラテン語では「ひと」を意味する語幹を独立させて用いることはできない。と言うよりも、語幹と語尾を分割することが難しいほどに融合してしまっていることが多い。ギリシャ語やラテン語など典型的な印欧語は品詞別にそれぞれ特有の語形変化をするので、文字表記が語形変化を忠実に反映したスペリングになってさえいれば、セム語のように単語の切れ目を明示する必要がない。ギリシャ語やラテン語の語彙と文法を熟知した者にとっては、単語ごとの「分かち書き」はそれほど重要なことではない。その証拠に、有名なロゼッタ石にはエジプト聖刻文字、民衆文字およびギリシャ文字によるギリシャ語対訳が刻まれているが、そのギリシャ語表記は大文字のギリシャ文字が切れ目なく並んでいるだけである。初期のギリシャ語聖書も、後のラテン語訳聖書も同じように大文字だけを切れ目なく並べているだけで、単語と単語の間に空間はない。ギリシャ語やラテン語の表記はそれでも十分だったのである。アルファベットで語形をくまなく文字化した表記になっているからである。

現在のように大文字と小文字をそろえ、単語ごとに分かち書きにするようになったのは中世になってからであると言われている。

セム語の場合だと、語形をくまなく文字化することは、逆に単語の読みとりにとって煩わしい感覚を与えてしまうことになる。紀元前何世紀のことだかわからないが、昔ギリシャ人がフェニキア文字を借用して語形変化をくまなく表記できるように変更したのは、印欧語の言語としての特性が要求したことだったのである。別に、ギリシャ人だけが他の民族よりも音声観察に鋭敏であったために、フェニキア文字を改良して子音と母音を区別して表記できるようにしたわけではない。

## 六　殷墟とウガリト遺跡発掘が意味するもの

アジアの東と西の無名の小さな村において、二〇世紀になってから偶然ほぼ同じ時期に世界考古学史上空前の重大な発見に至る古代遺跡の発掘が行われた。アジアの東というのは、現在の中国河南省安陽市の北西三キロにある小屯と呼ばれる村のことである。もともと、清末の中国では「龍骨」と称する古代文字らしきものが刻まれている獣の肩甲骨が漢方薬の薬剤として流通していた。「龍骨」が出土する土地が河南省の小屯であることがつきとめられ、辛亥革命後の一九二八年国立中央研究院によって本格的に発掘作業が始められた。出土品の分析の結果、この地方一帯は商王朝（＝殷王朝）が紀元前一三〇〇年ごろ遷都し紀元前一〇三六年に滅ぶまで、約二七〇年間殷の王都であったことが確認され、この遺跡は殷墟と呼ばれるようになった。出土品の中で、最も価値のあるものは十数万片におよぶ古代文字が刻まれた亀の腹甲や獣の肩甲骨である。この古代文字は甲骨文と呼ばれるようになるが、解読作業が進むにつれ、驚くべきことに甲骨文には現在の漢字の造字原理、用字原理がすべて備わった完成された文字体系であることが判明したのである。現在から三千数百年前にすでに、原理的には現在の漢字と同じ程度に完成された文字体系が突如として出現していたことになる。甲骨文から現在の漢字に至るまでに、字形の変遷や字数の増加はあったが、文字の原理に変更はない。単音節、孤立語という中国語の言語的性格にふさわしい文字が突如として完成された姿を見せたわけであり、その文字が死に絶えることなく現在に継続しているということは、まさに世界の一つの奇跡である。中国語の言語としての基本的な性格は、フンボルトがかつてベルリン講演で指摘したごとく、三千数百年の時を経過してもほとんど変化がなかったし、文字の原理にも変化はなかったのである。

一方、アジアの西は、現在のシリア地中海東岸にある港湾都市ラタキアの北一六キロにあるラス・シャムラ（「ういきょうの丘」）と呼ばれる地方で、一九二八年ある農夫が偶然畑で古代の墳墓らしきものを発見した。当時、シリアはフランスの委任統治領だったので、翌年の一九二九年にフランス人を隊長とする発掘隊によって本格的発掘作業が始まった。この発掘作業も考古学上の驚くべき発見につながった。このラス・シャムラは紀元前一四五〇年ごろから紀元前一一九五年ごろまで栄えたウガリト王国の王都だったことが判明したからである。ウガリト人はセム族の一部族で、ウガリト語もセム語の一種で古代へブライ語に近似している。出土品の中でも、

図　ウガリト楔形文字

特に重要視されるものはウガリト語を刻んだ千数百枚の粘土板文書である。文書は葦の茎で作られた尖筆を押し付けて刻まれた楔形文字で、メソポタミア楔形文字と外見は一見似ている。しかし、直接の借用関係はなく、文字の原理もメソポタミアの文字とはまったく異なる。この文字はウガリト文字（あるいはウガリト楔形文字）と呼ばれる。この文字の体系は三〇個の記号からなっており、そのうち二七個は他のセム文字と同じく子音字のみである。例外的な文字は［ʾa］［ʾi］［ʾu］（声門閉鎖音＋母音）を表す三つの記号である。この例外的な文字は主として外国語を表記するために用意されていたと考えられている。字母の標準的な並び順も他の北西セム文字（フェニキア文字、アラム・ヘブライ文字）とよく似ており文字原理も同じであるが、現在のところ考古学的に証明されるところでは、ウガリト文字が最も古い文字だと考えられている。ウガリト文書のウガリト語表記が注目されるのは、図の粘土板に示されるように単語と単語の間に分離記号（逆三角形の形）が印されていることである。図のウガリト楔形文字を左から右に向かって大文字のローマ字で転写すると、NQMD・MLK・UGRTとなる（ナカグロの点は分離記号の転写）。これをウガリト語で読むと、niqmadu malku ʾugarita（「ニクマドはウガリトの王である」）となるらしい[13]。これからわかるように、今から三千数百年前のウガリト語の文字表記は、後のセム文字によるセム語表記の原理とまったく同じである。現代アラビア語の文字表記は、字形は変化し洗練され進歩しているけれども、その原理は三千数百年前にすでに完成していたのである。ゲルブが主張しているような文字の発展段階のステップなど、三千数百年の間まるきりなかったのである。

## 七　おわりに

さまざまな性格をもつ個別の世界の諸言語を想定すれば、理想の文字とは何だろうと考えてみることも可能であろう。しかし、すべての言語に共通の理想の文字など存在しない。理想の文字は言語ごとに異なる。たとえば、ロシア語は前置詞以外のすべての単語が複雑に語形変化し、その外部屈折によって、文法的意味をくまなく表すタイプの言語である。このような典型的な屈折語のタイプの言語にとっては、一つの字母が一つの音素に対応するような文字表記が理想であると言えよう。ロシア文字によるロシア語表記は幸運なことにほぼ理想を達成しているケースである。

逆に、その祖先であるラテン語にくらべて、語形変化が貧弱になったフランス語では、たとえば、si six scies scient などのフランス語の単語を、その発音［si］に合わせて、一つの字母が一つの音素に対応するように綴るよりも、現行の複雑な正書法のほうが読者の目に優しい文字表記であると考えられる。フランス語文化圏の言語学者シャルル・バイイ（一八六五－一九四七年）は著書『言語活動と生活』で次のように述べている。

正書法なるものは、ときにばかばかしいものだが、ただに社会に生きるすべての人間にのしかかり、社会そのものとともにしか拡まらぬ社会的強制の一形式たるにとどまらず、なおそれは読者の目が課する一つの必要なのだ。読者は生きた言の音楽的資源を欠くため、各語が一種の表意文字たることを要求するのである。だれもが読む、ほとんどだれもが書く、しかしだれひとり話すとおりに書くものはいない。文章体の知識が、その表現手段のまったく違う口語と席を並べている。現代語はこれをその過去から切り離すことはできない。というのもこの当の文章体が、なかんずくその文学的形式において、こんにちの言語からと同様、むかしの言語から養分を得ているからである。（小林英

夫訳、一九二—一九三頁）

フランス言語学特有の難解な言い回しになっているが、要するに、イントネーション、ストレス、声調などの韻律的特徴を文字で書き写すことはできないので、文字言語は音声言語とは異なる。したがって、文字表記は読書しやすいように正書法を定めて、スペリングを一種の表意文字のように用いるのはやむをえないのだと言っているのである。このフランス言語学の学者の文字観は、「表音文字で字（graph）はその要素である字素結合、即ちスペリングに相当する」という河野六郎博士の文字論に通じている。

（1）Bloomfield (1935), p.21.
（2）ブルームフィールドは文字を無視しているわけではなく、第一七章では古今の諸言語の文字について紹介している。
（3）Ignace Jay Gelb. 一九〇七年、オーストリー＝ハンガリー帝国に生まれる。一九二九年、ローマ大学で博士の学位を取得。シカゴ大学において一九八五年の逝去に至るまでアッシリア学の教授をつとめる。
（4）河野六郎。一九一二—一九九八年。朝鮮語学、中国語学、日本語学などを専門とする言語学者。一九九三年、文化功労者。
（5）Kono (1969)（再録）河野六郎（一九八〇年）、一七頁。
（6）河野六郎（一九七一年）参照。
（7）河野六郎（一九五七年）参照。
（8）田中克彦（一九八五年）、一〇頁。
（9）上掲書、一〇頁における著者による引用。原著未見。
（10）亀山健吉（二〇〇〇年）二一頁の著者による引用。（ベルリン王立科学アカデミー版フンボルト全集第四巻、二頁、原著未見。）

（11）フンボルトとアベル＝レミュザとの往復書簡の内容とその言語思想史的意義については、小野文（二〇〇六年、二〇〇八年）において見事に活写されている。

（12）「内部屈折」という用語は、河野六郎、市川三喜（一九四九年）、第一章「言語類型論」による。

（13）古代語研究会編（二〇〇三年）、二頁参照。

## 参考文献


Bloomfield, Leonard (1935) Language (1933, New York), (1935, Great Britain).

Bally, Charles (1935) Le langage et la vie, 2e édition, Max Niehans, Zurich.［翻訳］小林英夫訳、『言語活動と生活』、岩波書店、一九七四年。

Gelb,I.J. (1952) A Study of Writing, The University of Chicago Press. Revised edition. (1963).

Gelb,I.J. (1958) Von der Keilschrift zum Alphabet. Grundlagen eniner Sprachwissenshaft (Stuttgart). Translation and a revised edition of Gelb's A Study of Writing.

Gelb,I.J. (1958) New Evidence in Favor of the Syllabic Character of West Semitic Writing, Bibliotheca Orientalis, xv, 2-7.

Kono, Rokuro (1969) The Chinese Writing and its Influences on the Scripts of the Neighbouring Peoples, Memoirs of the Research Department of the Toyo Bunko, No. 27.（再録）河野六郎（一九八〇年）、一五－一〇二頁。

ヴィルヘルム・フォン・フンボルト（一八三六）［翻訳］亀山健吉訳、『言語と精神――カヴィ語研究序説』、法政大学出版局、一九八四年。

河野六郎（一九八〇年）『河野六郎著作集3』平凡社。

河野六郎（一九七一年）「文字の本質」『岩波講座日本語8――文字』岩波書店。（再録）河野六郎（一九八〇年）、一〇七－一二五頁。

河野六郎（一九五七年）「古事記に於ける文字使用」『古事記大成――言語文字篇』平凡社。（再録）河野六郎（一九八〇年）、三－五三頁。

河野六郎、市川三喜（一九四九年）『言語学Ⅰ』『言語学Ⅱ』法政大学通信教育部。（再録）河野六郎（一九八〇年）、一四五－三〇二頁。

亀山健吉（二〇〇〇年）『言葉と世界　ヴィルヘルム・フォン・フンボルト研究』法政大学出版局。

小野文（二〇〇八年）「フンボルト／アベル＝レミュザの往復書簡について」、内田慶市・沈国威編『19世紀中国語の諸相』雄松堂出版、一三五―一四九頁。

小野文（二〇〇六年）「中国語は何に似ているか――フンボルト『文法形式一般の性質、特に中国語の特性について、アベル＝レミュザ氏に寄せる書簡』の考察」『アジア文化交流研究』第一号、関西大学アジア文化交流研究センター、三一－四五頁。

田中克彦（一九八五年）「西洋人はシナ語をどう見てきたか：アウグスト・シュライヒャーのばあい」『言語文化』別冊五－一五、（一橋大学機関リポジトリによる）。

古代語研究会（編）谷川政美（監修）（二〇〇三年）『楔形表音文字　ウガリト語入門　詩編に生き続ける古代の言語』キリスト新聞社。

貝塚茂樹（編）（一九六七年）『古代殷帝国』みすず書房。

讃井唯允（二〇〇五年）「中国文字改革論争の過去と現在――漢字をめぐるナショナリズムの変遷」『現代中国文化の軌跡』中央大学出版部、三一－三八頁。

# 台湾海陸客家語のアスペクト体系

遠藤雅裕

## 一　はじめに

本稿では、台湾客家語の一つである海陸客家語の文法アスペクト（grammar aspect）を論じる。アスペクトとは、事態がどのような局面にあるかを表す文法範疇である。

稿を始めるに当たって、まず台湾の言語状況について、客家語を中心に紹介したい。台湾では漢語（中国語）系とオーストロネシア系の言語が使用されている。漢語系言語は、主として閩南語（ホーロー語）と客家語、そして公用語扱いの標準中国語である。「客家人」を単純に「客家語話者」と考えた場合、行政院客家委員会による二〇〇四年の調査では、話者の数は少なく見積もって二八五・九万人であり、台湾全人口の一二・六パーセントを占めることになる。(1) つまり一〇人に一人強が客家語話者ということだ。なお、中国を含めた客家語全体の話者人口は約三五〇〇万人と推定されている（李栄　一九八九年）。

現在、台湾には、海陸客家語のほか四県・饒平・詔安・東勢（大埔）などの各客家語が存在する（羅肇錦二〇〇七年）。(2) 話者が最も多いのは四県客家語で、話者人口は台湾客家全体の約半分を占めるといわれている。広東省梅県客家語の系統に属するこの言語は、主として台湾北部の苗栗県および南部の屏東県・高雄県などで使用されている。本稿で取り上げる海陸客家語は話者人口において四県客家語に次ぎ、台湾客家の約二五パーセントを占めると考えられる(3)。海陸客家は広東省東部の海豊・陸豊から渡台しており、現在台湾北部の新竹県・桃園県などを中心にして分布している。このほか、近年、海陸と四県が融合した「四海話」(四海客家語)と呼ばれる言語が形成されている。

## 二　研究方法

本稿では、作業仮設としてコムリー(Comrie 1976)およびバイビー等(Bybee, Perkins & Pagliuca 1994)のアスペクトについての見解を採用し、個別のアスペクト標識の分析には、主として劉綺紋(二〇〇六年)の標準中国語についての方法を参考にする。

コムリー(1976)は、アスペクトを完了相(perfective)と非完了相(imperfective)に大別する。完了相は事態を外から見たもので、事態そのものが一つの完結したものとして認識されるのに対し、非完了相は事態を内から見たものであり、事態は完結したものではない。非完了相の下位カテゴリーには、習慣(habitual)・持続(continuous)・進行(progressive)などが分類されている(Comrie 1976 : p.25)。バイビー等(1994)は、コムリー(1976)などの枠組みをベースに、顕在的な完了相標識が形成されるまでに完結相(completive)・既然相(anterior)(4)という文法化の過程を経ることを主張している。それぞれのアスペクトの定義については、直接にはバイビー等(1994 : pp.317–318)によることにする。

〔一〕　完結　Completive： to do something thoroughly and to completion.（事態が完遂されること。）

〔二〕　既然　Anterior： the situation occurs prior to reference time and is relevant to the situation at reference time.（事態が参照時の前に発生し参照時の状況に関連している。）

〔三〕　完了　Perfective： the situation is viewed as bounded temporally. Perfective is the aspect used for narrating sequences of discrete events in which the situation is reported for its own sake, independent of its relevance to other situations.（事態は時間的に閉じている。個別の事態の連続を述べる際に用いられる。）

〔四〕　持続　Continuous： a single situation is viewed as in process, as maintained over a period of time.（単一の事態は一定時間進行中あるいは持続中とみなされている。）

〔五〕　進行　Progressive： the action takes place simultaneously with the moment of reference,'to be in the process of...'.（動作行為が参照時と同時に起きている。）

本稿では、海陸客家語のアスペクトについて、完了相系列のカテゴリーとして完結相・既然相・完了相を、非完了相系列として持続相と進行相を対象とする。[5]

文法アスペクトの分析には、動詞あるいは動詞フレーズそのものに内在する事態アスペクト（situation aspect）も関係してくる。そこで、本稿では劉綺紋（二〇〇六年）の事態アスペクトの分類をも参考にしたい（次頁表1参照）。

本稿で使用する海陸客家語のデータは、実地調査と文献調査によっており、前者の割合が多い。実地調査は二〇〇五年より現在（二〇〇九年八月）に到るまで新竹県で行なっており、音韻・語彙・文法にわたる記述調査を継続中である。[6] 調査では、基本的に標準中国語を媒介言語にしている。文法調査は、標準中国語の文例をインフォーマントに翻訳してもらうか、筆者が客家語で作文をしてそれをインフォーマントに判定してもらう形で行

表1　事態アスペクトの分類（劉綺紋　二〇〇六年、一七－二三頁）

| 事態のタイプ | 動的 | 過程 | 終結性 | 変化性 | 例 |
|---|---|---|---|---|---|
| 〔A〕静的事態 | − | − | − | − | 有、愛、餓、大…… |
| 〔B〕活動型事態 | + | + | − | − | 吃、喝、想、下雨…… |
| 〔C〕不変化性の達成型事態 | + | + | + | − | 看一本書…… |
| 〔D〕変化性の達成型事態 | + | + | + | + | 穿、開門、挖一個洞…… |
| 〔E〕不変化性の点的事態 | + | − | + | − | 嚇一跳、看見、吃完…… |
| 〔F〕変化性の点的事態 | + | − | + | + | 站、消失、去、死…… |

なっている。これに加えて、文献資料も補助的に利用している。すなわち、『一日一句客家話――客家老古人言』（略称『一』）、『海陸客語短篇故事第三集』[7]（略称『詹』）、および『台灣桃園客家方言』（略称『楊』）の三点である。これらの文献資料には日常会話あるいは物語が収録されている。つまり会話と散文の両方の文体が含まれているわけである。

本稿で挙げた例文については、漢字表記と国際音声記号（IPA）あるいは各文献資料記載のローマ字表記を並記し、それに標準中国語訳および日本語訳を加えた。[8]実地調査によって得られたデータの漢字表記については、本字が明らかでない場合「□」で示し、訓読字や仮借字は極力使わないように努めた。

本章の最後に、分析結果を簡単に述べておきたい。海陸客家語のアスペクト体系も、他の多くの言語と同じように、完了と非完了に大別することができる。完了相系列であるアスペクト、完結相・既然相・完了相については、完結相標識「$t^het^5$」（動詞後置）と既然相標識「$le^{53}$」（文末）を認めることができる。同一文中で、この二つの標識を併用することもある。一方、完了相については専用標識を認めることができない。完了相は、数量など限界（endpoint）を表す成分が文中にあることが条件で、その文全体が完了相を表しているのである。非完了相については、持続相標識「nen$^{35}$」（動詞後置）・進行相標識「tsʰo$^{53}$＋{lia$^{55}$ / kai$^{55}$}」（動詞前置）を専用標識として認めることができる。後者はなお十分に文法化されていない。この二つの標識は、同一文中で併用することも可能である。

次章では、完了相系列と非完了相系列に分けてやや詳細に検討することにする。

## 三　完了相系列

完了相系列のカテゴリーは完了相・既然相・完結相であるが、海陸客家語では既然相・完結相には専用標識が存在するものの、完了相については専用標識が存在しない。

### 1　先行研究

台湾客家語についての完了相系列の先行研究では、前述した三つのタイプについて議論が行われている。以下、便宜上、動詞後置標識をT類、文末標識をL類と呼ぶことにする。

T類については二つの立場がある。一つはこれを完了相系列のアスペクト標識と認めるもの（羅肇錦 一九八八年、鍾榮富 二〇〇四年、江敏華 二〇〇七年等）、もう一つはこれを認めない立場である（葉瑞娟 二〇〇四年、宋彩仙 二〇〇八年等）。まず前者が対象とした標識には、北部四県客家語「tʰet$^{2}$」（羅肇錦 一九八八年）、南部四県客家語「het$^{3}$」（鍾榮富 二〇〇四年）、東勢客家語「pʰet$^{31}$」（江敏華 二〇〇七年）などがある。ただし、標識についての分析はそれぞれ異なっている。羅肇錦（一九八八年）は「$t^het^2$ $le^{24}$」全体が完了を表す単位とし、「$t^het^2$」を独立した標識とはみなしていない[9]。しかし、羅氏は別のところでこの構成要素である「$le^{24}$」を「過去」あるいは「完了」のモダリティ標識とも分析しているので、「$t^het^2$ $le^{24}$」をさらに分析し「$t^het^2$」を完了にかかわる成分とみなしてもよいであろうと筆者は考える。鍾榮富（二〇〇四年）は「$het^3$」を唯一の完了相標識とみなしている。江敏華（二〇〇七年）は東勢客家語の「$p^het^{31}$」を完了相と完結相を兼ねる標識であるとし、完結相の場合は動相補語と考えている。宋彩仙（二〇〇八年）は、これと異なり、四海客家語[10]のT類標識である「$t^het^5$」を完結相などのアスペクト標識とは認めず、単なる動相補語と考えている。なお、鍾氏も南部四県客家語の「$het^3$」は標準中国語の「過」「完」に相当するものであると認めている。よって、以上の点から台湾客家語のT類標識は動相補語的特徴を持つ、それほど文法化していない標識と考えてよいであろう。

　これに対して、L類標識は各客家語間でおおむね一致したものとなっている。これらの標識は、北部四県客家語「$le^{24}$」[11]（羅肇錦 一九八八年、二〇六頁）、南部四県客家語「$le^{33}$」（鍾榮富 二〇〇四年、二〇三頁）、東勢客家語「$le^{33}$」「$lio^{33}$」[12]（江敏華 二〇〇七年）、四海客家語「le」[13]（葉瑞娟 二〇〇四年）、四海客家語[14]「$le^{53}$」[15]（宋彩仙 二〇〇八年）である。L類標識については二つの見解がある。一つは完了を表すとするもの（羅肇錦 一九八八年、徐兆泉 二〇〇一年、江敏華 二〇〇七年、宋彩仙 二〇〇八年）、もう一つは実現を表すとするものである（葉瑞娟 二〇〇四年）。宋彩仙（二〇〇八年、四八頁）は文末語気詞でもある「$le^{53}$」について、文が表わす事態とある種の状況との間に明らかな関連性を示す機能を担うと指摘しているが、これは既然相の特徴である。また宋氏は「$le^{53}$」は変化も表わすと指摘しており、この点では葉瑞娟（二〇〇四年）の見解と一致している。L類標識が活動型（Activity）あるいは達成型（Accomplishment）の動詞とともに用いられた場合、動作行為の開始と終結という二つの解釈が可能になる（葉瑞娟 二〇〇四年、二八〇頁）。つまり、L類標識は、事態アスペクトのタイプによって完了とも実現とも解釈されうるのである。

標準中国語の「了」について、劉綺紋（二〇〇六年）は葉氏と同様の指摘をしている。「了」はそれが動詞後置であれ文末であれ、意味するところは「限界達成」であると指摘する。

事態の開始点（initial endpoint）も終結点（final endpoint）も、いずれも時間軸における〈限界〉であり、〈変化〉の操作は、〈時間領域において、状態の移行というプロセスを辿った末、開始点や終結点という意味での限界の限界達成を遂げる〉という操作である。そこで、開始点という限界に到達すると〈実現〉という意味効果が現れ、終結点という限界に到達すると〈完了〉という意味効果が現れるのである。（劉綺紋 二〇〇六年、九二－九三頁）

活動型事態と達成型事態にはこの限界が二つある。点的事態（punctual）にはこの限界は一つしかない（劉綺紋二〇〇六年、五〇頁）。

以上のことから、L類標識は標準中国語の「了」と相当程度平行した機能を持つものではないか、と予測できる。

T類・L類と並ぶもう一つのタイプは無標識にして完了相を表すものである。管見によれば、客家語について、これを初めて明確に指摘したのは葉瑞娟（二〇〇四年）である。葉氏は客家語の完了相と標準中国語の動詞後置の「了」との対照研究を通して、四海客家語の対応形式は「ゼロ標識」であるとした[16]。つまり、客家語には特定の完了相標識はないということである。宋彩仙（二〇〇八年、四七頁）は葉氏のこのゼロ標識を認め、さらに動補構造・動目構造自体が標準中国語の「了」に相当する意味を担っていると指摘している。これは一歩前進の分析であるが、その条件を明確に示していないのが惜しまれる点である。なお、東勢客家語について江敏華

（二〇〇七年）もゼロ標識を認め、その状況を「V＋数量詞」、「V＋結果補語」、「V＋方向補語」、「V＋場所補語」、「N＋状態述語」、「状態述語＋N」の六つに分類している。

以上の先行研究から、次の二点が問題として浮かび上がる。第一点として、T類・L類・無標識はどのような関係にあるのか、第二点として、無標識で完了相を表す条件は何か、ということである。このことを念頭に置きつつ、以下の節から、海陸客家語のT類標識「$t^{h}et^{5}$」、L類標識「$le^{53}$」、そして無標識の順番で検討してゆく。なお、本章の「無標識」という術語は、単に「専用のアスペクト標識がない」という意味で使用している。

## 2　完結相——動詞後置標識「$t^{h}et^{5}$」[17]

「$t^{h}et^{5}$」は、動作行為が完全に行なわれたことを示す完結相標識である。連金發（一九九五年）のアスペクト助詞（aspect marker, 時貌詞）と動相補語（phase complement, 時相詞）についての判別基準[18]を参考にすると、「$t^{h}et^{5}$」については以下の五項目を指摘できる[19]。

〔一〕可能補語を形成する。
〔二〕述語動詞に近い位置に存在する。
〔三〕述語動詞との間に別の成分（「$a^{33}$」）を挿入できる。
〔四〕「過」「飽」「好」「有」といった他の形態素と範列関係にある。
〔五〕内容語的語義と機能語的語義を併せ持つ。

このことから、「$t^{h}et^{5}$」は動相補語的なものであることがわかる。この五項目は形式的特徴（〔一〕〜〔四〕）と意味的特徴（〔五〕）に区別できる。以下の項ではそれぞれの特徴について検討する。

（イ）形式的特徴

「tʰet$^{5}$」は単独の動詞（例文（01））あるいは動詞フレーズの直後に置かれる。動詞フレーズに相当するのは、動補フレーズ（例文（02））、否定詞＋動詞（例文（03））、可能補語（例文（04））などである。また、それ自身で可能補語（例文（05））を形成する。動詞と「tʰet$^{5}$」の間には別の成分「a$^{33}$」の挿入が可能で、「V＋a$^{33}$＋tʰet$^{5}$」フレーズを形成する（例文（06））。このフレーズは動作が終わったばかりであることを表す（宋彩仙 二〇〇八年、四九頁）。また、「tʰet$^{5}$」は、未発生を表す否定詞「mo$^{55}$無」とともに使うことも可能である（例文（07））。

（01） 佢食□兩碗粄條。
ki$^{55}$ ʃit$^{32}$ tʰet$^{5\text{-}32}$ lioŋ$^{35}$ von$^{35}$ pan$^{35\text{-}33}$ tʰiau$^{55}$
他吃了兩碗粄條。（彼はライスヌードルを二杯食べた。）[20]

（02） 我打爛□一隻碗。
ŋai$^{55}$ ta$^{35\text{-}33}$ lan$^{33}$ tʰet$^{5}$ ʒit$^{5\text{-}32}$ tʃak$^{5}$ von$^{35}$
我打破了一個碗。（私は茶碗を一つ壊してしまった。）

（03） 唔見□。
m$^{55}$ kien$^{21}$ tʰet$^{5}$
不見了。（見えなくなった）

（04） 聽到阿姆發病，緊張到會死，睡也睡唔得□。
聽到媽病了，緊張得要死，睡也睡不好。（母が病気になったと聞いて、緊張して眠るに眠れない。）（『一』）

（05） □件事情我做唔□。
lia$^{55}$ kʰen$^{33}$ si$^{33}$ tsʰin$^{55}$ ŋai$^{55}$ tso$^{21}$ m$^{55}$ tʰet$^{5}$
這件事我做不完。（この事柄は、私はやり終えられない。）

（06） 賨延豹並唔係正式愛傷害佢，佢斯用劍撂佢個鬚割啊忒，又佇佢正片析個面寧用劍劖一刀，…

Teu$^{2}$ Ran Bău bĭn m hĕ drĭn shit ŏi shòng hoi$^{2}$ gi, gi s rung$^{2}$ giăm làu gi găi sì gòt a$^{2}$ tet, riú dŭ gi drŭn pién sak găi miĕn nèn rung$^{2}$ giăm làk rìt dò

竇延豹並不是真的要傷害他，他只用劍把他的鬍子刮掉，又在他的右臉頰上劃了一刀。[21]（『詹』、四〇頁）（竇延豹は本当に彼を傷つけようとしたのではなく、ただ剣で彼の髭をそり落とし、さらに彼の右頬に一筋の刀傷をつけただけだった。）

（07）　佢無食□兩碗，食一碗□□。
ki$^{55}$ mo$^{55}$ ʃit$^{32}$ t$^{h}$et$^{5}$ lioŋ$^{35}$ von$^{35}$, ʃit$^{32}$ ʒit$^{5\text{-}32}$ von$^{35}$ t$^{h}$in$^{33}$ nin$^{33}$
他沒有吃兩碗，只吃了一碗而已。（彼は二杯は食べていない、一杯食べただけだ。）

（ロ）　語義的特徴

「t$^{h}$et$^{5}$」は多義的であり、「消失」、「動作の終了」、「動作・状態の実現」などといった内容語的なものから機能語的な語義を含む。

まず最も内容語的な語義は「消失」である。例文（08）は、こする（「ʦ$^{h}$ut$^{5}$□」）という動作をした結果消えることを表している。例文（09）も同様である。この場合の「t$^{h}$et$^{5}$」は結果補語に近いと考えてよいであろう。しかし、「t$^{h}$et$^{5}$」には述語動詞としての用法はない。[22] 続いては「動作の終了」である。例文（10）（11）および例文（01）（05）（07）の「t$^{h}$et$^{5}$」がそれに当たる。この「t$^{h}$et$^{5}$」は標準中国語の「完」に相当し、動作行為が終わったことを表している。次は「動作・状態の実現」であり、例文（12）～（14）および例文（03）は動作行為や状態が完成あるいは実現したことを表している。この「t$^{h}$et$^{5}$」は標準中国語の結果補語「上」や「著 zháo」などに相当する。

（08） 粉牌頂個字□□佢。
fun$^{35-33}$ p$^{h}$ai$^{55}$ taŋ$^{35}$ kai$^{21}$ sɨ$^{33}$ ʦ$^{h}$ut$^{5-32}$ t$^{h}$et$^{5}$ ki$^{55}$
擦掉黒板上的字。（黒板の字を消してしまいなさい。）

（09） □□煙頭□□。
lau$^{53}$ kai$^{55}$ ʒan$^{53}$ t$^{h}$eu$^{55}$ ʦ$^{h}$io$^{21}$ t$^{h}$et$^{5}$
把煙頭踩滅。（タバコを踏み消しなさい。）

（10） 該一大碗飯，我一日都食毋忒。
gai rìt tai$^{2}$ vón pon$^{2}$, ngai rìt ngit du$^{2}$ shit m tet.
那一大碗飯，我一天也吃不完。（その大きな碗のご飯は、私は一日かけても食べ終えられない。）（『詹』、八四頁）

（11） □□本書看□。
lau$^{53}$ lia$^{55}$ pun$^{35}$ ʃu$^{53}$ k$^{h}$on$^{21}$ t$^{h}$et$^{5}$
把這本書看完了。（この本を読み終わった。）

（12） 同□門關□。
t$^{h}$uŋ$^{55}$ lia$^{55}$ mun$^{55}$ kuan$^{53}$ t$^{h}$et$^{5}$
把門關上。（ドアを閉めなさい。）

（13） 睡｛得／唔｝□。
ʃoi$^{33}$ ｛tet$^{5-32}$ / m$^{55}$｝ t$^{h}$et$^{5}$
睡｛得／不｝著。（眠ることが｛できる／できない｝）

（14） □隻菜瓜□□了。
lia$^{55}$ tʃak$^{5}$ ʦ$^{h}$oi$^{21}$ kua$^{53}$ p$^{h}$aŋ$^{21}$ t$^{h}$et$^{5}$ le$^{53}$

這個絲瓜老了。（このヘチマは硬くなってしまった。）

ところで、例文（15）の「$t^het^5$」は、標準中国語の完了相標識「了」に平行しているように見える。このことから「$t^het^5$」を完了相標識とみなしてもよいようであるが、「了」には「$t^het^5$」の形式的・語義的特徴が見られない。よって「$t^het^5$」を「了」と同様に文法化が進んだアスペクト標識とみなすことはできない。

（15）佢講□半日，還□講清楚。
$ki^{55}$ $koŋ^{35\text{-}33}$ $t^het^5$ $pan^{21}$ $ŋit^5$, $han^{55}$ $maŋ^{55}$ $koŋ^{35\text{-}33}$ $ts^hin^{53}$ $ts^hu^{35}$
他說了半天還沒有說清楚。（彼は長いこと話したが、まだはっきりと話していない。）

似たようなことは、たとえば例文（03）についてもいえる。例文（03）の「$m^{55}$ $kien^{21}$唔見」は静的事態であるが、これに「$t^het^5$」が着くと「実現」を表しているようでもある。「見えないということが完遂された」→「見えなくなった」ということである。つまり、「$t^het^5$」は開始点をマークしているのである。「$t^het^5$」は完結相の機能のみを有しているわけではないといえよう。既然あるいは完了相の領域に拡大しつつあるといってよいのかもしれない。

### 3　既然相——文末標識「$le^{53}$了」(23)

「$t^het^5$」と比較した場合、「$le^{53}$」の文法化の程度は相対的に高いため、専用のアスペクト標識といってよい。連金發（一九九五年）の基準にしたがうと、「$le^{53}$」については、以下の四点を指摘できる。

〔一〕可能補語を形成しない。
〔二〕述語動詞から遠く、文の最も外側に位置する。
〔三〕範列関係にある形態素が存在しない。
〔四〕機能語的語義のみである。

「le$^{53}$」は、標準中国語の文末の「了」とほぼ平行している。今ここで、劉綺紋（二〇〇六年）による事態アスペクトの分類（表1）によって「le$^{53}$」の現れる文の意味を検討してみたい。例文（16）の「ʃit$^{32}$ lioŋ$^{35}$ von$^{35}$ pan$^{35-33}$ tʰiau$^{55}$食兩碗粄條」は不変化性の達成型事態、例文（17）の「ʃoi$^{33}$睡」は活動型事態であり、これらの文や句は事態の実現を表している。例文（18）の「mai$^{53}$買」は変化性の達成型事態、（19）の「ʒuŋ$^{55}$融」は変化性の点的事態、（20）の「hip$^{5-32}$ sioŋ$^{21}$翕相」も変化性の達成型事態で、これらの文や句は事態の完結を表している。例文（21）～（23）はいずれも静的事態であり、標準中国語の文末の「了」の文と同じく、新事態の出現を表している。

（16）佢食兩碗粄條了，還想愛食加兩碗。
ki$^{55}$ ʃit$^{32}$ lioŋ$^{35}$ von$^{35}$ pan$^{35-33}$ tʰiau$^{55}$ le$^{53}$, han$^{55}$ sioŋ$^{35-33}$ oi$^{21}$ ʃit$^{32}$ ka$^{53}$ lioŋ$^{35}$ von$^{35}$
他已經吃了兩碗粄條了，還想吃兩碗。（彼はもうライスヌードルを二杯食べたのに、さらに二杯食べたがっている。）

（17）佢來□門□下我已經睡了。
ki$^{55}$ loi$^{55}$ kʰok$^{5-32}$ mun$^{55}$ kai$^{55}$ ha$^{33}$ ŋai$^{55}$ ʒi$^{55}$ kin$^{53}$ ʃoi$^{33}$ le$^{53}$
他來敲門的時候我已經睡了。（彼がノックしに来たとき、私はもう寝ていた。）

（18）鹽我買了，糖無買。
ʒam$^{55}$ ŋai$^{55}$ mai$^{53}$ le$^{53}$, tʰoŋ$^{55}$ mo$^{55}$ mai$^{53}$.

（19）　鹽我買了，糖沒買。（塩は、私は買ったが、砂糖は買っていない。）
　　　雪一落地□融了。
　　　siet$^{5}$ ʒit$^{5\text{-}32}$ lok$^{32}$ tʰi:$^{33}$ si$^{33}$ ʒuŋ$^{55}$ le$^{53}$
　　　雪一著地就化了。（雪は地面に落ちるとすぐに融けた。）

（20）　我翕相了。
　　　ŋai:$^{55}$ hip$^{5\text{-}32}$ sioŋ$^{21}$ le$^{53}$
　　　我照（了）相了。（私は写真を撮った。）

（21）　佢發病有四隻月了。
　　　ki:$^{55}$ pot$^{5\text{-}32}$ pʰiaŋ$^{33}$ ʒiu$^{53}$ si:$^{21}$ tʃak$^{5}$ ŋiet$^{32}$ le$^{53}$.
　　　他病了有四個月了。（彼は病気になって4カ月になった。）

（22）　水無落了。
　　　ʃui:$^{35}$ mo$^{55}$ lok$^{32}$ le$^{53}$
　　　雨不下了。（雨がやんだ。）

（23）　□多了。
　　　tʰet$^{32}$ to$^{53}$ le$^{53}$
　　　太多了。（多すぎる。）

「le$^{53}$」を既然相標識とする理由は、事態が参照時に関係付けられているからである。[24] たとえば、例文（16）の「ki:$^{55}$ ʃit$^{32}$ lioŋ$^{35}$ von$^{35}$ pan$^{35\text{-}33}$ tʰiau$^{55}$佢食兩碗粄條」（彼はライスヌードルを二杯食べる）という事態は、後半部分の「han$^{55}$ sioŋ$^{35\text{-}33}$ oi:$^{21}$ ʃit$^{32}$ ka$^{53}$ lioŋ$^{35}$ von$^{35}$還想愛食加兩碗」（さらに二杯食べたがっている）という事態（参照時）より前に発生し、かつこの参照時（後半部分）に関連付けられている。例文（17）も同様に、「ʃoi:$^{33}$睡」が「ki:$^{55}$ loi:$^{55}$

$k^hok^{5-32}$ $mun^{55}$ $kai^{55}$ $ha^{33}$佢來□門□下」（彼がノックしに来たとき）という参照時に関連付けられている。

例文（23）の「$le^{53}$」については、アスペクト領域からモダリティ領域への拡張が考えられる。この点も、標準中国語の「了」と平行している。劉綺紋（二〇〇六年、一六六頁）は「了」について「心的領域における限界達成」、つまり「基準達成」を表わすものとしている。すなわち、アスペクト領域からモダリティ領域への拡張である。海陸客家語の「$le^{53}$」についても、同様のことが指摘できるだろう。

ところで、「$le^{53}$」は、標準中国語の文末の「了」とは異なる点もある。それは、「$le^{53}$」は終わった事態しか表さず、標準中国語の「了」のようにこれから起こる事態は表さないことだ。換言すれば、活動型などの動詞フレーズに「$le^{53}$」がついた場合、「$le^{53}$」は動的局面の終結点は指示するが、開始点は指示しないのである。よって例文（24）は完了した事態しか表さない[25]。これは、四海客家語のL類標識が開始点も終結点もマークするという葉瑞娟（二〇〇四年）の指摘とは異なっている。では、開始点をマークする場合はどうするかというと、「$ho^{35}$好」や「$oi^{21}$愛」「$loi^{55}$來」などを動詞などの前に置かねばならない（例文（25）（26））。

（24）我食飯了。
$ŋai^{55}$ $ʃit^{32}$ $p^hon^{33}$ $le^{53}$
我（已經）吃飯了。（私は（すでに）食事をした。）

（25）好食飯了。
$ho^{35-33}$ $ʃit^{32}$ $p^hon^{33}$ $le^{53}$
吃飯了。（（これから）食事になります。）

（26）愛好天了。
$oi^{21}$ $ho^{35-33}$ $t^hien^{53}$ $le^{53}$

天要晴了。（空が晴れそうだ。）

例文（27）のように、「le$^{53}$」は「t$^{h}$et$^{5}$」とも併用できる。

（27）佢食□兩碗粄條了。

ki$^{55}$ ʃit$^{32}$ t$^{h}$et$^{5\text{-}32}$ lioŋ$^{35}$ von$^{35}$ pan$^{35\text{-}33}$ t$^{h}$iau$^{55}$ le$^{53}$

他已經吃了兩碗粄條了。（彼はすでにライスヌードルを二杯食べた。）

## 4　完了相――無標識

海陸客家語では、文中に顕在的な限界（endpoint）が存在する場合、専用標識を用いることなく完了を表すことができる。[26] この限界とは、少なくとも、（一）数量表現、（二）到達点（goal）、（三）結果状態を示す補語（結果補語・方向補語など）の三つである。これらによって事態は完結したものとなる。戴耀晶（一九九七年、四頁）が指摘するように、文全体がアスペクト性を担うわけだ。

数量成分をともなう例文は（28）〜（35）である。量の規定がある事態は、分割はできず限界は一つのみである（劉綺紋 二〇〇六年、五〇頁）。例文（33）は数詞「一」が省略され量詞「間」のみとなっているが、量的規定はあるといえる。また例文（35）は重ね型であるが、これは動作時間が短いことを示しており、やはり量的規定がある。

例文（36）（37）には到達点がある。これらの到達点はいずれも因果関係における結果の部分である。例文（36）は標準中国語の状態補語を含む文に相当するが、海陸客家語では到達点を導く「to$^{21}$到」によって、ある動作行為（「kin$^{35\text{-}33}$ tʃoŋ$^{53}$緊張」（焦る））によってある結果（「kiau$^{21}$ hi$^{35}$ loi$^{55}$叫起來」（泣き出す））に到ったという構文になっている。つまり、「叫起來」が到達点なのである。例文（37）は使役文であり、「seu$^{55}$愁」（悩む）という状況が結果としての到達点である。

例文（38）（39）は動作行為の結果状態を示す補語をともなうものである。例文（38）には「pau$^{35}$飽」（いっぱいである）が、例文（39）には「hi$^{21}$去」（行く）が結果状態を示す成分である。この結果状態を示す成分も、一種の到達点といえよう。

（28）我翕一張相。
ŋai$^{55}$ hip$^{5\text{-}32}$ ʒit$^{5\text{-}32}$ tʃoŋ$^{53}$ sioŋ$^{21}$
我照了一張相。（私は写真を一枚撮った。）

（29）我打爛一隻碗。
ŋai$^{55}$ ta$^{35\text{-}33}$ lan$^{33}$ ʒit$^{5\text{-}32}$ tʃak$^{5}$ von$^{35}$
我打破了一個碗。（私は茶碗を一つ壊した。）

（30）講一遍，又講加一遍。
koŋ$^{35\text{-}33}$ ʒit$^{5\text{-}32}$ pien$^{21}$, ʒiu$^{55/35}$ koŋ$^{35\text{-}33}$ ka$^{53}$ ʒit$^{5\text{-}32}$ pien$^{21}$
說了一遍，又說了一遍。（一通り話し、また一通り話した。）

（31）佢食兩碗粄條。
ki$^{55}$ ʃit$^{32}$ lioŋ$^{35}$ von$^{35}$ pan$^{35\text{-}33}$ tʰiau$^{55}$
他吃了兩碗粄條。（彼はライスヌードルを二杯食べた。）

（32）…趜蜗仔這坵田趜到該坵田，繞一大圈，結果還係無捉到。
…追青蛙從這畝田追到那畝田，繞了一大圈，結果還是沒追到。（蛙を追ってこちらの田んぼからあちらの田んぼまでぐるりと大きく回っても、やっぱり捕まらない。）（『一』）

（33）阿達仔，聽講汝買間當靚个屋，真實个仰假个？
阿達，聽說你買了間很漂亮的房子，真的還是假的？（タッちゃん、きれいな家を買ったって、本当なの？）

（『一』）

（34）講啊煞，佢大笑幾聲，像人飛射樣，飆寧走。
gong$^{2}$ a$^{2}$ sot, gi tai$^{2}$ siău gi$^{2}$ shàng, tsiŏng ngin bùi sha$^{2}$ rong$^{2}$, biàu nén tzéu.
講完了，他就大笑了幾聲，就像飛一樣地走了。（言い終わるやいなや、彼は大笑いして、飛ぶように去ってしまった。）（『詹』、一三頁）

（35）我想想，還係決定唔去。
ŋai$^{55}$ sioŋ$^{35\text{-}33}$ sioŋ$^{35}$, han$^{55}$ he$^{21}$ ket$^{5\text{-}32}$ t$^{h}$in$^{33}$ m$^{55}$ hi$^{21}$
我想了想，還是決定不去。（私は考えてみたが、やはり行かないことに決めた。）

（36）佢緊張到叫起來。
ki$^{55}$ kin$^{35\text{-}33}$ ʧoŋ$^{53}$ to$^{21}$ kiau$^{21}$ hi$^{35}$ loi$^{55}$
他急得哭了起來。（彼は焦って泣き出した。）

（37）□件事情使到我愁。
lia$^{55}$ k$^{h}$en$^{33}$ sɨ$^{33}$ ʦ$^{h}$in$^{55}$ sɨ$^{35\text{-}33}$ to$^{21}$ ŋai$^{55}$ seu$^{55}$
這件事情使我傷透了腦筋。（このできごとは私を悩ませた。）

（38）食飽飯正去，來唔□了。
ʃit$^{32}$ pau$^{35\text{-}33}$ p$^{h}$on$^{33}$ ʧaŋ$^{21}$ hi$^{21}$, loi$^{55}$ m$^{55}$ ʧ$^{h}$at$^{5}$ le$^{53}$
吃了飯再去就來不及了。（食事をしてから行ったら間に合わなくなってしまう。）

（39）佢□走去，我正做得坐下來做□家個事。
ki$^{55}$ teu$^{53}$ tseu$^{35\text{-}33}$ hi$^{21}$, ŋai$^{55}$ ʧaŋ$^{21}$ ʦo$^{21}$ tet$^{5}$ ʦ$^{h}$o$^{53}$ ha$^{53}$ loi$^{55}$ ʦo$^{21}$ ʦit$^{32}$ ka$^{53}$ kai$^{21}$ ʃe$^{33}$

他們走了我才能坐下來做自己的事。（彼らが行ってしまうと、私はやっと腰を下ろして自分のことができた。）

バイビー等（1994：54）は完了相の定義として、連続する個別の事態を叙述できることを挙げているが、前述した無標識の文でも、例文（34）（38）（39）や次の例文（40）のように、連続した個別の事態を叙述することが可能だ。例文（40）の各節には結果状態を示す成分や量的規定が存在している。

（40）我食夜食好，□一下，後來轉來睡一下，發一隻夢。
ŋai$^{55}$ ʃit$^{32}$ ʒa$^{33}$ ʃit$^{32}$ ho$^{35}$, lau$^{53}$ ʒit$^{5\text{-}32}$ ha$^{33}$, heu$^{33}$ loi$^{55}$ tʃon$^{35}$ loi$^{55}$ ʃoi$^{33}$ ʒit$^{5\text{-}32}$ ha$^{33}$, pot$^{5\text{-}32}$ ʒit$^{5\text{-}32}$ tʃak$^{5}$ muŋ$^{33}$
我吃了晚飯，蹓躂了一會兒，後來回來就睡下了，做了個夢。（私は夕食を食べると、しばらくブラブラし、それから帰ってきて寝て、夢を見た。）

ところで、限界を示す成分がない場合はどうであろうか。たとえば目的語が裸である場合は、完了か否かが確定していないとみなされる（例文（41））[27]。このようなときは文末に「le$^{53}$」を置くことで、事態が完了したことを示すことができる（例文（24））。なお、この場合、完結相の「t$^{h}$et$^{5}$」を用いることはできない。よって例文（42）は非文と判断される[28]。

（41）我食飯。
ŋai$^{55}$ ʃit$^{32}$ p$^{h}$on$^{33}$
我吃飯／我吃了飯。（私は食事をする／私は食事をした。）

（24）我食飯了。

ŋai$^{55}$ ʃit$^{32}$ p$^{h}$on$^{33}$ le$^{53}$

我（已經）吃飯了。（私は（すでに）食事をした。）

（42） ＊我食□飯。

ŋai$^{55}$ ʃit$^{32}$ t$^{h}$et$^{5}$ p$^{h}$on$^{33}$

## 5 まとめ

上述したように、海陸客家語の完了相系列については三種類の表わし方がある。これらをバイビー等（1994）の完了相系列文法化序列（43）を参考に配列すると、（44）のようになる。これによって、先に挙げた、海陸客家語のT類・L類・無標識はどのような関係にあるかという第一の問題に答えることができるだろう。すなわち、文法化の程度は文末の「le$^{53}$」が動詞後置の「t$^{h}$et$^{5}$」よりも相対的に高い。また、最も文法化が進んだ段階であるとされる完了相を表す専用標識は、まだ現われていない。

（43）

| | | | | | | |
|---|---|---|---|---|---|---|
| be / have | > | resultative<br>結果相 | | | | |
| come | | | > | anterior<br>既然相 | > | perfective / simple past<br>完了相／単純過去 |
| finish | > | completive<br>完結相 | | | | |

（44） 動詞後置「t$^{h}$et$^{5}$」（完結相）―文末「le$^{53}$」（既然相）―無標識（完了相）

ところで、標準中国語、すなわち北方漢語のアスペクト助詞（動詞後置）あるいは語気助詞（文末）である「了」の形成は次のとおりである。まず、南北朝期に「V＋O＋完了動詞」という動詞連続文が登場し、完了動詞の交替の結果、唐代に「V＋O＋了」という動詞連続文が現われた。「了」のアスペクト標識化はこの段階から始まる。北方漢語では、「了」は唐末から五代にかけて動補構造の発展にしたがい動詞の直後に移り始め、「V＋了＋O」という形式になる。そして、北宋期に到るとこの形式が大量に登場した（梅祖麟 一九八一年、曹广顺 一九八六年）。このような形態素の交替と位置の変化の中で、まず文末の「了」が文法化して既然相標識になり、その後、それが動詞の直後に移動して完了相標識になり今日に及んでいる（陈前瑞等 二〇〇七年）。つまり、文末の「了」から文法化が始まり最終的には既然相標識になる一方、動詞後置の「了」は後発ながら文法化がさらに進んで完了相標識になるのである。

海陸客家語のT類・L類標識を北方漢語の「了」の形成過程と照らし合わせると、海陸客家語が北方漢語の後をなぞるように進んでいるように見える。北方漢語では文末標識の方が先に文法化し、その文法化の程度が相対的に高かった時期があったのだが、海陸客家語はまさに現在その段階にあるのといえるのではないだろうか。いずれにせよ、海陸客家語あるいは客家語全体の完了相系列の通時的変化については、さらなる検討が必要である。

第二の問題は、無標識にして完了相を表す場合の条件についてのものである。これについては前述したように、文中に限界（endpoint）を示すなんらかの成分、特に数量成分や到達点が必要だと指摘できる。

## 四　非完了相系列

非完了相標識には二種類ある。一つは持続相（continuous）標識「nen$^{35}$□」で、動詞の直後に置かれる。もう一つは進行相（progressive）標識「ʦʰo⁵³坐＋{lia⁵⁵□/kai˙⁵⁵□}」で、動詞の前に置かれる。これらを分析するに当たり、まず先行研究から見てみよう。

## 1　先行研究

台湾客家語の非完了相系列についての研究は、当初動詞後置タイプのみを対象としていたが、近年は動詞前置タイプにも対象を広げて記述や分析が行われている。

動詞後置標識は持続相標識であり、北部四県客家語「tɛn⁴²」（橋本　一九七二年）、「ten³¹」（羅肇錦　一九八八年、二〇四頁）、南部四県客家語「nen³¹」（鍾榮富　二〇〇四年、二二六－二二九頁）、東勢客家語「kin³¹緊」「xet⁵住」（江敏華　二〇〇七年）、四海客家語「nen²⁴等」（宋彩仙　二〇〇八年）などが相当する。羅肇錦（一九八八年）は北部四県客家語の「ten³¹」を、動作が進行中であることを表しているとする。(29) 南部四県客家語の「nen³¹」も同様である。東勢客家語の「kin³¹」と「xet⁵」および四海客家語「nen²⁴」は持続及び進行相標識である。以上のことから考えるに、動詞後置標識は進行相をも包括した持続相標識といってよいかもしれない。

動詞前置標識は進行相標識が多数を占める。東勢客家語「tʰo⁵在」（江敏華　二〇〇七年）、四海客家語「toŋ⁵³當」「to¹¹ kai˙⁵⁵到該」「toŋ⁵³ to¹¹ kai˙⁵⁵當到該」（宋彩仙　二〇〇八年）(30) などがこれに相当する。これらは、「toŋ⁵³」を除いて、いずれも処格（locative）と関係がある。バイビー等（1994：129）は、通言語的な研究から、進行相標識の多くは処格成分を含む表現から派生していると指摘している。

以上の先行研究を踏まえ、次節から海陸客家語の非完了相について検討する。

## 2　持続相——動詞後置標識「nen$^{35}$」

「nen$^{35}$」は持続相標識で、動詞の後に置く。連金發（一九九五）の基準にしたがうと、「nen$^{35}$」については、以下の五点が指摘できる。

〔一〕可能補語を形成しない。
〔二〕述語動詞に近い位置に存在する。
〔三〕述語動詞との間に別の成分を挿入できない。
〔四〕範列関係にある形態素が存在しない。
〔五〕機能語的語義のみである。

「nen$^{35}$」は事態アスペクトのタイプによりその解釈が異なる。まず、事態アスペクトが活動型の場合は、動的局面の持続を表す（例文（45）～（49））。また、後述する進行相標識「ʦ$^{h}$o$^{53}$坐＋{lia$^{55}$□ / kaiˑ$^{55}$□}」あるいは副詞「tu$^{33}$ tu$^{35}$□□」（ちょうど）などと併用することが可能である（例文（48）（49））。

（45）佢食□飯。
kiˑ$^{55}$ ʃit$^{32}$ nen$^{35}$ p$^{h}$on$^{33}$
他在吃著飯呢。（彼は食事をしている。）

（46）佢叫□，□個□唔食。
kiˑ$^{55}$ kiau$^{21}$ nen$^{35}$, mak$^{32}$ kaiˑ$^{21}$ lə$^{33}$ m$^{55}$ ʃit$^{32}$
她哭著呢，甚麼也不吃。（彼女は泣いていて、何も食べない。）

（47）佢□下坐□位□一隻朋友講□話。
kiˑ$^{55}$ lia$^{55}$ ha$^{33}$ ʦ$^{h}$o$^{53}$ kaiˑ$^{55}$ vuiˑ$^{33}$ lau$^{53}$ ʒit$^{5\text{-}32}$ ʧak$^{5}$ p$^{h}$en$^{55}$ ʒiu$^{53}$ koŋ$^{35\text{-}33}$ nen$^{35}$ voiˑ$^{53}$

他正在那兒跟一個朋友說著話呢。（彼はちょうどあそこで友だちと話をしているところだ。）

（48） 佢坐□食□飯。

kiː$^{55}$ tsʰo$^{53}$ kaiː$^{55}$ ʃit$^{32}$ nen$^{35}$ pʰon$^{33}$

他在吃著飯呢。（彼は食事をしているところだ。）

（49） 佢□□食□飯。

kiː$^{55}$ tu$^{33}$ tu$^{35}$ ʃit$^{32}$ nen$^{35}$ pʰon$^{33}$

他正在吃飯呢。（彼はちょうど食事をしているところだ。）

変化性の事態の場合、動作行為の結果状態の持続を表す。例文（50）（51）は変化性の達成型事態、（52）（53）は変化性の点的事態である。

（50） 佢著□一身新衫褲。

kiː$^{55}$ tʃok$^{5\text{-}32}$ nen$^{35\text{-}33}$ ʒit$^{5\text{-}32}$ ʃin$^{53}$ sin$^{53}$ sam$^{53}$ fu$^{21}$

他穿著(31)一身新衣服。（彼は新しい服を着ている。）

（51） 門開□，□背肚無人。

mun$^{55}$ kʰoiː$^{53}$ nen$^{35}$, tiː$^{53}$ poiː$^{21}$ tu$^{35}$ mo$^{55}$ ŋin$^{55}$

門開著，裡面沒有人。（ドアは開いているが、中に人はいない。）

（52） 手拿□一本書。。

ʃu$^{35}$ na$^{53}$ nen$^{35}$ ʒit$^{5\text{-}32}$ pun$^{35}$ sju$^{53}$

手裡拿著一本書。（手に本を一冊持っている。）

（53） 佢坐屋簷下企□。

ki:$^{55}$ tsʰo$^{53}$ vuk$^{5\text{-}32}$ ʒam$^{55}$ ha$^{53}$ kʰi:$^{53}$ nen$^{35}$
他在屋簷下站著呢。（彼は軒下に立っている。）

標準中国語の「著（着）」について、劉綺紋（二〇〇六年、二九二頁）は「〈状態化〉の操作を表す」と指摘する。「拿」などの変化性の点的事態については、「著（着）」はこの事態に内在する［結果状態］の一部をプロファイルしてとらえる（同、二九四－二九五頁）。点的事態であるから、動的局面の開始点・終結点と静的事態の開始点は一致しており、「著（着）」は動的局面を状態化することはできず、必然的帰結として静的事態を状態化、つまり静的事態に一定時間継続するという時間性を与えるわけである。これは変化性の達成型事態でも同様だ。海陸客家語の「nen$^{35}$」についても、前掲の例文に見るように、「著（着）」と同様の解釈ができる。

「nen$^{35}$」は「$V_1$ + nen$^{35}$ + $V_2$」（$V_1$しながら$V_2$する）という、標準中国語の「$V_1$ + 著（着）+ $V_2$」に平行するフレーズを作る。前項動詞（$V_1$）が指示する動作行為が後項動詞（$V_2$）に随伴するものであることを示すもので、前項動詞フレーズは地（ground）であり、後項動詞フレーズは図（figure）となっている。

（54）佢好企□食。
ki:$^{55}$ hau$^{21}$ kʰi:$^{53}$ nen$^{35}$ ʃit$^{32}$
他喜歡站著吃。（彼は立って食べるのが好きだ。）

（55）戴□帽仔尋帽仔。
tai:$^{21}$ nen$^{35\text{-}33}$ mo$^{33}$ ə$^{55}$ tsʰim$^{55}$ mo$^{33}$ ə$^{55}$
戴著帽子找帽子。（帽子をかぶったまま帽子を探す。）

（56）佢□□遮仔坐街路行。

ki$^{55}$ teu$^{53}$ k$^{h}$ia$^{55}$ <u>nen</u>$^{35\text{-}33}$ ʧa$^{53}$ ə$^{55}$ ʦ$^{h}$o$^{53}$ kai$^{53}$ lu$^{33}$ haŋ$^{55}$
他們打著傘在街上走。（彼は傘をさしながら町を歩いている。）

「nen$^{35}$」を用いて命令文を作ることも可能である。

（57）　你□□！
ŋi$^{55}$ k$^{h}$ia$^{55}$ <u>nen</u>$^{35}$
你拿著！（持っていなさい！）

以上のように、「nen$^{35}$」は標準中国語の持続相標識「著（着）」と平行する。しかし、やや異なる点も二つ指摘できる。

一つは、進行を表す場合の文の成立条件である。標準中国語では、「著（着）」は「在」「呢」などの成分とともに用いることが条件である。そのため「他們跳著舞」は成立しない（钱乃荣 二〇〇〇年、五－六頁）。つまり、「著（着）」は進行を表す機能がないのである。[32] しかし、筆者の調査では、海陸客家語の「nen$^{35}$」は必ずしも進行相標識「ʦ$^{h}$o$^{53}$ + {lia$^{55}$ / kai$^{55}$}」とともに用いなくてもよい。よって例文（45）の「ki$^{55}$ ʃit$^{32}$ nen$^{35}$ p$^{h}$on$^{33}$ 佢食□飯」は「他在吃著飯呢。」と進行相的な要素を入れて解してもよいのである。つまり「nen$^{35}$」を「著（着）」と比較すると、その指示領域は「著（着）」よりも広く、進行相をカバーしている。つまり、動詞の動的な進行をも表すことが可能である。しかし、「nen$^{35}$」には、「著」と同様、連動文の前項動詞フレーズを背景化するという機能もある。このため钱乃荣（二〇〇〇年）が標準中国語の進行相標識「在」などについて指摘するような新情報の報告機能（新闻性）は持ち合わせていないと考えられる。いずれにせよ、この点については、さらなる確認が必要である。

もう一つは「nen$^{35}$」が事態の開始あるいは実現を表す点である。例文（58）の「nen$^{35}$」は標準中国語の「起」に対応し、「ʃit$^{32}$（tsiu$^{35}$）食（酒）」（（酒を）飲む）という活動型事態の動的局面の開始点をマークしていると考えられる。

（58）　人客還□到，佢□酒食□來了。
ŋin$^{55}$ hak$^{5}$ han$^{55}$ maŋ$^{55}$ to$^{21}$, kiː$^{55}$ sɨː$^{33}$ tsiu$^{35}$ ʃit$^{32}$ nen$^{35\text{-}33}$ loiː$^{55}$ le$^{53}$
客人還沒到他就喝起酒來。（お客がまだ着いていないのに、彼はもう酒を飲みだした。）

楊時逢（一九五七年）では「nen$^{0}$」（＝nen$^{35}$）に「了」を当て、「nen$^{0}$」は「了」の白話音としている（例文（59））。この解釈は、開始点をマークするという「nen$^{0}$」の機能が「了」と平行していることに動機付けられていると推測できる。

（59）　戇子就開聲叫了轉屋下去，…
ŋoŋ$^{31}$ ɿ$^{55}$ tsʰiu$^{22}$ kʰoiː$^{53}$ ʃaŋ$^{53}$ kiau$^{31}$(n)en$^{0}$ tʃon$^{13}$ vuk$^{55}$ ha$^{0}$ hiː$^{0}$,
傻子放聲哭了回家去。（与太郎は声を上げて泣きながら家に帰って行った。）（『楊』）

標準中国語の「著（着）」について、讃井（二〇〇二年、七五頁）は「「動作・状態が発生し、一定時間持続する局面」を積極的に主張し、それがすでに終わっているか否かについては常に文脈に左右されるのであって、〝着〟それ自体はその点について積極的に主張するものではない。」と述べている。つまり、「著（着）」は動的局面の開始点をマークする。とすれば、例文（58）の「nen$^{35}$」も動的局面の開始点をマークしており、やはりこの点でも標準中国語の「著（着）」と平行することになる。

### 3　進行相——動詞前置標識「ʦ$^{h}$o$^{53}$坐＋{lia$^{55}$□ / kaiː$^{55}$□}」

「ʦ$^{h}$o$^{53}$坐＋{lia$^{55}$□ / kaiː$^{55}$□}」は進行相標識で、動詞の前に置かれる。また、持続相標識の「nen$^{35}$」との共起が可能である。

「ʦ$^{h}$o$^{53}$坐」は処格標識で標準語の「在」に、「lia$^{55}$□」と「kaiː$^{55}$□」は指示詞でそれぞれ「這」と「那」に相当する。つまり、この標識は指示性を有しているのである。たとえば、例文（60）（61）のように、「ŋaiː$^{55}$我」（第一人称）については近称の「lia$^{55}$□」を、「kiː$^{55}$佢」（第三人称）については遠称の「kaiː$^{55}$□」を用いている。例文（63）では、賨延豹という人物について遠称（「dŭ gai 佇該」）[33]を用いている。

（60）　我坐□食飯，佢坐□洗手。
ŋaiː$^{55}$ ʦ$^{h}$o$^{53}$ lia$^{55}$ ʃit$^{32}$ p$^{h}$on$^{33}$, kiː$^{55}$ ʦ$^{h}$o$^{53}$ kaiː$^{55}$ se$^{35\text{-}33}$ ʃu$^{35}$
我在吃飯，他在洗手呢。（私はご飯を食べているところで、彼は手を洗っているところだ。）

（61）　我□下唔係食飯，係坐□掃地泥。
ŋaiː$^{55}$ lia$^{55}$ ha$^{33}$ m$^{55}$ he$^{21}$ ʃit$^{32}$ p$^{h}$on$^{33}$, he$^{21}$ ʦ$^{h}$o$^{53}$ lia$^{55}$ so$^{21}$ t$^{h}$iː$^{33}$ naiː$^{55}$
我沒在吃飯呢，我在掃地。（私はご飯食べているのではなく掃除をしているところだ。）

（62）□下佢坐□做□個？
lia$^{55}$ ha$^{33}$ ki$^{:55}$ ʦ$^{h}$o$^{53}$ kai$^{:55}$ ʦo$^{21}$ mak$^{32}$ kai$^{:21}$
這會兒他在幹甚麼？（今彼は何をしているのか？）
—佢坐眠床頂睡□看書。
ki$^{:55}$ ʦ$^{h}$o$^{53}$ min$^{55}$ ʦ$^{h}$oŋ$^{55}$ taŋ$^{35}$ ʃoi$^{:33}$ nen$^{35}$ k$^{h}$on$^{21}$ ʃu$^{53}$
他躺在床上看書呢。（彼はベッドで本を読んでいる。）

（63）有一日，賨延豹佇大路唇一家酒樓寧當當佇該食大埕肉，lìm 大碗酒介時節，燕青雲佇這尋著佢。
riù rìt ngìt, Teu$^{2}$ Ran Bǎu dǔ tai$^{2}$ lu$^{2}$ shun rìt gà tziu$^{2}$ leu nèn dòng dòng dǔ gai shìt tai$^{2}$ dě ngiuk, lìm tai$^{2}$ von$^{2}$ tziú gǎi shi tziet, Ràn Tsiàng Run dǔ lia tsim do$^{2}$ gi.
有一天，賨延豹在大路旁邊的一家酒樓吃大塊肉、喝大碗酒的時候，燕青雲找到了他。（ある日、賨延豹が大通りの道端の酒屋で大きな肉を食べ大きな碗に入った酒を飲んでいたまさにそのとき、燕青雲はちょうど彼を探しあてた。）（『詹』、五頁）

海陸客家語で標準中国語の「在｛這裡／那裡｝」に当たる表現は、「ʦ$^{h}$o$^{53}$坐＋｛lia$^{55}$ vui$^{:33}$ □位／kai$^{:55}$ vui$^{:33}$ □位｝」である（例文（47））。これと比べると、「ʦ$^{h}$o$^{53}$＋｛lia$^{55}$／kai$^{:55}$｝」は「vui$^{:33}$位」がない分、形式的に摩滅している。語義的にも、「処格＋指示詞」として場所を指示するよりも、再分析されて全体で参照時に動作行為が進行しつつあるというアスペクトを表している。しかし、指示性を残していることから、その文法化の程度は相対的に浅いといえる。

処格フレーズか進行相標識かで、処格標識に白話音・文言音の違いが認められる例もある。楊時逢（一九五七年）で「ʦ$^{h}$o$^{53}$＋｛lia$^{55}$／kai$^{:55}$｝」に当たるものは「｛ʦ$^{h}$oi$^{:53}$／ʦ$^{h}$ai$^{:22}$｝kai$^{:55}$在該」である。「在」について、ʦ$^{h}$oi$^{:53}$は白話音、ʦ$^{h}$ai$^{:22}$は文言音であり、白話音が処格フレーズに、文言音が進行相標識にほぼ対応しているといえる。まず「ʦ$^{h}$oi$^{:53}$」から見てみよう（例文（64）〜（66））。例文（64）は「ʦ$^{h}$oi$^{:53}$」が述語動詞の場合で、「いる」という意味である。例文（65）の「ʦ$^{h}$oi$^{:53}$ kai$^{:55}$」は処格フレーズであろうが、進行相標識とも解釈できよう。例文（66）の指示詞「kai$^{:55}$」はその前の「大潤的坪埔上」を指示していると考えられる。しかし、情報としてはやや余剰であるため、「ʦ$^{h}$oi$^{:53}$ kai$^{:55}$」は進行相標識としての機能が優位であると解釈できる。次の例文（67）から処格標識は「ʦ$^{h}$ai$^{:22}$」になる。例文（67）の「ʦ$^{h}$ai$^{:22}$ kai$^{:55}$」は「途中」を指しているとも考えられるが、（66）ほど具体的ではない。よって、進行相標識と考えて差し支えないだろう。例文（68）は「北風摎日頭兩個故事」（北風と太陽）の冒頭であるが、この場合「kai$^{:55}$」が指示する対象はない。「ʦ$^{h}$ai$^{:22}$ kai$^{:55}$」は純粋に進行相標識として機能していると考えるべきである。このような文白異読の使い分けの原因は不明である。あるいは、処格フレーズと進行相標識を区別しようという話し手の心理の現れなのかもしれない。なお、このような例は、筆者の実地調査では見つかっていない。

（64）該隻羊姆子還在該。（一〇五頁）
kai$^{:55}$ ʧak$^{5}$ ʒoŋ$^{55}$ me$^{53}$ l̩$^{0}$ han$^{55}$ ʦ$^{h}$oi$^{:53}$ kai$^{:55}$.
那隻蜻蜓還在那裡。（そのトンボはまだそこにいる。）

（65）看倒盡多人在該食酒，（一〇九頁）
k$^{h}$on31 to0 ʦ$^{h}$in53 to53 ȵin55 ʦ$^{h}$oi53 kai55 ʃit32 ʦiu13,
看到很多人在那裡喝酒，（多くの人がそこで酒を飲んでいるのを見た）

（66）就看倒大潤的坪埔上有一條牛在該食草，（一二四頁）
ʦ$^{h}$iu22 k$^{h}$on31 to0 t$^{h}$ai22 fat5 tit0 p$^{h}$iaŋ55 pu53 ʃoŋ53 ʒu53 ʒït55-32 t$^{h}$iau55 ȵiu55 ʦ$^{h}$oi53 kai$^{:55}$ ʃit$^{32}$ ʦ$^{h}$o$^{13}$,
就看到肥沃的草原上有一條牛在吃草，（豊かな草原で一頭の牛が草を食んでいるのを目にした。）

（67）途中看倒有人在該補鑊頭，（一〇五頁）
t$^h$u$^{55}$ tʃuŋ$^{53}$ k$^h$on$^{31}$ to$^0$ ʒu$^{53}$ ȵin$^{55}$ ʦ$^h$ai$^{22}$ kai$^{55}$ pu$^{35}$ vok$^{32}$ t$^h$eu$^{55}$,
途中看到有人在補鍋。（途中で誰かが鍋を直しているのを見た。）

（68）有一次，北風摎日頭兩個人在該爭論看麥人個本事還大。（一二七頁）
ʒu$^{53}$ ʒit$^{55}$ ʦ$^h$ɨ$^{22}$ pet$^5$ fuŋ$^{53}$ lau$^{53}$ ȵit$^{5\text{-}32}$ t$^h$eu$^{55}$ lioŋ$^{13}$ kai$^0$ ȵin$^{55}$ ʦ$^h$ai$^{22}$ kai$^{55}$ ʦaŋ$^{53}$ lun$^{22}$ k$^h$on$^{31}$ mak$^{32}$ ȵin$^{55}$ kai$^0$ pun$^{13}$ sɨ$^{31}$ ha (n)$^{55}$ t$^h$ai$^{22}$
有一次北風跟太陽在争論哪個人的本事大。（あるとき北風と太陽がどちらの腕前が上であるかを議論していた。）

## 4 まとめ

動詞後置の持続相標識「nen$^{35}$」は標準中国語の「著（着）」と平行する点が多い。しかし、「ʦ$^h$o$^{53}$ + {lia$^{55}$ / kai$^{55}$}」などの他の成分をともなわないまま、進行相をも表すことができる点で、「著（着）」よりもより広い領域をカバーしている。一方、動詞前置の進行相標識「ʦ$^h$o$^{53}$ + {lia$^{55}$ / kai$^{55}$}」は、指示性を残しており、「nen$^{35}$」と比較すると、文法化の程度は相対的に低い。以上の点を踏まえ、現在の段階で考えられることは、「nen$^{35}$」がもともと持続と進行を包括していたところに、「ʦ$^h$o$^{53}$ + {lia$^{55}$ / kai$^{55}$}」が後から進行相を表すようになり、持続と進行の住み分けが起こりつつあるということである。いずれにせよ、この点は今後さらなる検討が必要である。

胡明扬（二〇〇三年）は、漢語系言語の非完了相標識について、動詞後置の「著（着）」類は主として官話地域に、動詞前置の「在那裡」類は主として長江以南に分布していると指摘している。今まで検討した海陸客家語の傾向からすると、少なくとも海陸客家語は動詞後置成分が標識として安定しているため、官話地域タイプに分類されるであろう。

## 五　おわりに

本稿では海陸客家語の完了相と非完了相の両系列のアスペクトの表し方について分析を行なった。まず、完了相系列に関しては、完結相が動詞後置の「$t^{h}et^{5}$」、既然相が文末の「$le^{53}$」によって担われる一方、完了相には専用の標識は存在していない。完了相は、文中の限界（数量表現・到達点・結果状態を表す結果補語など）によって担われる。文法化の程度は、相対的に「$le^{53}$」が高く「$t^{h}et^{5}$」は低い。非完了相系列については、基本的に持続相が動詞後置の「$nen^{35}$」、進行相が「$ts^{h}o^{53}$ + {$lia^{55}$ / $kai^{55}$}」によって担われている。文法化の程度は、相対的に「$nen^{35}$」が高く、「$ts^{h}o^{53}$ + {$lia^{55}$ / $kai^{55}$}」が低い（表2参照）。

表2　海陸客家語のアスペクト標識の特徴

| | 文法化の相対的程度 | |
|---|---|---|
| | 低い | 高い |
| 完了相系列 | 完結　動詞後置「$t^{h}et^{5}$」 | 既然　文末「$le^{53}$」 |
| 非完了相系列 | 進行　動詞前置「$ts^{h}o^{53}$ + {$lia^{55}$ / $kai^{55}$}」 | 持続　動詞後置「$nen^{35}$」 |

北方官話・広州粤語・廈門閩南語のアスペクト標識について類型論的研究を行なったチャペル（Chappell 1992）によると、これら三つの言語では、持続相が共通するカテゴリーである一方、完了相はそうではなく、たとえば閩南語は結果補語によってそれを表している。閩南語のこの傾向は、海陸客家語にも見られる。やや大胆な推測ではあるが、漢語系言語は、もともと非完了相は有標であるが、完了相は無標であり、それが海陸客家語や閩南

語に今なおうかがえるとはいえないだろうか。また、この特色は、動詞の結果含意性とも関係があるかもしれない。今後は、この点について、東南アジアの孤立語系言語も考慮しながら、通言語的研究を行なってゆきたいと考える。

付記　本稿は遠藤（二〇〇七年）および International Association of Chinese Linguistics 第一七回大会（二〇〇九年七月）で発表した原稿の一部に基づいている。特に IACL での発表についてご意見を賜った多くの方々にこの場を借りて謝意を表したい。なお、本稿は日本学術振興会科学研究費補助金（平成二一年度基盤研究C一般、課題番号：21520449）による研究成果の一部である。

（1）客家委員会の調査報告「全國客家人口基礎資料調查研究」を参照。http：//www.hakka.gov.tw/ct.asp?xItem=6918&CtNode=1671&mp=298&ps=

（2）鍾榮富（二〇〇四年）では、これに卓蘭と永定を加えている。

（3）陳運棟（二〇〇七年、二五頁）は、台湾に入植した客家人のうち、今日の海陸客家の祖となる広東省恵州府の出身者が四分の一を占めるとしている。

（4）従来はパーフェクト（perfect）という術語を用いていたが、完了（perfective）と紛らわしいため、バイビー等（1994）・ウェイリー（大堀等訳）（二〇〇六年）に倣い、「既然（anterior）」という術語を用いることにする。

（5）結果相（resultative）・習慣相（habitual）などについては、今回は考察の対象としない。

（6）本調査は新竹県竹北市の六家国民小学（小学校）の一室で行なっており、インフォーマントは一貫して詹智川氏に依頼している。詹氏は一九三九年新竹県新埔鎮生まれ、元小学校教諭であり、現在も同地に在住している海陸客家語ネイティブである。詹氏は現在に到るまで私のわがままな調査に無償で協力してくださっている。この無私のご協力に対して、この場を借りて心から御礼申し上げたい。

（7）本書の編著者である詹益雲氏から、本書の電子データを無償にていただくことができた。ここに記して感謝の意としたい。

（8）文献資料からの例文については、漢字・音声などの表記を、一部を除いて変えていない。

（9）羅氏は「$t^{h}et^{2}$ $le^{24}$」をテンス（「時態」）標識として考えている。しかし、「完成」以外にも「開始」「進行」「過去」「繼續」というカテゴリーの標識を挙げていること（一四九－一五一頁）を考慮すると、実際はテンス標識でなく、アスペクト標識であると判断できる。

（10）「四海客家語」とは四県客家語と海陸客家語が融合したものである。桃園県・新竹県などの四県客家語と海陸客家語の接触する地域で生まれており、現在話者数では四県・海陸に次ぐ第三の勢力にまでなっている（羅肇錦 二〇〇七年、二四一頁）。

（11）羅肇錦（一九八八年）は「$le^{24}$」をテンス標識（一五〇頁、二〇五頁）でもあり、またモダリティ標識（二〇六頁）でもあると考えている。前者については標準中国語の「了」に相当し過去を表すもの、後者については過去あるいは完了を表すものだとする。

（12）原因は不明であるが、江敏華（二〇〇七年）では、両者とも声調がところどころ三一調になっている。ここでは第一章第一節の表題にある三三調で表記する。

（13）葉瑞娟（二〇〇四年）のデータは新竹県新埔鎮内立里雲東および雲南地区の客家語のものである。インフォーマントの自己申告では四県客家語であるが、観察によると四海客家語と判断できるという。

（14）宋彩仙（二〇〇八年）のデータは四県・海陸の混合地域のもので、インフォーマントは両方の方言を操ることができるという。筆者が見たところ、声調体系など、海陸客家語をベースにした四海客家語のようである。

（15）宋彩仙（二〇〇八年）によれば、「$le^{53}$咧」は標準中国語と同様に動詞と目的語の間にも置くことができる。しかし、私の今までの実地調査ではそのような「$le^{53}$」の使用例は見つかっていない。

（16）葉氏のこの指摘は非常に示唆に富むものである。しかし、一点問題がある。それは、そもそも自律的なある言語にゼロ標識があるといってよいか否かということだ。「ゼロ声母」のように、同一言語の体系内であればよいであろう。しかし、このゼロ標識は、標準中国語との対照においてしか存在しえない。つまり、何をモノサシにするかによって変わってくるものだ。ゼロ標識があるといえば、客家語の文で、標準中国語の「了」に相当する位置にスロットが用意されているとの誤解を招きかねない。四海客家語自体がゼロ標識というものを本来備えているのではないのだ。単に専用標識はないと指摘すればよく、さらに客家語では専用の完了相標識が存在しない理由を考察すべきではないだろうか。

(17) 「$t^het^5$」の本字はまだ明らかになっていない。台湾では一般に「忒」を用いているが、これは仮借字である。楊時逢（一九五七年、一二二頁）は「$t^het^5$」を「掉」の白話音とし、「掉」を当てている。また房子欽（二〇〇八年）は呉語のアスペクト標識「脱」を参考にして、「$t^het^5$」の本字は「脱」であると推論している。

(18) 連金發（一九九五年、一二一―一二二頁）は、台湾閩南語のアスペクト助詞と動相補語の判別基準として、以下の八項目を挙げている。（一）動相補語は可能補語を形成する、（二）動相補語と述語動詞の間には別の成分（「會」など）の挿入が可能である、（三）動相補語は述語動詞により近い位置にあるのに対しアスペクト助詞は外側に位置する、（四）動相補語は範列関係にある成分が多いがアスペクト助詞は少ない、（五）述語動詞とのコロケーションの選択制限については動相補語が相対的に大きいのに対しアスペクト助詞は小さい、（六）動相補語は内容語的語義と機能語的語義が並存するのに対しアスペクト助詞は機能語的語義のみである、（七）語彙音韻論（lexical phonology）の観点では動相補語は語彙レベルに、アスペクト助詞は語彙レベルよりも後のレベルに属す、（八）動相補語は語彙のレベルをいまだ出ていないがアスペクト助詞は文法のレベルにある。

(19) 述語動詞とのコロケーションの選択制限については、今回は未調査である。

(20) 本稿では「$pan^{35\text{-}33}$ $t^hiau^{55}$粄條」を便宜的に「ライスヌードル」と訳した。「粄條」とは客家の伝統的な食品である。米の粉を水で溶き、蒸籠に薄くのばして蒸し上げ、それを細く切ったもので、形状は日本のきしめんに似る。

(21) 詹益雲（二〇〇八年）からの例文の標準中国語訳は筆者による。

(22) 劉丹青（一九九六年）はこのような成分を「唯补词」と称している。

(23) 本稿では「le$^{53}$」の本字を「了」とする。「了」は次濁上声字であるが、海陸客家語では少なからぬ次濁上声字が陰平(五三調)に合流しているからである。なお、「了」には liau$^{35}$(上声)という字音もある。le$^{53}$が白話音、liau$^{35}$が文言音とも考えられる。なお、台湾では「le$^{53}$」に「咧」を当てることが多い。ちなみに、二〇〇九年八月一五日から公開されたオンライン辞書「教育部臺灣客家語常用詞辭典」(http://hakka.dict.edu.tw/)では「了」を採用している。

(24) バイビー等(1994)は既然相を「事態は参照時より前に起き、参照時と関連する」と定義しており、宋彩仙(二〇〇八年)は海陸客家語の「le$^{53}$」について同様の指摘をしている。参照時が発話時である場合、標識はモダリティ的機能を持つことになる(劉綺紋 二〇〇六年、三〇九頁)。

(25)「le$^{53}$」が「了」に由来するとした場合、その文法化の程度は標準中国語の「了」ほどではないといえる。標準中国語の「了」は活動型事態などについて開始点と終結点の両方をマークできる。よって、「吃飯了」はコンテキストによって「すでに食事をした」とも「これから食事になる」とも解釈できる。しかし、「le$^{53}$」は単独では終結点のみしかマークできない。これは、「了」の「終了する」という意味を「le$^{53}$」がいまだに残しているからではないだろうか。

(26) 同様の特徴は広西チワン族自治区三江の漢言系言語である六甲話(远藤 二〇〇五)や、オーストロアジア系、タイ系の言語にも見られる。

(27) 限定詞が数量詞でなく指示詞である場合も同様である。たとえば、「ki:$^{55}$ ʃit$^{32}$ kai:$^{55}$ von$^{35}$ pan$^{35\text{-}33}$ t$^{h}$iau$^{55}$佢食□碗粄條。」は、「すでに食べた」のかどうかはわからない。つまり、目的語の定・不定は完了相については無関係ということである。

(28) このような場合は、目的語の「飯」を前置させ、「ŋai:$^{55}$ p$^{h}$on$^{33}$ ʃit$^{32}$ t$^{h}$et$^{5}$ le$^{53}$我飯食□了。」という。また目的語の「飯」に数量や指示詞などの限定詞をつければ「V + t$^{h}$et$^{5}$ + O」という語順のままでも問題ない。

(29) 原文は「表示正在進行的時態」(羅肇錦 一九八八年、二〇四頁)というようにテンス(時態)という術語が使われているが、実際にはアスペクトを指している。

(30) 宋彩仙(二〇〇八年)は持続相標識として動詞前置タイプの「kin$^{24}$緊」も挙げている。「kin$^{24}$緊」は標準語の「一直」

「常」に相当する副詞であり、これを専用のアスペクト標識とすることに、筆者は躊躇する。

（31）「mun$^{55}$ k$^{h}$oi$^{:53}$ k$^{h}$oi$^{:53}$門開開」という言い方も可能である。動詞の重ね型が持続相を表わす例は、筆者の調査では目下のところ「k$^{h}$oi$^{:53}$開」のみである。宋彩仙（二〇〇八年）も持続相として同じ「開」の例のみを挙げている。なお、「muk$^{5\text{-}32}$ k$^{h}$oi$^{:53}$ k$^{h}$oi$^{:53}$目開開」（目を見開く）という言い方もある。この「開」の重ね型については、さらに確認が必要である。

（32）木村（二〇〇六年、五四頁）は、北京官話の「著（着）」は「動作そのものの動的な持続・進行を表す用法を持たない。」と指摘している。

（33）海陸客家語の処格標識は資料によって相違がある。筆者の調査では「ʦ$^{h}$o$^{53}$坐」であるのに対し、例文（63）のように詹益雲（二〇〇八年）の資料では、「dŭ [tu$^{21}$] 佇」である（宋彩仙（二〇〇八年）も同様）。また楊時逢（一九五七年）では、「ʦ$^{h}$oi$^{:53}$在」（白話音）と「ʦ$^{h}$ai$^{:22}$在」（文言音）である。このような処格標識の違いがどこに由来するかは、今後確認しなければならない。なお、本稿の処格標識「ʦ$^{h}$o$^{53}$坐」は、動詞としては「すわる」「いる」という意味である。

〈コーパス〉

楊時逢『台灣桃園客家方言』（中央研究院歴史語言研究所單刊甲種之二二）中央研究院、一九五七年

劉楨文工作室『一日一句客家話——客家老古人言』台北市政府民政局、二〇〇〇年

詹益雲編『海陸客語短篇故事第三集』新竹縣海陸客家語文協會、二〇〇八年

参考文献


Bybee J., R. Perkins & W. Pagliuca. 1994. *The Evolution of Grammar. Tense, Aspect, and Modality in the Language of the World.* Chicago：The University of Chicago Press.

[Cao] 曹广顺「《祖堂集》中的〝底(地)〟〝卻(了)〟〝着〟」（『中国语文』一九八六－三、一九八六年）

Chappell, Hilary. 1992. Towards A Typology of Aspect in Sinitic Languages.『中國境內語言暨語言學』一、六七－一〇六頁

[Chen] 陈前瑞、张华「从句尾〝了〟到词尾〝了〟—《祖堂集》《三朝北盟会编》中〝了〟的用法的发展」（『语言教学语研究』二〇〇七－三、二〇〇七年）六三－七一頁

[Chen] 陳運棟「源流篇」（『臺灣客家研究概論』（徐正光主編）行政院客家委員會・臺灣客家研究學會、二〇〇七年）一九－四一頁

[Chiang] 江敏華『客語體貌系統研究』（行政院客家委員會獎助客家學術研究計畫成果報告）、二〇〇七年

[Chung] 鍾榮富『台灣客家語音導論』五南圖書出版股份有限公司、二〇〇四年

Comrie, Bernard. 1976. *Aspect*. Cambridge：Cambridge University Press.

[Dai] 戴耀晶『现代汉语时体系统研究』浙江教育出版社、一九九七年

[Endo] 远藤雅裕「广西三江六甲话的老年层音系与语法例句简介」（『中國語學研究 開篇』二四号、二〇〇五年）二五八－二七一頁

[Endo] 遠藤雅裕「漢語東南方言的非完成體標誌――以台灣客語海陸方言為中心」（『人文研紀要』六〇号、二〇〇七年）一五五－一七〇頁

[Fang] 房子欽「從兩本客語新約聖經看客語「著」字的語法化演變」（『第八屆國際客方言研討會會前論文集』、二〇〇八年）二五一－二六八頁

[Hashimoto] 橋本萬太郎『客家語基礎語彙集』アジア・アフリカ言語文化研究所、一九七二年

[Hu] 胡明扬「〝着〟、〝在那里〟和汉语方言的进行体」（『汉语方言语法研究和探索――首届国际汉语方言语法学术研讨会论文集』黑龙江人民出版社、二〇〇三年）一三七－一四三頁

[Kimura] 木村英樹「「持続」・「完了」の視点を超えて――北京官話における「実存相」の提案」（『日本語文法』六－二、二〇〇六年）四五－六一頁

[Li] 李荣「汉语方言分区」（『方言』一九八九－四、一九八九年）二四一－二五九頁

[Lien] 連金發「臺灣閩南語完結時相詞試論」（『臺灣閩南語論文集』第一集、一九九五年）一二一－一四〇頁

[Liu] 劉丹青「東南方言的體貌標記」（『中國東南部方言比較研究叢書（2）動詞的體』、一九九六年）九－三三頁
[Liu] 劉綺紋『中国語アスペクトとモダリティ』大阪大学出版会、二〇〇六年
[Lo] 羅肇錦『客語語法』台灣學生書局、一九八八年
[Lo] 羅肇錦「語言文化篇」（『臺灣客家研究概論』（徐正光主編）行政院客家委員會・臺灣客家研究學會、二〇〇七年）二三七－二六三頁
[Mei] 梅祖麟「现代汉语完成貌句式和词尾的来源」（『语言研究』创刊号、一九八一年（『梅祖麟语言学论文集』、二〇〇〇年）六二一－八二頁）
[Qian] 钱乃荣「体助词〝着〟不表示〝进行〟意义」（『汉语学习』二〇〇〇－四、二〇〇〇年）一－六頁
[Sanui] 讃井唯允「コムリーのアスペクト論と日本語・中国語のアスペクト体系」（『日本語と中国語のアスペクト』白帝社、二〇〇二年）六七－七八頁
[Song] 宋彩仙『客家話體標記的研究』（國立中央大學客家語文研究所碩士論文）、二〇〇八年
[Whaley] リンゼイ・J・ウェイリー（大堀壽夫等訳）『言語類型論入門――言語の普遍性と多様性』岩波書店、二〇〇六年
[Yeh] 葉瑞娟「客語中與時貌相關的兩個語詞」（『台灣語文研究』二、二〇〇四年）二六五－二八三頁

# 中華人民共和国における漢語方言と言語政策
## ——方言番組とその規制をめぐって——

小田　格

## 一　はじめに

どんな国家／地域であっても、言語の多様性を有しているものであるが、その広大な領土ゆえ、中華人民共和国（以下、「中国」という）[1]における言語的多様性は世界でも類をみないほどのものである。「中国では「中国語」が話されているという考えは、事態を単純に捉えすぎている」とカルヴェ（Calvet 2000：77）はのべたが、中国が多言語社会であることはすでに周知の事実であろう。

中国国内で使用されている言語については、漢語／少数民族言語／手話などのカテゴリーが容易におもいうかぶ。政府の見解によれば、中国は多民族国家であり[2]、漢族／回族／満州族が漢語を使用する以外[3]、各民族はそれぞれ固有の言語を有しているとされる。また、漢語も「一枚岩」ではなく、その内面は複雑な構造を呈しており[4]、手話に関しても「標準手話」以外に北京手話／上海手話／広州手話といった「地方手話」のバリエーションが豊富にある[5]。さらに、少数民族言語についても「一民族一言語」といった単純な状況にはない[6]。

多民族・多言語国家としての、中国の言語政策については、憲法においてその理念・目的が明文化されており[7]、各種の法令に詳細な規定がもうけられ、具現化がはかられている。また、言語政策の背景に存在する「社会主義初期段階論[8]」や「中華民族」概念[9]といったイデオロギーについてもひろく認識されているといえよう。

しかし、明確な理念・目的がしめされ、制度面についても整備がなされている中国の言語政策であるが、実施の詳細や言語状況との関係性についてはかならずしもあきらかであるとはいえない。たとえば、岡本（二〇〇八年）は中国における少数民族言語政策について、つぎのようにのべている。

> 中国の場合、法律はこう定めている、政策はこうなっている、民族学校は何校あり……といった政府の公的立場やハード面の情報は、対外的にも積極的に流される一方で、ソフト面の状況——現場での実施状況や具体的な反響、成果、当事者達の思いなど——は、不思議なほど伝わってこない。（岡本 二〇〇八年、四頁）

このような状況は、少数民族言語にかぎったはなしではなく、漢語方言についても同様のことがいえる。日本において、中国の文字改革や標準語をテーマとした研究はすくなくなく[10]、漢語方言の理論的研究は質・量ともに世界的にみてもたかい水準に位置しているとおもわれる。しかしながら、漢語方言が実際に現地でいかに使用され、言語政策がどのように作用しているのか、という点について言及しているものはあまりみうけられない。

言語政策に関しては、おおきな枠組をとらえる総論的な研究は勿論無視できないが、一方で、各言語の使用の現況とそれをとりまく諸制度について考察することもまた重要だとかんがえられる。ゆえに、本稿では、近年人気をあつめた漢語方言を使用したテレビ番組についてとりあげ、「方言」の使用状況の一側面を記述するとともに、方言番組をめぐる一連の規制について検討をくわえることとしたい。

## 二　中国の言語政策における漢語方言の位置づけ

具体的な事例を考察するまえに、中国の言語法である「中華人民共和国国家通用語言文字法」[11]（以下、「国家通用言語・文字法」[12]という）について概説し、そのなかにおける漢語方言の位置づけについてふれておく。

「国家通用言語・文字法」は、中華人民共和国成立後初の言語専門法規であり、二〇〇一年一月一日より施行されている。中国においては、以前より憲法／民族区域自治法[13]／刑事訴訟法[14]などにも言語に関する規定はみられてきたが、言語と文字の使用について一つの法律としてまとめあげ、国家の言語政策の方針を明確化した点は注目にあたいするものである。

藤井（宮西）二〇〇三年、二〇二頁）によれば、本法は二〇〇〇年一〇月三一日の第九回全国人民代表大会常務委員会第一八次会議の審議を通過して、はれて成立することとなったが、立法にいたるまでに約一〇年を要したとされる。一九九〇年代前半から、言語と文字に関する規定の立法化はたびたび提案されており、一九九六年の時点で一九九七年の立法計画に「中華人民共和国語言文字法」がくみこまれるなど、具体的な段階に達したこともあったとされるが、内容についての審議がつづき、最終的には法令の名称が「中華人民共和国国家通用語言文字法」となり、「法律責任」つまり刑事責任／民事責任／行政責任／行政処罰についての規定が削除され、制定にいたった。

さて、法律名称にふくまれる「国家通用言語・文字」という語であるが、第二条に「この法律において「国家通用言語・文字」とは、普通語[15]及び規範化された漢字[16]をいう」と規定されている。要するに、「国家通用言語・文字法」は「普通話と簡体字に関する法律」と解することができ、「普通話（pǔtōnghuà）」と「簡体字」の普及に主眼がおかれているとかんがえられる。「国家通用言語・文字法」の第一条には、その立法目的が明記されている。

第一条　国家通用言語・文字の規範化、標準化及びその健全な発展を推進し、国家通用言語・文字をして社会生活においてよりよく役割を発揮させ、かつ、各民族及び各地区の経済文化交流を促進するため、憲法に基づき、この法律を制定する。

それでは、「国家通用言語・文字法」における「方言」に関する規定はどのようなものであろうか。いうまでもなく、「普通話」の普及政策と漢語方言の使用状況とは密接な関係にあり、「国家通用言語・文字法」の第一六条に関連規定がもうけられている。

第一六条　この章の関連規定において、次の各号に掲げる事由のある場合は、方言を使用することができる。
（一）国家機関の業務人員が公務を執行する際に使用する必要が確実にあるとき。
（二）国務院のラジオ・テレビ部門又は省級のラジオ・テレビ部門の認可を得た放送用語。
（三）戯曲及び映画・ドラマ等の芸術形式において使用する必要のあるとき。
（四）出版、教学及び研究において使用する必要が確実にあるとき。

この規定は、「方言」の使用範囲について、ある程度しめしているようにみられる。特に、ラジオ・テレビといったマスメディアにおける「方言」の使用については一定の「弾力性」を有する規定になっている。つぎに立法者がわからの、この条文の解釈について検討してみたい。『中華人民共和国国家通用語言文字法学習読本』〔以下、〔学習読本〕〕は、全国人大教科文衛委員会教育室・教育部語言文字応用管理司によって編纂された「国家通用言語・文字法」のオフィシャル・ガイドともいうべき書籍である。本書の「「国家通用言語・文字」のラジオ・テレビにおける使用」という項では、「方言」について、以下のようにのべられている。

方言と繁体字にはそれ自体の使用価値があり、普通話や簡体字を普及させることは、方言や繁体字を消滅させるものではない。戯曲、曲芸は伝統的な芸術形式であり、わがくにの貴重な文化遺産である。おおくの戯曲や曲芸は方言で演じられるものであり、それらはみな方言の使用がみとめられているものである。また、国務院の広播電視部門や省級広播電視部門の批准をへた方言チャンネルあるいは方言番組をふくむ方言放送は、ひきつづきのこしておいてかまわないが、ラジオ局やテレビ局は一般に方言チャンネルや方言番組をこれ以上増加すべきでなく、方言を使用する地区は当地の普通話の普及状況をみて、計画的に普通話放送のチャンネルや番組を増加させていくべきである。〔学習読本、七九頁〕

この記述からは、「方言」の使用は、当面容認するものの、将来的には制限の対象とし、「普通話」増加へのシフトが目標であることがわかる。無論、この内容が、絶対的見解であると断定することはできないが、すくなくとも、「国家通用言語・文字法」第一六条を拡大的に解釈し、規定の範囲内で自由自在に「方言」を利用することができるというわけではないとみた方がたしかであろう。

## 三　近年の方言番組ブーム

今日、中国においても、テレビ番組の視聴率競争が激化の一途をたどっており、つぎつぎに多種多様なプログラムが制作されている。そのような状況下で、近年注目をあつめたのが、漢語方言による各種の番組である。『超級女声』[17]のような全国区で人気を博した番組が存在する一方、地方のテレビ局による、ローカルな内容の方言番組もまた、二〇〇〇年を前後して、各地でブームをまきおこした。[18]

方言番組の代表的存在といえるのが、杭州電視台西湖明珠頻道の『阿六頭説新聞』である。この番組は「方言」によるニュースであるが、二〇〇四年元旦に放送が開始されるやいなや、三カ月で地域内の視聴率首位につき、平均視聴率は一〇パーセントをこえ、[19]「全国優秀番組百選」[20]に選出されるなど、突出した成績をおさめた。

こうした成功の理由は、番組の構成や演出によるところがおおきい。音楽・ダンス・演技などをとりいれた斬新な構成、司会者のキャラクター、[21]そして、みぢかなニュースを「方言」でよむという演出が、従来のかたくるしいニュース番組のイメージをうちやぶり、現地のひとびとの熱烈な支持をえたのである。特に、「方言」という要素は、番組成功のポイントの一つとみられる。「熬稍熬稍、[22]阿六頭来了（はやくはやく、阿六頭がくるぞ）」という番組のキャッチ・コピーにもあらわれている、生粋の杭州方言が、「普通の杭州人」であるキャスターがはなしているというイメージをかもしだし、親近感や新鮮味をうんで、他の演出との相乗効果をもたらしたのであった。

さらに、『阿六頭説新聞』の成功とその理由は、たちまち放送業界や学術界からの注目をあつめることとなった。とりわけ、テレビ業界の反応はおおきく、「雨後の筍」のごとく、「方言」を使用したニュース番組が続出し、各地で好成績を記録するようになっていった（表1　参照）。各地の「方言」によるニュースがみな『阿六頭説新聞』のような構成というわけではないが、大部分は、一般庶民の視点から、地元の話題をとりあげ、「方言」でしゃべるというものであり、タイトルに「方言」の語彙をふくむものも多々みられ、[23]「方言」と内容のローカル性が番組のウリということが鮮明にあらわれているといえよう。

さて、方言番組の人気は、ニュースのみにとどまらない。テレビの主力商品である、ドラマにも「方言」をつかったものが多数存在する。

たとえば、四川衛視の『霧都夜話』は一九九四年の初放送から一三年以上放送のつづいた「方言」を使用したドラマである。内容は短編ドラマであるが、その成功の秘訣は、放送エリアの一般庶民を対象とした、丹念なリサーチによるとされる（『大市場・広告導報』二〇〇六年、一〇八頁）。

また、『外地媳婦本地郎』(24)は広東電視台の人気ドラマであるが、室内セットを中心に制作された低予算の番組にもかかわらず、最高視聴率三九・八パーセントという驚異的数字をたたきだした。広州人の日常生活をえがいた内容に視聴者が親近感をおぼえたことが、視聴率につながったとみられるが、その背景にはいうまでもなく、「方言」によるリアリティの演出が不可欠であったとかんがえられる。

このほか、重慶で一〇回以上再放送された『山城棒棒軍』(25)や、上海の東方電視台が放送した『老娘舅』(26)など、

表1　全国のおもな方言ニュース

| 放送局 | 番組名 |
|---|---|
| 北京電視台 | 『第七天』 |
| 山東電視台 | 『拉呱』 |
| 鄭州電視台 | 『有啥説啥』 |
| 済南電視台 | 『有麽説麽』 |
| 揚州電視台 | 『今日生活』 |
| 南京電視台 | 『聴我韶韶』 |
| 無錫電視台 | 『阿福聊齋』 |
| 蘇州電視台 | 『蘇阿姨説新聞』 |
| 杭州電視台 | 『阿六頭説新聞』 |
| 紹興電視台 | 『師爺説新聞』 |
| 寧波電視台 | 『来発講啥西』 |
| 温州電視台 | 『百暁講新聞』 |
| 台州電視台 | 『阿福講白搭』 |
| 泉州電視台 | 『方言報道』 |
| 厦門電視台 | 『新聞講講講』 |
| 長沙電視台 | 『我来講新聞』 |
| 広州電視台 | 『新聞日日睇』 |
| 広東電視台 | 『今日関注』 |
| 成都電視台 | 『東説西説』 |
| 四川電視台 | 『新聞書場』 |
| 雲南電視台 | 『大口馬牙』 |
| 昆明電視台 | 『我挨你説』 |

各地で「方言」によるドラマが制作され、高視聴率を記録していった。

ドラマ以外には、「方言」によるバラエティー番組も人気をあつめた。二〇〇二年に放送を開始した湖南経済電視台綜合頻道の『越策越開心』[27]がその筆頭であるが、タレントの出演・音楽・ダンスなどの娯楽要素を人気司会者がまとめあげる番組構成で人気を博した。

これらにくわえて、外国映画やアニメを「方言」にふきかえて放送したものも、好評をえた。その最たる例が、アニメ『猫和老鼠』[28]であり、東北方言・天津方言・蘭州方言・河南方言・陝西方言・四川方言・上海方言など、非常におおくの「方言」によってふきかえられることとなった。また、チャップリンの名画に「方言」のセリフをのせたものも登場し、全国的にアニメ・映画の方言版が量産され、方言番組はジャンルをとわない存在となっていったのである。

## 四　方言番組への規制

方言番組の興盛は、二〇〇四年に「全国優秀番組百選」で『阿六頭説新聞』『霧都夜話』『越策越開心』『生活麻辣燙』[29]などの番組が入選した時点で決定的なものとなった。

ところが、方言番組がさらに勢力を拡大するとみられた二〇〇四年の後半から、事態に異変が生じる。国家から各種の「禁令」が発動されることとなったのである。以下、順をおって各通知について確認してみたい。

まず、二〇〇四年一〇月一三日に国家広播電影電視総局[30]から「区域外テレビ・ラジオ番組のふきかえ版放送に対する管理強化に関する通知」[31]が発せられた。これは、実質的に「方言」にふきかえた映画・アニメ放送の禁止令である。ふきかえ映画やアニメについては、「方言」使用そのものよりも、粗野・下品・暴力的なセリフが問題視されていたはずなのだが、結果的には、そうした「表現」自体よりも「方言」使用というカテゴリーに規制がくわわったかたちとなった。

つぎに、二〇〇五年九月一三日に「中国におけるテレビ・ラジオのアナウンサーと司会者の自律規約[32]」が公布された。これは、テレビのアナウンサーや司会者に、特殊な状況をのぞいて、香港・台湾風の発音やいいまわし、「普通話」の普及のさまたげになるような非規範的表現や俗語、不要な外国語などを使用しないよう要求するものである。

さらに、二〇〇五年一〇月八日に「テレビドラマにおける規範言語使用に関する追加通知[33]」がだされたが、これは方言ドラマに壊滅的打撃をあたえるものとなった。内容は、以下のとおりである。

テレビドラマにおける規範言語使用に関する追加通知

一、テレビドラマ（地方戯曲をのぞく）は、普通話を主たる言語とし、通常、方言および標準的でない普通話を使用してはならない。

二、重大な革命や歴史に関するテーマのテレビドラマ、こどもをテーマとしたテレビドラマおよび啓蒙教育のための特集番組等は、一律で普通話を使用せねばならない。

三、テレビドラマのなかで登場する指導者の言語は普通話を使用しなければならない。

つまり、事実上、「方言」をもちいたテレビドラマの制作は基本的に禁止とされたのである。こうした当局の対応から、状況によっては、「国家通用言語・文字」の条文よりも詳細かつ厳格な規制が課せられることがあきらかとなった。

## 五　方言番組への賛否両論

漢語方言による番組の存在と、その人気ぶりに関しては、はやくから賛否両論わかれ、議論が活発であった。特に、放送・教育・法律などの業界からは、さまざまな角度から方言番組へのアプローチがこころみられた。

陳飛（二〇〇六年）は「方言」によるニュース番組についての分析であるが、ここで指摘されている「三つの矛盾」は、方言番組全般にあてはまることであり、有用な視点を供給してくれる。

一、方言によるニュース放送と「普通話」普及のあいだの矛盾
二、方言ニュースがもたらす多大な経済効果と社会的利益のあいだの矛盾
三、方言ニュースの視聴者の偏向性と公共の言語空間構築のあいだの矛盾

最初の「矛盾」であるが、これについてはあらためて言及するまでもないだろう。方言番組の人気の上昇が、「国家通用言語・文字」の成立以降ということもあり、方言番組に批判的な研究においては、国策である「普通話」の普及に干渉する可能性を第一に指摘することがおおい。

第二の「矛盾」については、各地で高視聴率を獲得し、多額の広告収入をえてきた方言番組ではあるが、内容的には低俗であり、庶民に迎合しすぎているというものである。たとえば、従来のニュースに比して、格段にたかい視聴率をかせぐ『阿六頭説新聞』であるが、ニュース番組をバラエティー化したという批判はねづよい。また、先述の『猫和老鼠』などの方言版アニメのセリフが粗野で乱暴なものがおおいことも問題としてあげられる

ことがすくなくない（『中国語言生活状況報告（二〇〇五）上編』二六〇）。

最後の一点に関しては、使用言語が「方言」であることから、情報の受信者が限定され、マスメディアとしての性質をせばめてしまうことを危惧する論調である。批判的な論者は、「方言」をつかった番組は、当該地域に居住する「本地人（地元出身者）」を対象とし、「外地人（他地域出身者）」の享受できない内容になるため、言語の障壁や、それに起因する劣等感、優越感および各種差別の生産を助長するものだとみなしている（周毅 二〇〇七年）（郝佳 二〇〇七年）。また、方言番組の視聴者は「本地人」のなかでも中高年層が主体だという指摘がみられ、ごく一部にしかウケない偏向的番組制作を問題視するむきもある。

一方、方言番組の擁護者たちは、こうした批判に対して回答するかたちで、方言番組の利点をのべるものがおおい。

たとえば、劉・石（二〇〇五年）は、テレビ番組における「方言」の使用が「普通話」の普及にあたえる負の影響について疑問視している。また、番組内容と「方言」の使用については、かならずしも因果関係が明確ではなく、「内容が低俗だ」とか「演出過多である」というのは、人気番組に対するおきまりの批判といえるものであろう。くわえて、方言番組のカヴァー範囲のせまさについて、『阿六頭説新聞』が若年層にも視聴されていることを指摘した楊磊（二〇〇五年）なども存在する。また、『中国語言生活状況報告（二〇〇五）上編』には、「方言」の番組がかならずしもその方言区だけのものではないという記述がある。

同時に、方言番組はその他の方言区の視聴者に、斬新さや新鮮味といった効果をもたらした。たとえば、四川方言のテレビドラマ『王保長后伝』は、西南地区や湖南、湖北の一部地域で人気であっただけでなく、その方言版は普通話版よりもうれゆきがよく、上海や山東などでも人気であった。（『中国語言生活状況報告（二〇〇五）上編』二六一

頁）

以上のような反論を展開したうえで、方言番組の支持者たちは、「方言」の文化的重要性・庶民性・地域性という側面を強調する。けれども、他方では、「方言」の番組は一定の範囲におさまるべきだと、自制的な態度をあらわすものがおおい[34]。これらは、方言番組について肯定的姿勢をしめしても、「でしゃばりすぎ」では逆に規制がつよまることを懸念しての自主規制のようにもみられる。

## 六　方言番組への規制についての反応

活発な議論をまきおこした方言番組であるが、結果的には各種の「禁令」によってかなりの制限がくわえられることとなり、とりわけ、テレビドラマに関しては、「方言」をつかった新番組の制作はきわめて困難な状態となった。これについて、『中国語言生活状況報告（二〇〇五）上編』（二五九頁）は華南のメディアの反応／反発がおおきく、はげしい議論をよんだとのべている。実際、華南のメディアにかぎらず、こうした「方言」ドラマに対する規制については、さまざまな理由から、あまりきびしくしない方がこのましいという意見がめだつ。

『新京報』（二〇〇五年一〇月一四日）は、方言ドラマに対する「禁令」について、研究者および放送関係者に対しておこなったインタビューを掲載しているが、方言番組は無数にあるテレビ番組からすれば、あくまでごく一部の例外的なものであって、表現の多様性という観点からも「方言」の使用はみとめるべきであるし、現実問題として、一律的に規範的な「普通話」のみをテレビ番組に要求することは困難であるというような意見がみられる。

また、『新京報』（二〇〇五年一〇月一七日）は「テレビドラマにおける規範言語使用に関する追加通知」における、革命を題材としたドラマに対する規制について、毛沢東や鄧小平らが、かつて「方言」で演説したことにふれ、「方言」の使用が歴史的事実を忠実に再現するのにも必要不可欠なツールであることを指摘している。

このような「禁令」についての批判的意見に対して、肯定派の大半は「普通話」の普及をあげ、それにくわえて、うえであげた方言番組についての批判をあわせるものが中心である。しかし、肯定的意見についてあらためて強調する報道・研究は比較的少数であり、「禁令」をめぐっては、反対派による発言が大半をしめる結果となった。

## 七　方言番組の現在

各種の「禁令」が発せられてから約五年が経過した現在、方言番組はどのような状況なのであろうか。

規制のかかったテレビドラマであるが、従来放送されていたものはそれ以降も継続して放送されていたようである。また、あらたなドラマに関しては制作ペースがおちたことはいなめないが、一部で「方言」を使用したあらたなドラマも出現している。たとえば、二〇〇六年に上海の東方電影頻道で放送された『驚天動地』は「普通話」を基本言語としながらも、陝西方言・山西方言・河南方言が使用された。また、おなじく二〇〇六年に放送された中国中央電視台（CCTV）制作の『武林外伝』においても各地の「方言」が効果的にもちいられ、良好な成績をおさめたとされる。こうした状況から、当局は方言ドラマを黙認したともみられる。『新華網』（二〇〇六年一二月一九日）によれば、基本的に「方言」のみのドラマについては禁止の方針であるが、「普通話」をメインにしたものについては、ある程度ケース・バイ・ケースといった対応のようである。つまり方言ドラマについては、「解禁」というわけではないが、一定の「寛容」政策がとられているとみられる。

しかしながら、他方では、逆に方言番組に対する規制が強化された部分も否定できない。たとえば、滕・黄（二〇〇六年）は以下のように指摘する。

二〇〇六年三月一日より、「上海市における『国家通用言語・文字法』実施弁法[35]」が施行される。上海市文化広播影視管理局の関係者は「ニュースなどの方言番組が今後ふたたび批准されることはないだろう」とのべている。（滕・黄　二〇〇六年、五七頁）

ドラマやふきかえアニメ・映画以外の方言番組に関しては、「国家通用言語・文字法」の規定にてらせば、依然として、国務院広播電視部門などの批准をへて制作・放送可能であるが、実際は地方政府による「国家通用言語・文字法」の実施弁法[36]によって、たかいハードルがもうけられているとみられる。『阿六頭説新聞』が人気の杭州市が属する浙江省においても、二〇〇七年四月一日から「浙江省における『国家通用言語・文字法』実施弁法[37]」の施行がスタートした。これについては張涛（二〇〇七年）がふれている。

「浙江省における『国家通用言語・文字法』実施弁法」が四月一日から正式に施行される。この実施弁法は、今後ゴールデンタイムの夜七時から九時まで、テレビ局は方言番組を放送してはならず、放送される方言番組には、漢字の字幕をつけなければならない、と規定している。（張涛　二〇〇七年、五七頁）

この記述に関しては、「浙江省における『国家通用言語・文字法』実施弁法」の第一二条が関連しているとみられる。

第一二条　本弁法第八条[38]の規定にしたがい、普通話を使用するか、または普通話を基本的な使用言語とすべきであるが、つぎの各号にかかげる事由のある場合は、方言を使用することができる。

（一）国家機関および公共事務の管理能力を有する事業組織の業務人員が公務を執行する際に使用する必要が確実にあるとき。

（二）地方劇、曲芸および映画・テレビドラマ等の芸術形式において使用する必要のあるとき。

（三）出版、教学および研究において使用する必要が確実にあるとき。

ラジオ・テレビの放送で方言を使用する必要が確実なときは、国家または省の広播電視行政管理部門の法による批准をへて、規定時間内で放送しなければならない。また、テレビ放送のばあい、規範漢字の字幕をつけなければならない。

（一）から（三）までは、「国家通用言語・文字法」第一六条とほぼおなじ内容である。そして、「国家通用言語・文字法」一六条（二）に該当する部分が、「浙江省における『国家通用言語・文字法』実施弁法」の第一二条では最後にくわえられ、さらに放送時間と字幕についての言及がなされている。放送時間帯などについては、ここには具体的に明記されていないが、張涛（二〇〇七年）の内容からすれば、さらに詳細な通知が放送局や学校などに通達されているとみられる。

ともかく、ゴールデンタイムに方言番組が放送できなくなったというのは、かなりの制約といえよう。二〇〇九年七月現在、『阿六頭説新聞』はゴールデン枠外の午後九時半からの放送となっている。しかし、それでも、その人気は不動といえ、当地の視聴率ランキング上位に位置しつづけている[39]。これは換言すれば、「規制」

が方言番組の「人気」まではコントロールできなかったということであろう。

## 八　各地の「方言」の台頭

従来、中国において「方言」が問題にされる場合は、もっぱら福建省の閩南語や広東省の粤語などの、いわゆる「南方方言」がその対象であった。

特に、八〇年代の改革開放以降、先進地域のイメージをおびた粤語の影響が、しばしば話題となり、ときに批判されてきた。こうした傾向は、「普通話『南下』与粤方言『北上』」というセンセーショナルなタイトルの「詹伯慧二〇〇六（一九九三年）」などに指摘されているが、経済的有用性や香港映画・広東語ポップスといった娯楽性もくわわって、各地に「粤語班」とよばれる広東語養成講座が誕生した。

華南の「方言」は北京方言をはじめとする官話との差異がおおきく、当地における標準語もしばしば非規範的な形式をとることがあり、「普通話」の普及政策のまえにたちふさがる「挑戦」として認識されることがすくなくなかった。音声言語だけでなく、「方言」の影響をうけた書記言語も規範から逸脱する傾向にあり、さらに香港・台湾とのむすびつきから、繁体字を多用する傾向にある南方の「中文」が、国家語言文字工作委員会のなやみのタネであったことは想像にかたくない。

しかしながら、こうした地域の言語的差異に対して、ある種の「寛容」がみられてきたのも事実である。たとえば、香港のテレビが視聴可能な広東省周辺や、台湾のテレビが直接受信できる福建省の一部地域などでは、強硬手段をもちいて「方言」を規制することはせず、地元のメディアにも「港台澳地区との交流」というタテマエから、「方言」を使用した放送はみとめられてきた(40)。

たとえば、広東省の南方電視台衛星頻道[41]や福建省の泉州電視台閩南語頻道[42]は方言放送チャンネルであるが、その成立は「国家通用言語・文字法」の施行後である。上記の「禁令」発動後も、広東省のテレビ放送に関して、法令面での顕著な変化はみうけられない。また、「福建省における『国家通用言語・文字法』実施弁法[43]」第九条は以下のような規定となっている。

第九条　香港行政特別区、澳門行政特別区および台湾地区との経済的および文化的交流ならびにその他の交流活動をおこなうときには、必要により、方言を使用することができる。

このように、中国の言語政策は、香港・澳門・台湾にくわえて海外華人・華僑との交流といったタテマエを有効に利用しながら、福建省や広東省といった地域における「方言」との調和をはかってきたし、現在でもその姿勢にかわりはない。

さて、本稿でふれてきた方言番組の「ブーム」であるが、近年、方言番組がさかんになった地域というのは、主として重慶・成都地区と長江デルタ一帯である。これらの地域の「方言」は、粤語や閩南語にくらべれば、これまでそれほど問題視されてこなかったはずである。無論、上海における上海語の優位性や四川方言のききとりにくさなどは、しばしば話題になることであったが、それらは個人の言語使用において特徴的にみられるものであって、社会や国家をまきこむ問題としては認識されてこなかったといえる。さらに、方言番組は湖南・湖北・東北地方にまでひろがり、これまで「方言」の問題がクローズアップされなかった地域においても、テレビ番組の本土化が顕在化した。

少数民族言語や粤語・閩南語の問題を、硬軟おりまぜた対策により、どうにかおさえこんできた政府にとって、「従順」だとみられてきた諸「方言」の興盛は、まさに「寝耳に水」であったであろう。これは、長期にわたってとりくんできた「普通話」の普及政策が、内部から崩壊する危険性をはらむ、おおきな「異変」といってよい。各種の「禁令」の発令の背後には、こうした事情がみえかくれするのである。

いまのところ、広東省・福建省以外の地域については、「方言」を使用する合理的タテマエをもちえていないといえよう。さらに、上海市・浙江省・江蘇省・河南省における「言語・文字法」の実施弁法などをみても、「方言」をうまく利用できるような「いいわけ」を有しているものはなく、「国家通用言語・文字」の普及にちからをいれているというアピールが前面にでている。

ただし、各地における方言番組の興隆は、「方言」の「実力」が表出したものであって、これに対する規制への批判も続出したことは留意せねばなるまい。方言番組は、各地で需要があったがゆえに、必然的に発生・発展したといえるだろう。これは、市場主義経済下において、広告収入により体制を維持する放送局にとっては自然なながれといえる。一定以上の支持層を獲得した方言番組に規制をくわえたことは、専門家のみならず、一般視聴者にとっても、政府に対する不信感をたかめる作用をおよぼしたのではないだろうか。

今日において、九〇年代までの「南方方言」の「ひとりがち」状態はすでに終焉し、それまで問題視されてこなかった四川省周辺や長江デルタ一帯をはじめとする、各地の「方言」が台頭し、それぞれの地域で本土化が進行した。こうした状況をまえにして、「普通話」対「南方方言」というような、単純な二項対立的視点はもはや意味をなさない。中国各地における「方言」の「群雄割拠」状態は、今後さらに細分化がすすむことも予想され、方言番組の人気現象はその一側面としてとらえることができるだろう。

## 九　おわりに

現在、中国国内においても「方言」の保護や文化的重要性について主張される傾向が、徐々にではあるがひろがりはじめてきた。(44)これは、「普通話」の普及により、主として若年層のあいだで「方言」の使用率が低下していること、人口の流出入によって各地の社会に変化が生じていることなどが原因とみられる。また、台湾における「母語教育」(45)やホーロー語(46)・客家語によるテレビ放送、(47)香港における粤語文化(48)などが大陸におよぼす影響もすくなくないとおもわれる。中国の経済発展を背景としてグローバルな展開をみせる「普通話」のムーブメントが存在する一方で、中国語圏におけるローカル化の潮流が大陸へとおしよせている部分も指摘できる。

方言番組が今後どのようになるか、そのみとおしは明確ではない。インターネットなどの言論空間からうまれてきた「世論」の存在、多文化主義や第一言語の尊重といった思想の世界的なひろまりなどを考慮すれば、強硬な手段をもちいて「方言」の使用をさらに弾圧するようなことはかんがえにくく、さらに、「市民的及び政治的権利に関する国際規約」(49)が批准され、国内法の整備がさらにすすめば、言語権の研究なども深化し、(50)理不尽な規制をおこなうのも困難となることが推測される。ただし、「普通話」の普及推進を国策としている現状にかんがみれば、「方言」が容易に「自由」をてにすることができるようになるわけではないだろうし、各国・各地域における多言語社会の課題にめをくばれば、政策の転換が状況の改善に直結すると安易に結論づけることもできないとみられる。いずれにせよ、これからも「方言」の使用とそれをめぐる政策に変化が生じることだけは確実である。

小文では、漢語方言について、それも、きわめてかぎられた側面のみを考察してきたが、局部的にみただけでも、社会の諸要素が言語の使用にあたえる影響が甚大であることが確認できたのではないだろうか。中国という複雑なテキストをよみとくうえで、言語もその重要な一部分だとかんがえられるが、これは換言すれば、社会という文脈をぬきにしては、言語についての正確な理解もえられないということである。こうした点からみても、社会科学の諸分野と連携・協力をはかりつつ、多面的・多角的に言語を調査・分析・考察すること——社会言語学的研究——が今後より一層もとめられるといえよう。

（1）本稿においては、諸制度のことなる香港行政特別区、澳門行政特別区および台湾についてはそれぞれ独立した地域とみなし、主たるテーマからは除外する。

（2）現行の中華人民共和国憲法の序章には、「中華人民共和国は、全国の諸民族人民が共同で作り上げた統一的多民族国家である」と明記されており、多民族国家であることが宣言されている。

（3）『愛新覚羅』（一九九九年）によれば、満州族については民族語としての満州語が存在し、現在でもごく少数ではあるものの使用者が存在するとされるが、他の少数民族と同様の言語に関する権利は保障されていないとされる。

（4）漢語については七大方言・八大方言・十大方言などの分類がなされ、さらに下位方言に区分することができるとされる。分類法や漢語方言・シナ語諸方言・漢語系諸語などといった呼称については、それぞれ解釈がことなるが、この件については別の機会に論じてみたい。

（5）小林（一九九八年）によれば、「標準手話（＝中国手話）」と「地方手話」との関係は、音声言語の「普通話」と「方言」との関係に近似しているとされ、中国政府による「標準手話」の普及推進がおこなわれている一方、ローカル言語としての「地方手話」も各地で使用されているという。

（6）漢語と同様に、各言語の内面も多様である。そもそも少数民族の区分自体に曖昧さがあり、五五の少数民族がモザイク状にわかれているというよりも、それぞれの境界線が不明瞭なグラデーションをなしているといった方がふさわしいだろう。

(7) 憲法第四条第四項において、各民族の平等および各民族言語・文字の使用・発展の自由が規定されている。また、憲法第一九条に「普通話」を全国に普及させるという規定がもうけられており、言語政策の基本的スタンスがしめされている。

(8) 詳細については、「金　二〇〇三年」「桂木　二〇〇三年」を参照のこと。

(9) 詳細については、「毛利　一九九八年」「宮西　二〇〇一a、二〇〇一b」を参照のこと。

(10) たとえば、文字改革については、「田島　一九九九年」「藤井（宮西）二〇〇三年」「讃井　二〇〇五年」など、標準語については、最初期の「豊田　一九六四年」から、近年の「宮西　二〇〇〇年」、フィールドワークによって現地の状況を記述した「陳於華　二〇〇五年」など、非常におおくの研究が存在する。

(11) 渋谷（二〇〇五年、一二）は、「「言語法」というのは、民法や刑法といった意味での、通常の法治国家で整備された法体系のことではなく、憲法や訴訟法から民族的少数者関連の法律やマスメディア関連の法律にいたるまで、様々な実定法における言語関連法規の総体を指すもの」としており、本稿もこれと同様の意味で「言語法」という語をもちいる。この定義によれば、言語専門法規にかぎらず、言語に関する規定を有するすべての条文が、「言語法」の構成要素であり、中国のばあい、憲法・民族区域自治法・刑事訴訟法をはじめ、言語に関する規定を有するその他の法令をふくむこととなる。

(12) この「国家通用言語・文字法」という日本語の名称は、ぎょうせい『現行中華人民共和国六法』にもとづくものであり、本稿における「国家通用言語・文字法」「憲法」「民族区域自治法」の条文の日本語訳もこれに依拠することとする（なお、国家広播電影電視総局からの各種通知および各地方政府の「『国家通用言語・文字法』実施弁法」については、筆者が訳した日本文を使用する）。

(13) 民族区域自治法第一〇条において、「民族自治地方の自治機関は、当該地方の民族がいずれも自己の言語・文字を使用し、及び発展させる自由を有し、自己の風俗習慣を保持し、又は改革する自由を有するよう保障する」と規定されている。

(14) 刑事訴訟法第九条をはじめ、民事訴訟法第一一条、行政訴訟法第八条、人民法院組織法第六条には、若干の用語のちがいはあれ、いずれも「各民族の公民はその民族語を使用して訴訟をおこなう権利を有する」という趣旨の規定となっている。また、刑事訴訟法第九四条は「ろうあ者である被疑者の取調べには、手話に通じた者が加わり、その状況を調書に録取しなければならない」と規定されている。

(15) 中国語原文では「普通話」であるので、本稿では以下、「普通話」と記載する。

(16) 「規範化された漢字」とは、日本で一般に「簡体字」・「簡化字」とよばれるものであり、本稿では以下、「簡体字」と記載する。

(17) 二〇〇四年から放送が開始された、湖南衛視制作のオーディション番組である。多数の女性歌手を輩出しており、近年中国全土でもっとも注目をあつめたテレビ番組のひとつといえよう。

(18) ブームとはいえ、いかんせん番組がローカルなものばかりなので、「方言」の番組が全国各地の各チャンネルを席巻したという認識は、現地ではあまりないかもしれない。しかし、放送関係の専門誌および中国の当年の言語状況を概観・報告した「中国語言生活状況報告（二〇〇五）上編」など、全体をみわたすたちばのものからすると、当時の印象的な現象としてとりあげられている。

(19) 『中国語言生活状況報告（二〇〇五）上編』（二六一頁）によれば、最高視聴率は一四パーセントに達し、これは杭州地区での一般のニュース番組の平均的な視聴率が二パーセント前後であることを考慮すると、驚異的な数字だとされる。

(20) 二〇〇四年八月五日に、中国広播影視集団主催の「中国国際影視博覧会」にて、二〇〇三年六月一日から二〇〇四年五月三一日までに放送されたテレビ番組のなかから、特にすぐれた上位一〇〇本が「全国優秀百佳欄目」として選出された。

(21) 番組の司会者は、演芸番組の司会者である安峰と杭州の「滑稽」（長江デルタ一帯でおこなわれる演芸で、北方の「相声」に相当）の古参劇団員の周志華であり、いうまでもなく、両者はともに本来ニュース要員ではない。さらに、安峰によれば、番組タイトルにふくまれる「阿六頭」については、「阿六頭とは、ひとりの生粋の杭州人のイメージである」とされる（李稹　二〇〇六年、七二頁）。

（22）「熬稍」は「普通話」の「趕緊」「快点」などに相当する杭州方言の語彙である。

（23）例として、南京電視台『聴我韶韶』の「韶（はなす）」、寧波電視台『来発講啥西』の「啥西（なに）」、温州電視台『百暁講新聞』の「百暁（なんでもしっている、ものしり）」、広州電視台『新聞日日睇』の「睇（みる）」など。

（24）内容は広州出身の男性と、他地域出身の女性の結婚についてユーモラスにえがいたホーム・ドラマである。広州の家庭が舞台となるため、粤語広州方言は必須の要素であるが、「外来媳婦」のうち、ひとりが河南省出身、もうひとりが上海出身のため、河南方言・上海方言も頻繁にもちいられ、「普通話」も随時使用されるなど、広州の言語状況をうかがいしるのには最適なテキストともいえる。広州俏佳人文化伝播有限公司からＶＣＤが発行されている（第一部（第一話～第四〇話）ISCR CN-E22-03-0283-0/V.J9（VL123-1）、第二部（第四一話～第八〇話）ISCR CN-E22-03-0283-0/V.J9（VL123-2））。

（25）重慶電視台の四川方言を使用したドラマである。タイトルにふくまれる「山城」は重慶の別称であり、「棒棒軍」は天秤などで荷物をはこぶ労働者を意味する。

（26）上海話（呉語上海方言）によるシチュエーション・コメディーであり、一九九五年から二〇〇七年まで放送された人気番組であった。

（27）『越策越開心』の「策」は長沙方言であり、「普通話」の「調侃（冗談をいう）」に相当する。この番組は、基本的には「普通話」で進行されるが、スパイス的に長沙方言が使用され、バラエティー部分ではその傾向が特につよいとされる（『大市場・広告導報』二〇〇六年）。

（28）日本でもおなじみのアメリカのアニメーション“Tom and Jerry”（トムとジェリー）である。

（29）重慶電視台制作の四川方言によるドラマであり、重慶地区で高視聴率を記録した。

(30) 中国共産党中央委員会宣伝部と国務院の指導のもとで、中国国内のすべてのテレビ・ラジオ放送の管理・監督をおこなう機関である。

(31)「関于加強訳制境外広播電視節目播出管理的通知」

(32)「中国広播電視播音員、主持人自律公約」

(33)「関于進一歩重申電視劇使用規範語言的通知」

(34) たとえば、「朱丹 二〇〇六年」「陳飛 二〇〇六年」「滕・黄 二〇〇六年」など。

(35)「上海市実施『中華人民共和国国家通用語言文字法』弁法」二〇〇五年一二月二九日、上海市第一二回人民代表大会常務委員会第二五次会議通過、二〇〇六年三月一日より施行。

(36)「国家通用言語・文字法」施行後、中国共産党中央宣伝部、全国人民代表会議教科文衛委員会など五部門から、「『国家通用言語・文字法』の学習・宣伝および徹底した実施に関する通知」が各地方政府にだされた。これをうけて、各地方政府は当地の言語状況を考慮して、「国家通用言語・文字法」についての実施弁法を制定していった。内容的には、「国家通用言語・文字法」を踏襲しつつ、各地の言語使用の現状や傾向にそった実施方法を規定している。なお、中国においては、省令以下の法令に「弁法」という名称がもちいられることがあり、これは日本語の法律用語では「規則」に該当するが、中国語の法律用語にも「規則」という語があるため、本稿では「弁法」という語をそのままもちいることとした。

(37)「浙江省実施『中華人民共和国国家通用語言文字法』弁法」二〇〇六年一二月二五日、浙江省人民政府第八四次常務会議通過、二〇〇七年四月一日より施行。

(38)「浙江省における『国家通用言語・文字法』実施弁法」第八条では、公共機関の業務で使用する言語および広告や中国語文の出版物に使用する言語は「普通話」とすべきであり、教育機関・放送機関・公共サービスなどで使用する言語は「普通話」を基本とすべきであると規定している。

(39) 中国国内において視聴率の調査をおこなっているCSM Media Research (http://www.csm.com.cn/download/top10.html)

によれば、二〇〇九年六月の杭州地区の視聴率ランキングで第二位であり、人気は健在といえる（ちなみに、二〇〇九年五月の杭州地区首位は『我和你説』であり、こちらも紹興方言を使用したニュース番組である）。また、二〇〇九年七月一二日、済南において中国広播電視協会と中国高等院校影視学会が共同で主催した「中国電視民生新聞発展与創新論壇」で発表された、「中国テレビ民生ニュース十選」にも選出された。

(40) たとえば、広東電視台珠江頻道の解延輝副総監（当時）は、広東省のテレビ放送に関するインタビューにおいて、「局の主力チャンネルが方言放送というのは、国内で少数民族地区を除いて例がない。香港・マカオに住む同胞への宣伝工作を考慮した国の特殊政策で認められたものだ」とのべている（『朝日新聞』二〇〇六年一月三〇日）。無論、こうした理由もあろうが、香港のテレビ局との視聴率競争をかちのこるために、粤語による放送が不可欠であるという方が実質的な理由だとおもわれる（陳於華 二〇〇五年）。

(41) 二〇〇一年に南方電視台都市頻道として放送を開始し、二〇〇四年七月二八日から衛星放送化により改名された。現在、中国国内唯一の粤語専門チャンネルである。

(42) 二〇〇七年五月一二日より放送を開始した閩南語放送チャンネルである。チャンネル設置の目的としては閩南文化の伝承および台湾との交流があげられている（陳致烽 二〇〇八年）。

(43) 「福建省実施『中華人民共和国国家通用語言文字法』弁法」二〇〇六年五月二六日、福建省第一〇回人民代表大会常務委員会第二三次会議通過、二〇〇六年七月一日より施行。

(44) たとえば、二〇〇五年二月、杭州市政協第八回第三次会議において「杭州方言の保護　歴史文化都市の内包減少の防止」という提案がなされたとされる（『中国語言生活状況報告（二〇〇五）上編』二六四－二六五頁）。また、上海においても上海話（呉語上海方言）の衰退を危惧し、地元議会で上海話保護条例制定のうごきもみられ、張偉江（二〇〇五年）によれば、「上海市における『国家通用言語・文字法』実施弁法」の草案では、「関係部門は方言の変化および発展について研究をおこなうことができる」という文言がもりこまれていたとされるが、成立時には削除されている。

(45) 一九九〇年ごろから、小学校などで「母語（ホーロー語・客家語・原住民系諸語）」をおしえる時間がもうけられるようになった。

(46) ホーロー語(Ho-lo語)は、福佬語・河洛語・鶴佬語とも表記される。一般には、台湾語・台語といわれる、台湾閩南語である。二〇〇〇年代にはいってから、台湾で提案された「語言平等法」などの言語専門法規草案において、「Ho-lo語(台語)」という表記がなされているが、この理由としては、「台湾語」などと表記すると、あたかも台湾のナショナルランゲージであるというような誤解を生じるおそれがあるため、より中性的な表現にしたということがあげられる(遠藤 二〇〇六年)(藤井 二〇〇七年)。

(47) 台湾においては、ホーロー語の放送が各テレビ局でおこなわれているほか、客家電視台を中心に客家語によるテレビ放送もおこなわれている(遠藤 二〇〇六年)。

(48) 香港においては、放送・出版・教育など、社会のあらゆる場面で粤語が使用されている。特に、粤語を書記言語として使用することが定着しており、これは中国語圏では特異な例であるが、インターネットなどの表現空間がひろがる今日、他の「方言」にあたえる影響はすくなくないだろう(吉川 一九九七年a、二〇〇二年)。

(49) 通称「B規約」または「自由権規約」。この「B規約」第一四条第三項には「(f) 裁判所において使用される言語を理解すること又は話すことができない場合には、無料で通訳の援助を受けること」(日本政府公式訳)、第二七条には「種族的、宗教的又は言語的少数民族が存在する国において、当該少数民族に属する者は、その集団の他の構成員とともに自己の文化を享有し、自己の宗教を信仰しかつ実践し又は自己の言語を使用する権利を否定されない」(日本政府公式訳)と規定されており、言語的マイノリティの権利について明文化されている。二〇〇九年六月現在、中国は「B規約」に署名はしているものの、批准にはいたっていない。

(50) 中国における言語権の研究については、拙稿「中華人民共和国における言語権研究について」(『人文研紀要』第六五号、二〇〇九年)を参照していただきたい。

## 参考文献

### 日本語文献


愛新覚羅烏拉熙春「現代中国満洲族の言語とその民族意識」（『ことばと社会』第二号、一九九九年）

『朝日新聞』二〇〇六年一月三〇日（夕刊）

飯田真紀「中国語の方言と社会」（橋本聡・原田真見編著『言語と社会の多様性』（大学院メディア・コミュニケーション研究院　研究叢書六九）北海道大学、二〇〇八年）

遠藤雅裕「「一国両制」と「両文三語」——香港の普通話事情」（『白門』第五〇巻第七号、一九九八年）

遠藤雅裕「台湾客家語の表記システムについて」（『人文研紀要』第五六号、二〇〇六年）

岡本雅享『中国の少数民族教育と言語政策（増補改訂版）』社会評論社、二〇〇八年

桂木隆夫「社会主義、言語権、言語政策」（桂木隆夫編著『ことばと共生　言語の多様性と市民社会の課題』三元社、二〇〇三年）

金光旭「中国における少数民族言語の使用に対する法的保障」（桂木隆夫編著『ことばと共生　言語の多様性と市民社会の課題』三元社、二〇〇三年）

小林昌之「アジアのろう者事情（一）中国」（『手話コミュニケーション研究』第二九号、一九九八年）

讃井唯允「中国文字改革論争の過去と現在——漢字をめぐるナショナリズムの変遷」（中央大学人文科学研究所編『現代中国文化の軌跡』中央大学出版部、二〇〇五年）

渋谷謙次郎編『欧州諸国の言語法　欧州統合と多言語主義』三元社、二〇〇五年

田島英一「中国の言語政策」（『KEIO SFC REVIEW』No.5、一九九九年）

田中信一「中華人民共和国における文字改革の推移日誌（その一）～（その七）」（『拓殖大学語学研究』第一〇六号—第一一三号、二〇〇四年）

千島英一『粤語雑俎』好文出版、二〇〇二年

中国綜合研究所・編集委員会編『現行中華人民共和国六法』ぎょうせい、一九八八年
陳於華『中国の地域社会と標準語　南中国を中心に』三元社、二〇〇五年
豊田国男『民族と言語の問題――言語政策の課題とその考察』錦正社、一九六四年
藤井（宮西）久美子『近代中国における言語政策――文字改革を中心に』三元社、二〇〇三年
「二一世紀台湾社会における言語法制定の意図」（『宮崎大学教育文化学部紀要』第一七号、二〇〇七年）
松岡榮志「現代中国の漢字」（前田富祺／野沢雅昭編著『朝倉漢字講座五　漢字の未来』朝倉書店、二〇〇四年）
三浦信孝編『多言語主義とは何か』藤原書店、一九九七年
宮西久美子「中華人民共和国の言語政策における「普通話」の位置づけ」（『言語文化研究』第二六号、二〇〇〇年）
宮西（藤井）久美子「中国における文字の表記法改革と「民族」概念」（『ことばと社会』第五号、二〇〇一年a）
宮西（藤井）久美子「『漢語拼音法案』の制定と対少数民族言語政策との関連」（『文藝論叢』第五七号、二〇〇一年b）
村田雄二郎／C・ラマール編『漢字圏の近代――ことばと国家』東京大学出版会、二〇〇五年
毛利和子『世界史リブレット五一　現代中国政治を読む』山川出版社、一九九九年
毛利和子『周縁からの中国　民族問題と国家』東京大学出版会、一九九八年
安田敏朗「書評　岡本雅享著（社会評論社）『中国の少数民族教育と言語政策』」（『中国研究月報』第五四巻五号、二〇〇〇年）
矢放昭文「香港の広東語とその将来」（『しにか』第八巻第一二号、一九九七年）
吉川雅之「香港言語生活への試論（一）「中文」と「広東語」」（『しにか』第八巻第七号、一九九七年a）
吉川雅之「香港言語生活への試論（二）「母語教育」の下の「普通話」」（『しにか』第八巻第八号、一九九七年b）
吉川雅之「香港の若者が母語を書くとき――非規範の形成」（『アジア遊学』No.36、二〇〇二年）
吉澤誠一郎「「中華人民共和国国家通用語言文字法」と文字の標準化」（『アジアの文字と出版・印刷文化及びその歴史に関する調査・研究――デジタル化移行の基礎として』（科研費基盤研究（A）平成一一年度―平成一二年度　代表町田和

彦）、二〇〇一年）
S・R・ラムゼイ著／高田時雄他訳『中国の諸言語――歴史と現況』大修館書店、一九九〇年
ルイ＝ジャン・カルヴェ著／西山教行訳『言語政策とは何か』（文庫クセジュ）白水社、二〇〇〇年

中国語文献

崔梅／李江梅「方言電視節目于民族語言文化生態保護之意義」（『当代文壇』二〇〇八年第六期）
蔡敏「四川方言電視節目探索」（『当代電視』二〇〇四年第一一期）
陳飛「方言新聞的矛盾分析」（『新聞実践』二〇〇六年第五期）
陳致烽「文化搭橋　溝通兩岸――析泉州電視台閩南語頻道」（『懷化学院学報』二〇〇八年七月）
『大市場・広告導報』編集部「二〇〇七年値得関注的四大節目之方言節目」（『大市場・広告導報』二〇〇六年第一二期）
国家語言資源観測与研究中心編『中国語言生活状況報告（二〇〇五）上編』商務院書館、二〇〇六年
郭克宏「多元文化景観下的方言電視節目」（『河南社会科学』二〇〇八年九月）
郝佳「一方水土養一方節目――看方言電視興起」（『記者搖籃』二〇〇七年第八期）
劉飛宇／石俊「語言権的限制与保護――従地方方言訳制片被禁説起」（『法学論壇』第二〇巻第六号、二〇〇五年）
劉思維「方言電視節目的生存策略分析」（『法制与社会』二〇〇七年、第一一期）
劉英／曾小武「従系列電視劇『外地媳婦本地郎』看電視劇的文化意識和平民視角」（『中国広播電視学刊』二〇〇二年第一〇期）
李稹「熒屏方言熱的冷思考」（『観察与思考』二〇〇六年Z一期）
彭偉歩「『外地媳婦本地郎』熱播浅析」（『当代伝播』二〇〇三年第二期）
全国人大教科文衛委員会教育室／教育部語言文字応用管理司編著『中華人民共和国国家通用語言文字法学習読本』語文出版社、二〇〇一年

時統宇／張婧「有関方言新聞節目的探討」（『新聞実践』二〇〇六年第五期）
宗振中「方言新聞――内容与形式的完美結合」（『新聞与写作』二〇〇七年第四期）
蘇祝平「方言電視節目：在普通話推広与地域文化伝承之間」（『現代伝播』二〇〇七年第二期）
滕朋／黄蓉「電視方言新聞節目思考」（『新聞前哨』二〇〇六年第一二期）
王敏「論語言権視野中的普通話与方言的関係」（『安徽教育学院学報』第二四巻第四期）
魏丹「関于地方制定『国家通用語言文字法』実施弁法」的有関問題」（周慶生／王潔／蘇金智主編『語言与法律研究的新視野』法律出版社、二〇〇三年）
魏凱揚「音牽閩台緣 話引海峽腔――閩南方言節目浅談」（『東南伝播』二〇〇七年第二期）
翁暁華「『阿六頭説新聞』：電視新聞的趣味性探求」（『中国広播電視学刊』二〇〇四年第一〇期）
翁暁華「電視民生新聞需突破価値瓶頸」（『新聞実践』二〇〇八年第一期）
呉玫／郭鎮之「全球化与中国尋求文化身份：以方言電視節目為例」（『新聞大学』二〇〇八年第三期）
楊磊「用方言説新聞不是用新聞説方言」（『視聴界』二〇〇五年第四期）
葉瓊豊「如何拡大『阿六頭説新聞』的内容選択」（『中国広播電視学刊』二〇〇六年第一一期）
于松明「地方電視台方言新聞節目浅論」（『東南伝播』二〇〇八年第七期）
詹伯慧「普通話『南下』与粤方言『北上』」（詹伯慧著『漫歩語壇的第三個脚印　漢語方言与語言応用論集　増訂本』暨南大学出版社、二〇〇六年／原載：『学術研究』一九九三年第四期）
張建民／李哲瑩「研討、従『阿六頭説新聞』切入――全国電視地域新聞表達方式研討会綜述」（『新聞実践』二〇〇四年、第一一期）
張涛「適度控制方言節目彰顕和諧理念」（『青年記者』二〇〇七年第七期）
張偉江「関于『上海市実施「中華人民共和国国家通用語言文字法」弁法（草案）』的説明」（『上海市人民代表大会常務委員会公報』二〇〇五年第九期）

張彦「方言新聞：還能走多遠?」（『声屏世界』二〇〇七年第八期）
周海宇「『来発講啥西』除了方言還有甚麼」（『声屏世界』二〇〇七年第三期）
周毅「『方言電視』的理性批判」（『新聞界』二〇〇七年第一期）
朱丹「論方言電視節目存在的合理性」（『湘潭師範学院学報（社会科学版）』二〇〇六年第二八巻第五期）

ウェブサイト

『新京報』2005.10.14「電視劇再次「拒絶」方言　業内反応不一」(http://www.yn.xinhuanet.com/newscenter/2005-10/14/content_5348451.htm)
『新京報』2005.10.17「電視劇講方言不必「一刀切」」(http://news.xinhuanet.com/newmedia/2005-10/17/content_3623540.htm)
『新華網』2006.12.19「広電総局黙許開禁方言劇「変臉」重上熒屏」(http://news.xinhuanet.com/ent/2006-12/19/content_5506170.htm)

# 初期鄭敏論
## ――詩と哲学は隣り合わせ――

渡辺新一

### 一　はじめに

鄭敏は息の長い詩人である。

三〇年もの中断をはさんで現在も書き続けているという意味だけではない。その詩と論文には、完結と同時に幾つもの契機が含有されており、解読は未知へと連なっている。鄭敏は、文学史上は所謂「九葉詩派」のなかの二人の女性詩人の一人として名を残している。（もう一人は陳敬容）一九四〇年代における鄭敏二〇歳代の瑞々しく粗く斬新な詩の世界は、長い沈黙の後、深い思索に裏付けられてほぼ三十有余年後に再開され、現在に至るまで、創作意欲と詩歌に関わる問題意識は枯渇することを知らない。実験的な詩があり先端的な詩がある。とはいえ、鄭敏という名は後に述べるように、一九八一年に『九葉集』という名のアンソロジーが出版されるまでほとんど知られることはなかった。

本稿では、鄭敏の四〇年代の詩的世界を基にこの詩人の原質をとらえることを目的とする。それは所謂「九葉詩派」の文学史的意味を考える一助になり、四〇年代の中国詩がその後の現代詩の発展にいかに寄与したかを問いかけることにもなるだろう。

## 二　詩人鄭敏について

### 1　鄭敏はどんな人か

日本ではあまり紹介されることのない鄭敏という詩人の生い立ちを、まず簡単に説明をしておきたい[1]。鄭敏は福建省閩侯県の人。一九二〇年、北京東城区の悶葫芦罐に生まれた。「悶葫芦」とは「不可思議な」といった意味であり、一九九二年に半生を振り返ったエッセイに同名の題をつけている[2]。父は王子阮、母は林耽宜。生母とその祖父の影響で幼児期から中国の古典詩詞を好み、閩語（福建方言）で詩歌を吟ずる家庭環境で育った。二歳のとき脳膜炎にかかり、伯母の林妍宜の養女となった。林の夫は父の留学時代の親友でもあった鄭礼明で、鄭敏はこのときから鄭姓となる。技師の養父に伴い河南省の炭鉱に移り、養父から英語を習う。一九三〇年、養母と北京に戻り初めて小学校に入るが馴染めず、ミッション系の小学校に転入する。翌年、家族で南京に移り江蘇女子中学に入学。このころから西洋文学に目を開き、「ジェーン・エア」「氷島の漁夫」などを愛読した。また、同時代の中国文学では徐志摩（一八九七–一九三一年）、廃名（一九〇一–一九六七年）、戴望舒（一九〇五–一九五〇年）らを好んだ。一九三七年、日本軍の南京侵略を避けて一家で廬山に一時滞在後、重慶に移り、南渝中学に入学。一九三九年、同中学を卒業し、昆明の西南聯合大学文学院外国語文学系に合格したが、入学手続きのときに哲学心理学系に転じた。昆明の学生生活はその後の鄭敏の生き方に決定的な意味をもった。一九四三年、西南聯合大学哲学心理学系を卒業。北碚で教師、後に中央通信社の翻訳の仕事を勤めながら詩作に没頭した。一九四六年、南京に戻る。一九四八年、米国のブラウン大学、後イリノイ大学に留学。英詩を研究。五二年、留学先で童詩白と結婚。マッカーシズムが吹き荒れるアメリカで中国人留学生は帰国ままならず、夫の勤務先のニューヨークで音楽を学ぶ。一九五六年、帰国。中国社会科学院に勤めるが、修正主義に反対する観点が不確かであると批判されて院を離れ、北京師範大学外国文学院英美文学系の教員となって現在に至っている。文革中はアメリカ留学時などの経歴を問われ、自分の著作などを全て焼き捨てた。一九七九年から、旺盛な創作活動を再開して現在に至っている。全国誌『人民文学』『詩刊』などにほぼ毎年発表している重厚な詩の世界は、この詩人がいかなるものであれ一つの「派」として括ることのできない大きな存在であることを示している。また、中国当代詩のかかえる諸問題に関する精力的な発言(3)は、この詩人の粘り強い思考の膂力なしにはなし得ないことである。決して多作とはいえないが、その作品集はいずれも重量感がある。(4)

## 2　鄭敏と西南聯合大学

鄭敏が自己表現の最も原初的な格を獲得したのは、北京から遠く離れた昆明の地に設立された西南聯合大学においてであった。周知のように、西南聯合大学は北京の北京大学と清華大学、それに天津の南開大学がはるか隔たった昆明の地に移転して組織された大学である。(5)

一九三七年七月七日の所謂「盧溝橋事件」を機に本格的に始まった日本軍の中国侵略は、ほどなく北京、天津を占領した。上記三大学の教職員と学生は校舎を離れ、湖南省の長沙に移動して国立長沙臨時大学を組織した。さらに南京が陥落して長沙まで侵略軍が迫ると翌一九三八年二月、湘黔滇旅行団を組織し徒歩で険しい陸路を渡り、雲南省の昆明に辿り着いたのである（長沙から昆明に移るルートは、広州、香港を経て北上するもう一つのルートもあった）。かくして、一九三八年五月四日に「国立西南聯合大学」が正式に発足した。

この国立西南聯合大学は当時、五学院を有する総合大学として中国最大規模の大学であり、有能な教員が多く教鞭をとっていた。たとえば、哲学の羅隆起（一八九六?－一九六五年）、言語学の王力（一九〇〇－一九八六年）、民主運動家の李公樸（一九〇二－一九四六年）、歴史学の馮友蘭（一八九五－一九九〇年）や呉晗（一九〇六－一九六九年）ら、また、文学者では朱自清（一八九八－一九四八年）、聞一多（一八九九－一九四六年）、沈従文（一九〇二－一九八八年）、葉公超（一九〇四－一九八一年）、馮至（一九〇五－一九九三年）、李広田（一九〇六－一九六七年）、卞之琳（一九一〇－二〇〇〇年）らである。葉公超や卞之琳、馮至、李広田らが西洋の現代主義詩歌を紹介しており、現代英米詩研究者で詩人でもあるウイリアム・エンプソン（William Empson 燕卜蓀　一九〇六－一九八四年）が一九三七年から一九三九年まで長沙、昆明と同行して直接当時の英詩の最先端の状況を紹介したことも大きな影響を与えた。それは北京の清華大学外文系におけるI・A・リチャード（Ivor Armstrong Richards 瑞恰慈　一八九三－一九七四年）がT・S・エリオット（Thomas Stearns Eliot 艾略特　一八八八－一九六五年）を紹介し、また、一九三八年に短期間武漢などを訪れたこともあるW・H・オーデン（Wystan Hugh Auden　奥登　一九〇七－一九七三年）らが批評理論と実際の作品を紹介して、当時の詩のあり方に強い刺激を与えたのと同種の効果を及ぼした。当時、燕占遜の学生であった杜運燮らが等しく指摘するところである(6)。

キャンパス内は粗末な設備ながら、自由で民主的な雰囲気にあふれ、また抗日気運が強かった。

鄭敏は一九三九年七月に重慶の南渝中学の高級中学を卒業し、西南聯合大学の文学院外国語文学系に合格した。英文学は自分で学べる、文学になくてはならぬ哲学を学ばなければならないと考えて、入学手続きのときに哲学心理学系に転じたという。哲学を学んだことは、その後の鄭敏の歩んだ道に決定的な働きをなした。そこで、鄭敏は馮文潜（馮至の叔父）から西洋哲学史を、馮友蘭から中国哲学史と人生哲学を学んだ。西洋哲学ではプラトン哲学から多大な影響を受け、さらにカントからは分析の作法を学んだ。また、文学の授業もよく聴講した。沈従文の中国小説史には興味をもてなかったというが、ゲーテの本質的な問を一年かけて講じた鄭昕の授業には多大な影響を受けた。他に、湯用彤から魏晋玄学を、聞一多から楚辞を学んでいる。だが、最も影響を受けたのは、ドイツ語とドイツ文学を講じていた馮至であった。(7)

鄭敏より一五歳年長の馮至は、ドイツのハイデルベルク大学とベルリン大学に留学して帰国（一九三五年）後、上海の同済大学付設中学で教鞭をとっていたが、同済大学の移転にともなって上海を離れ、金華、桂林、柳州、南寧などを経て一九三九年一月に昆明に到達したのだった。馮至には『昨日之歌』（一九二七年）と『北遊及其他』（一九二九年）の詩集があり、当時すでに魯迅から「中国の最も傑出した抒情詩人」(8)と評されていた。馮至はこの年の夏に西南聯合大学外国文学系の教員となり、燕占蕤の去った後の文学講義を受け持ちゲーテ（一七四九－一八三二年）やリルケ（一八七五－一九二六年）を講じるかたわら、馮至の代表的著作となるソネット形式（十四行詩・商籟体詩）の作品を精力的に書いた。この時期に馮至の書いた十四行詩は、中国におけるソネット形式の詩として高く評価されている。鄭敏は馮至の訳出したリルケの『ある青年詩人に与える十通の手紙』(9)や『十四行詩』(10)を読んで多大な影響を受けた。

春城とよばれる昆明の地にも、日本軍の戦闘機が連日のように飛来するようになった。西南聯合大学が成立した当初、文学院は昆明に校舎が手配できず三〇〇キロも南の蒙自の地で授業を行っていたが、翌一九三八年八月には蒙自から昆明西郊に戻った。ただし、学生たちの宿舎は臨時に建てた窓もないブリキ小屋で、敵機の襲来を知らせる警戒警報が鳴ると校舎の後ろの墓場に駆け込むといった生活だった。

無名の一学生であった鄭敏は、幼年期から親しんだ中国の古典文学に加えて大学で日々学ぶ西洋異文化の豊穣な世界に精神を高揚させていくのであった。鄭敏の作品は一九四三年に馮至が桂林の『明日文芸』（主編　陳占之）に紹介して注目され、その後天津の『大公報』や北京の『益世報』に掲載され始めたのである。

昆明には冬青文芸社という文学組織があった。鄭敏は参加を誘われたものの、加わることはしなかった。昆明時代の鄭敏は、一人で詩の道を歩んでいた。昆明時代に限らず、鄭敏は幼少期から現在に至るまで一人で歩む詩人である。

### 3　注目された四〇年代の鄭敏の詩

大学三年生のころ、粗末な紙に書きためた詩をドイツ語の授業の終わった後で教員の馮至に手渡して教えを請うた。翌日、馮至は詩を返し、緊張する女学生に声をかけた。「ここには詩があります。あなたは書き続けなさい。でも、これはイバラの道です」(11)この馮至の言葉が詩人鄭敏の出発となった。

詩人としての鄭敏の名は早くから注目された。たとえば、一九四七年、沈従文は読者に斬新な印象を与える二人の詩人に穆旦と鄭敏の名をあげている(12)。当時、沈従文はすでに湖南省の辺鄙な川沿いの町で繰り広げられる苗族の若者の恋物語をしっとりとした筆致で描いた「辺城」(一九三四年)によって文名を馳せていた。昆明では教師と学生の関係にあったが、沈従文は鄭敏を直接知っていたわけではない。沈従文が初めて鄭敏を認識したのは、アメリカから帰国した鄭敏が一九五六年、袁可嘉の家に招かれた席上においてであったという(13)。

また、当時上海にあって雑誌『詩創造』(14)に携わっていた陳敬容は、注目するべき現代詩人として西南聯合大学の鄭敏、穆旦、杜運燮の名をあげている。同じ「九葉詩派」の一人でもある陳の述べるところによれば、現在は二つの極端な流れがあり、一つは「夢よ、薔薇よ、涙よ」であり、もう一つは「怒りだ、熱き血だ、光明だ」の世界だが、これらはともに文学とはいえない。詩の現代性(Modernity)とは、現実の諸現象を深くかつありのままに感受することであり、この三詩人の世界からはその豊富さと新鮮さに驚くだけでなく、煩雑で入り乱れた現実を喝破する真実を読み取ることができる、と高く評している。陳のいう「夢よ、……」とは、過酷な現実に正面から向き合おうとはせず、ひたすら個人の狭い世界に逃避する作品のことであり、「怒りだ、……」とは、社会の不合理に対する怒りの感情を闇雲に言葉として投げ出すような作品のことをさしている。どちらも極めて表面的であり、安易な態度ではあろうが、うち続く抗日戦争と内戦の時期にあって主流となりがちであったことも事実であった。陳敬容は鄭敏の「道路掃除人」（原題「清道夫」）[15]「敗残者」（原題「残廃者」）それに「獣」（原題「獣」）を取り上げ、それほど多くはない鄭敏の詩からは、豊かな生命に蓄積された智慧を見いだすことができるだけでなく、極めてありふれた出来事も彼女の筆にかかると明と暗が逆転し、詳細が露呈する、と鄭敏の詩世界を高く評価している。

陳敬容は当時鄭敏と面識があったわけではなく、『大公報　星期文芸』や『益世報』掲載の作品を読んで注目し評価したわけで、もちろん三〇年後に『九葉詩』という名の詩集アンソロジーを世に問いともに文学史上に「九葉詩派」という名をとどめることになろうとは思いもしなかったに違いない。

また、一九四〇年代半ばより詩創作とともに精力的な新詩に関する評論活動を行った唐湜は、一九四九年に、西南聯合大学の杜運燮、穆旦、鄭敏の三人を「昆明湖畔の trio はどっしりとした気概を有する一群だ」と評し、鄭敏を「極めて重厚で豊かであり、あたかも暴風雨の前の歴史的な静寂の時間に咲く花のようだ」と紹介している。[16]

鄭敏詩に対するこうした同時代の評価は、陳敬容のいう「二つの極端な流れ」とは根本的に異質の、詩が本来もっている杼情性と思想性を独自のスタイルで表現していたことを物語っている。

## 三　初期鄭敏における詩

### 1　『詩集一九四二―一九四七』について

鄭敏二〇歳代の作品は、『詩集一九四二―一九四七』（上海文化生活出版社、一九四九年）によってみることができる。[17]形式からみれば口語自由詩だが、完全な口語詩ではない。むしろ翻訳調を思わせる生硬な文体が多く、本人の嗜好に反して、メロディーにのるようなリズムある詩よりも思想性を帯びた詩的言語を駆使して具象から抽象を描く詩が多い。ソネット形式（十四行詩・商籟体詩）は一二首を数える。中国におけるソネット形式は四四三三形式として一九二〇年代初頭から、鄭伯奇（一八九五―一九七九年）、聞一多、朱湘（一九〇四―一九三三年）、孫大雨（一九〇五―一九九九年）ら多くの詩人によって試みられてきた。馮至の『十四行詩』の完成などを考えると、四〇年代の中国詩の特徴は十四行詩のあり方が一つの視点を提供するかもしれない。[18]また、内容からみれば樹木、池、蘭の花、村落や鷹、馬、獣など自然を扱ったもの、寂寞、苦痛、喜びなどの感情を目の前のあるいは空想のなかの物に託して詠ったもの、あるいは町や村のどこにでもある名もない民に焦点をしぼったものなど、多岐にわたっている。「Renoir 少女的画像」「金黄的稲束」「一瞥 Rembrandt：Young Girl at an Open Half-door」「荷花（一幅国画）」など絵画を主題にした作品、あるいは絵画の手法をとりこんだ作品が多いのも特徴といえるだろう。

だが、内容の分類から鄭敏の詩の世界を解読しても、あまり意味がないように思える。なぜなら、鄭敏は何を詠うかよりも、現実世界の客体物をどのように内的世界に取り入れ表現するかというその過程にこそ、詩表現の意味があると考えていたからである。

昆明の学生時代、鄭敏は郊外に出向いては、空や風や星、あるいは動物や植物、そしてそれらが織りなす自然の風景を見つめることがよくあった。或いは、二〇歳前後のこうした日常生活の有りようは幼少時代からの個人史も深く関わっていよう。「私は見つめている（我諦視着）[19]」という行為は、西南聯合大学の教室で学ぶ哲学や文学と無縁の行為ではなく、まさに哲学の実践であり文学的行為なのであった。鄭敏の詩がしばしば新たな抒情哲理詩と評されるのは、対象を見つめるという行為が、対象のもつ属性を取り込むことによって対象に新たな意味を加え、個人の或いは人類の特殊性や普遍性へと思索を巡らせる行為へと連なるからにほかならない。
「池」
吹き散らされてはまた集積し
押しやられてはまた浮かび上がり
流されてはまた集積する
こうした浮草、こうした憂愁
こうした難問が、人類の胸中にある。
女の子が洗濯石に屈み込み
古着の汚れを洗い落とそうとする
理想を掲げる人びとは会議の卓上
人性の汚れを綺麗に洗おうとする
（以下、略）「池塘」
「池塘」
吹散了又囲集過来：
推開了又飄浮過来：
流散了又囲集過来：
這些浮萍，這些憂愁
這些疑難，在人類的心頭。
女孩子蹲在杵石上要想
洗去旧衣上的垢汚
理想的人們在会議的桌上
要洗浄人性里的垢汚[20]
鄭敏にとって「見つめる」という行為は、不可視のものを可視的な形態に変えて言語化することでもあった。

つまりは、対象物を新たにみいだすのではなく内部に取り込むことによって新たな意味を付与するのだ。そのためには、極力主観性を排除し、対象への感情移入を拒まなければならない。

ところで、こうした鄭敏の創作方法は、九葉詩派とよばれる九人の中で最も現実から離れていると指摘されたことがある。たとえば、公劉（一九二七－二〇〇三年）は、「仮に現実を一つの目測できる指標になぞらえることができるなら、女詩人鄭敏はおそらく九葉の中で最も遠くにある星座であろう」「彼女の幾つかの詩篇は確かに人道主義精神に満ちており、内容と形式はどちらも分かり易いものだが、その数はとても少なく、たとえば「道路掃除人」「人力車夫」など数編にすぎない」(21)と述べている。

確かに彼らが生きた時代は戦争の時代であった。貧困や飢餓などの社会構造上の矛盾に加えて抗日や内戦という時代状況下にあったから、当時の詩人たちは多くの抗戦や内戦の詩を書き、また戦争が強いる理不尽な社会を撃つ詩を残している。たとえば、穆旦は代表作の一つ「賛美」（一九四一年一二月）(22)で「一個の民族がすでに立ち上がった」のリフレインを効果的に用いて山や河や村々の中で生きる無名の民を詠い上げた。辛笛は「風景」（一九四八年）で夏の上海―杭州鉄道での悲惨な見聞を暗く太い低通音調で一篇の詩に描写した。あるいは、杜運燮は「物価を追う人」（一九四五年）で国民党政府の経済政策の下で物価高騰に直面する昆明の実態を、諦念の一歩手前で怒りと皮肉をこめて揶揄している。また、唐祈は「炭鉱労働者」（一九四六年）で、貧困にあえぐ多くの人々のいる一方で投機によって私腹を肥やす人のいる重慶の社会を、鋭い詩語で詠う。あるいはまた、袁可嘉は「難民」（一九四八年）で抗日戦争時期も国共内戦時期も官吏は難民救済という美名の下に汚職や賄賂を繰り返す現実政治の伝統的な手法を告発している。

彼らのこうした社会に対する態度は中国の知識分子の伝統的な社会参加のあり方の一つであるし、またその態度を継続させる日常そのものが、自立的な意志に基づく抵抗の姿勢なしには成り立たないものであったはずである。いま問題にしたいのは、公劉のいうように、鄭敏にはそうした姿勢が無かった、または希薄であって、それが一九四〇年代の鄭敏の詩の世界を特徴づけることであるのかという点である。時代に向き合い、あるいは時代に触発されて書かれた詩が鄭敏にはいくつかある。典型的なのはアメリカ第三二代大統領フランクリン・ルーズベルトの死の報に接して書かれた「一九四五年四月一三日の死亡記事」(原題「一九四五年四月一三日的死訊」)であろう。当時、鄭敏は西南聯合大学を卒業し北碚で教師か中央通信社の通訳をしていたはずで、同年四月一二日のルーズベルト病死の報はいち早く北碚にも届いたものであろう。その冒頭の七行は

因為我們是活在一個這様的時代;
理性仰望着美麗的女神——情感
自她那神聖的面容上
尋得無量生命的啓示;
情感信頼的注視着她的勇士——理性
扶着他強壮的手臂,自
人性的深谷歩入真実的世界。

我々はこんな時代に生きているのだから、
理性は美しい女神——感情　を仰ぎ見て
彼女の神聖な容貌から
尽きることなき命の啓示を探し求める、
感情は彼女の勇士——理性　を信じて凝視し
彼の力強い腕にすがり、
人性の深き谷より真実の世界に歩み入る。

ルーズベルトはファシズム台頭に強く対抗し、善隣外交を推し進め、当時米国大統領としては異例の四期目にあったが、ドイツの敗北直前に病死した。自由と人間性の尊厳を求める世界中の人間にとって、その死は衝撃であったはずである。鄭敏はここで、理性は感情から生きる啓示を求め、感情は理性を信頼して真実の世界に入るという。理性と感情が対立項としてではなく、また互いに無縁な項目としてでもなく、いわば理性が感情となり

感情が理性となるような関係性を提示している。この、一見して米国大統領の病死の報に接して書かれた詩らしからぬ書き出し、歴史的事実を自己の内部に取り込みながら感情の吐露を極度に抑制するこうした詩的態度こそが鄭敏の詩の特徴であり、また濃淡の差こそあれ広く九葉詩派にみられるものでもある。

## 2　鄭敏とリルケと「死」

先にもふれたように、鄭敏はゲーテやリルケの馮至訳『青年詩人に与える十通の手紙』「豹――巴里植物園にて」を読んで影響を受けたと、後年述べている。『青年詩人に与える十通の手紙』は、一九〇三年に無名の若い詩人フランツ・クサーヴェル・カプスが自作の詩を添えて送った手紙にリルケが返信した一九〇八年までの一〇通の手紙のことである。一九二九年にインゼル文庫として出版され、日本ではふつう『若き詩人への手紙』と訳されている。リルケは生涯に膨大な数の手紙を残したといわれるが、この『若き詩人への手紙』では実に丁寧に、生きることの意味と孤独に耐えることの意味を説き、他者を愛することの困難さと崇高な意義を説き、悲しみや不安の存在を語り、詩はまさにそうした内面精神から独自の言葉として生み出されなければならないと繰り返し語っている。

以下はカプスに宛てた四通目の手紙の一部である。

　孤独はただ一つあるだけで、それは大きく、たやすくは担えないものです。そして、殆どすべての人に、この孤独を何か非常に平凡でありふれた結びつきと取り換えたくなる時が来るものです。……けれども、おそらくはその時こそ孤独が成長する時なのです。なぜなら、孤独の成長はちょうど少年の成長に似て苦痛を伴い、春の始めのように物悲しいものだからです。(23)

こうしたリルケの手紙が馮至のことばとともに鄭敏を勇気づけ、文学的格とでもいうべきものを形成していったことは想像にかたくない。そのことを最も端的に語ってくれるのは、長詩「寂寞」である。

寂しさが私に近づくと、　　当寂寞挨近我，
世界は容赦なく粗雑に　　世界無情而魯莽的
わたしの胸の中にはい入る、　　直走入我的胸里，

『詩集一九四二－一九四七』に収められた詩の中で、鄭敏二三歳の時期に書かれた全一三四行から成る最も長い詩である「寂寞」には、この詩集全編を通底する寂寞感が流れている。[24] もちろん、この長詩には「ぼくの寂しさは一匹の蛇だ」で始まる馮至の「蛇」を想起させる「〈寂しさ〉それがわたしの心を一匹の蛇のように噛んだ」といった詩句があることからもわかるように、馮至の影響も容易にみてとれる。むしろ、馮至とリルケから鄭敏は同質のことを学んだと考えるべきなのだろう。

すぐ目の前にある「一本の低い棕櫚の樹」は長い年月のあいだ存在していたのかと問い直すことから始まるこの詩は、世界と向き合う徹底した自己省察の詩と読むことができる。

私は突如躓いて世界に戻る、　　我突然跌回世界，
その心の最も深いところ、　　他的心的頂深処，
そこで、私は気づく　　在這児，我覚得
世界は静かに私の周囲を取り囲むのだ　　他静静的囲在我的四周

沈みこんだ泥沼のように　　像一個下沈着的池塘
（中略）　　（中略）
私は一人で世界と向き合っている。　　我是単独的対着世界。
私は寂しい。　　我是寂寞的。

世界には超えられぬものとしての「死」を前提にした「生」があり、希求する情念はあくまでも自己の内部に沈潜し、凝視する視線は底なしの沼のような孤独な冷徹さを帯びている。

私が玩具で遊んだ子供であったとき、　　当我是一個玩玩具的孩童，
私が恋する若者であったとき、　　当我是一個恋愛着的青年，
私はいつも寂しかった。　　我永遠是寂寞的；
私たちは多くの道を連れ添い　　我們同走了許多路
最後に目にしたのだ　　直到最後看見
〝死〟が黄昏の微光の中で　　〝死〟在黄昏的微光里
長い衣を身に纏っているのを　　穿着他的長装

「死」は先にふれた「人力車夫」でも、「彼と駆け比べしているのは誰？／死だ、死はこの／命のマラソン走者を抱きたい。／彼が負ければ、死に捕らわれる／彼が勝っても、凱歌は聴けない」という形で現れていた。だが、「死」は常に寂寛や孤独と隣り合っているとは限らない。

「死」の問題がリルケ文学の重要な基調をなすことは、多くの論者が指摘しているところである。(25) だが、鄭敏における死はリルケにおける死とは異なり、あくまでも「生」との関係性において意味をもつ「死」のように思

える。リルケにおける死は実在界との関連で考えられているが、馮至訳の「Pieta」でもうかがえるように絶対者の存在を措定したうえで扱われている。Pietaとはイタリア語で「悲憫」「虔誠」の意味であり、ここではイエスの死後哀しみにくれる聖母マリア・マグダラナのことであると馮至自身の訳注がつけられている。[26] また、マリアの心の愛は常にイエスに開かれていたが、生前のイエスの心は閉ざされており、イエスは死んで初めてマリアの愛を理解したとされる。[27]

死後の存在を取り入れることができるのは絶対者の存在を前提にしているからである。そこから「救済」という概念も生まれよう。だが、鄭敏にあっては「救済」という概念はあり得ない。「死」を意識しつつしかし絶対者の「救済」を求めないとすれば、対象を凝視し続け、その過程で自己にとっての極北の詩的世界を構築するほかないことになる。

## 3　内面凝視（見つめるということ）「豹」と「鷹」

以下は鄭敏が影響をうけたというリルケの「豹」の馮至による中国語訳である。

「豹――在巴黎植物園」
它的目光被那走不完的鉄欄
纏得這般疲倦，什麼也不能収留。
它好像只有千条的鉄欄杆，
千条的鉄欄後便没有宇宙。

「豹――パリ、ジャルダン・デ・プラントにて」
彼の眼差しは　柵格子の通過によって
疲れてしまい、彼はなにものもとらえない。
彼には　千もの格子が存在し、
千の格子の背後には　世界が存在しないように思われる。

強韌的脚步邁着柔軟的歩容，
歩容在這極小的圈中旋転，
彷彿力之舞囲繞着一個中心，
在中心一個偉大的意志昏眩。
只有時眼帘無声撩起――
于是有一幅図像侵入，
通過四肢緊張的静寂――
在心中化為烏有。(28)
しなやかに力づよい歩みの　柔軟な歩行は、
ごく小さな輪を描いてまわる。それは
偉大なひとつの意志が麻痺して立っている、
ひとつの中心をめぐっての力の舞踏のようだ。
ただ　ときおり　瞳の帷がそっとあがる。――
すると　そのなかにひとつの像が入っていく、
それは四肢の　はりつめた静けさをとおって――
心のなかで　存在を止める。(29)

これはリルケの事物詩の代表作といわれる「豹」の全訳である。リルケがロダン（一八四〇‐一九一七年）の直接の影響を受けて書いた最初の作品でもある。この詩において、捕らわれた豹の眼差しは何ものをも捉えられない。檻の中を当てもなく小さな円を描いて歩み続ける「力の舞踏」とは、麻痺している「偉大なひとつの意志」である。そして、最終節において豹はすでに眼差しを持たず見ることもしない。「ひとつの像」が心のなかに入り込み、「烏有と化」して「存在を止める」のである。この格子の中の豹は、詩人そのものと考えることができる。リルケはロダンから、芸術における主観性を排除し、表面的には不可視のものを可視化させるために、具体性を有する言葉によって詩を創作することを学んだと言われる。そのためには、感情の横溢や一時の気分への依存を意志の力で拒否することが必要である。(30)

人生にためらうこれらの人たちは
冷静な鷹に学ばなければならない
その飛翔は決して唾棄ではない
この世界の醜と偽に対してだ

鷹はただもっと深くに
思いの中を回旋する
ただもっと静かに
鋭敏な眼光で探し求める

距離によって世界を認識できる
遠くの山、近くの河
その翼のもとで差異は消える

鷹は目標を定めるや
毅然として貪欲そのもの
空中の高みより素早く強く舞い降りる。

這些在人生裏躊躇的人
牠応当学習冷静的鷹
牠的飛離並不是舍棄
対於這世界的不美和不真

牠只是更深更深的
在思慮裏回旋
只是更静更静的
用敏鋭的眼睛捜尋

距離使牠認清了世界
遠処的山，近処的水
在牠的翅翼下消失了区別

当牠決定了牠的方向
你看牠毅然的帯着渇望
従高空中矯捷下降。

空高く獲物を求めて自由に飛翔し続ける孤高の鷹を見つめる詩人の精神は、鷹への憧憬や解析とは無縁である。鷹はただ世界の醜悪さと虚偽ゆえに高く遠く飛ぶ。更に遠く静かに飛ぶ。そうすることで距離や遠近からは解放され、世界はより明瞭に認識される。このとき、鷹は詩人そのものとなっている。詩人はいずこにか決めかねる生活にあって、鷹から飛翔と距離の意味を学びとり、そうすることで自らの精神を彫刻し、鍛え、たとえ僅かでも未体験の領域を獲得する。それは、鷹という対象に同化するのではない。また客体物として測定しようとするのでもない。対象を自己の中に取り入れる過程で、無限定な感情の流出を抑え、客体化し、「鷹」という像を造形している。所謂ソネット形式をとるこの一篇の詩が、作品以外の何かに従属して成立するのではなく作品そのものとして価値あらしめている所以である。対象を見つめ、その外的表象を通して内的世界に取り込む持続的な意志の力なしにはできないことであろう。「詩は感情ではない。詩は経験である」とするリルケの言葉が思い出されるが、鄭敏の詩には濃淡の差こそあれこうした傾向がみてとれる。「樹林」「ハスの花」「人力車夫」などには特に顕著にみいだすことができる。

一九四〇年代の抗日戦争期とその後に続く国共内戦期に、鄭敏の詩が、社会的効用を求める政治的熱狂やともすれば慰安を求める私的感情の一方的な吐露から離れ、豊かな詩創作の新たな営みとして評価される理由であろう。

## 4　「金黄的稲束」における客観凝視

一九四〇年代の鄭敏の詩を代表する作品として、「金黄的稲束」をみてみよう。

「金黄的稲束」
金黄的稲束站在
割過的秋天的田裏
我想起無数個疲倦的母親

「黄金の稲束」
黄金の稲束が
秋の刈り取られた田畑に立っている
私は無数の疲労した母親たちを想起し

夕暮れの路上で皺がれた美しい顔を目にする
収穫日の満月が
聳え立つ樹木の上にかかり
暮色の中、遠い山々が
私たちの心の周囲を囲んでいる
これより静寂な影像は一つとて存在しない。
その偉大なる疲労を肩に負って、あなた方は
遙かに続く一面の
秋の田畑の中　頭を垂れてもの思う
静寂。静寂。歴史はただ
足下で流れゆく一筋の小河に過ぎないが
あなた方は、そこに立ち
いつか人類の一つの思想と成る。

黄昏的路上我看見那皺了的美麗的臉
収穫日的満月在
高聳的樹巓上
暮色裏，遠山是
囲着我們的心辺
没有一個影像能比這更静默。
肩荷着那偉大的疲倦，你們
在這伸向遠遠的一片
秋天的田裏低首沈思
静默。静默。歴史也不過是
脚下一条流去的小河
而你們，站在那児
将成了人類的一個思想。

一六行のこの短い詩に接するとき、誰もが一九世紀半ばの写実画家、ジャン＝フランソワ・ミレーの有名な絵画「落穂拾い」を連想する。バルビゾン派の代表的作品として名高い「落穂拾い」は、二人の農婦が腰をかがめて落ち穂を拾い一人の農婦が中腰の姿勢で拾った落ち穂を数えているかのような情景が描かれている。その背景には、うずたかく積まれた穀物の山と収穫時を迎えた人々の楽しげに労働する姿が遠く描かれており、落ち穂を拾う三人の農婦との対比によって、単なる牧歌的な風景画ではない奥行きをもたせている。静寂の背景に熱狂があり、豊かな収穫があるのだ。一方、鄭敏の「金黄的稲束」は「無数の疲労した母親たち」に擬えられている。遙かに続く秋の田のなか、双肩に労働の後の偉大なる疲れを背負った美しい母親たちは、刈り取った黄金の稲束

と同じく、じっと頭を垂れ、静寂なる思いで立ちつくしている。背景には、夕闇、聳え立つ樹木、満月、遠い山々。そのとき、悠久たる人類の歴史は単なる小河に過ぎず、母親たちこそが人類の一つの思想になる。ミレーの絵画が背景にある収穫時の悦びと三人の落ち穂を拾う農婦を対比させているとすれば、鄭敏の「金黄的稲束」は人類の一つの思想となるであろう母親と足下で流れゆく一筋の小河に過ぎない歴史を対比させているともいえる。この詩を一読して強い印象を受けるのは、たんにミレーの絵と似ているからではない。収穫した稲束の立ちつくす秋の自然の風景から黄昏どきに見かけた疲れ切った母親を思い起こし、頭を垂れて沈思する母親たちの彫像こそは「人類の一つの思想」であるとするこの詩は、自然の可視的な世界を取り入れて内在的な心象を構成し、そこに表象的な単一的な世界とは別次元の豊かな世界を形作っているからである。

先にもふれたように、鄭敏には名画に題をとった詩が幾つかある。また、「鷹」「馬」「樹」などの自然を題材にした詩でも、一つの明確な像を描き出している。「金黄的稲束」のように、像は目の前にある具体的なものから一度離れ、抽象化されて昇華され、思想的な意味を帯びて具体的な「彫像」となる。袁可嘉は鄭敏の詩を評して、「彫像が鄭敏の詩歌を理解する鍵である。彼女の詩は彫像や油絵の効果に意を注いでいる」(31)と語っている。また、「自己の内への沈潜と主観を高潮させない即物的な客観性」(32)という評価もある。ともにすぐれた考察と思われる。

## 四 「九葉詩派」について

解放後の「人民文学」が支配した一七年、またその後の文革一〇年は、欧米の現代主義的影響のある作品が読まれる環境になかったことは容易にうなずける。だが、文革中にあっても地中深く密かなマグマは確かに醸成されており、一九七八年一二月に北島（一九四九－）、芒克（一九五〇－）、食指（一九四八－）らによる地下雑誌『今天』が創刊された。文学以外の要素による価値の設定のあり方ではない、文学自体に価値の存在を求める自立的なあり方を世に問い、所謂「朦朧詩論争」を呼び起こしたころ、鄭敏を含む一九四〇年代の作品を集めた一冊のアンソロジーが世に出た。江蘇人民出版社より出版の『九葉集』（一九八一年）である。『九葉集』には鄭敏の詩が二〇首収録されている。

北京師範大学で英米詩を教えていた鄭敏は、『九葉集』の出版を知って解放後の第一作となる「詩よ、私は再びあなたを探しあてた」(33)を書いてその衝撃的な悦びの感情を詠った。

いま、この本に収められた九人の詩人を生年順に並べると、辛笛、陳敬容、穆旦、杜運燮、唐湜、唐祈、鄭敏、杭約赫、袁可嘉ということになる。(34)この時点で、穆旦だけがすでに亡くなっていた。本の冒頭に、八人の連名による以下のような短い文がある。

本書編纂の段階で、我々は心から、当時の戦友であり詩人であり詩歌翻訳者でもあった穆旦（査良錚）同志を懐かしんでいる。彼は四人組の横行する時期に心身ともに理不尽な仕打ちを受け、不幸にして一九七七年二月に亡くなった。それは早すぎる死であった。謹んでこの書を以て彼に対する衷心からの哀悼の意を表する。

この一文からも、一九四〇年代に活躍した九人の詩人の共通した心情をうかがい知ることができよう。彼ら九人の詩人にはゆるやかな共通の詩的世界があり、この本の名をとって「九葉詩派」とよばれるようになる。これはまた、一九二〇年代の徐志摩（一八九七－一九三一年）や李金髪（一九〇〇－一九七六年）、一九三〇年代の馮至、卞之琳、何其芳（一九一二－一九七六年）らの文学の自立を模索する現代詩の流れを受け継ぐともいえるのであった。

『九葉集』は二〇世紀を終えるにあたって、人民文学出版社と北京図書大廈が共同で選定した「百年百種優秀中国文学図書」の一冊に選出された。また、解放後詩創作から離れて装幀方面で活躍した杭約赫を除く八詩人を集めた『八葉集』（香港三聯書店　一九八四年）をはじめ幾つもの作品集と研究書が出版されている。(35)

「九葉詩派」とは当代中国詩史上の便宜的な呼称である。ここで使う「便宜的な呼称」とは、個々の詩人が明確な共通の美意識をもって文学的主張をしたわけではなく、また、一定の組織形態をもった集合体でもなく、後世からみてそこに結果としてゆるやかな共通の詩的美を認めることができる、という意味である。同時代にすでに詩評論家として活躍した袁可嘉はその共通の詩的美を論理づけ、こうした現代詩を「思想の感覚化」「詩の戯劇化」という概念で根拠づけている。(36)「九葉詩派」は九人の詩人だけに冠される名称ではあるが、当時その共通の美意識をもつ方敬（一九一四－一九九六）、莫洛（一九一六－？）らも含めて考えるべきだとする研究者もいる。(37)

最後にその経緯を簡単にまとめておきたい。

一九四七年七月、上海で詩雑誌『詩創造』が臧克家や曹辛之（杭約赫）らが中心の星群出版社から創刊された。その第一輯「編余小記」には、「社会生活を描写しようが、大衆の病苦、戦争の惨劇、暗黒の暴露、光明の賞賛を描いていようが、（中略）作者の真実の感情が書かれていれば、どれも良い作品と言わざるをえないのだ」(38)とあるように、詩人の偽らぬ感情を書くことが大切なこととして掲げられていた。主な投稿者は臧克家、曹辛之の他に金克木、方敬、唐祈、田地、陳敬容、辛笛、唐湜、李瑛らであった。この『詩創造』の内容に不満を抱いた唐湜、辛笛、陳敬容、唐祈、杭約赫、方敬は、当時北方にいた穆旦、杜運燮、鄭敏、袁可嘉を誘い、翌一九四八年六月に上海で『中国新詩』を創刊した。二つの雑誌の創刊に関わった曹辛之によれば、『詩創造』に掲載される詩は内容形式ともに多彩で詩歌の民主性を体現していたが、統一性がなくレベルが下がり、粗雑な作品が多かったという。[39]『詩創造』と『中国新詩』はともに一九四八年一一月、国民党政府により発禁処分となり、『中国新詩』が世に問うたのは僅か五集だけであった。だが、『中国新詩』に集った詩人たちは少数ではあったが、当時ともすれば政治的熱狂に陥る安易な風潮に捕らわれることなく、本来の詩の美を追究し、自然と一つの傾向を有することになった。「九葉詩派」のことを「中国新詩派」ともいうのはこのためである。

文革後、袁可嘉は次のように『中国新詩』に集った詩人たちを回想している。

作者は時代に対する自己の観察と感性に忠実であった。各自の心根の詩芸に対しても忠実で、堅実な努力を重ねて新詩芸術のために新しい道を切り開いた。当時の他の詩と比べると、彼らの詩はかなりの含蓄があり、内心の発掘を重んじた。先行する新月派、現代派と比べると、彼らは極力視野を広げ、現実生活に近づき、個人の感性に忠実で、しかも人民の感情と通じ合うことを求めた。芸術上は、彼らは知性と感性の融合を求め、象徴と連想の運用に意を注ぎ、幻想と現実を相互に関連させ、思想と感情を生き生きとした想像と斬新なイメージに託し、炙り出しと対比を通して得られる全ての効果をもちいて、詩の厚みと密度、詩の強靭さと弾力性を強化したのだ。（中略）形象の力を十分に発揮し、感覚機能の継承と抽象的観念や激しい情緒を密接に一つに結合させて、一個の双生児としたのである。〝思想を知覚化〟するとは、彼らが西洋現代詩から学び取った芸術手法なのだ。これは形象思惟の特色に適合しており、詩人が理を語るときに無味乾燥から救い、抒情を語るとき露骨から救い、情景を描写するとき静態から救ったのである。[40]

## 五　おわりに

少くとも鄭敏の一九四〇年代における詩の世界は、当時の政治的熱狂と狭隘な私的悦楽の支配する詩表現にあって、詩が本来有している言葉による思索の独自な美を創出していたことは確かであった。

さらに詳細な検討が必要ではあろうが、文学史的に鳥瞰してみれば、「九葉詩派」の詩世界は、一九三〇年代の現代主義的な詩の流れから文革中および文革後の所謂「朦朧詩派」へと続く位置を占めていたということが出来よう。

二〇〇九年八月三一日現在、「九葉」のうち鄭敏だけが健在である。二〇〇八年一一月八日夜、袁可嘉がニューヨークで静かに息を引き取ったという報に接した鄭敏は、これでついに九人のなかで私が最後の一葉となってしまった、という意味のことを語ったという。

（1）鄭敏に関しては、秋吉久紀夫『現代中国の詩人　鄭敏詩集』土曜美術社出版販売、一九九九年、が網羅的な唯一のものであり、インタビュー記事を含めて特に資料的な面で参考にさせていただいた。

（2）鄭敏の生い立ちに関しては、注（1）のほか主に以下の資料を参照した。
鄭敏「詩歌自伝（一）─悶葫芦之旅」（『作家』一九九三年、第四期）。
鄭敏「我与詩」（『詩刊』二〇〇六年、第一期下半月刊、五四頁）。

（3）特に一九九三年に発表した「世紀末的回顧：漢語語言変革与中国新詩創作」（『文学評論』一九九三年、第三期）は、構造主義言語学とポスト構造主義の哲学を踏まえて「歴史の批判」を展開し、五四以降の白話文学が数千年の中華文化の精髄をどう学び吸収したか（出来なかったか）を指摘し、論争を巻き起こした。

（4）単行本化された作品は、
詩集
『詩集一九四二─一九四七』文化生活出版社、一九四九年。
『詩集一九四二─一九四七』湖南文芸出版社、一九八六年。ただし、一二七首を収録するにすぎない。

『尋覓集』四川文芸出版社、一九八六年。

『心象』北京人民出版社、一九九一年。

『早晨、我在雨中採花』香港突破出版社、一九九一年。

『詩集一九四二－一九四七』中国文聯出版公司、一九九六年。「中国現代詩歌名家名作原版庫」の一冊として、文化生活出版社版に基づく。

『鄭敏詩集』人民文学出版社、二〇〇〇年。

論文集

『英美詩歌戯劇研究』北京師範大学出版社、一九八二年。

『解構主義論文六篇』北京師範大学、一九九二年。

『詩歌与哲学是近隣――結構・解構詩論』北京大学出版社、一九九九年。

『結構――解構視角：語言・文化・評論』清華大学出版社、一九九八年。

『思維・文化・詩学』河南人民出版社、二〇〇四年。

翻訳書

『美国当代詩選』湖南人民出版社、一九八七年。

（5）国立西南聯合大学については、西南聯合大学北京校友会編『国立西南大学校史』北京大学出版社、一九九六年。および、楠原俊代『日中戦争期における中国知識人研究――もうひとつの長征・国立西南聯合大学への道』研文出版、一九九七年、から多くのことを学んだ。学部・学科組織については、後書の三四六頁。
（6）杜運燮「在外国詩歌影響下学写詩」（『世界文学』一九八九年第六期）など。
（7）「詩与哲学的起点――鄭敏訪談」（『新詩評論』二〇〇五年第一輯、二〇二－二〇四頁）、「鄭敏訪談録」（『詩刊』二〇〇三年第一期）一八頁などによる。
（8）魯迅『中国新文学大系四・導言』商務印書館、一九三五年。

（9）原題『一個給青年詩人的十封信』長沙商務印書館、一九三七年。

（10）『十四行詩』桂林明日社、一九四二年。

（11）鄭敏「憶馮至吾師――重読『十四行詩』」（『当代作家評論』二〇〇二年、第三期）八六頁。

（12）沈従文「新廃郵存底　三二四」（一九四七年一〇月二五日、天津『益世報　文学週刊』第六三期所収）。いま、『沈従文全集　一七巻』北岳文芸出版社、二〇〇二年、四七五頁。

（13）鄭敏「詩与哲学的起点――鄭敏訪談」（『新詩評論』二〇〇五年第一期）二〇四頁。

（14）黙弓「真誠的声音――略論鄭敏、穆旦、杜運燮」（『詩創造』第一二期、一九四八年六月）。黙弓は陳敬容の筆名。いま、『〝九葉詩人〟評論資料選』華東師範大学出版社、一九九五年、六一‐六四頁による。

（15）黙弓の引用する「清道夫」は初出の『大公報　星期文芸』（一九四六年一一月二四日）からの引用で、『九葉集』（一九八一年）その他に所収のものとは大きく異なっている。

（16）唐湜「鄭敏的静夜里的祈祷」唐湜論文集『意度集』（平原社、一九五〇年）所収。いま（王聖思選編『〝九葉詩人〟評論資料選』）二六六頁による。

（17）巴金主編の「文学叢刊」第十輯として出版された。杜運燮・張同道編選『西南聯大現代詩鈔』（中国文学出版社、一九九七年）には、鄭敏の詩六二首を収める。

（18）銭光培「中国十四行詩的昨天与今天――『中国十四行詩選』序言」銭光培選編評説『中国十四行詩選』中国文聯出版公司、一九九〇年、所収、一六‐一九頁。

（19）「村落的早春」（『詩集一九四二‐一九四七』所収）の第一行。

（20）テキストは全て、当用漢字に改めて文化生活出版社、一九四九年の版をもちいた。

（21）公劉「《九葉派》的啓示啓示」（王聖思選『〝九葉詩人〟評論資料選』華東師範大学出版社、一九九五年）一二四、一二五頁。

（22）鄭敏以外のテキストは『九葉集』（江蘇人民出版社、一九八一年所収）のものを用いた。

(23) 中村ちよ・河原忠彦・吉村博次訳『リルケ全集 十 書簡Ⅰ』彌生書房、一九六一年、二六－二七頁。
(24)「寂寞」が詩人鄭敏の奥深いところで一生つきまとっていることは、解放後書かれた詩「成熟的寂寞」(『詩刊』一九八九年、第一期)からも読み取れる。また、注(1)二九一－二九四頁参照。
(25) 神品芳夫『新版リルケ研究』小沢書店、一九八二年。特に「死者のたより」「物たちと死――『ラガツ詩篇』」の章、塚越敏『リルケの文学世界』理想社、一九六九年の「不安と死」の章など参照。
(26)『馮至全集』第九巻、河北教育出版社、四三五頁。
(27) 塚越敏訳「ピエタ」(『リルケ全集 第三巻 詩集Ⅲ』河出書房新社、一九九〇年所収)二六－二七頁、「ピエタ」の訳注参照。
(28)『沈鐘』一九三二年、第一五期所収。注(26)の四三三頁による。
(29) 塚越敏訳「新詩集」(『リルケ全集』河出書房新社、一九九〇年、第三巻、詩集Ⅲ所収)四六－四七頁。
(30) (25)の『リルケの文学世界』一二七頁参照。
(31) 袁可嘉「序」(『九葉集』江蘇人民出版社、一九八一年)一三頁。
(32) 注(1)の二八九頁。
(33) 原題「詩呵、我又找到了你」一九七九年作(『鄭敏詩集』人民文学出版社、二〇〇〇年)三六九頁。
(34)「九葉」のうち鄭敏以外の略歴を簡単に記す。
辛笛(一九一二－二〇〇四年)江蘇省淮安の人。本名は王馨迪。天津生まれ。一九三五年、清華大学外国語文系を卒業。翌年英国に留学しイギリス文学を学ぶ。一九三九年に帰国。上海の曁南大学などで教鞭をとる。中国民主同盟に参加。『中国新詩』の編集に加わる。詩集に『珠貝集』(一九三五年)、『手掌集』(一九四七年)など。

陳敬容(一九一七－一九八九年)四川省東山の人。四川楽山生まれ。筆名に、默弓、文谷、藍冰、生輝など。独学で文学に親しみ、一九三八年、成都で中華全国文芸界抗敵協会に参加。一九四六年、上海に出て『中国新詩』編集に参加。詩集に『盈盈集』(一九四八年)、『交響集』(一九四七年)など。

穆旦（一九一八－一九七七年）浙江省海寧の人。本名は査良錚。天津生まれ。一九三五年、清華大学地質学系に入学し、翌年外国文学系英文学に転入。大学とともに長沙、昆明に移動。一九四二年、通訳としてビルマで従軍し九死に一生を得る。一九四八年、米国シカゴ大学に留学。帰国後、南開大学外文系の教員になる。詩集に『探検隊』（一九四五年）、『穆旦詩集』（一九四七年）、『旗』（一九四八年）、『穆旦詩集一九三九－一九四五』など。

杜運燮（一九一八－二〇〇二年）福建省古田の人。マレーシア生まれ。厦門大学外文系から林庚の勧めで西南聯合大学文学系に移り、一九四五年、卒業。香港で中学教師や新聞編集に従事。一九五一年より新華社国際部に勤務。詩集に『詩四十首』（一九四六年）、『晩稲集』（一九八八年）など。

唐祈（一九二〇－一九九〇年）江蘇蘇州の人。本名は唐克番。一九四二年、西北聯合大学文学院歴史系を卒業。重慶で中華全国文芸界抗敵協会に加わり、民主運動に従事。『中国新詩』編集に参加。一九五〇年代、右派とされる。『人民文学』『詩刊』などを編集。詩集に、『詩　第一冊』（一九四八年）。

唐湜（一九二〇－二〇〇五年）浙江省温州の人。本名は唐揚和。筆名に迪文、陳洛など。温州の人。一九四八年、浙江大学外文系を卒業。『詩創造』『中国新詩』編集に参加。一九五八年、右派とされる。詩歌に関する評論多数。詩集に、『騒動的城』（一九四七年）、『英雄的草原』（一九四八年）、『飛揚的歌』（一九五〇年）など。

杭約赫（一九一七－一九九五年）江蘇省宜興の人。本名は曹辛之。筆名に曹吾、孔休、曲公など。一九三八年、延安に行き陝北公学と魯迅芸術学院で学ぶ。一九四七年、上海で『詩創造』『中国新詩』編集に参加。詩集に、『擷草集』（一九四五年）、『噩夢録』（一九四七年）、『火焼的城』（一九四八年）、『復活的土地』（一九四九年）。

袁可嘉（一九二一－二〇〇八年）浙江省慈渓の人。一九四六年、西南聯合大学を卒業。中共中央宣伝部毛沢東宣伝部英訳室、外文出版社に勤務。後、中国社会科学院外国文学研究所に勤務。一九八〇年、渡米。英米の現代文学の翻訳、評論多数。特に一九四六年－四八年の評論を集めた『論新詩現代化』（一九八八年）は詩論として有用。

（35）その主なものは以下の通り。

藍棣之編『九葉派詩選』人民文学出版社、一九九二年。九詩人の解放後の作品も収める。

中国新文学社団、流派叢書『九葉之樹長青――〝九葉詩人〟作品選』第一集に九詩人の作品、第二集に方敬ら同時代の同傾向の作品を収める。

遊友基『九葉詩派研究』福建教育出版社、一九九七年。

蒋登科『九葉詩人論稿』西南師範大学出版社、二〇〇六年。

（36）「九葉派」の詩の美を文学史上に位置づけ、その内容を詳細に分析した論文に、佐藤普美子「〈思考と感覚の融合〉を求めて――九葉派の詩と詩論」（『東洋文化』第七七号、一九九七年）がある。

（37）たとえば、龍泉明『中国新詩流変論』人民文学出版社、一九九九年、五二二頁。

（38）「帯路的人」の題が付されている。『〝九葉詩人〟評論資料選』華東師範大学出版社、一九九五年、三五五頁。

（39）曹辛之「面対厳粛的時辰――記『詩創造』和『中国新詩』」（『読書』一九八三年第一一期）。

（40）袁可嘉「序」（『九派集』江蘇人民出版社、一九八一年）一六頁。

# 梅娘（Mei niang）試論
## ——小説「蟹」を中心に——

栗山　千香子

### 一　はじめに

梅娘（Mei niang メイ ニャン、ばい じょう）は、一九三〇年代後半から一九四〇年代の中国で多くの読者に愛され、さまざまな「伝説」が語られた女性作家である。一九四二年に北京の馬徳増書店と上海の宇宙風雑誌が共同で読者アンケートを実施し、梅娘と張愛玲（Zhang Ailing チャン・アイリン、ちょう・あいれい）を南北の最も人気のある女性作家に選出して「南玲北梅」（南の張愛玲、北の梅娘）と称したというよく知られた説については、これがたぶんに疑わしい伝説であることがすでに指摘されているが[1]、張泉はこの指摘の論拠に同意を示した上で、しかし「当時の南北の淪陥区（一九三一年の満洲事変のあと日本の占領下に置かれた地域——筆者注）文壇における張愛玲、梅娘という二人の女性作家の作品の実際の影響力から見て、また現代文学史における彼女たちの位置づけからすれば、この言い方は大枠において的はずれではない」とも述べている[2]。

梅娘はまた、日本留学中に本格的な創作活動を開始し、大東亜文学賞を受賞して、「満洲国」屈指の女流作家ともてはやされた作家でもある。そしてまさに日本と深く関わったそのような経歴ゆえに、その名は新中国建国後には公の場から完全に除かれ、一九七八年の名誉回復まで封印されたのだった。一九五一年生まれの作家史鉄生（Shi Tiesheng シー・ティエション、し・てっせい）は、一九七〇年代半ばの「梅娘」（史鉄生にとっては、幼いころからの友人の隣家の孫《スン》おばさんであり、創作を勧めてくれた知人の母だった）との出会いについて次のように書いている。

　当時私たちはまだ、彼女が梅娘だとは知らなかった。というより、私たちはまだ梅娘とは誰なのかを知らなかった。私たちの年代の人間は、そのころ梅娘と梅娘の作品についてまったく何も知らなかった。歴史はいつもこのように引き裂かれ消されてしまうのだ。梅娘はそもそも存在しなかったかのように。一人の人間の、生命のもっとも美しい時間が、影も形もなく消えてしまったかのように。一人の人間の豊かな魂が、まったく沈黙してしまったかのように。[3]

一九八〇年代以降、中国では文学史の見直しが進められ、「満洲国」や「淪陥区」の作家や作品に関する研究もタブーではなくなる中、梅娘についても作品が徐々に復刊され、紹介・研究されるようになってきた。また、北京に健在である梅娘自身も当時を回想する文章を書き、[4]シンポジウム等に出席して発言をおこなっている。[5]当時の梅娘を知る作家・編集者・知人たちの証言も相次いでいる。今後さまざまな資料が発掘され、中国と日本あるいはそのほかの地域でも研究が進められていくだろう。それは、「満洲国」や「淪陥区」の文学への新たな視点を提供することになるに違いない。

一方、梅娘自身や関係者の回想・証言には、当然のことながら記憶違いや記憶の選択がおこなわれる可能性がある。復刊された作品の一部に発表当時とは異なる変更が加えられていることもすでに明らかになっている。[6]今後はさらに客観的に吟味・研究される必要があるだろう。また、これまでは梅娘の経歴や思想的背景、あるいは当時の文壇での地位や役割についての研究が主で、作品については、ジェンダーの視点や日本文学との比較から論じたもの[7]のほかは、概略的な紹介にとどまっている。今後は作品についての検討がもっと進められるべきだろう。

本稿では、日本留学期を中心に梅娘の経歴[8]を確認するとともに、日本で刊行されていた中国語雑誌『華文大阪毎日』に連載された小説「蟹」について考察する。「蟹」は梅娘の代表作とされる作品であり、また大東亜文学賞を受賞して「満洲国」作家としての名声を高めることになったいわくつきの作品でもある。この作品の執筆・発表の状況と背景、物語内容と語り方、テクストの修正についての考察を通して、作家梅娘の実像の一端に迫りたいと考える。

## 二　日本留学と作家梅娘の誕生

### 1　東京時代——作家梅娘への序奏

梅娘の本名は孫加瑞[9]、一九二〇年生まれ、昨年（二〇〇八年）北京で米寿を迎えた。梅娘は、父孫志遠が中東鉄道の貨物輸送責任者としてウラジオストクに出張した際に知り合った女性との間に生まれ、母とともに長春の父の家に引き取られた。愛人であった母は肩身の狭い思いをしながら暮らし、まもなく父の出張中に家を出されて自殺したとも、梅娘が幼いときに病気で亡くなったとも伝えられるが、梅娘は多くを語らない[10]。「梅娘」は、母がいないという意味の「没娘（メイニャン）」と発音が同じである。その美しい響きの中に悲しみを秘めた筆名を、彼女は日本で作家活動を始めてまもなく使い始め、そして名誉回復後も使用している。

梅娘は一九三六年冬に吉林省立女子師範学校高中部（高校）を卒業した。梅娘が在籍したころには、二人の日本人副校長が着任し、日本語が必修科目だったという。長春（のちに四平街へ転居）の家でただひとり優しかったという父は、梅娘の卒業の目前に病死している。卒業後は北京や天津など内地の大学への進学を希望していたが、満洲国では国民政府の紙幣に両替することができず費用を準備することが困難だったため、当時ハルビン市電業局局長だった叔父張鴻鵠の勧めにより、継母と伯父侯堯雪（父の死後、実家が経営する事業をとりしきっていた）も同意の上、三人の異母きょうだい（大弟、四弟、四妹）とともに日本に留学することになった。[11]

一九三七年初春に東京に到着。一般の会社員宅にきょうだいとともに下宿する。一家はとても親切で、満洲の日本人たちとはまったく違ったという。東京女子大学で入学手続きをおこなうが大学には通わず、東亜日本語学校の高級班で学ぶ。また、中華同学会という留学生の集まりに参加し、勧められて神田の内山書店に行き、満洲では手に入らなかった中国の大後方（抗日後方、中国国民党の支配地域）の書籍——魯迅のほぼすべての著作、朱光潜『論美学』、郭沫若『屈原』、何其芳『画夢録』、蕭紅『商市街』、蕭軍『八月的郷村』、鄒韜奮の自叙伝など——を読んだ。神田の書店街こそが本当の大学だったという。このころ、のちに結婚する柳龍光（北京からの留学生で、内山書店でアルバイトをしていた）に出会う。[12]

この東京滞在が作家梅娘にとって幸いだったのは、「満洲国」では読むことが難しかった中国の現代文学に存分に触れることができたことだ。中国現代文学作品の読書三昧のこの一年が、その後梅娘が本格的に創作活動に入る際の大きな栄養源になったことは間違いない。また来日と前後して、恩師の勧めにより、高校時代の習作を集めた小説集『小姐集』が出版されている。[13] このことも、作家として歩むことを決意させるきっかけのひとつになったと思われる。

## 2　関西時代——作家梅娘の光芒

翌一九三八年初め、柳龍光との結婚を実家から反対され仕送りを絶たれたため（ともに留学していた弟が病気になったためともいう）帰国し、一九三八年一一月ごろまで長春の『大同報』で校正および週一回の「婦女版」の編集を担当する。この時点で実家との関係を絶ち自立する道を選択したようだ。一九三八年末、柳龍光が『華文大阪毎日』の編集者兼記者に採用されたため再び来日し、阪急沿線夙川駅近くに居を構え、執筆に励みながら、神戸の女子大[14]の家事科で古典文学・茶道・華道などを学び、子供を育て、帰国までの三年間をこの地で過ごした。

交際の輪も広がり、奈良女高師に留学して歴史を専攻していた田琳（但娣）と『源氏物語』など日本の古典を読んだり、柳龍光および共通の友人たち――于明仁（京都帝大・経済専攻）、田琳、魯凡（『華文大阪毎日』編集者兼記者、魯風の誤植か?）、雪螢（『華文大阪毎日』編集者兼記者）とともに頻繁に勉強会を開き、満洲国では禁じられていた社会主義や共産主義に関する書籍を読んだり、柳龍光の地下工作任務――日本で医薬品を調達して中国国内に送る――の手伝いもしたという。

だが作家梅娘にとって最も重要なことは、この時期に本格的な執筆活動に入り、作家としての基盤を築いたということである。一九四〇年には短編小説一一編をまとめて小説集『第二代』[15]を出版し、その後も、のちに小説集『魚』[16]に収められる「一個蚌（からす貝）」「魚」などの中短編小説を次々に完成させている。阪急電鉄の車内での一コマを描いた短編小説「僑民」[17]もこの時期の作品である。また、梅娘は翻訳にも意欲的に取り組んでおり、後述するように『華文大阪毎日』に外国文学の翻訳や紹介を載せ、『大同報』には当時日本でベストセラーとなり映画化もされた久米正雄『白蘭の歌』を翻訳し連載（一九三九年一一月二八日から一九四一年一月二三日）している。帰国後も石川達三『母系家族』の翻訳を『婦女雑誌』に連載（一九四二年一一月から一九四三年九月）し、連載終了後に単行本として出版している[18]。

本稿で論じる「蟹」は、一九四一年九月から一二月まで『華文大阪毎日』に連載された。そして連載終了まもない一九四二年初め、梅娘は柳龍光とともに帰国の途につく。帰国後の梅娘は日本占領下の北京で活発な執筆活

写真1　小説集『蟹』初版本（中国現代文学館所蔵）

動を展開した。一九四三年の小説集『魚』につづいて、一九四四年に小説集『蟹』(19)（写真1）を出版、多くの読者を得て作家としての地位を固め、文壇でも影響力を持つようになった。また、一九四四年一一月に南京で開催された第三回大東亜文学者大会で「蟹」が第二回大東亜文学賞（次賞）を受賞、日本でも「満州国」屈指の女流作家との評価が定着した。

大東亜文学者大会は、「大東亜共栄圏内の全文学者大会」「大東亜文学建設」等の旗印のもと日本の各文学者団体が参加し、満洲・蒙古・中華民国各代表および台湾・朝鮮代表を招いて、日本文学報国会（会長は徳富蘇峰、初代事務局長は久米正雄）の主催により計三回開催されている。開催年月と開催地は次のとおり。

第一回　一九四二年一一月、東京および大阪
第二回　一九四三年　八月、東京
第三回　一九四四年一一月、南京

また、第二回大会から大東亜文学賞が設けられた。受賞作は次のとおり。

第一回大東亜文学賞（第二回大東亜文学者大会で授賞）
正賞　なし
次賞　庄田総一「陳夫人」、大木惇夫「海原にありて歌へる」、石軍「沃土」、爵青「黄金の狭き門（黄金的窄

門）」、予且「日本印象記」『予且短編小説集』、袁犀「貝殻」

第二回大東亜文学賞（第三回大東亜文学者大会で授賞）

正賞　なし

次賞　鑓田研一「満洲建国史」、梅娘「蟹」、古丁「新生」、ドック・マイ・ソッド（タイ）「これぞ人生」、ホセ・エスペランサ・クルサ（フィリピン）「タロン・マリア」

なお、梅娘の「魚」および林榕『遠人集』、荘損衣『損衣詩抄』は第一回大東亜文学賞「選外佳作」とされたが、のちに次賞に改められたという[20]。

中華人民共和国成立後、梅娘は北京の中学で国語教師をつとめたあと中国農業電影製片廠に移るが、一九五五年の反革命分子粛正運動で「日本のスパイ」として批判を受け、一九五七年の反右派闘争で「一級右派分子」とされて公職から追放され労働改造農場に送られた。文革中は「黒五類（地主、富農、反革命分子、悪質分子、右派分子）」として体制の厳しい監視下に置かれ、二人の子供を失うという不幸にも見舞われている。なお、柳龍光は帰国後、『国民雑誌』主編、武徳報社編集部長、華北作家協会幹事会幹事長などをつとめ、華北淪陥区文学界の中心的な役割をになったが、一九四九年一月上海から台湾へ向かう際に、乗っていた船が沈没して死亡している。梅娘によれば中国共産党の特殊任務の命を受けていたというが、解明されていない点も多い[21]。

## 三　小説「蟹」の発表と『華文大阪毎日』

### 1　中国語雑誌『華文大阪毎日』

「蟹」は、梅娘が再び来日し阪急沿線で過ごした三年間の最後の四カ月間に、日本で発行されていた中国語雑誌『華文大阪毎日』に連載された。

『華文大阪毎日』は一九三八年一一月一日に創刊された半月刊の中国語総合雑誌であり、発行所は大阪毎日新聞社・東京日日新聞社である。一九四三年一月からは『華文毎日』と改題し発行所は毎日新聞社に、また一九四四年一月からは月刊となり、一九四五年四月まで（？）刊行された。奥付によれば、「蟹」が連載された一九四一年当時の販売所、定価は次のとおり。

販売所　中日満各地支局

※中華民国…綏遠省、察哈爾省、河北省、北京、山西省、山東省、河南省、江蘇省、上海、漢口、厦門、廣東省、浙江省

※満洲国…間島省、牡丹江省、濱江省、三江省

定価　日本国内の場合、国幣一角、郵送費一分

※中満海外の場合および定期購読（毎月、三カ月、半年、全年）は別の料金設定

民間の雑誌とはいえ、創刊号に近衛文麿内閣総理大臣と荒木貞夫文部大臣の祝辞が掲載されるなど政府の肝入りで発刊された雑誌であり、当然のことながら「大東亜共栄圏」構想を中国人に宣伝・啓蒙しようという意図がうかがえる。「満洲」を含む中国全土に販売網を持つこの雑誌は、発行部数の多さ、[22]発行期間の長さ、執筆陣いずれから見ても、当時最も影響力を持った中国語雑誌のひとつであったと言ってよいだろう。しかしまったくの国策宣伝雑誌かというとそうでもなく、B5判で五〇頁程度の雑誌には、時局のほか教育、生活、科学、文学芸術など幅広い分野の記事や論説や作品、あるいは座談会記録やインタビュー記事が掲載され、内容は多岐にわたっている。

ことに文学の紹介に三分の一ほどの誌面を割き、中国および日本や海外の著名な作家の作品を翻訳掲載すると

ともに、演劇・映画脚本、長編小説、中編小説、報告文学（ルポルタージュ）、民間文学など各部門の懸賞作品募集をおこない新人作家の発掘にも力を注いでいる。岡田英樹は『華文大阪毎日』の性格について詳細な分析を加え、この雑誌が当時の中国語文芸に誌面を提供したことの意義の大きさを強調している。(23)

## 2　小説「蟹」の連載

梅娘と『華文大阪毎日』の関係ということになれば、まず夫柳龍光が同誌の編集者兼記者であったことがあげられる。また、やはり同誌の編集者兼記者であった魯風（陳濟望）、雪瑩（李景新）とも交流があり、親しい友人だった田琳（但娣）も同誌に詩や小説や翻訳を発表している。梅娘が同誌に作品を発表するのはごく自然な流れだっただろう。梅娘は「蟹」の連載前にも、同誌に次の翻訳と文章を発表している。

「奇妙的故事（ふしぎな物語）」※ヘッセの短編の翻訳(24)

「拝倫的一生（バイロンの一生）」※バイロンの紹介・評論(25)

前述のように『華文大阪毎日』は各部門の懸賞作品募集をおこない、新人作家発掘の場としての役割も果たしていた。但娣（田琳）の代表作である中編小説「安荻和馬華」も懸賞募集の入選作として同誌に掲載されたものだった。(26)

しかし梅娘の「蟹」（写真2）はこれらの懸賞入選作とは別格の扱いで登場している。連載が始まるすぐ前の号（第七巻第四号、一九四一年八月一五日、四八頁）で「二大長編小説の特別連載」開始がほぼ全面を使って予告され、作家自身による紹介文と近影が掲載されている。ひとつは恋愛小説家としてすでに広範な読者を得ていた張資平の「新紅A字」（挿画　曹涵美）である。通俗的な恋愛小説は読者の評判はよいが批評家の評価が低く、一方通俗的でない作品は読者に歓迎されない、そのため自身の中にも葛藤があったと率直に述べ、『華文大阪毎日』の要

写真２　『華文大阪毎日』に連載された小説「蟹」の第１回

請で十数年ぶりに恋愛小説を書くにいたった事情と抱負を述べている。そして、もうひとつが梅娘の「蟹」（挿画 呂風）だった。このとき梅娘は二一歳、高校時代の習作を集めた小説集『小姐集』を別にすれば、初めての小説集ともいえる『第二代』を出版してからまだ一年足らずの新進作家だったが、張資平と並ぶ著名流行作家の扱いを受けての登場だった（ただし予告の扱いは張資平のほうがやや大きい）。

梅娘自身によって書かれた「蟹」の予告文を見てみよう。

昨年の夏、「蚌（からす貝）」と題する中篇を書いたところ幾人かの友人たちが読んで、「蚌」に出てくる女は死んではいけないと言うので、それではと「魚」の中に持っていった。しかし「魚」でも私の心の中の「万一」というわだかまり——女の一種の鬱積した気持ち——はうまく表すことができなかった。そこでもう一篇書こうと思うようになった。それが「蟹」である。でも「蟹」は「蚌」や「魚」とは完全に離れたものになってしまった。「蟹」の風格は私が思い描いたものとはまったく異なり、私の心の中に蓄積した気持ちをきちんと整理して紙の上に表現することができなかった。

「蟹」はこんな気持ちの中で書き上げたものなのだ。

もし読者諸氏が「蟹」から少しでも何かをみつけることができたら、それがたとえほんの少しだけの憎むべき愛であったとしても、それだけで私の心を安らかにするには十分だろう。

一九四一年七月一四日　北京にて

初めての長編小説の連載にあたっての弁にしては冷静で控えめな印象を受ける。満足のいくできばえではなかったのだろうか。それともただ謙虚に述べただけだろうか。また、ややもったいぶった言い回しで真意がわかりにくいところもある。梅娘の「思い描いたもの」「心の中に蓄積した気持ち」については次章以降作品を読み解きながら考えるとして、ここでは「蟹」の連載の回・掲載号および作品の章（一－一三）について確認しておこう。

第一回　『華文大阪毎日』第七巻第五号（通巻六九号）　一九四一年九月一日発行　（一）、（二）
第二回　『華文大阪毎日』第七巻第六号（通巻七〇号）　一九四一年九月一五日発行　（三）、（四）
第三回　『華文大阪毎日』第七巻第七号（通巻七一号）　一九四一年一〇月一日発行　（五）、（六）、（七）前半
第四回　『華文大阪毎日』第七巻第八号（通巻七二号）　一九四一年一〇月一五日発行　（七）後半、（八）、（九）前半
第五回　『華文大阪毎日』第七巻第一〇号（通巻七四号）　一九四一年一一月一五日発行　（九）後半、（一〇）のほとんど
第六回　『華文大阪毎日』第七巻第一一号（通巻七五号）　一九四一年一二月一日発行　（一〇）の最後の部分、（一一）、（一二）前半
第七回　『華文大阪毎日』第七巻第一二号（通巻七六号）　一九四一年一二月一五日発行　（一二）後半、（一三）

連載は毎回挿画入りで五頁と決まっているが、小説各章の長さが一定でないので、連載第三回以降は回の区切りと章の区切りが一致していない。梅娘自身の予告文によれば連載前にすでに書きあがっていたようなので、編集の都合で機械的に区切ったのかもしれない。なお、「蟹」の総字数は約八万字であり、『華文大阪毎日』連載時の扱いは長編小説だが、のちに小説集収録等の際には中篇小説とすることが多い。

この予告文の最後に記されているように、このとき（一九四一年七月）梅娘は北京に滞在していた。梅娘は前年の四月にも小説集『第二代』の出版打ち合わせ等のために一時長春に戻っているが、このときの帰国（北京・長春）の理由はわかっていない。雑誌社などが企画する座談会でもあったのだろうか。また連載最終回の末尾には、「梅娘一九四一（年）四月末、二度目の離日前に（完）」と記されており、「蟹」は予告文掲載の二カ月前に書きあがっていたようだ。そして「蟹」の連載終了後の翌一九四二年初めに、梅娘は最終的に帰国する。連載終了のほか、太平洋戦争勃発という時局の変化、柳龍光の武徳報社編集部長内定など、いくつかのタイミングが重なったためと思われる。ともあれ、梅娘の小説「蟹」はこうして発表され、またそれは梅娘の日本滞在をしめくくる作品となったのである。

## 四　小説「蟹」を読む

「蟹」は、中国東北の都市・長春に暮らす大家族・孫家の「事変」（満洲事変）から二年後の早春から夏にかけての出来事を描いた物語である。孫家は祖父の代には熊が出没するような山村に住んでいたのだが、次男がロシア人経営の銀行で仕事をすることになったのを機に、一家で長春に出てきた。次男はロシア人の信頼を得て頭角をあらわし、のちには日本人からも重用されて重要な仕事をこなし、また事業経営の手腕も発揮して財を築いた。しかしその次男が半年ほど前に亡くなると、要《かなめ》を失った孫家は急速に勢いをなくし、いまは人々の身勝手な思惑だけが渦巻いている。長男には孫家を立て直す器量はなく、三男は能力も人望もないが権力や金銭への欲望は人一倍強い。次男の妻は夫が残した財産を守ることしか念頭にない。年老いた祖母は孫家の行く末を案じ、頼りだった次男を思い出してはため息をついて泣くばかり。次男のもとで孫家のために忠実に働いてきた使用人の王福《ワン・フー》は、そんな孫家の実情を見透かし、三男をうまく操って孫家の実権を握ろうと狙っている。

祖母の孫の鈴《リン》（次男の娘）は家にも女学校にも閉塞感を感じているが、家を出て新しい生活を求める勇気はない。長男の息子祥《シアン》は親たちの世代を冷ややかな目で見ているが反抗しようとは思わず、漫然と役所勤めを続け、美しく聡明な翠《ツイ》（王福の娘）がいつか自分のものになることを妄想し現実から逃避している。ある日、翠が失踪する。鈴が翠の母に問うと、嫁にほしいという外国人（日本人）から隠すためだと言って王福が田舎に送ってしまったのだという。しかし裏では、三男が翠を妾にしたいと願っていることを知った王福のたくらみが見え隠れしている。鈴は姉のように慕ってきた翠の身を案じつつ、自分の道は自分で切り開くしかないと思い知り、家を出ることを決意する。

この物語を、どのように読むことが可能だろうか。

## 1 「満洲国」物語

まず、満洲事変直後の「満洲国」の首都長春（新京）の人々の生活や行動あるいは心理を描いたものとして読んでみよう。

鈴の通う女学校では、教師の多くが故郷へ帰ってしまい、教科書も手に入らず、授業が自習になったり日本人教師が日本料理を教えるようになっている。また、中国内地への通信や交通が制限され、鈴が夢見ていた北平（北京）の大学への進学の道は閉ざされてしまった。そんな学校生活に鈴は嫌気がさしている。ロシア人と深く関わっていたことがわかると危険なのではないかと恐れる三男は、次男（鈴の父親）のロシア語の本や手紙や写真を処分するよう鈴に言いつける。後宮がつくられて妃嬪探しがおこなわれるというデマが流れ、女学生たちは冗談に互いの名前の下に「妃」や「嬪」をつけて笑うが、祖母は本気で鈴の身を心配する。また、まもなく銀貨は通用しなくなりすべて紙幣に交換しなければならないという通達に、かつて紙幣がただの紙くずと化した経験を経ている人々は交換をためらう一方、銀貨を隠し持っていると逮捕されるといううわさを耳にして不安になる。また次男の妻は、ひそかに貯めた五〇〇〇元以上の銀貨をどうしたら周囲に知られずに両替できるかと思い悩む。暮らしが変わろうとしていることに、また実態が把握できず、何がどう変わるのか予測できないことに不安を覚える人々の心理や行動、さまざまなうわさやデマや思惑が交錯する不穏な街の空気が伝わってくる。

そのような街のようすも、時間の経過につれて次第に落ち着きを取り戻していくのだが、孫家の矛盾はますます深刻化していく。三男とその妻は孫家のすべての財産と利権を手にしようと画策し、次男の妻と長男はそうはさせまいと必死で、牽制と摩擦が繰り返される。祖母や祥や鈴にはなすすべがない。次男が生きていたときには忠実に使えていた王福は、次男の妻や長男には変わらぬ忠実を装い、裏では孫家の権力を握ろうとしている三男と手を結び、さらにはその三男を意のままに操ろうとしている。孫家の問題は、次男が亡くなったあと一家をまとめていくだけの才覚のある人物が孫家にはいないことに直接の原因がある。だから街が安定を取り戻しても、孫家の事態は好転するどころか、ますます悪化するばかりなのだ。しかし、満洲の地でそれなりの財力と名声を得ていた一家が、支配者が変わり制度も通貨も変わり、今後の生活がどうなるかわからないという事態に直面したとき、頼れるものは自分自身と財力だけと考え、財産を守るために奔走し、疑心暗鬼に陥り牽制し合い、そうして少しずつ崩壊していく物語は、果たして孫家だけの物語なのだろうか。

日本の国策雑誌に掲載された小説であれば満洲国や日本や日本人を表立って批判はできないだろうし、作者自身にどれだけ批判や抵抗の意図があったかはわからない。物語は終始孫家を舞台として展開し、孫家以外の人々や街のようすが具体的に描かれているわけではないし、何度か名前が出てくる日本人（小田、中野）も実際にはほとんど姿をあらわさず、人物像はあいまいである。したがって、この物語から満洲国の人々の生活や行動や心理全般を読み取ることには限界があるだろう。しかしここに描かれているのは、表面的には落ち着きを取り戻し、順調に建設が進んでいるかに見える満洲国の一角で、しかしいつ何が起こるかわからない、いずれ必ず何か起こるのではないかという時限爆弾のような不安を抱え、その不安を増大させていくある一家の物語なのであり、それは一見安定したかに見える満洲の地に深く静かに潜行する不穏な空気を伝える物語なのだと言えるだろう。

## 2 「鈴」の物語——自伝小説として

「蟹」の孫家と梅娘（孫加瑞）の育った家とは、長春の孫という姓の大家族というだけでなく、設定に似ている点が多い。ことに鈴と梅娘、鈴の父と梅娘の父は、条件がほぼ重なる。この物語が自伝的小説として読まれることを作者も十分に意図とした設定であると考えられる。

この物語には常に次男（鈴の父）の影がある。これは孫家の次男が急死したことによって始まる孫家の物語であり、次男という支えを失ったことによって表面化し進行する孫家の崩壊の物語と言ってもよいだろう。そうであれば、物語の冒頭で祖母が孫たちに語って聞かせる「おはなし」がその後の物語とまったく異なる輝きを放っており、それを語る祖母も生き生きとして、その後の祖母とは別人のようであるのも理由のないことではないかもしれない。孫たちを夢中にさせた祖母の「おはなし」は山奥の村の夕暮れから始まる——祖父が熊を追い払った話、次男が夜道で狼に出くわした話、娘の嫁入り道具として祖父が町から買ってきた鏡に村中が興味津々だった話、村に「毛子《マオズ》」（ロシア人）が姿を現すようになり村人は恐れたが、「毛子」に酒を渡すと金をくれたこと、油瓶を下げている村人を見かけて酒と思った「毛子」が瓶を取って飲み、酒でないことに怒って殴ったこと、殴られた村人は半月も寝込んでしまったこと、その話を聞いた当時一二歳の次男が酒の入った瓶と油の入った瓶を手に出かけて行き、「毛子」に身振り手振りで説明してたいそう気に入られたこと、心配して探しに行った祖父たちに「なにも怖くないよ。鼻がひとつと目がふたつの同じ人間じゃないか」と言い放ったこと、こうして次男は「毛子」から「洋話」（ロシア語）を学んで才覚をあらわし……それは、祖母によって語られる「伝説」かもしれないが、事件は具体的で起伏に富み、人物は生き生きと個性的に語られている。そしてその後展開する物語の背後には常に、そのような賢くて優しくて偉大ないまは亡き次男＝鈴の父の像が存在する。

鈴の父がロシア人と直接接触しながらロシア語を学んだこと、長春のロシア人の銀行で働き次第に頭角をあらわしたこと、のちに日本人の信頼も得て重要なポストにつき、満洲国の経済の鍵を握る日本人とも親交を結んだこと、事業家として成功し一代で財を築いたこと——これらは梅娘の回想する父の像にそのまま重なる。とすれば、これは鈴の父＝梅娘の父へのオマージュとして読むことができるだろう。梅娘の回想の中の父は、社会的にも人格的にも立派であった理想的な人物として、また長春の家でただひとり優しかった愛情深い父として描かれている。そのことを考えあわせれば、梅娘がこの物語に父への思いを込めたとしても不思議ではない。

鈴について見てみよう。鈴は孫家の次男の娘で一七歳、生母はすでになく、いまは父も亡くなり、孤独を感じる毎日だ。継母とは表立った摩擦はないが距離を置いており、孫家の中で疎外感を覚えている。また、事変後の女学校はますます退屈に感じるようになった。かつては、卒業後は北平（北京）の大学に進学して工学か電気を学び、外国にも留学して、国や民のために働けるような女性になりたいという希望を持っていた。また、張恨水「金粉世家」や劉雲若「紅杏出牆記」などの恋愛小説に夢中になり、小説のような恋愛にあこがれ、そのような愛が自分をいまの境遇から救い出してくれることを夢見ている。しかし前者の願いは事変によって断たれ、後者の夢はこの家にいる限りかなえられないと悲観している。女学校を卒業したら家同士が決めた結婚を強制され、結局継母やおばたちのような人生を送ることになるのかと思うと絶望的な気持ちになる——鈴の置かれた状況は、梅娘が長春で女学校生活を送っていたころの状況に重なる。鈴の心理の多くにも当時の梅娘の心境が投影されていると考えられよう。

最終章で鈴は翠が失踪したことを知り、翠の身を案じつつ自分自身の将来についてあらためて考え、家を出て自分の足で新しい道を歩むことを決意する。鈴の考えがどれほどのものなのか、家を出たあとの生活について具体的なイメージを持っているのか、その考えは本当に実行に移されるのか、それらについては示されていない。鈴は物語の中で終始、素直で心優しいが、自ら問題を解決しようという強い意志や行動力を持たない少女として描かれているから、結局一歩を踏み出せずに終わってしまう可能性もある。あるいは仮に家を出たとして、温室の花のように育ってきた鈴はどうやって生きていくのだろうという不安を感じさせずにはおかない。「ノラは本当に家を出るのか、家を出てからどうするのか、どうなったのか」という問いに答えを出さないまま終わるのは、小説の手法としてはむしろ常道だが、この小説を梅娘の自伝小説として、また鈴の姿に梅娘の姿を重ねて読んだ場合は、読者はやや物足りなさを感じるかもしれない。すでに自らの人生を選択して自立の道を歩んでいた梅娘には、明確な答えが用意できたはずだから。

ところで、このときの鈴は翠が姿を消したことを心配していたはずなのだが、いつの間にか翠への心配が自分の将来の不安に置き換えられてしまっている。翠の失踪の真相はわからず何も解決されていないのに、鈴はそのことを放置したまま家を出るつもりなのだろうか。翠の失踪事件は、鈴に新しい生活への決意を促すためのきっかけでしかなかったのだろうか。鈴の物語は、姉と慕った翠を踏み台にして巣立とうとしている少女の成長物語だったのだろうか。そうでないとすれば、この結末をどう読むべきだろう。

## 3 「翠」の物語——汎愛のゆくえ

ここで鈴以外の女性たちにも目を配ってみよう。鈴と同年代の翠、あるいは祥の妻、そして彼女たちの母親の世代、さらに祖母の世代、そのような三世代の女性たちのそれぞれの生き方をたどることによって、孫家という大家族の中に暮らす彼女たちの葛藤や苦悩、ひいては女性の生き方に対する疑問や批判を読み取ることができるかもしれない。

祖母は、自分はもういつ死んでもいいが、自分が死んだら鈴のことを親身に考える者がいなくなってしまうと思うと、鈴が不憫でならない。そのときには祥が鈴の相談相手になってくれるよう、また鈴に早く良縁があるよう望んでいる。心優しい祖母だが、鈴が「良縁」以外のものを望んでいようとは想像もしていない。次男の妻（鈴の継母）は、夫が残した遺産を幼い息子たちのために守りたいと必死で、ほかのことは視野に入らない。三男の妻は、夫が孫家の実権を握り贅沢な暮らしができることを望み、またあたかもその切符を手にしたかのように横柄に振舞っている。祥の妻は資産家の娘で、結婚後も実家の金を使って贅沢に暮らしていたが、毎晩祖母の部屋（鈴と翠が祖母の看病をしている）に入り浸る祥に不満を覚え、怒って実家に帰ってしまう。祖母や継母や三男の妻や祥の妻はそれぞれに不安や不満を持っているが、女性としての生き方そのものに疑問を持ったり悩んだりしているわけではない。

翠はどうだろう。美しく聡明で、優しく、働き者で、ほぼ完璧な女性として描かれている。鈴が、「翠は何でもわかっているし、何でもできるし、きれいだし、誰からでも好かれてあたりまえ」と言うと、こう慰める——「鈴こそが幸運な星のもとに生まれて来た人、いつか立派なお役人の家に嫁いで若奥様になるはず、そのときには私がついていって身の回りの世話をしてあげる」。この言葉からは、旧来の結婚や身分についての考え方をそのまま受け入れているように見える。しかし鈴がさらに、「私なんか何の役にも立たない、だから誰からも愛されない」「この家で私のことを親身に思ってくれる人がいる？」と訴えると、こうも言うのだ――「どうして誰かに愛されなくてはいけないの？」「鈴はちゃんと勉強して将来自分でお金を稼ぐことだってできる、自分に確かなものがあれば誰に頼らなくてもいい」「人間は誰でも一人、誰でも自分しか頼れない」「私は自分で自分の道を探すしかない」「自分以外の人を愛することができれば辛くなくなる」。そのとき翠の目から涙がこぼれ落ちるが、笑顔はそのままで、それを作者は「ゆるぎない汎愛の微笑」と表現している。鈴とひとつ違いの一八歳とは思えない達観した人生観、あるいは宗教的な崇高ささえうかがわせる最終の言葉は、ここで鈴を慰めるためだけなら必要なかったかもしれない。翠が思わず口にしてしまった言葉は、作者が翠にあえて語らせた言葉であり、そして翠の微笑に与えられた「汎愛」のイメージは、理想的な女性像あるいはその生き方に対する作者のひとつの答えだったのではないだろうか。

しかし、そうであるならなぜ、作者はその翠を最後に失踪させてしまったのだろうか。翠の失踪の真相については明らかにされないが、その前までの三男と王福のやりとりや、最後の場面の三男の妻の発言から、翠は三男の妾にされるために王福によってどこかに軟禁された可能性が高いことが暗示されている。王福は三男の要望どおり自分の娘を三男の妾にすることによって、三男を意のままに操り孫家の実権を握ろうとしているらしい。この物語の中でまったく欠点のない最も善良な人間、理想的な女性として描かれ、「汎愛」の微笑を示した翠が、この物語の中でも最も悪辣な男たち二人の陰謀の網にかかろうとしている。そのあまりにも理不尽な結末に、この大家族に巣くう悪意、さらにはこの大家族を支えている社会に蔓延する救いのない現実を見ることができるだろう。「翠」は、矛盾と欲望が渦巻く物語の低音部にひっそりと流れていた理想である。その理想が無残にも消し去られてしまうという結末の中に、身勝手な男たちの論理が横行する現実への批判、旧来の規範や制度に支えられた社会通念への異議申し立てがはっきりと書き込まれているのを読み取ることができるだろう。

## 五　おわりに

「蟹」の冒頭に次のような前書きが置かれている。

蟹を捕る話

漁師が船に灯をともすと、蟹はその光につられて集まってくる。こうして蟹はあらかじめしかけられた網にかかってしまうのだ。

もちろんこれは比喩である。蟹は誰なのだろうか。網をしかけたのは誰なのだろうか。

蟹とは満洲の地に暮らす中国人、網をしかけたのは満洲国をつくった日本（人）ととることもできるだろう。蟹とは大家族制度の中で身動きが取れなくなっている鈴あるいは翠あるいはすべての女たち、網とは女たちの生き方を縛り運命づける旧来の大家族制度や社会通念ととることも可能だろう。あるいはより象徴的なものとして捉えれば、この地上を覆う得体の知れないもの、個人の力ではどうにもならない目に見えない網の中で、周囲とぶつかりはするが深く関わることはなく、方向を見失いながら右往左往し、息も絶え絶えにうごめいている蟹の姿に、物語の中のすべての人々、ひいては作者や読者を含めた人間の姿そのものを見ることもできるだろう。

最後に、テクストの修正について触れておきたい。「蟹」はすでに述べたように、一九四一年に『華文大阪毎日』に連載されたのち一九四四年出版の小説集『蟹』（武徳出版社）に収められた。両者の間に多少の字句の異同はあるが、内容に関わるような大きな変更はない。近年復刊されたもののうち『東北現代文学大系一九一九－

一九四九』第五集・中篇小説巻、[27]『梅娘代表作』[28]収録のテクストは武徳出版社版に基づくと思われる。他方、これとは異なるもうひとつのテクストが流通している。『中国淪陥区文学大系』新文芸小説巻（下）[29]、『梅娘小説・黄昏之献』[30]収録のものがそうで、字句の修正のほか、登場人物の名前や設定の変更（たとえば「鈴」は「玲玲」に変更され、父譲りの賢さと人生への積極的な態度が強調されている）、あるいはプロットの変更（たとえば結末に王福によって語られる翠の失踪の「真相」には日本人中野が関わっている）など、多くの修正が加えられている。

修正後のテクストは全体的に表現がわかりやすく読みやすくなっているほか、「満洲国」の事情、ことに日本人（中野）とその日本人と手を組んで利権を得ようとする中国人（王福）の行動が具体的に書き込まれ、不良日本人と中国人協力者（感奸）への批判や「抗日」意識が反映されている。一方、家を出ることを決意するまでの鈴の心理、翠の「汎愛」の微笑や理想の生き方に関する寓話などは削除されて、最後は「鈴」の物語や「翠」の物語がややぼやけてしまった印象を受ける。

また、梅娘は近年の回想の中で、「蟹」の執筆動機について、石橋湛山「日清・日露戦役の回顧と今次事変の経済」のような文章、つまり遠回しな表現方法ながら「反戦」を伝える文章を書きたいと思った、社会から受けたさまざまな圧迫と自分の家族が崩壊する過程についてのみ書いたが、出版のためにはこのような方法が見合っていたとも語っている。[31]テクストの大幅な修正やこのような回想が、当時の「心の中に蓄積した気持ち」とどれだけ一致しているかについては、半世紀以上の時間を経たいま、検証は困難だろう。ただその修正の跡をたどるときに確かに伝わってきたのは、時間の長さだけでなく、梅娘という作家の背負ってきたもの、いまなお下ろしきれていないものの計り知れない重さであった。

付記　本稿は二〇〇八年度中央大学特別研究費による研究の成果の一部である。

（1）止庵「『南玲北梅』之我見」（『文匯報』二〇〇五年一二月二四日）。
（2）張泉「也説〝南玲北梅〟――兼談如何看待〝口述歴史〟」（『中文自学指導』二〇〇七年一月号、華東師範大学中文系）。邦訳は「『南玲北梅』（南の張愛玲、北の梅娘）について――併せて「オーラル・ヒストリー」にどう対すべきか」（『中国東北文化研究の広場』第一号、二〇〇七年九月、橋本雄一訳）。本稿の引用は拙訳。
（3）史鉄生「孫姨和梅娘」（『記憶与印象』北京出版社、二〇〇四年五月）。
（4）梅娘の近年の回想等を収めたものに『梅娘近作及書簡』（同心出版社、二〇〇五年八月）がある。
（5）一九九一年九月に長春で開催された「東北淪陥時期文学国際学術研討会」では、かつて同じ時期に日本に留学して親交のあった但娣とともに出席して発言をおこない、その姿を強く印象づけた。発言原稿は『東北淪陥時期文学国際学術研討会論文集』（瀋陽出版社、一九九二年六月）に収録されている。
（6）趙月華「歴史重建中的迷失――梅娘作品修改研究」（『中国現代文学研究叢刊』二〇〇五年第一期）。
（7）岸陽子「梅娘の短編小説『僑民』をめぐって」（『中国文学研究』第二六期、二〇〇〇年一二月）、岸陽子「もうひとつの『白蘭の歌』――梅娘の翻訳をめぐって」（『植民地文化研究』第三号、二〇〇四年）、張志晶「梅娘『手術を前に』考――石川達三『母系社会』との接点」（『比較文学』第四五巻、二〇〇二年）、屈雅紅「論梅娘小説的〝復調〟芸術――以『動手術之前』和『旅』為例」（『蘇州大学学報（哲学社会科学版）』二〇〇五年第五期）など。
（8）経歴については、とくに断らない限り次の梅娘の自伝・回想による。梅娘「我的大学生活」「我与日本」（前掲書『梅娘近作及書簡』）、「我的青少年時代」（『作家』一九九六年第九期）、「偽りの日々」（杉野要吉編著『交争する中国文学と日本文学』三元社、二〇〇〇年六月、杉野元子訳）。
（9）本名を孫嘉瑞とするものもあるが、梅娘自身の説明によれば孫加瑞が正しい。釜屋修「梅娘――その半生・覚書」（『季刊中国』、一九九四年春号）。
（10）梅娘の自伝によれば、幼いときに母は自殺したと聞かされ、母の記憶はないという。しかし岸陽子「『満洲国』の女性作家、梅娘を読む」（『中国知識人の百年――文学の視座から』早稲田大学出版部、二〇〇四年三月）は、梅娘が一七歳のときに書いたエッセイ「ランプ（煤油燈）」「追憶（憶）」からは、物心ついてからの梅娘と実母の生活の反映があり、母を棄てた父への憎しみが読み取れると指摘している。

（11）梅娘の自伝によれば、張鴻鵠は東京帝大に留学したことがあり、周恩来とは日本留学時代からの友人で、中国共産党の地下工作にもあたった人物だという。また留学手続きについては、父が長春の横浜正金銀行に勤めていたころの同僚だった日本人（藤本）が協力し、吉林女子師範の日本人副校長（村田琴）が母校である東京女子大学に推薦状を直接送ったという。

（12）梅娘の自伝によれば、梅娘はきょうだいとともに住友系の会社に勤務していた吉野氏の家に下宿していたという。また、梅娘自身は東京女子大学の正式な入学手続きを経て歴史学科の一年生（予科生ともいう）になったというが、現時点では学籍は確認されていない。柳龍光については、梅娘は早稲田大学（経済専攻）の留学生だったというが、専修大学に留学していたことが岡田英樹によって確認されている。

（13）『小姐集』長春・益智書店、一九三六年、筆名は敏子。張欣「梅娘――異邦での文学修業」（『月刊しにか』一九九九年三月号、大修館書店）によれば、この出版は、梅娘の高校時代の国語教師孫暁野（孫常叙、のちに東北師範大学教授）が益智書店の責任者宋星五に推薦して実現したものだという。

（14）梅娘の自伝によれば、東京女子大の卒業生が創設した名門女子大学である神戸女子大学（神戸女子義塾ともいう）の家事科に転入し、古典文学・美学・茶道・華道・外国語を学んだというが、現時点ではいずれの大学の存在も確認されていない。筆者は神戸女学院大学の可能性があるのではないかと考え、二〇〇九年三月に同大学図書館にて名簿の閲覧をおこなったが学籍は確認できなかった。なお、（財）日華学会編『中華民国留日学生名簿』第一三版（昭和一四年六月現在）、第一四版（昭和一五年六月現在）、第一六版（昭和一七年四月現在）にも記録がない。

（15）『第二代』長春・文叢刊行会編、益智書店、一九四〇年一〇月、文藝叢刊第三輯、筆名は梅娘（表紙）および孫敏子（奥付）。「第二代」「六月的夜風」「花柳病患者」「蓓蓓」「最後的求診者」「在雨的沖激中」「迷茫」「時代姑娘」「追」「傍晩的喜劇」「落雁」を収める。

（16）『魚』北京・新民印書館、一九四三年六月、新進作家集第二集、筆名は梅娘。「侏儒」「魚」「旅」「黄昏之献」「雨夜」「一個蚌」を収める。

（17）「僑民」（『新満洲』第三巻六号、一九四一年）。邦訳は尾崎文昭訳「異郷の人」（『中国現代文学珠玉選・小説3』、二玄社、二〇〇一年三月）。

（18）『母系家族』北京・新民印書館、一九四五年。

（19）『蟹』北京・華北作家協会編、武徳報社、一九四四年一一月。「行路難」「動手術之前」「小広告裏面的故事」「陽春小曲」「春到人間」「蟹」を収める。初版本の複写、書影撮影にあたっては中国現代文学館劉慧英研究員の協力を得た。ここに記して謝意を表したい。

（20）張泉『淪陥時期北京文学八年』中国和平出版社、一九九四年一〇月。

（21）張泉「華北淪陥時期の柳龍光」（前掲書『交争する中国文学と日本文学』、杉野元子訳）。

（22）平川清風（編集主幹）「創刊一周年感言」（『華文大阪毎日』第三巻九期、一九三九年一一月一日）では発行部数を「数十万」としている。

（23）岡田英樹「中国語による大東亜文化共栄圏——雑誌『華文大阪毎日』・『文友』の世界」（『中国東北文化研究の広場』第二号、二〇〇九年三月）。

（24）『華文大阪毎日』第五巻四期（通巻四四号）、一九四〇年八月一五日、三二—三三頁。「海外文学」選輯（二）の欄に掲載。日本語からの重訳と思われる。この欄には、ほかに魯風訳による短編「詩人」、および紅筆による紹介・評論「詩人海塞底霊魂（詩人ヘッセの魂）」が掲載されている。魯風は陳漪堃の筆名、紅筆は柳龍光の筆名。

（25）『華文大阪毎日』第五巻一〇期（通巻五〇号）、一九四〇年一一月一五日、三六頁。「海外文学」選輯（五）の欄に掲載。このあとに白樺訳によるバイロンの詩『Chide Harold 的巡礼』（抄訳）が掲載されている。白樺は田瑯の筆名。

（26）上下二回に分けて、『華文大阪毎日』第六巻一期（通巻五三号）、一九四一年一月一日、および同誌第六巻二期（通巻五四号）、一九四一年一月一五日に掲載された。

（27）『東北現代文学大系一九一九－一九四九』第五集・中篇小説巻、高翔選編、瀋陽出版社、一九九六年一二月。
（28）『梅娘代表作』中国現代文学館編、範智紅編選、北京・華夏出版社、一九九八年八月。
（29）『中国淪陥区文学大系』新文芸小説巻（下）、範智紅選編、広西教育出版社、一九九八年一二月。
（30）『梅娘小説・黄昏之献』司敬雪編選、上海古籍出版社、一九九九年一一月。
（31）前掲「偽りの日々」。

# 向山黄村と蘇軾
## ――「景蘇集」を中心に――

池澤滋子

## 一　はじめに

蘇軾（一〇三六－一一〇一年、字は子瞻、号は東坡居士）は、中国の文人の中でも最も多くの日本人に慕われてきた人物の一人ではなかろうか。早くも室町時代には、五山僧を中心として蘇軾の詩文の研究、刊行が盛んに行われた。天文三年（一五三四年）に成立した蘇軾の詩注『四河入海』はその最大の成果である。また五山の時代には蘇軾の故事を題材にした「題画詩」が盛んであった(1)。

江戸時代の文化文政年間（一八〇四－一八三〇年）には、山本北山（一七五二－一八一二年）が、それまでの唐詩崇拝の潮流を批判したこと等をきっかけにして宋詩が流行した。この時期、文人達を中心として、蘇軾の赤壁遊にならった雅集が盛んに行われた。例えば、寛政一二年（一八〇〇年）には、柴野栗山（一七三六－一八〇七年）を中心に古賀精里（一七五〇－一八一七年）、尾藤二洲（一七四七－一八一三年）ら著名な漢学者が蘇軾の『赤壁の賦』を懐古して詩会を催したことが、『与楽園叢書』(2)などの資料に見える。柴野栗山以外にも、安積艮齋（一七九一－一八六〇年）、亀田鵬齋（一七五二－一八二六年）らが、また幕末には池内陶所（一八一四－一八六三年）らが、赤壁遊を模して舟遊びを行い、詩文を残した(3)。

明治・大正期に蘇軾を尊崇した人物として最も著名なのは、長尾雨山（一八六四－一九四二年）と富岡鉄斎（一八三六－一九二四年）とであろう。富岡鉄斎は自らを「東坡癖」と称し、蘇軾と同日の一二月一九日に生まれたのを喜んで、「東坡同日生」「東坡癖」と刻した印章を使用した。また蘇軾を題材とした絵画を多く描いている。一方長尾雨山は、鉄斎やその子桃華（一八七二－一九一八年）と親交があり、京都の円山などで大正五年（一九一六年）から五回の寿蘇会を主催し(4)、詩文集『寿蘇集』を刊行した(5)。雨山を中心として編纂された『寿蘇集』の作者には当時の著名な文人が多く名を連ねている(6)。

この長尾雨山の寿蘇会に先立つこと数年の明治四一年（一九〇八年）には、元官吏にして実業家の漢詩人永井禾原（一八五二－一九一三年、通称は久一郎）によって寿蘇会が催されていた。禾原の会の模様は、漢詩雑誌『隨鷗集』に収録されている寿蘇会関連の詩文などからうかがうことができるが、それによると、禾原は少なくとも明治四一年（一九〇八年）、明治四三年（一九一〇年）、明治四四年（一九一一年）と三回寿蘇会を催したことがわかる。筆者は先ごろこの禾原の寿蘇会について論じた(7)。禾原の寿蘇会の参加者には塚原夢舟、高島九峰、上夢香、大江敬香、土居香國、岩渓裳川、森槐南、田邊碧堂、永坂石埭、結城蓄堂等、当時の著名な漢詩人が名を連ね、詩を詠じている。彼らの作品の中で、蘇軾を尊崇した先人として、しばしば名前が登場するのが向山黄村である。向山黄村は幕末に活躍した江戸幕府の重臣の一人で、外国奉行、目付などを歴任したが、維新後は出仕せず詩作に自適の生活を送った人物である。

例えば永井禾原の作品に「聞説らく近世の黄村老、年年寿を頌ぐ東海の隅」（『隨鷗集』第七四編収録）と見えるほか、参加者の一人永坂石埭（一八四五－一九二四年）の詩では「蘇癖前に向黄村有り、公の生日を作し公の魂を招く。公の詩巻を以て性命と為し、瓣香私淑するに朝昏無し。一たび去りて風流頓みに消歇し、冷落誰か問ふ景蘇園（黄翁の居る所なり）。來青散人替りて祀を設け、酒を置き友を邀へて情何ぞ温かなる。」（『隨鷗集』第五一編収録）と述べ、森槐南（一八六三－一九一一年）もこの詩を評して「黄村年年供を作すは翁氏の蘇齋に譲らず。此詩其の軼事を傳ふ。明治詩壇の掌故に備ふ可し。」と、延べている。さらに結城蓄堂（一八六八－一九二四年）が「禾原永井君も亦た寿蘇の筵を設く。栗山黄邨二翁の後勁と謂ふ可きなり。」（『來青閣寿蘇詩編』「跋」、『隨鷗集』第五一編収録））と述べ、禾原の寿蘇会を、江戸時代の柴野栗山、明治時代の向山黄村の会を引き継ぐものとして位置付けている。

本稿では、この向山黄村の寿蘇会に関する資料である「景蘇集」を中心に取り上げ、その蘇軾観の一端を考えたい。

## 二　向山黄村について

向山黄村の伝記資料は、河田慣堂撰「黄村向山先生墓碑銘」のほか、依田学海「向栗（向山黄村・栗本鋤雲）先生伝」「向山黄村伝補正」（以上『談藪』巻二）、塚本柳斎「向山黄村伝」（『東洋文化』五六号）、「向山黄村翁」（『舊幕府』一之七）などがある。また詳しい伝記研究に坂口筑母『稿本向山黄村伝』（一九九八年）がある。これらの資料を参考にして、まず黄村の略歴を述べたい。

向山黄村（一八二六－一八九七年）名は栄、字は欣夫、通称は栄五郎。文政九年一月一三日江戸本所に生まれる。旗本一色氏の出身でのちに向山誠斎（一八〇八－一八五六年）の養子となった。幼いころから聡明で、漢学を千坂廉齋（一七八七－一八四六年）に学び嘉永元年（一八四八年）に昌平学校乙科に及第し、五年に教官に進んだ。安政三年（一八五六年）八月函館奉行支配調役となる。万延元年（一八六〇年）に江戸に召還されて奥右筆（幕府の機密文書の管理や作成なども行う役職）となり、翌年文久元年（一八六一年）には外国奉行支配組頭に任ぜられた。時にロシア軍艦ポサドニック号による対馬占領事件が起こり、七月派遣されてロシア軍艦退去の後を視察した。その後黄村は目付に登用されたが、文久年間政局は混乱を極めた。京都では尊王攘夷派の志士が集い、「天誅」と称して反対派を暗殺するなど、治安も極端に悪化した。文久三年五月、老中格小笠原長行は英艦を借りて武装兵約千数百名を率いて乗船し、海路大坂へ向かい、六月大坂に上陸した。黄村も開国を主張し、建議しようと小笠原に従って京に上ったが、将軍から入京を見合わせるようにとの命令が下り、計画は頓挫した。この事件について依田学海の「向山黄村伝補正」は次のように述べる。

黄村察監為りしとき、首め同僚とともに議す。開國攘夷勢兩つながら立たず。幕府は開國を主として曖昧摸稜たり。宜なるかな浮浪輩の乘ずる所となるは。痛だ攘夷する者を懲して以て国是を一つに定むるに若くはなし。同僚に異議有りて止む。是の時に方りて浮浪公卿を煽動して、幕府に逼りて外國と絶えしむ。諸有司拒むこと能はず。小笠原長行學識有り。夙に時弊を察して獨り曰はく、是れ何等の時なるぞ。當に廣く外國に通じて、以て富強を圖るべし。況んや盟約既に結びて之に背けば、信を天下に失はんをや。浮浪の輩妄りに国是を動揺し、外難を招かん。宜しく鋤ひて之を去るべしと。乃はち兵を率ひて京師に入りて大いに為す所有らんと欲す。其說黄村と合す。是に於ひて長行黄村及び水野忠徳、井上信濃を從へて三千餘騎を率ひ、海を航りて浪華に至り、進みて伏見に入る。浮浪の謀之を知り、密かに關白に白して、幕府に命じて之を止ましむ。時に將軍昭德公京師に在り。使を遣はして長行を諭すも肯ぜず。乃はち手書して曰く、「吾れ卿の忠誠なるを知れり、然れども時に不利を奈かんせん」と。長行天を仰ひで慨歎す。乃はち黄村を使して馳せ入りて其策を陳べしむ。時に將軍俄かに浪華に赴むくも黄村を見ず。幾ばくも無くして、長行職を褫かれ、黄村も亦た罷む。事行ふを果たさず。識者惜むなり。

元治元年（一八六四年）黄村は再び目付となった。この年禁門の変が起こり、朝廷は長州藩追討の勅命を下した。河田碑文には、「慶応元年、昭徳（昭武）公將に親ら長州を督過せんとし、先生に扈從を命ず。公京師に在りて病有り。普譲職一橋中納言、朝にあり。允さずして吏議鼎沸す。先生乃はち公に謁して獻ずる所有りて降替す。而して議竟ひに遂ず。職を免じ職を閉ざすを命ぜらる。」とあり、昭徳の長州征伐をめぐって黄村が再び免職となった事実を記している。慶応二年黄村は外国奉行となり、パリ万国博覧会に将軍慶喜の名代としてヨーロッパ派遣を命じられた徳川昭武に随行して全権大使としてフランスへ向かうこととなった。パリでの黄村の行動について、『舊幕府』「向山黄村翁」では「此時佛國巴里に於てナポレオン三世に謁見あり、通譯をカシヨンと保科（俊太郎）に為さしめ、皇帝の通譯はカシヨン、民部公子（徳川昭武）には保科と定め首尾よく典禮を了りしと雖も、カシヨンは頗る不満にして為に紛擾を來たら志しと云う。加ふるに博覧會出品に就き、薩藩士岩下佐治衛門との間に物議を生じ、章旗に大君の政府、薩摩の政府、肥前の政府と標示したる為に、政府の譯字グウェルメントを諸藩にて用ひしは全く公使向山の失計なりと。カシヨン等の説は日本に聞こえ、終に翌三年六月、栗本安芸守（鋤雲）」を佛國に派遣し、翁に代わりて公使の任に當る。」と述べ、処々の事情で、黄村のフランスでの任務は順調に運ばす、解任されるに至ったことがわかる。この出来事については、依田学海も「向山黄村補正」の中で触れている。

明治元年に黄村は帰国し、若年寄にすすむが「議路に當たる者と協せず」（碑文）辞職して子の慎吉に家督を譲った。徳川氏の駿府移封と共に一〇月静岡に移り、静岡学問所頭取となり、多くの人材を育成した。明治五年の学制頒布により廃校になると、黄村は再び東京に戻り、隠棲して文墨に親しんだ。明治一一年に「晩翠吟社」を起こし、大沼枕山、小野湖山、鱸松塘、田辺蓮舟などが参加した。黄村の死後は杉浦梅潭らに受け継がれて詩社は明治三九年まで続いた。詩集に『景蘇軒詩鈔』二巻（『詩集　日本漢詩』第一八巻、汲古書院、一九八八年、所収）

『小草廬吟稿抄』（『江戸』第七巻、立体社、所収）等がある。
このように、向山黄村は安政から明治維新にいたるまでの動乱の時代に活躍し、幕府の中枢にあって将軍を助け、幕府の維持と富国強兵のために奮闘した。文久三年に黄村が上洛して開国を建議しようとしたことについて、『舊幕府』の「向山黄村翁」では、「此時翁は小笠原氏等と共に譴責せられたりと雖も、忠鯁國に盡すの熱心は見るに足れり、翁は外交に於いて専ら開國主義を執り、内政上には飽まで幕府の威權を維持せむと力めたりとぞ。」と黄村が衷心から国家を思い、奔走した様子を述べる。
向山黄村の人となりとその隠居後の生活とについて、河田碑文は次のようにいう。

先生は内剛毅にして外真卒たり。軀幹短小にして眼光熒熒たり。精悍の氣眉宇に溢つ。其の官に在るや、侃侃諤諤として蘊む所を罄はして後に已む。屢しば顛躓に遭ひて屈撓すること少からず。再び東京に歸るに及びて優遊自適す。時に山水游を為し功利の念泊如たるなり。常に經史を來講じて三位公田安、一橋の二伯に侍り、亦た延請され優禮を加えらる。先生学問精微にして、甚だ唫詠を嗜む。詩凡そ七千餘首を為る。少時自り之を筭ふれば殆ど萬首なり。邦人の作詩の富めるや蓋し比ぶること希なり。平生尤も大蘇に尸祝す。凡そ書畫の蘇に係る者は力を極めて蒐聚す。閣は宝末と曰ひ、軒は景蘇と曰ひて以て志す所を示す。又善く鑑識し、藏する所の金石古器、左右に陳設して、怡然として自ら娯む。嘗て洪烈君の遺集を刻す。又其の編する所の叢書數百巻を太政官に獻じて以て史料に資す。……三〇年八月疾に罹り、荏苒するも瘉へず。其一二日を以て三田綱町の家に歿す。享齢七十有二。葬駒籠栄松院塋次。私に謚して順毅と曰ふ。

向山黄村が退職をしたのは四二歳のことであるが、その晩年は政治の世界とは全く離れ、著述に力を注ぎ、蘇軾に関する書画骨董を熱心に収集するなどして、悠々自適の生活を送っていたことがわかろう。

## 三　「景蘇集」について

蘇軾へ尊崇の念の表れとして、向山黄村は毎年蘇軾の誕生日に寿蘇会を開いていた。明治二一年（一八八八年）晩冬、黄村は三田綱町（現在の三田二丁目）に隠居所を構えて「景蘇軒」と名づけ、その落成を記念して寿蘇会を開いた。その時詠じられた詩文を集めて、参加者の一人の清人孫點（字は君異）は翌年一月に「景蘇集」を編纂している。参加者は一〇人ほどの小規模な集りであるが、当時日中外交の最前線で活躍していた人々の名も見える。「景蘇集」を編纂した孫點も詩詞を善くした人物で、駐日公使黎庶昌（一八三七－一八九七年）の随行員であった。黄村の寿蘇会関係の資料としては、最もまとまったものであるこの「景蘇集」について、以下にまず紹介したい。著者は無窮会所蔵本を調査した。

本書は縦二五センチ、横一五・五センチ。表紙は鼠色、書き題箋（「景蘇集　全」（写真1））[8]。封面裏字無し。全一三丁、うち、題字半丁（傅雲龍署「景蘇集」（写真2））、口絵半丁（景蘇軒の絵図　呉門顧澐圖（写真3））、丸山鑽

写真1

写真2

写真3

「東坡生日讌集詩敘」一丁、岡千仞「景蘇堂記」一丁半、井上陳政「景蘇堂記」一丁、本文五丁、孫點「跋」一丁。本文は一重枠、行格有り。版心あるも魚尾無し。半丁につき十行、一行二〇字、丁付けは一丁から一二丁（序跋を含む）。

本文の内容は以下の通りである。

孫（點）君異　「光緒戊子嘉平十有九日、為東坡誕辰、黄村先生擧酒為壽宴、及余等賦此為祝」（七言律詩）
「合浦東坡故居聯附記于此」（五言律詩）
「又分覃韻即席成六十句」（五言古詩）

徐（致遠）少芝　「東坡生朝、應黄村先生約赴盛會俚句呈政」（七言律詩）
「又分韻得歌字勉成一律」（七言律詩）

顧（澐）若波　「黄村先生邀同人集景蘇樓、為坡仙誕因賦錄塵 郢正」（七言律詩）
「又即席分得徵韻二首」（七言絶句）

寺田（弘）士弧　「東坡生日寶蘇閣招飲即席賦呈」（七言律詩）

岡（千仞）振衣　「坡公誕節景蘇堂始就与孫徐顧諸君等飲得韻真率成一律」（七言律詩）

丸山（鑽）子堅　「黄村向山先生、以蘇東坡生日、讌群賢於景蘇堂、余亦陪焉賦此以呈」（七言律詩）

河田（羆）伯　「陰暦一二月一九日値坡公生日、黄村先生招諸同人張壽蘇宴、余亦与焉席上分韻得刪、此日清國公署隨員孫君異顧若波徐少芝三君來會、故七八及之」（七言律詩）

藤波（鍬）　「一二月一九日東坡生日、黄村先生例招同人開壽蘇宴、今歳戊子余在客中不得陪焉、聞頃先生新居落成、因賦三絶遙寄以致欽仰之意」（七言律詩）

向山（榮）欣父　「東坡生日同人集景蘇軒、孫君異顧若波徐少芝諸子來會、喜而作二首」（七言律詩）

「又分韻得文字成六十句奉呈孫君巽先生」（五言古詩）

## 四　寿蘇会の参加者

では次に、この寿蘇会に関わった主な人々の経歴を紹介する。

### 1　中国の文人

#### ①　傅雲龍（一八四〇―一九〇一年）

題字を書いた傅雲龍は海外視察のため清朝より派遣された官僚であった。字は懋元、号は醒夫。徳清県（浙江省湖州市にある）の監生であった。青年期は雲南、貴州、四川、湖北、河南、江蘇、山東などの地を遊学し、一八七二年に兵部候補郎中となった。この間小学、地理、兵制を修め、『字学三種』三巻（一八七四年）、『続彙刻書目』一二巻（一八七六年）、『説文古語攷補正』二巻（一八八五年）等を表した。光緒一三年（一八八七年）に遊歴官選抜試験に主席で合格し、同年一〇月日本、アメリカ視察のため北京を出発した。一一月四日に長崎に到着し、日本各地を回った。一八八八年五月に横浜を出港し、アメリカ、カナダ、中南米諸国を回って翌年五月に横浜に戻り、一〇月帰国の途についた。日本遊歴の報告としては、『遊歴日本図経』三〇巻（一八八九年）、『遊歴日本図経餘紀』（一八八九年）を著わしている。また日本で発見した中国古典の残巻（『論語』、『新修本草』、『文選』、『帰去来辞』）を集めて『籑喜廬叢書』四種（一八八九年）を刊行している。帰国後著書を献呈して光緒帝に賞賛された。その後北洋大臣李鴻章の下、北洋機器局の会辦となり、光緒二一年（一八九五年）には北洋機器局の総辦となった。同年物理、天文、地理、軍事等に関する文章を集めた『実学文導』二巻を刊行した。光緒二七年に上海で亡くなった。

『遊歴日本図経』の中でも、多量の日本の金石文を系統的に紹介した「日本金石志」五巻、日本の二〇〇〇件余りの書物を四部分類によって著録した「日本芸文志」は特に評価が高い。また「日本芸文志」に付された「中国逸芸文志」は四〇種類の中国ではすでに散逸した書についての解題が付されており、当時の最も整った中国逸書目録として注目された。
②　顧澐（一八三五－一八九六年）
題画を書いた顧澐は、著名な画人である。字は若波、号は雲壷、壷翁。呉県（江蘇省蘇州）の人。山水画に優れ、清初の六大家（王時敏、王鑑、王翬、王原祁、呉歴、惲寿平）に学んだ。光緒一四年（一八八八年）に来日し、東京を巡った。一八九五年には呉昌碩の「怡園画集」にも会員として参加した。画集に『顧若波山水集册』がある。
③　孫點（一八五五－一八九一年）
字は君異、号は玩石、聖与。安徽来安の人。一八八二年ごろ山東学政張百熙の幕僚となる。この間済南地方を遊覧して『歴下志游』を著した。一八八五年八月、江南に赴き郷試を受けるも失敗に終わった。一八八七年三月、王韬（一八二八－一八九七年）の紹介で来日し、その後一八八八年一月駐日公使黎庶昌に随行して再び来日した。孫點は詩詞を善くし、在日中「東游日本詩」六首を『新新文詩』第二四集に発表するなど、詩作を通じて多くの日本の文人と交わった。神田喜一郎氏は『日本における中國文學――日本塡詞史話』（二玄社、一九六五年）の中で、孫點の詞や、森槐南（一八六三－一九一一年）との詩詞の酬唱について、詳しく紹介している。一八九一年五月一三日横浜から帰国の途につくが、出航の翌日海に身を投げて自殺した。孫點逝去の報が伝わると、日本各界から哀悼の意が表された。現在王寶平編『晩清東游日記匯編①　中日詩文交流集』（国家清史編纂委員会會文

獻叢刊、上海古籍出版社、二〇〇四年）の中に、孫點が編纂した日中文人の唱和集『癸未重九讌集編』、『戊子重九讌集編附枕流館讌集編』、『己丑讌集續編』、『庚寅讌集三編』、『櫻雲臺讌集詩文』、『嚶鳴館春風疊唱集』、『嚶鳴館百疊集』が収められている。これらの唱和のほぼすべてに向山黄村も参加している。

2　日本の文人

①　丸山讃（一八四二―一九一六年）

字は子堅、号は龍川。漢学者。信濃飯田藩士の子として生まれる。幼少より藩儒渡邊八郎に漢学を学び、のち尾張の医者浅井儀一郎に医術を学んだ。明治になり、飯田県学校教授、山梨県徽典館訓導等に挙げられた。明治二九年には新潟県第一師範学校、飯田中学校、神奈川県師範学校などの教諭を奉職し、三六年に辞職、その後島津家歴史編輯所に勤務した。漢詩文に造詣が深く、快活で酒を好んだという。

②　岡千仞（一八三三―一九一四年）

名は修、後千仞と改める。字は振衣、号を鹿門と称した。仙台の人。嘉永五年（一八五二年）江戸に上り、昌平黌で佐藤一齋、安積艮齋に学んだ。同窓に重野成齋、松本奎堂、松本飯山らがいる。のちに奎堂、飯山らと双松岡塾を開き、弟子を育成した。帰藩後は藩校養賢堂の教授となるが、幕末の国事に奔走し、慶應四年（一八六八年）には奥羽列藩同盟に反対して新政府軍に通じたため逮捕、投獄された。明治三年東京に移り、東京府学教授、東京図書館長などを歴任した。その私塾綏猷堂の子弟は三〇〇〇人余に達したという。清国公使館をよく訪れ、公使やそのスタッフと親しくしていた千仞は、明治一七年（一八八四年）、楊守敬とともに清国に渡り、中国各地を遊歴し、兪樾（一八二一―一九〇七年）、盛宣懷（一八四四―一九一六年）、李鴻章（一八四七―一九〇一年）などの知識人とも面会した。これら中国での見聞や知識人との交流について『観光紀遊』、『観光続紀』や詩集『観光遊草』などに詳細に記録している。大正三年、八二歳にて没。

③ 井上陳政（一八六二－一九〇〇年）

字は士徳、号は慕顧學人。旧幕臣楢原儀兵衛の長男として生まれる。いったん井上家の養子となったがその後復籍した。一六歳のとき印刷局製版部幼年三等技生となり、明治一二年に清国使署在学を命ぜられる。清国公使館で四年間勉学を行った後、明治一五年に清国留学を命ぜられた。その「留学略記」によると、最初の年に上海から広東地方へ旅行し、翌年北京から直隷、陝西、河南、江蘇、浙江、福州に至り、一七年一〇月に浙江杭州府で兪樾について学んだ。兪樾は陳政の『遊華日記』に序文を寄せている。さらに明治一八年九月から第二回、一九年夏から第三回、二〇年五月から第四回の旅行を行い、各地を見聞した後、明治二〇年七月に帰国した。帰国後明治二一年に『支那内治要論』及び『禹域通纂』を著している。明治二三年八月に公使館書記生としてロンドンに赴任し、明治二八年に帰国。日清講和条約締結の際の通訳などを行った。同年九月北京公使一等通訳官として北京に赴任した。その後伊藤博文に従って清韓を旅行し、台湾銀行創立委員にも任ぜられた。明治三二年清国駐在を命じられ着任したが、翌年五月に義和団事件が起こり、砲弾を受けて破傷風のため逝去した。享年三九歳であった。

④ 寺田弘（一八四九－一九二九年）

字は士弘、通称は盛業、号は望南・読杜草堂。斎号は静書屋。鹿児島の人。嘉永二年の生まれ。明治大正期の古典籍収集家として有名であった。明治初年ごろ文部省大書記官で、西郷隆盛が下野した際、ともに国に帰った。明治九年の「官員録」に、文部省督学局少視学としてその名が見える。その後は官途につかず、古書の売買、斡旋などにより生計を立てていた。「読杜草堂」「天下無双」「東京溜池霊南街第六号読杜草堂主人寺田盛業印記」の三種の蔵書印の捺された書物からその存在が今日に知られている。

⑤　藤波鍬（一八六五―一九三六年）

字は田器、通称鍬次郎、号は千渓。東京の人。裁判官として、山陽の各地に奉職し、退官後は、広島県の呉に公証人役場を開き自適した。律詩に長じ、その技倆は久保天随からも高く評価された。書も善くした。昭和一一年二月一八日歿。大正八年（一九一九年）の長尾雨山編『丁巳寿蘇録』に、漢詩を寄せている。

⑥　河田熙（一八三五―一八九〇年）

字は伯緝。通称は貫之助。佐藤一斎の女婿。安政六年（一八五九年）家督を相続。文久二年（一八六二年）一〇月外国奉行支配組頭となる。文久三年（一八六三年）目付となり、横浜港鎖港談判のための遣英仏使節池田長発・河津祐邦両外国奉行の監察としてフランスの軍艦に搭乗してフランスに渡り、帰国後開港を提言して免職となる。のち許されて陸軍奉行となる。慶応三年（一八六七年）開成所頭取に、翌年大目付に任ぜられた。徳川家達に従って駿河に移り、やがて静岡藩少参事となり学政に努める。明治一〇年（一八七七年）家達の洋行に従いイギリスに渡り、帰国後徳川家子女教育係となる。享年六六歳。

## 五　寿蘇会の模様

次に、「景蘇集」の作品を見ながら、寿蘇会の模様を紹介したい。丸山鑽の「東坡生日讌集詩敘」にいう、

戊子（明治二一年、一八八八年）の晩冬、景蘇堂を芝山の西に築き棲遲遊息の處と為す。公降誕の辰《とき》を以て、落成の讌を設く。會する者は河田伯緝、岡振衣、寺田士弧、黒田和友、井上士徳、及び清人孫君異、徐少芝、顧若波の諸賢と為す。余も亦た焉に陪す。樓は東南に面し、四望は快豁にして、林巒縈回し、樹竹扶疏たり。遠山煙を帶び、近

水は藍を拖き、好鳥和して鳴き、晴暉園に滿つ。是に於ひて杯盤既に陳《つらな》り、珍羞悉く列ぶ。酒巡ること數行、君異少芝、袂を捲きて毫を揮ひ、俄かにして七言律、五言古詩を成す。既にして群賢の詩皆成る。盛んなるかな是の讌や。直ちに西園曲水と其の勝を比ぶるに足れり。

また、岡千仞の「景蘇堂記」にいう、

黄村向山君は、詩を以て一代に名をなす。家に東坡の宸奎閣碑搨本を藏す。相傳に僧圓爾の宋に入りて攜へて歸ると。實に東福寺の什寶と為り。轉じて君が手に入り、大ひに悅びて、其の居る所を號して景蘇と曰ふ。今茲戊子、地を城南に卜し、茅を誅し堂を築く。

さらに、孫點の跋文にいう、

向山君黄村先生は、篤く坡僊を耆み、凡そ書画典冊文玩の、長公の故事に関する者有れば、羅致せざるなし。每歲公の生日に届れば、必らず二三の同志合して、画相を張り、酒を舉げ祝を稱す。興至れば則はち聯吟して以て壽を為す。四〇餘年間或ること無し。七百載の後、萬餘里の外に、深く己を知ること黄村の如きは、公の靈當に亦た甚だ樂しむべし。為る所の詩は、句歩み字趨ひ、必ず其の肖《に》ることを求めて而して後に已む。進みて益ます上がり、近づいて且つ眉山の真を亂さんと欲す。豈に獨り日東の詩伯たるのみならんや。往者曾て宋拓宸奎閣碑を藏し、寢食行止必ず之と共にす。

比年境豊かならず、割きて悉く之を官に鬻ぎ、尋ひで千金もて地を三之橋綱阪に買い、茆を誅り土を闢き、小樓を高岡に築き、命じて景蘇と曰ふ。既に成り、余に請ひて之を落さしむ。而して牓字を索め、且つ屬して其由を誌さしむ。暁に起ち凍を呵《ふ》き、書して以て之に應ず。夫そも物の去留は、厥れ定數有り。人得ずして之を強いれば、中心之を藏し、何の日にか之を忌まん。則はち即はち謂はゆる原碑の未だ焉を去らざること可なるのみ。且つ此の綱阪は、源氏の舊居為りて、當に其の權を秉り政を行ふこと聲勢赫赫たり。其第宅必ず奢侈を窮極する者有り。今は則はち麴は茂草と為り、一遺址を求むれども得可からず。君今從って之に居る。安んぞ知らん他日此の橋を改めて向山橋と曰はざるか。然らば則はち人亦た其の傳ふ可き者を求むるのみ。時に聖清光緒己丑一月、下浣來安の孫點跋す。

写真４

以上の資料をまとめると、向山黄村が「景蘇軒」を築いたのは、明治二二年（一八八八年）晩冬のことで、場所は綱坂（三田綱町、現在の三田二丁目、〔写真４〕）であった。孫點の跋にあるように、この坂の名称はもともと平安時代の武将、渡辺綱がこの付近で生まれたという伝説にちなんだものである。現在この付近はイタリア大使館などがある閑静な地域だが、丸山の「記」にあるように、黄村の住居も鬱蒼とした緑に覆われた静かなたたずまいであったことがわかろう。落成を記念して行われた寿蘇会の参加者は先に挙げたように、日中の文人一〇名ほどの小規模なものであった。列席者は食事をし、酒を飲み、互いに詩を吟じあったことがわかる。また黄村は東福寺に伝わる東坡の宸奎閣碑搨本を手に入れて寝食を共にするほど大事な宝とした。さらに孫點の跋文を見ると、向山黄村はこのような寿蘇会を四〇年来毎年かかさず行い、自らの作品が蘇軾の風格に近づくよう常に努力していた様子がわかろう。

# 六　向山黄村の寿蘇詩①

次に「景蘇集」所収の向山黄村「又韻を分かちて文の字を得たり、六〇句を成し孫君異先生に奉呈す」を訳出する。詩は一韻到底（二平文韻）六〇句の五言古詩である。「景蘇集」では先に孫點が「又覃の韻を分かち、即席に六〇句を成す」の長詩を詠じており、黄村の詩はその詩に唱和したものである。

孫點の詩は四つの段に分かれる。第一段ではかつて海南島に蘇軾の故居を訪ねたときのことを懐古して「憶ふ昔癸未の春、筆を槖ひて嶺南に遊ぶ。古を訪ね坡老を尋ね、遺蹟　捜探を窮はむ。」と詠じる。そして第二段落では黄村について「その詩には非凡な趣があり、立派で心穏やかな人である。（賦詩有奇氣、骨秀神靜倓）」と述べ、その東坡への傾倒を「東坡公に関わる書画文玩を四〇年間広く収集し、寝食を共にするのは一秩の文忠集であった（書畫並文玩、冊載廣包涵。寢食所與共、文忠集一函。）」と表現する。そしてこのたびの寿蘇会には賓客が各所から集い、杯をあげて世俗を超越した趣を楽しんでいる、と述べる。遠く東海を渡り、日本に来て黄村のような同好の士を得たことは、孫點にっても喜ぶべきことであった。第三段落では蘇軾が生きた時代に思いを馳せ、最後の段落では東坡公の魂が雪を湛えた美しい富士山の如くに永遠であれと念じいる。

黄村の詩は大きく三つの段落に分かれる。第一段落を見る。

1　我昔在黌舍　我れ昔黌舍に在りしとき
2　讀公詩与文　公の詩と文とを讀む
3　心竊有所感　心竊かに感ずる所有り

4 不徒賞奇芬　徒らに奇芬を賞でず
5 人而無節義　人にして節義無きは
6 猶無骨与筋　猶ほ骨と筋と無きがごとし
7 何以得立世　何を以て世に立つを得ん
8 況敢能云々　況してや敢へて能く云云せん
9 不學則已矣　學ばざれば則はち已む
10 學必拔其群　學めば必ず其の群を抜かん
11 不仕則已矣　仕へざれば則はち已む
12 仕堯舜其君　仕ふれば其の君を堯舜となさん
13 為人果若公　人と為り果たして公の若きは
14 足以榮鄉枌　以て鄉枌を榮えんとするに足らん
15 雖不能至焉　能く焉に至らざると雖へども
16 願為弟子員　願はくは弟子為りと員《い》はん

（訳）私は昔昌平黌に居た時に、蘇公の詩と文を読んだことがある。心に深く感得するところがあり、ただすぐれた文章を鑑賞するだけにとどまらなかった。人間たるもの「節義」が無ければ、体に骨と筋肉が無いようなものである。無くてどのようにして世に出て事を成すことができようか。ましてや世の中で議論を戦わすことなどできようか。学問をしないならそれまでだが、学問をするならば必ずや人より抜きん出る。出仕しないならそれまでだが、仕えるのなら必ずや仕えた君主を古の堯帝舜帝のような優れた君主とする。蘇公のような人格であってはじめて故郷に錦を飾ることができる。私はとても蘇公の境地にまでは至ることができないが、せめてその弟子でありたいものだ。

黄村が昌平黌に在籍していたのは二〇代のことで、この詩を詠じた時黄村は六三歳であったから、実に四〇年の長きにわたって蘇軾に学んでいたことになろう。黄村はただその文章の「奇芬」を鑑賞するだけではなくその「節義」を学んだという。世に出て事を成す際の根本であるという「節義」の意味するところは何であろうか。次の第一二句で黄村は出仕の最終目的として「堯舜其君」を挙げている。この語は、杜甫の「韋左丞丈に贈り奉る二十二韻」に「自ら謂らく頗る挺出し、立ちどころに要路の津に登り、君を堯舜の上に致し、再び風俗を使して淳ならしめんと」と見える。黄村の、学問をして力を備えた上で出仕し、政府の要職に就いて君を補佐し、国を救おうという自負と気概は杜甫の詩に共通するものであろう。この句は黄村の士大夫としての経世済民の高い志を示していよう。

黄村の詩にもいう士人の出処進退の問題について、「記」を書いた岡千仞と井上陳政はやや異なった意見を述べている。岡「記」にいう、

> 始め其名（景蘇堂）を稱する者は、余曰く爾《しか》らば抑《そもそも》君の東坡を景慕する所は、其の文章に在らずして、其の氣節に在るなり。君幕府の末運に際して、進みて監察に任ぜられ、數かずの事を言ふを以て嚴譴を蒙る。後に使を海外に奉じ、其の東歸するや大勢一變し、事の為す可き無し。乃はち靜岡藩に移り、廢せられて再び東京に住まう。風月日を放浪し、文詩を以て懷ひを遣り、復た意當世に無し。人の出仕を勸むるも則はち笑ひて答へず。嗚呼、幕府盛んなる時、雄藩巨鎮争って其の旨を奉ず。而して大勢一たび去れば、眼を反らすこと相ひ識らざるが如し。特だに列藩を然りと為すのみならず、騎士八萬も亦た今皆安くに在るかを知らず。其の能く舊恩を重んじ純節を執ること廿年の久しき始終一の如くなるは、余未だ君の如き其の人を見ざるなり。

このように岡は黄村の「氣節」を問題にしている。岡がいう「氣節」とは、旧幕の遺臣としての節操を指すと考えられる。幕府の権威が大きいうちは、名だたる諸藩もすべてその意向に従っていたが、いったん落ち目にな

ると、手のひらを返したように離れていく中で、向山黄村一人、旧幕の遺臣として静岡まで従い、新政府に出仕することなく引退したことは、徳川氏への忠誠を貫いた立派な態度だと評価している。一方蘇軾は流謫の地においても天子への忠義を忘れなかった人物であり、黄村は蘇軾の「文章」ではなくその忠誠心を最も尊崇するのだと述べる。それに対して、井上陳政の「記」では次のように述べる。

> 氣節の說興り而て士行衰へるは、古へ自り皆然り。幕府の末造、海内囂然たり。徒らに搶攘を事とし、外憂を卹《うれ》へず、殆ど金甌宗社を使て、狂濤頽波の中に沉沒せしむ。其の故を原《たず》ぬれば、氣節を尚び大體の致す所を識らざるのみ。天下既に一にして、猶ほ藩望に務め、區々として紛爭し、是非牴排す。名は開國と為すも、實は瑣國の陋習を守る、所謂る優孟衣冠なり。蓋し氣節の獘變じて客氣と為り、客氣の獘寡陋にして自ら信じ、成見に囿《とら》わる。是を以て天下の士と稱するは、豈に悲しまざらんか。當今の世に、能く此獘を脫し、超然と宏覽して一切を俯視する者は、向山翁を舍ひて誰かあらん。……岡鹿門之に序して、盛んに翁の氣節一世を邁視するを稱す。余謂らく是れ鹿門は徒だ其の小を見て大を識らざる者なり。士の進退は、時勢を一視し、事を濟して民に利あらば則ち進み、能はざれば則はち默容として自ら韜《つつ》む。翁は世人の徒らに細小に務め、氣節に拘り、是非牴排して、大を語るに足らざるを知る。故に超然として遠く逝くのみ。然らずんば利器を懷抱し、小故を以て意を仕進に屏ぐこと可ならんや。是を以て民を塗炭より救わざること豈に可べけんや。蓋し不可なることを明らかに知るが故に深く自ら引退す。其の景蘇と題するや、蘇公時の不可なるを知りて、自ら謫地を樂しむを取るのみ。翁の景蘇を取るや、此に在りて彼には在らず。

まず、井上は「氣節の說興り而て士行衰へる」と述べ、士人自らが所属していた組織への忠誠心ばかり問題にすると、大局を見て行動することができなくなると述べる。そして、そのような大局を見失った者達の行動を「徒らに流血騷ぎを起こして、列強のアジア侵略の脅威に晒されている事態を考慮せず、国家を危機にさらした」

と批判し、さらに、明治維新後も「政府は開国を決定したものの、その実鎖国時代の陋習を続けている」という。向山黄村がかつて開国をすすめ、そのために譴責を受けたことが伝記に見えたが、井上は新政府について開国の方針をとりながらも世界情勢という大きな視点を持たないことへの批判を述べるのであろう。そして黄村こそが大勢から判断を下すことのできる人物だという。

井上は次に、岡千仞の「記」が黄村の「氣節一世を邁視するを稱」していることに対して、「小を見て大を識らざる者」として批判する。井上は「士人の出所進退というものは、時代の趨勢を見通し、民の利益になるような仕事ができるのであれば出仕し、それが不可能であるときは静かに引退する。」のであって、黄村は今、民を益することが不可能な世と知るがゆえに出仕しないのだと述べる。そしてもしそうでないならば黄村ほどの才能を抱きながら「小故を以て意を仕進に屛ぐこと可ならんや」という。ここにいう「小故」は取るに足らないささいなことの意味であるが、岡「記」への批判という観点から考えると、旧幕臣としての節操を守り二君にまみえるのを恐れ出仕しないことを言おう。井上は、真の士人であれば自らの節操を守ることよりもまず「民を塗炭より救」うことを第一義として考えるべきであり、もし現今の政治情勢が先に批判したような状況でなく、正しい政治が行われている世の中であれば黄村は喜んで出仕しただろう、と述べるのである。

まさに「時の不可なる」という状況は蘇軾と黄村は同様であり、配所でその日の食物にすら困るような生活を与儀なくされても「自ら謫地を樂しむを取」った蘇軾の生きる姿勢こそを黄村が学んだというのである。

## 七　向山黄村の寿蘇詩②

第二段落では蘇軾が生きた宋の元豊の時代を詠じる。この段落は二つに分けて解説する。

17 因憶元豐季　因りて憶ふ元豐の季
18 黨議喧聚蚊　黨議聚蚊のごとく喧し
19 固哉執拗叟　固くななる執拗の叟
20 偽忠托獻芹　忠を偽わりて獻芹に托す
21 宵小為爪牙　宵小　爪牙と為り
22 爭肉群犬狺　肉を爭ひて群犬狺《ぎん》ず
23 青苗與差役　青苗と差役と
24 新令出紛紛　新令出づること紛紛たり
25 生民墮塗炭　生民塗炭に墮ち
26 世事奈絲棼　世事奈んぞ絲棼たる
27 滿朝喪氣節　滿朝氣節喪ひ
28 有耳如不聞　耳有りて聞かざるが如し

（訳）元豊の末ごろに思いを巡らせてみると、法党間の論争は蚊の集団のようにかまびずしく、頑固で偏見に満ちた老臣は、忠義と偽って浅陋な策を奏上した。小人達が獣のようになり、肉を争って犬の群れが吠えるようであった。青苗法、差役法と、新たな法令が次々と出された。それによって人民の生活は困難に陥り、世の中は混乱した。朝廷中が意気消沈し、世事に耳を塞ぐ有様であった。

孫黠の詩の第三段落に呼応して、ここでは蘇軾の事績を振り返る。「元豊の季」（元豊年間は一〇七八－一〇八五年）とあるが、実際には熙寧年間の王安石の改革、そして新法廃止への圧力が高まり、熙寧七年（一〇七四年）に王安石が失脚し、後を呂恵卿が継いだころに遡ろう。呂恵卿は王安石が朝廷から去ったのを幸いに新法党を自らの私党とし、身内を取り立て新法を勝手に改造するなどしてますます人民を困窮に陥れた。神宗は呂恵卿を退け、元豊年間は基本的に親政を行った。

29　公乎鐵石腸　公や鐵石腸
30　不受勢利醺　勢利の醺を受けず
31　百折無一撓　百折すれども一撓無し
32　立朝獨誾誾　朝に立つこと獨り誾誾たり
33　時耶抑命耶　時なるかな抑そも命なるかな
34　誰復省憂勤　誰か復た憂勤を省かん
35　奇才雖見稱　奇才稱さると雖へども
36　末由策奇勳　由末《な》くして奇勳を策《もと》めんや
37　四海一子由　四海一子由
38　手暫握乍分　手暫らく握りて乍ち分る
39　南遷落夷島　南遷して夷島に落ち
40　樵牧相交欣　樵牧と相ひ交欣す
41　興來和陶詩　興來れば陶詩に和し
42　矯首歌停雲　首を矯めて停雲を歌ふ
43　聞道千歳下　聞く道らく千歳の下
44　遠至嶺海濆　遠く嶺海の濆に至る
45　値公騎箕辰　公の箕辰に騎る値《あ》ひて
46　士民不茹葷　士民茹葷せず
47　悲夫惇卞輩　悲しいかな惇卞の輩

48　何處有孤墳　何處にか孤墳有らん

（訳）蘇公は強固な意志をもち、権力争いに染まらず、数々の障害にぶつかりながらも一度も節を曲げることなく、朝官としてあざやかに弁舌を揮った。時代がそうさせたのか、そもそも運命だったのか。（国家の一大事にあって）力をつくさずにはおれようか。蘇公のようにすぐれた才能を稱される方であったとしても、何のてだてもなく功績を残すことができようか。世界にたった一人の弟の子由と、会ってしばらく手を取りあうもたちまち分かれとなった。左遷されて南へと遷り、蛮夷の住む島へと落ち樵や牧童に交じって歓談した。興が乗れば淵明の詩に和し、空を仰いで淵明の「停雲」を歌い、親しい友を想う。君は千年の後に、遠く嶺海のほとりまで行って蘇公の遺跡を訪ねたとのことだ。蘇公が箕辰に乗ってこの世を去られた日には、土地の者は生臭を控えるという。憐れなことだ、一方で蘇公を追い遣った章惇、蔡卞の輩は、その墓の在りかさえさだかでない。

神宗の死後、まだ一〇歳の皇太子が即位して哲宗となる。少年の皇帝に代わって政権を執ることになった宣仁太后高氏は新法を憎み、司馬光を始めとした旧法党を中央に呼び寄せて新邦を相次いで廃止した。旧法党内部でも、蘇軾・范純仁らは募役法の効能を認め廃止に反対したが、このことが司馬光の不興を買った。元祐元年四月に王安石、次いで九月には司馬光も死去すると、旧法党はリーダーを失って内部分裂を初め、程顥・程頤兄弟の洛党、蘇軾・蘇轍兄弟の蜀党、それに河北出身者による朔党が対立した。蘇軾は朝廷での党争からのがれるため、しばしば地方官を願い出ている。やがて宣仁太后が死去し、元祐八年九月に哲宗の親政が始まると、新法党が復活し、宰相に任命された章惇は青苗法・募役法などの新法を復活させ、旧法党への徹底した報復を行った。紹聖元年（一〇九四年）、五九歳の東坡は朝政誹謗の罪で嶺南英州の知事に左遷されさらに遙か南の恵州（今の広東省にある）への流罪を命じられたのである。しかし新法党の報復はさらに続いた。宰相の章惇は蘇軾が恵州で詠じた詩を目にして、「春睡　美なり」の句に激怒し、紹聖四年には、住民の大半が黎族の海南島儋州に蘇軾を流した。その途上、同じく配所にあった弟の子由と雷州で再会し、これが兄弟の最後の別れとなった。

東坡の陶淵明への敬慕は晩年ますます深められ、陶淵明の原作の韻字をそのまま用いて詠じた「和陶詩」のうち、海外にあって作られた六〇首の作品は「東坡海外の詩」の中心をなすものとして後世の評価が高い。「停雲」は陶淵明の詩で親しい友を想ったものである。東坡は異民族たちとも親しくまじわった。その詩に「半ば醒め半ば酔ふて諸黎に問ふ、竹刺　藤梢　歩歩に迷ふ。但だ牛矢を尋ねて歸路を覓、家は牛欄の西復た西に在り。」(「被酒獨行、遍至子雲、威、徽、先覺四黎之舎、三首」其二)というが如くである。このように土地の老若男女と気さくに交流した東坡に土地の人々は親しみを覚え、長くその命日を祭ることとなったのであろう。第四五句の「騎箕辰」の箕、辰はどちらも星宿の名で、『宋史』「趙鼎傳」に「身騎箕尾歸上天」とあるように、人が昇天することを表す。

丸山鑚は「東坡生日讌集詩敘」で、

今世の士大夫は、率ね官を以て家を為し、汲々然として利達之を求め、老ひて死するに至るまで已まず。亦た悲しむ可きのみ。蘇長公は布衣より起りて、官は太常職と為り太史と為るも、或ひは獄に下り或ひは貶謫に遇ふ。而して其の氣は浩然として其の心は坦然たり。遇に安じ性に順ひ、天を怨まず人を尤めず、入りて自得せざること無し。所謂古今人の相ひ及ばざる者に非らざらんや。黄村向山先生、方今の鴻儒たり。曾て徳川氏に仕へて清階に列なる。明治維新年の老ひたるを以て再び仕へず。勇退高踏して詩を以て性命と為す。其の詩の格律は謹嚴にして風調は樸茂たり。興に乗りて筆を下せば百篇立まち就る。

と述べ、蘇軾が政敵によってたびたび投獄されたり左遷されたりという不運にみまわれても、常に平常心を保ち、運命を恨むことのなかったことを評価する。そして、「方今の鴻儒」たる黄村が、維新後潔く引退した態度に「汲汲然として利達之を求め」ることのなかった蘇軾との共通点を見出し、その生き方を称賛するのである。

## 八　向山黄村の寿蘇詩③

第四段落にいう、

49 我亦設祭壇　我亦た祭壇を設け
50 瓣香致悽悃　瓣香して悽悃を致す
51 孫子來海外　孫子海外より來り
52 邂逅意慇懃　邂逅して　意　慇懃たり
53 細論樽酒共　論を細くして樽酒を共にし
54 詩成運郢斤　詩成りて郢斤を運らす
55 嘉我慕公節　我の公が節を慕ふを嘉し
56 欽仰情殊殷　欽仰　情　殊に殷《さか》んなり
57 景蘇二大字　景蘇の二大字
58 醉書羊欣裙　醉書す羊欣の裙
59 裝池掲楣間　裝池して楣間に掲げ
60 三沐又三熏　三沐又た三熏

（訳）私もまた祭壇を設け、香を燻らせて尊崇の意を表す。孫君は外国からお見えになり、思いがけなくお会いできてまことにうれしく思う。詳細に文を論じ共に酒を酌み交わし、詩を作ってその素晴らしい腕前をご披露された。私が蘇公の操を慕ふのをほめ、厚く敬ってくださった。「景蘇」という大きな二文字は、昔王献之が羊欣の裙に文字をしたためたように私への友情を示して書いてくださったものだ。装丁して梁に掛け、三たび拝して三たび焼香する。

この日の寿蘇会に中国から孫點ら三名の来賓が参加したことを黄村は非常に喜び、「東坡の生日同人景蘇軒に集まる。孫君異、顧若波、徐少芝の諸子來會す。喜びて二首を作る」を詠じている。「羊欣の裙」は『南史』「羊欣傳」に見える。羊欣は隷書が得意な少年で、呉興太守で著名な書家の王獻之はその才能を愛していた。ある日王獻之が訪ねると羊欣はちょうど昼寝をしていたので王は彼が身につけていた絹製の裙に文字を認めた。後に羊欣はこの裙を宝としたという。互いの才能を認め合った羊欣と王獻之の故事に、黄村は自分と孫點とをなぞらえたのであろう。

この時の寿蘇會以外でも黄村と孫點はたびたび同じ詩會に集い、詩の唱和をしている。例えば上述の『中日詩文交流集』にはこの寿蘇會の数カ月まえ、一八八八年八月に行われた枕流館讌集の作品が収録されている（『戊子重九讌集編附枕流館讌集編』）。黄村はこのとき病気のため出席できず、詩を寄せた。孫點はその詩に次韻して「昨會黄村の詩來りて病を報ず。次韻して慰を寄す」を贈り、黄村を見舞っている。この時孫點は黎庶昌に随行して会に参加していた。その詩にいう、

吟秋痩損舊華顔　秋に吟じて痩損す舊華顔
小別怱怱兩月間　小別怱怱たり兩月の間
只為多愁親藥石　只だ多愁の為めに藥石に親しみ
還因息靜夢家山　還た息靜に因りて家山を夢む
世情漸覺如雲澹　世情漸やく覺ゆ雲の如ぐ澹しと
詩境爭知與水閒　詩境爭でか知らん水とともに閒なるを

珍惜新涼天氣好　珍惜す新涼天氣好きに
此身猶許列朝班　此の身猶ほ朝班に列なるを許すを

これに対し、黄村は再びその詩に次韻して「孫君君異疊韻して病狀を問ふ、感その中に有り、再び疊して謝し奉まつる」を贈り、感謝の意を表している。

與君何日一開顏　君とともに何れの日にか一たび開顏せん
抵掌劇談樽酒間　抵掌劇談す樽酒の間
老眼眵昏遮薄霧　老眼眵昏して薄霧遮るがごとく
吟肩瘦削聳寒山　吟肩瘦削して寒山聳ゆるがごとし
須知昨我非今我　須らく知るべし昨の我は今の我に非ざるを
未得長閒且暫閒　未だ長閒を得ざれば且く暫閒せん
聞說黃樓修故事　聞說らく黃樓を修むるの故事
重陽節近憶趨班　重陽の節近くして趨班を憶ふ。

第七、八句は徐州知府時代に蘇軾が徐州の軍民を率いて洪水を克服し、黄樓を建築した故事にちなんだものである。徐州時代蘇軾は多くの友人と交遊したが、中でも重陽節に王鞏（字は定國）と共に黄樓に遊んだことは終生忘れ難い思い出であった。一五年後に蘇軾は再び王鞏と会い、その時のことを回想して「在彭城の日定國と九日黄樓の會を為す、今復た是の日を以て宋に相遇す。凡そ一五年たり、憂樂出づる處言ふに勝へざる可き者有り、而して定國道を學んで得るところ有り、百念灰冷して顏益ます壯たり、顧りみるに予衰病して心形倶に悴す、之に感じて詩を作る」の詩を詠じている。黄村の詩は、蘇軾が詩を詠じた時病み衰えていたことも踏まえて、この蘇軾と王鞏の交流を自らと孫點になぞらえ、孫點への友情を詠じたものであろう。

この黄村と孫點の交流に見られるように、黄村の寿蘇会は、当時盛んに行われていた日中の文人の交流の場の一つとしての意義もあったといえよう。

## 九　おわりに

これまで私は日本の寿蘇会について、まず大正時代の長尾雨山らの寿蘇会、そして明治時代末の永井禾原の寿蘇会、さらに今回明治中期の向山黄村の寿蘇会について考えた。長尾雨山は官途の不遇を経験し、自らの不遇を東坡の逆境に投影し、東坡の強靭な生命力に人生の拠り所を見出していた。そのことは雨山の作品の力強い表現から窺えた。

また永井禾原は旧幕臣の家柄に生まれ、明治政府に出仕したものの官吏としておもうような栄達は望めず、人生の半ばで官界から実業界に転じた。やはり東坡と共通するような不遇感、挫折感を味わった人物である。しかし総じて禾原の寿蘇会は、自己の不遇感を東坡の人生に投影するというよりは、多才で多趣味であった東坡にならい文人趣味の風雅を楽しむのが、晩年の心の拠り所であったと思われる。

そして向山黄村について考えると、黄村も「適たま世變に値ひて、意を進取に絕ち、門を屏して書を著わす。」（井上「記」）とあるように、官途半ばにして引退を余儀なくされ、才能がありながらそれを充分に発揮する機会に恵まれなかった点は東坡同様である。しかしこの『景蘇集』の詩を見る限りでは、蘇軾が苛烈な派閥争いが繰り広げられる激動の時代に、一人権勢に与せず、堂々と正論を述べたたその気骨にこそ、黄村は強い尊崇の念を抱いていたと感じられる。それは上述したよう、幕末の動乱期に幕臣として活躍した黄村の経歴を彷彿させるものであった。

木村芥舟（一八三〇－一九〇一年）は明治三二年に書かれた『景蘇軒詩集』「序」で次のように言う。

蓋し其の平生景慕する所は蘇長公に在り。而して遠く大海の險を渉り、近くは人事の變に遭ひ、閲歷既に深く鍛煉又た精し、之を運らすことに天才の超特を以てす。學問の淵博、詩の高妙と与に世を驚かすこと問はずして知る可きのみ。然りと雖へども雕琢摹繪風流自ら玩ぶは、豈に君の志ならんや。將に以て諷刺隻幅に寓せ、感慨片詞に寄せ、而して騷雅の遺響を繼ぐなり。之を讀みて繹し而して之を求めて嚼し而して之を味はう。則はち尋常の應答の作と雖へども、百世の下、以て治亂の由る所を詳核し、而して是非の在る所を判別す可きなり。乃はち文章は氣節を根抵とするの空論に非ざるを知るなり。

引退後は政治に関わることなく生きた黄村であるが、木村の「序」に「諷刺隻幅に寓せ、感慨片詞に寄せ、而して騷雅の遺響を繼」いだ、とあることから、常に経世済民の高い志忘れず、文筆をもってそれを示そうとした黄村の姿勢がうかがえる。

本論では、向山黄村の「景蘇集」に焦点をしぼって論じたが、黄村の蘇軾に関わる詩文はむろんこれだけではない。例えば刊行された詩集『景蘇軒詩集』だけを見ても、「大雪用聚星堂詩韻二首」、「寺田望南游西湖、以東坡表忠觀碑本原石重摹合一二幅見郵贈、賦此為謝」（以上巻上）、「陰曆一〇月望招飲同人於景蘇軒、壁挂赤壁圖分韻同作、是日雨會者望南百溪二子」、「貫堂集後赤壁賦中字、作五律六首見示、次韻其四首」、「次韻田邊松坡七月既望追蘇之作一〇疊（節三）」（以下巻下）等蘇軾に関わる作品が散見する。黄村がその文学においてどのように蘇軾の作品を学び、自家薬籠中のものとしたかについては、さらに多くの資料にあたり別稿にて論じたい。

以上向山黄村と蘇軾について論じた。

（1）『翰林五鳳集』の中には「赤壁賦図」、「蘇公堤図」、「東坡履屐図」、「東坡賜金蓮燭帰翰林院図」等多数の題画詩が見える。

（2）巻一五「赤壁会詩歌」。

（3）これらの壽蘇会、赤壁遊の模様については拙著『日本的赤壁會和壽蘇會』（上海人民出版社、二〇〇六年）参照。

（4）大正五年（一九一六年）「乙卯壽蘇会」、大正六年「丙辰壽蘇会」、大正七年「丁巳壽蘇会」、大正九年「己未壽蘇会」、昭和一二年（一九三七年）「丙子壽蘇会」。

（5）長尾甲編『壽蘇集』（昭和一二年刊）。この壽蘇会の模様については、米田彌太郎氏の「日本における東坡赤壁」（『書論』第二〇号、書論研究会、一九八二年）長尾正和氏の「長尾雨山」、「京都の壽蘇会」（『書論』第五号、書論研究会、一九七四年「与赤壁会（上）（下）」（『墨美』第二五二、二五三号、墨美社、一九七五年七月、八月）等の中で研究されている。

（6）著者はかつて「長尾雨山と蘇軾」（『中央大学人文研究所研究叢書三六　現代中国文化の軌跡』（中央大学人文科学研究所、二〇〇五年）においてこの『壽蘇集』を取り上げ、雨山を中心にその蘇軾観を論じた。

（7）『書法漢学研究』第四号（アートライフ社、二〇〇九年一月）、『文学』第一〇巻・第二号（岩波書店、二〇〇九年三、四月）。

（8）東京都立中央図書館蔵本の表紙は題簽無し。

# 中国文人の「風流」
## ――その思想的背景について――

彭　浩

### 一　はじめに

中国文化・思想を語る時に、よく「儒・釈・道」という言葉を用いるが、「儒」は儒学・儒教を指し、「釈」は「お釈迦様」の「釈」で仏教を指し、「道」は道学・道教を指している。この三つの思想、あるいは宗教は、長い歴史の中で、中国人の思惟、考え方、行動様式と生活習慣に大きな影響を与え、二一世紀の今日では、再び伝統文化のブームとして蘇ってきた。

今はグローバル化の時代と言われ、世界経済の相互依存による一体化やIT革命による情報化の進展で、地球はまるですぐ手が届くかのような小さなボールになっている。この勢いのよい波は文化領域にも及んでいて、世界の人々はみな同じ文化を共有できるようになってきた。確かにテレビドラマ、アニメ、マンガ、ファッション、音楽などの大衆文化やインターネット情報は共有できる。しかし、人々の精神面の深層部分は、やはり長い歴史の中で培ってきた伝統文化の影響が大きい。しかも、その部分は他者とは異なり、その国、民族、あるいは文化圏の文化的アイデンティティーであると言えよう。異なるからこそ、互いに理解する必要があり、その異なる部分を理解し合うことは、相互理解の第一歩である。グローバリゼーションとともに、二一世紀は多様な文化が共存する時代でもある。

日本と中国は同じような文化を共有していると思われがちであるが、実は文化の形も精神も美意識もかなりの違いがある。その違いが生ずる理由と文化形成の背景には非常に興味深いものがある。喫茶文化を例として考えると、中国の喫茶文化は、日本に伝来してから模倣の時代を経て次第に日本化し、日本独自の「道」を極める茶道――「茶の湯」文化になった。日本の茶道は型・形と精神性を重んじる芸術であり、文学者や思想家たちが日本文化の神髄として海外に紹介したり、混乱の時代には、伝統文化を復活させるきっかけの代表として登場させたりしてきた。

日露戦争後の一九〇六年、美術思想家である岡倉天心（一八六二―一九一三年）は『The Book of Tea』（『茶の本』）を通して、世界に東洋の美学、文化伝統の結晶としての茶道を紹介しつつ、西洋文明に欠けるものを鋭く批判した。第二次世界大戦後の一九四九年、川端康成（一八九九―一九七二年）は『千羽鶴』という小説を書き、戦後、日本茶道の世俗化を憂えて批判した。一九六八年に、川端康成は「日本人の心情の本質を描いた、非常に繊細な表現による、彼の叙述の卓越さに対して」ノーベル文学賞を受賞した。中国の歴史を舞台に多くの作品を世に出した作家の井上靖（一九〇七―一九九一年）は、晩年、七四歳の時に、日本文化の精神を代表する人物の一人――千利休を描いた。正確に言えば、豊臣秀吉から死を賜ってからの千利休の死に対する心境――心の世界を描いた。それは第一四回日本文学大賞とＮＨＫ放送文化賞を受賞した長編小説『本覚坊遺文』である。この作品は二回、映画化された。井上靖は千利休の死をテーマにして、日本人の侘びの心と日本人の死生観を極め、日本文化の神髄、日本人の精神性を追究したのである。

茶の故郷は中国である。茶は中国人にとって日常の大切な飲料であるが、中国人の人生観、精神性と美意識を表わす具象でもある。茶道は伝統文化の中の大切な精神文化であり、その文化を継承する担い手は文人たちである。日中の茶道を通して両国の文化を考える時、中国人が求める人生のあり方、精神世界と美意識は日本人と異なる点が多いことに気がつく。中国の喫茶文化は日本に伝わってからは、型・形を重んじる精神的な修行になり、茶室は心を洗う精神的な修行の場所になった。しかし、中国人は、あまり形は重視しない。自然の環境の中で、友人や家族と一緒に会話を交わしながら茶を楽しむのである。

日本の作家たちは、喫茶文化を伝統文化の結晶として高めてその精神性を重んじ、文化継承の中の大切な部分であると認識している。これに対して、中国の作家たちは、喫茶文化を人生を豊かにしてくれる文化として考え、その楽しさと現実性を作品の中で表現している。それ故、中国の茶文化は日本の茶室の中の修行とは異なり、文人たちは寛げるところでのんびりと「品茶」――ゆっくりと茶を味わうことを好む。これは、中国文人の「風流」と言えよう。この「風流」は、茶を題材にした作品の中からも窺うことができる。これは、『源氏物語』から始まる「もののあわれ」と茶の湯に代表される「侘び・寂び」の日本文化とは異なる点である。

中国の喫茶文化は三国、魏・晋に始まり、唐代と宋代に盛んになり、貴族、僧侶の階層から文人、そして民間にまで広まった。唐代の陸羽は世界で初めての茶の専門書『茶経』を著わし、友人の詩人蘆仝は「飲茶歌」で茶を詠った。唐・宋の文人たちは多くの詩と詞を残した。宋代を飾る文人茶の中心的存在である蘇東坡は、「名月来り投ず玉川子（蘆仝）（明月投来玉川子）……従来佳茗佳人に似る（従来佳茗似佳人）」（「次韻曹輔寄壑源試焙新茶」）の名句を残し、良い茶は綺麗な女性に似ていると比喩して現実世界にロマンを与えた。清代の『紅楼夢』の中にも、喫茶の場面が多く描かれ、茶の香りが漂うそれぞれ個性あふれる人物を登場させた。近代以降、中国の多くの文人は、随筆の中で、茶を通して社会と人生に対する考え方を語っている。二〇世紀初期、新文化運動の先駆者――周作人、林語堂らも、日常生活の中の芸術としての茶に関する文章を残した。

二〇世紀の八〇年代から中国では文化に関する研究が盛んになり、その中の一つとして茶文化も注目されるようになり、茶文化を題材にした文学の本も多くなってきた。例えば、庄昭が選注した『茶詩三百首』（『南方日報』出版社、二〇〇三年）は、西晋時代から清代まで一三八人の詩人の茶に関する三〇〇首の詩を選び、注釈を付けて出版された。この本は茶詩の歴史を通して古代の茶文化史を理解し、また士大夫階級の生活を研究する貴重な資料として価値がある。二〇〇七年に出版され、二〇〇九年に第三版を出した陳平原と凌雲嵐が編集した『茶人茶話』も注目を集めた。この本は、清末以降の近現代の作家・学者五四人の「茶人茶事」に関する文章七〇篇を集め、その文章を通して中国文人たちの人生観や世界観を読み取る狙いがある。個人の作品では、王旭烽の長編小説『茶人三部曲』が話題になっている。その第一部と第二部は「茅盾文学賞」を受賞した。この小説は、二〇〇九年、中華人民共和国の成立六〇周年を記念して出版された『中国新文学大系（一九七六－二〇〇〇年）』の長編小説巻に入選した。

筆者は、茶文化を一つの切り口として日中文化の特徴をつかみ、両者の相違点の文化的根源を解明しようと研究を進めているが、本論文は、中国に限定して、士大夫・文人・知識人を通して中国文化の伝統とその特徴をつかむことを目的とする。また、「侘び・寂び」に代表される日本の「茶道」を念頭に置いて、中国の伝統思想――「儒・釈・道」及びその文化史における意味を踏まえながら、士大夫・文人たちの求めた精神世界と美意識――「風流」について考察する。その延長として、近現代の作家の茶文化をテーマにした随筆や小説を研究材料にして、中国文人の人生観と美意識を明らかにしたい。

# 二　士大夫・文人の「道」

中国文化は独自の伝統を持っており、それは士大夫・文人によって形成された。歴史を見ると、先秦時代から清末まで、士大夫階級は支配階級として存在し、近代になってから彼らは知識人として時代の先端に立ち、先進的な思想と学問を導入して時代をリードする立場にあった。その後の「知識無用」の革命時代に、知識人は社会の一番下の階級として批判されたが、多くの知識人は相変わらず「社会の良心」と「知識人の使命」を忘れず、国家の運命を憂えて進路を模索していた。同時に闊達な気持ちで人生を楽しめるようにしていた。これも中国的「風流」であろう。この強い精神力と楽観的な享楽主義の人生観はどこからきているのか、一つの謎のように思われる。

## 1　定　義

士大夫とは、儒家の古典的教養を身につけた政治的、社会的な指導者層で、文人官僚を指すことが多い。士大夫について、『辞海』（上海辞书出版社）は、「①古代の官僚階層を指す。また地位と名望のある読書人を指す」と定義した。『広辞苑』（電子版）は「①中国で、士と大夫。中国の周代、王の直轄地における直属の家臣には大夫・士があったが、上大夫は特に卿《けい》と称された。②科挙により官の資格を得たもの。官僚知識層。」と定義している。また、『スーパー大辞林』（電子版）は士大夫について次のように説明している。「中国では、古典に現れる周代封建制の身分秩序である。卿《けい》・大夫・士・庶人のうち、君の臣であり、庶人に対しては支配者である士と大夫に語源があり、周代封建制崩壊後も、社会の上流に位置する存在を表現する語として用いられる。その地位は経済的条件よりも、官位や学問、教養等の名望によって獲得された。時代によりその含意は異なり、魏・晋・南北朝では、姓族を指したが、宋以降では、読書人や知識人階層をいい、また、科挙出身の文人官僚を指した」。

文人の定義については『辞海』は「①毛伝『文人、文徳之人也。』②讀書と詩文のできる人」と定義した。『スーパー大辞林』によると「文芸作品を書くことを職業にしたり、趣味で文芸・書画に親しんだりする人」である。『広辞苑』には「①文事にたずさわる人。②詩文・書画など、文雅なことに従事する人」とある。

知識人というのは近代ヨーロッパの概念であり、中国語では「知識分子」と言う。『辞海』は「一定のレベルの文化科学の知識を持つ脳力労働者」と定義した。『広辞苑』には「(intellectuel〈フランス〉・intellectual〈イギリス〉) 知識・教養のある人」とある。『スーパー大辞林』では「知的あるいは精神的労働に携わっている人。インテリ」と定義している。

中国では、時代の変化とともに言い方を変えて、先秦時代から一九〇五年の科挙廃止の清末までを時代区分として、「士大夫」と「知識人（現代中国語では、知識分子という）」を分けて使うようになった。ただ、「文人」という言葉は、昔は士大夫、また詩文などの道にたずさわる風流心のある人を指したが、近代以降は、知識人を指すことが多い。本論文では、文化伝統の継承性を考えて、この広い意味での「文人」を使うことにする。

## 2　士大夫・文人と「道」

知識人は古代の中国では「士」と呼ばれ、商・周の文献では、当時の「知書識礼」（教養のある）の貴族を意味した。先秦時代からの士大夫階級が、歴史においては高度な連続性のある伝統を持っていたのである。「士」の伝統は、孔子の時代から二五〇〇百年の長い歴史を有して、しかもその影響は今日の知識人・文人にまで及んでいる。これは、世界文化史においても唯一無二の現象である。

「士」は、商・周では、政府各部門で職務を持っている貴族であったが、春秋時代、つまり孔子の時代からは固定の身分がなくなり、「士無定主」[1]の状態になった。「遊士」と呼ばれ、列国をまわり、職業を探すことになったが、封建関係から解放され、自由になったとも言える。これは、「中国の歴史における知識人の原型である」[2]と、著名な中国歴史学者でハーバード大学教授であった余英時は指摘した。つまり、現実に対する批判精神が生まれ、自由に「道」という理想的な世界を探求することができたという。秦漢以降、特に両漢時代に、「士大夫」階級が出来上がった。二〇〇〇年来、彼らが文化と政治の面における中心的な立場を維持できたのは、社会構造と機能から見ると、科挙という制度による保障と切り離せない。士大夫とは、儒家の古典的教養を身につけた政治的、社会的指導者層で、文人官僚であったと言えよう。

「士」の出現は「道」の観念と切り離せない。『論語・里仁』に「士志於道」という言葉があり、これは、孔子が最初に定めた目標である。「士」は、基本的な価値観を維持する立場にある。明末清初の学者、思想家である顧炎武（一六一三—一六八二年）は、「君子之為学、以明道也、以救世也」[3]と述べた。「救世」というのは、「世界を変える」ということである。余英時は、中国知識人の大きな特徴としては、「道」の内向的超越性（inward transcendence）と関係があり、常に現実社会を超越した精神で現実社会のことに関心を寄せると、指摘した。彼らは「道」を用いて「世界を変え」ようとする精神を持っており、「この精神は先秦から清代にかけて、中国の知識人の伝統である」[4]。

「道」は、孔子以前は「天道」と言い、孔子以降は諸子百家がそれぞれの「道」の観念を発展させたが、「天道」と「人道」を合わせて考えるようになり、「天人合一」の傾向が強まった。儒家と道家は漢代以降、中国思想の主流になっており、儒家は主流の中の主流であり、現実社会を最も強く肯定するが、同時に現実社会のすべての価値の源は現実社会を超越するところにあるとも強調する。『中庸』のはじめに「道也者、不可須臾離也、可離非道也」とある。また、第一三章には、孔子の言葉を引用して「道不遠人、人之為道而遠人、不可以為道」

とある。つまり儒家は、「道」は日常から超越しているが、日常の中に常にあると考える。これに対して『老子』第二五章では「道」は「周行而不殆」と言い、『庄子』「知北游」では「道」は「無所不在」と言う。道家は、現実社会を超越することを重んじるが、現実社会から離れることは考えない。儒家にせよ道家にせよ、この現実社会から離れないという現実重視の面においては、共通性がある。輪廻転生を教える仏教は、インドから伝わってから三〇〇年の年月をかけて中国化され、自己の仏性を内観することを目的とする禅宗が生まれた。『壇経』の敦煌本第三六節には、「法元在世間、於世出世間、勿離世間上、外求出世間」とある。「世間」と「超世間」が付かず離れず、即ち、現実社会と超現実社会は完全に離れていない状態にある。生命はみな輪廻転生で生まれ変わり、世に生まれる。しかし、真理を求めるなら、悟りは自己の内心にあるということである。

自己の修身を重んじて道を求め、そして心で悟る。儒家、道家と仏教の教えは、二〇〇〇年にわたって中国知識人の基本的な性質を作り上げた。孔子の「士志於道」の教えが、先秦時代の儒家の知識人だけでなく、後世の知識人にも大きな影響を与えてきた。余英時が言っている「道」の内向的超越性、つまり「道」を用いて「世界を変え」ようとする精神は、知識人にもう一つの特徴をもたらした。それは、修身である。即ち、個人の精神的な修養を重んじることである。『孟子・尽心』には「故士窮不失義、達不離道。……古之人、得志、澤加於民、不得志、修身見於世。窮則独善其身、達則兼善天下」とある。『中庸』（第二〇章）には「修身以道」、「修身則道立」とある。『管子・内業』には「心静気理、道乃可止。修心静音（意）、道乃可得」とある。先秦の思想家たちは、修身養心を通して「道」が得られると考えていた。つまり超越的な「道」は、修身によって自分の内心に収め、また自分の内心から「道」を得る。精神修養の目的は、「道」と「心」の厳粛さと純粋さを保証することである。知識人は「道」を現実社会を超越した宇宙の法則であると考え、現実社会の秩序を維持する真実の拠り所であるとする。そのため、「道統」を用いて「治統」を抑制することは、儒家知識人が重んじる大切なことである。

六朝と隋・唐の時代には、宗教的な雰囲気があったが、現実社会を重んじる「入世」(俗世界に入る)的な儒教、現実社会を重んじながら、超越しようとする道教、輪廻転生を説いて来世のために生きる「出世」的な仏教の三教が調和して並立する状態にあった。しかし、中国文化は徹底的に宗教化する時期がなかったため、儒教が終始主導的な立場にあり、中国の「社会良心」は必然的に士大夫階級によって背負われた。清末に科挙制度が廃止されて以降、近代知識人たちはこの伝統を受け継いだ。「五四」新文化運動の先駆たちが「民主」と「科学」を求めた姿からも、儒家の「士以天下為己任」の流風余韻が窺える。

## 三　士大夫・文人の「風流」

### 1　「風流」の定義

芸術や遊芸の価値的世界を示すことばとして「風流」が用いられる。しかし、中国の場合は「ふりゅう」と発音するのに対して、日本の場合は伝統芸能の一を指す時に「ふりゅう」と発音するが、一般的には「ふうりゅう」と発音し、日中で「風流」の意味合いが異なる。中国文学史上においては、士大夫階級から多くの有名な文人が輩出した。文人たちは「士志於道」の高遠な志を持ち、儒家の古典的教養を身につけながら、道教の「無為自然」の考え方や禅の「本来無一物」の趣も持ち合わせている。これらが中国の「風流」の根底になる思想である。思想史の角度から考えると、著名な歴史学者の陳寅恪が指摘したように、「六朝と天水(趙・宋)時代の思想が一番自由であった」[5]。それが、文学にも大きな影響を与えている。

著名な中国文学研究者で広島大学教授であった鈴木修次は『中国文学と日本文学』の「風流」考[6]という章の中

で、次のように指摘した。「風流」という言葉は、漢代即ち西暦紀元前後あたりから生まれていた。(7)例としては、後漢《ごかん》から魏にかけての詩人である王粲《おうさん》（一七七―二一七年）の詩において、

風と流れ　雲と散る　　風流雲散
一別　雨の如し　　　　一別如雨　　　（王粲「贈蔡子篤詩」）

とある。この詩は、『文選』に載せられたため、後世の文学者たちに愛用された。

## 2 「風流」の価値観

「風流」という言葉にある種の価値観をそえて愛用されるようになったのは、六朝《りくちょう》時代、特に東晋（三一七―四二〇年）即ち三世紀頃からと思われ、貴族社会において盛んになった。魏・晋・六朝貴族の逸話を集めて記したのは『世説新語』である。当時の「風流」には、贅沢な気ままさという要素があった。六朝社会の「風流」は、それぞれ宰相も出して貴族社会の双璧をなした「王・謝」という二大名門によって代表された。王家の「風流」の中で、格別に有名なのは、王羲之を中心とする「蘭亭の宴」である。東晋の穆帝の永和九年（三五三年）、三月三日、王羲之は王家の別荘である会稽山陰（浙江省）の蘭亭において、当時の名士四一名を招いて曲水の宴を催した。三月三日の節句というのは、水のほとりでみそぎをするという古代の習俗に発する節句で、もとは陰暦三月の第一巳《み》の日に行うことになっており、上巳《じょうし》の節句と普通には言われたが、魏の時に三月三日と指定され、特別に巳の日にはこだわらなくなった（『宋書』礼志による）。宮中をはじめ貴族社会で、三月三日に曲水の宴が行われるようになったのは、晋王朝以後と推測される。

王羲之の「蘭亭の宴」に参加した貴族たちは、それぞれ盃が曲水を流れる間に四言詩を一首、五言詩を一首ずつ作り、それらの作品は「蘭亭集」として仕立てられ、王羲之みずからがその序文を記した。有名な「三月三日蘭亭詩序」、いわゆる「蘭亭序」である。『世説新語』企羨篇の中に、この王羲之「蘭亭の宴」の様子が詳しく記録された。

当時の貴族の遊び――「風流」というのは、常にそのつど、教養と実力とが試されるような厳しいものであった。「風流」の根底に横たわるものは、教養、自由奔放な気ままさと自由闊達さであった。『南史』は、謝氏一族を総括的に評価して「謝氏は晋より以降、雅道相伝ふ」(8)と述べている。謝氏の一門から宋・斉の間に現れた謝霊運、謝恵連、謝朓らは、謝家の一流の詩人として有名である。謝家の人たちは文雅の精神を絶えず内包させていたとされ、六朝貴族の中で、文化的に高く評価されている。六朝社会では、最も高雅な「風流」が謝家の伝統の中にあるとされた。

## 3 「風流」と文学精神

六朝時代の「風流」の根底に横たわるものは、何事にもとらわれない奔放さと屈託なく気ままにふるまう自由さであった。この「風流」の通念が広く普及し、それ以降の文学者や文人に大きな影響を与えた。鈴木修次によると、文学において「風流」を言い始めたのは、六世紀の頃、斉・梁の間あたりからだと考えられる。その時代に書かれた中国最初の文学理論の書籍である『文心雕龍』や『詩品』の中で、初めて明確に文学の世界の評価として「風流」を使用し始めた(9)。

『文心雕龍』は、斉末の和帝の頃(在位五〇一―五〇二年)に成書したと考えられる。その中の「詔策篇」に、東晋の明帝(在位三二三―三二五年)の時の温嶠がその才能を発揮したが、「斯《これ》より以降、風流を体憲す」とある。

また、「時序篇」は、庾亮や温嶠が「筆才」「文思」をもって「風流を揄揚《ゆ》」したとも説く。ここでの「風流」は文雅の気風という意味合いであり、優れた文学性を持つものを「風流」をもって評価している。『詩品』は、『文心雕龍』の後、約十余年を経て作られたものであるが、その中で、西晋の武帝の太康年間（二八〇－二八九年）の詩人張協を評して、「風流調達、実に曠代の高手なり」(10)と讃えた。この場合の「風流」も、文雅の精神と気風の意であり、『文心雕龍』の「風流」と同じである。六世紀頃から、文学の気風を「風流」をもって称する習慣が生まれ、望ましい文学の方向を「風流」に持って行こうとしている。やがては文学的気風にすぐれる人を「風流」「儒雅」と讃えるようにもなった。この考え方は、後世の詩人たちにも影響を与えた。

杜甫（七一二－七七〇年）は、みずからの願いを込めて次のように詠んだ。

風流・儒雅は　亦　吾が師　　風流儒雅亦吾師

（杜甫「詠懐古跡」五首〈其二〉）

文学精神に秀でること、また文学的才能を持った人、それを「風流」と称したのである。

李白（七〇一－七六二年）は、先輩にあたる自由詩人孟浩然（六八九－七四〇年）に詩を贈った。冒頭の二句は、

吾は愛す　孟夫子の　　吾愛孟夫子
風流　天下に聞こゆるを　　風流天下聞

（李白「贈孟浩然」）

とある。この詩のなかで、李白は高位高官になる志を放棄して、襄陽（湖北省）の鹿門山に隠居した自由人孟浩然の姿に脱帽し、自由な生活の中に奔放に詠い続けた孟夫子を「風流」として讃えたのであった。

晩唐の司空図（八三七－九〇八年）は、その著『二十四詩品』の中で、「含蓄」の体というのを考え、その特色を次のように説明している。

一字を著《しる》さずして、尽《ことごと》く風流を得《う》。　不著一字　尽得風流　（『二十四詩品』含蓄）

この場合は、文学としての高雅な味わいそのものを指しており、そこには、気韻・余韻といったものも含まれている。文学における「風流」は、中唐頃から「望ましい位境という特別の用語になった(11)」と鈴木修次は指摘した。

中国の「風流」は、奔放さということから発して、それが文学における「風流」にもなった。自由人の生活即ち「隠遁」の生活を楽しむのも、六朝時代に貴族社会に流行した「玄学」と呼ばれた「老・荘・易」を中心とする超世俗的な論議――「清談」に優れることも「風流」であった。そうした現象の中軸に横たわるのは「心の風流」であった。「清談」の気風は、やがて仏教と結びついて中国的仏教――禅の思想となって展開してきたのであった。「玄学」は宇宙の根本を「道」として極め「無為自然」を求めるが、禅は心を重んじ、「明心見性」を説く。そうした心の面での「風流」の伝統も中国にはある。その基幹に流れるものは、心の自由であり、権力にとらわれない自由な生き方は、「風流」をもって称された。心の「風流」は、またその心を心たらしめる環境の「風流」でもある。

心の「風流」人を代表する文学者は、晋・宋の間の詩人の陶潜、字は淵明（三六五－四二七年）である。一二世紀の詞人辛棄疾《しんきしつ》（一一四〇－一二〇七年）は次のように詠った。

淵明をみるに　　　　看渊明
風流は酷く似たり　　風流酷似
臥竜の諸葛（孔明）に　　臥龍諸葛　　　　（辛棄疾「賀新郎」）

陶淵明の風格の高さと環境の自由さを讃える詞である。

## 4　「風流」と禅

鈴木修次は、唐代における禅宗の出現は「風流」の意味と価値を変えたと指摘した。中国では、禅が民衆社会に大いに流布したのは中唐である。俗界から心を洗う場所として、意識的に「風流」の土地環境（仏寺）を求める風習が生まれた。しかし、その後の南宗禅の出現は注目される。唐代の初期、禅宗の六祖、曹溪慧能（六三八－七一三年）が出現してから、「いわゆる南宗禅の世界（日本の臨済宗・曹洞宗・普化宗はみな南宗禅の系譜につらなる）では、慧能が「本来無一物」（慧能が六祖を継承するきっかけになった慧能の偈）をもって宗派を建てただけあって、「風流」に対する価値感覚が、大きく変動した[12]」。南宗禅では、「風流ならざる処、また風流」という。……これまで「風流」とされていた六朝以来の貴族の「風流」の中に実はほんとうの「風流」はなく、そうした「風流」を否定し去って、人間本来の面目（生き方）に戻った時の「風流」、言い換えれば世俗ならざる原点に即した「風流」の中にこそ、本当の「風流」があると言い始めた[13]。「風流ならざる処、また風流」という言葉は、一二世紀の禅録『碧巌録』の第六七則、「頌《じゅ》」にしるされた「著語《ちゃくご》」に、「不風流処、也風流」とある。これが禅の風流と言うべきであろう。

盛唐の杜甫（七一二－七七〇年）は、その生涯を「儒者」として生き続けたが、しかし、仏教にも関心があった。四八歳の時、官をや辞し旅に出た。秦州において、かつて長安で親交を交わしていた賛上人（長安の名刹大雲寺の僧であった）に詩を贈った。

柴荊《さいけい》　茶茗を具《そな》え　　柴荊具茶茗
逕路　林丘に通せん　　径路通林丘
子と二老となり　　与子成二老
来往せんは　亦　風流　　来往亦風流

（杜甫「寄賛上人」）

この詩の中で、茶、山林の自由、そしてお互いどうしの「二老」の来往、それが「風流」であると言っている。その根底には、「本来無一物」の南宗禅の思想があると考えられる。

「風流」の意味合いは、時代とともに変わってきた。六朝時代の貴族の奔放、気ままの「風流」、中唐以降の文学者の「高雅」と自由な心の「風流」、南宗禅の人間本来の姿を極める「風流」がある。これは、まさに、文化史・文学史における伝統思想の儒学、道学と中国仏教——禅の三者の表出であると言えよう。この三つの思想と文化的価値観と審美観は、後世の文学者とその作品に影響を与えてきた。

## 5　「風流」人物

晋以来の伝統的な「風流」は、奔放さの中にも、ある種のゆとりの精神が必要であった。ゆとりをもって奔放であるものは、文学においても、遊芸においても、また人生の生き方においても、すべて「風流」であるとみなされた。中国宋代の代表的な文人である蘇軾（東坡）は、「念奴嬌」の詞の中で、三国時代の赤壁の戦いの時の英雄を回顧して次のように詠った。

大江は　東に去り
浪は淘《あら》ひつくせり
千古の風流人物を

大江東去
浪淘盡
千古風流人物

（蘇軾「念奴嬌」）

この「千古風流人物」とは、赤壁の戦いの英雄である魏の曹操、呉の孫権とその部将の周瑜らを指しているが、まことに豪壮な「風流人物」である。しかし、日本では奔放な豪傑を「風流」をもって讃えることはない。毛沢東（一八九三－一九七六年）の有名な「沁園春・雪」という詞の中にも、浪漫と豪放な句が残されている。

風流の人物を数へんには
還《なお》　今朝に看《み》つめよ

数風流人物
還看今朝

（毛沢東「沁園春・雪」）

これは、一九三六年、毛沢東が四四歳の時の作であるが、思いを歴史上の優れた天子、秦の始皇帝、漢の武帝、唐の太宗、宋の太祖、元のモンゴル帝国のジンギスカンらを「風流」の列に数えながらも、本当の「風流人物」は今後に期待せねばならぬと断言した。つまり「風流人物」とは、毛沢東自身のことである。

蘇軾も毛沢東も壮大な天子的英雄、豪傑を「風流人物」と詠む。豪快にして、自由奔放な精神を「風流」をもって詠んだ毛沢東の「風流」と蘇軾の「風流」はまさに六朝時代の「風流」と言えよう。「余裕をもった豪胆さ、それが中国においては「風流」と考えられたのであった」[14]と鈴木修次は指摘した。この心の潤沢な余裕と豪放さは、中国の広大な土地とその大陸的な風土から生まれたと思われる。

倫理学者の和辻哲郎（一八八九－一九六〇年）は『風土』の中で、中国について次のように述べた。黄河は砂漠とモンスーンとを媒介する河であり、揚子江とその平野が、モンスーンの大陸的具象化であるという。中国人の性格の中には、モンスーン的性格からきた受容性、忍従性があり、また砂漠的性格からきた意思の緊張感と「悠悠として迫らず」という態度がある。したがって、中国の「芸術には一般にゆったりとした大きさがある」(15)。しかし、漢代の玳瑁の小箱に描いた細画や顧愷之の繊細な画巻、さらに大同・雲崗・竜門などの浮き彫りには豊醇できめの細かい芸術もある。両漢より唐・宋に至るまでの芸術においてそうした性格は顕著に表れている。日本人は明治維新まで千数百年間、中国文化を尊敬し摂取につとめた。衣食住の末に至るまでそうであったが、中国人のそれとは著しく異なったものになった。日本人が尊重したのは、空漠な大きさではなく、きめの細かさである。日本の文化は、先秦より漢・唐・宋に至るまでの中国文化の粋をおのれの内に生かしている、と和辻哲郎は指摘した(16)。

黄河文明は現実を第一に考える儒学を生み、揚子江文明は現実を超越しながら人生を大切にする道教と禅を生んだ。そして中国の文人たちはその影響を受けて闊達な心で現世を生きながら繊細な気持ちで超世間の浪漫と淡泊の気質を持つ「風流」の心を育てたのである。日本は繊細で淡泊な揚子江文明の影響を多く受けたと思われるが、縄文文化以来の山を中心とした様々な儀礼の中で、榊を神木として重視し、神の依り代としてきた影響も大きい。繊細さと淡泊な禅の心が、日本の神道を生んだ「山の文化」に融合して型・形を重んじ、精神性を極める茶の湯の文化を形成したのである。

# 四　現代文人の「風流」

## 1　周作人――生活の芸術

中国文人たちの「風流」は、人生における一種の価値観であり、文学の理想と趣であり、生活の芸術でもある。近代以降の中国文人たちはどのように生活の中の芸術を考え、文化の伝統を継承しているのであろうか。

中国の一流の随筆家であり、日本文化の良き理解者である周作人（一八八五－一九六七年）は一九二四年「生活の芸術」という文章を書いた。その中で、彼は次のように述べた。「生活はさほど容易なことではない。動物のように自然に簡易に生活するのは、その一法である。生活を一種の芸術と見なし、微妙に美的に生活するのも、また一法である。二者のほかにはもう別に道はない。……生活の芸術はただ禁欲と縦欲との調和にある」[17]と述べた。これは、周作人が、尊敬するイギリスの性科学者エリス（Havelock Ellis）の影響を受けて述べた言葉である。彼はエリスの「聖フランシスその他」という論文を引用し「生活の芸術の方法は、ただ取と捨の二者を微妙に混和することにある」と言った。しかし、周作人は続いてこのエリスの考え方を中国の古典の考え方と結びつけて、古来の言葉で言い換えた。「生活の芸術という言葉は、中国固有の字を用いて言えば、つまりいわゆる礼である」[18]と指摘した。その後、スティール博士の『儀礼』（I-Li）の序の中の定義を引用して「礼節」について説明した。「礼節は決して後世が踏襲しているような、空虚で無用な、単なる紋切り型儀式ではない。それはそれでもって自制と秩序を養成しようとする動作の習慣であって、ただ万物を了解し、一切を感受し得る心を有する人にして初めてこのようなゆったりとした立居振舞を有するのである」[19]。ここで、周作人が強調したかったのは、万物を理解して一切を感受できる心を持つことの大切さであると思われる。大きな気持ちを持って初めて本当の礼節が守られるのである。この心がまさに六朝時代以来の闊達で自由な奔放さであろう。

晩清・民国初期の著名な学者である辜鴻銘（一八五七－一九二八年）は『礼記』の「礼」の訳名をRiteでなく、Artであると主張した。これに対して、周作人は次のように指摘した。この訳は「確かに当たっている。ただしこれは、本来の礼を指したのだ。後世の礼儀や礼教はみな堕落したものなので、もうこの呼び名に値しない。中国の礼はとうの昔に失われてしまって、ただ茶や酒の間になお少し存しているだけなのである」[20]。「中国で今日切実に必要とするものは、一種の新しい自由と新しい節制である。中国の新文明を建設することは、とりもなおさず千年前の旧文明を復興することであり、また西方文化の基礎たるギリシャ文明と相合一することでもある。……中国には他に救いを得る道はない。……生活の芸術は、礼節あり中庸を重んずる中国にあっては、本来何ら目新しい事柄ではない。『中庸』の冒頭に、天の命ずる、これを性と謂い、性に率《したが》う、これを道と謂い、道を修むる、これを教と謂う。と言っているがごときは、私に解説させるなら明らかにこの種の主張なのだ」[21]。唐代までは、中庸を大切にする礼節があり、「生活の芸術」の流風余韻が存在したが、宋代以降は、「道学者たちの禁欲主義」によって調節の功を収めることはできなくなり、紋切り型儀式を重んじてゆったりとした流風を失った。しかし、その芸術は日本文化に残っている。「日本もはなはだしく宋学の影響を受けたけれども、生活の上ではむしろ、平安朝の系統を承《う》けていると言ってよく、なお幾多の唐代の流風余韻を存していて、そのため生活の芸術を理解することは、またいっそう容易である。幾多の風俗の上に日本が確かにこの芸術的色彩を保存している点は、われわれ中国人の及ばないところである。だが、道学先生から見れば、実はそれこそ彼らの欠点なのかもしれない」[22]。

アヘン戦争が中国の近代史の幕を開いてから、中国の知識人たちは西洋文化と文明を意識し始め、中国の近代化と社会改造に役にたつようなものを取り入れようとした。しかし、西洋文化と伝統文化のバランスをどう考えるべきなのかは常に議論の課題になっている。一九二〇年代に魯迅とともに新文化運動を進めた周作人は西洋の思潮の影響を受けて新しい思想を導入しようとしたが、西洋思想の中に千年前の中国文化に重なる部分を発見した。それは儒学の中で重要視された「中庸」思想である。西洋文化と伝統文化の融合こそ、中国を再興する道である。一九二〇年代に周作人が考えたことは、今日の中国で再び認識され始め、実践されているのは興味深い。

## 2　周作人の茶

生活の芸術は、礼であり、中庸の道である。それはただ茶と酒の間に少し残っていると周作人は言った。それ故、周作人にとって「品茶」は生活の芸術であり、中庸の道である。現代文人の中で周作人は茶に関する随筆を一番多く残している。また、その淡々とした調和的な文章は実に茶の性質と一致すると言える。周作人は、士大夫の家庭で生まれ育って幼い時から茶を飲み、生涯飲茶を好んで自分の書斎を「苦茶庵」と名付けた。茶に関する作品は随筆文集『苦茶随筆』があり、また『喝茶』『吃茶』『再論吃茶』『関於苦茶』『煎茶』などがある。

周作人は、随筆の中で自分が緑茶を好んで、紅茶と花茶は好まないと書いた。一九二四年に書いた『喝茶』(23)の中で、彼は次のように書いた。「茶を飲む場合、緑茶を正統とする。紅茶はあまり意味がない。まして砂糖とミルクを入れるなんて」。「私が言う喝茶は、清茶（緑茶）を飲むことであり、茶の色・香りと味を鑑賞することを目的にしており、のどの渇きをいやす目的ではない。……中国では、昔、煎茶と抹茶を飲んだことがあるが、今は泡茶（茶葉に湯を入れる飲み方）しかない。岡倉天心は『茶の本』の中で、これを自然主義の茶と言ったが、我々はこの自然の微妙な味を重んじている」。また「茶を飲むのは、瓦の屋根の下で、紙の窓の傍に、上等な泉水で緑茶を入れるとよい。素朴で優雅な陶磁の茶器を使い、二、三人で一緒に飲む。半日をかけてこのようにのんびり茶を楽しめれば、一〇年間の俗世界の夢が叶うことと同じような良いことなのである。茶を飲んだ後、またそれぞれ自分の仕事に戻り、名誉のためでも利益のためでもいい。ただ、この偶然のほんの一刻のゆったりとしている時間は絶対に欠かすことができない」と書いた。こうした文章から、周作人の伝統的な士大夫の風流の一面が見られる。また『吃茶』の中でも、緑茶が好きで、龍井茶、平水珠茶のほか、六安茶、太平猴魁、碧螺春などを好むと言う。中国の士大夫たちは、清茶（緑茶）を好んだが、周作人も「清茶閑話」の生活に憧れていた。一九二三年、彼は『雨天閑話・序』の中で次のように書いた。村の小屋で、ガラス窓にもたれて、白炭の火鉢の傍で清茶を飲みながら、友人とおしゃべりするのは、とても愉快なことである。

周作人の弟子の方紀生が岡倉天心の『茶の本』を中国語に翻訳し、一九四四年一一月二〇日、周作人が翻訳本の序――「『茶之書』序」を書いた。その序の中で、周作人は次のように解説した。茶は中国で生まれ、唐代にすでに陸羽の『茶経』が書かれたが、しかし、茶道は生まれなかった。何故なのか。中国人が「道」にあまりこだわらないのは、宗教的な情緒が欠けているからである。これは本当のことかも知れない。それ故、道教と禅もあまり深く理解できていない。中国の庶民たちは素朴な茶楼や茶園で点心を食べながら茶を飲む。士大夫たちは自尊心が高いため、自宅で茶を楽しむ。中国人の喫茶は凡人法であり、儒家的であると言えよう。しかし、茶道は禅から生まれ、宗教的な雰囲気を持っており、現世から超越している。日本では、昔は階級制度が厳しく、風流が僧侶と武士の間に流行っていた。中国は喫茶文化の発祥地であったが、しかし、茶道は日本で発生した。禅と武士が大きな役割を果たしたと考えられる。中国と日本のこの違いを研究する価値は非常に高い[24]。周作人は、日本文化には禅の精神を基にした宗教的な雰囲気がある故に、茶道が生まれ、中国人は宗教心が薄いため「道」を極めるような茶道が生まれなかったと指摘したのである。

周作人は、茶文化に最も関心を寄せる中国の文学者である。しかし、彼の茶に関する多くの随筆は、茶の歴史、茶の性質、茶の好み、茶を飲む環境と相手――日常生活の中の茶についてしか書いていない。岡倉天心、井上靖、川端康成らと違い、茶に精神的、宗教的な境地まで求めることはなかった。周作人も含めた中国の文人たちには、儒家的な発想が多く、現世の日常の中の生活を大切にしていかにして人生を楽しめるのかに関心を寄せているのである。

「はじめに」の部分で触れた『茶人茶話』という本は、北京大学教授の陳平原が編集したものである。彼は「小引」という序文の中で、この本を編集した理由を次のように述べた。九〇年代初期、日本で岡倉天心の『茶の本』を見つけ、茶道の理想は、日常生活の細かいところから偉大さを悟るという禅の概念から生まれたという岡倉天心の考え方に共鳴した。その後、周作人の「『茶之本』序」からヒントを得て、茶道精神から日中文化の違いと民族性を理解する必要性を認識し、文学者たちの茶に関する文章を集めたのである。

## 3 林語堂――生活の芸術と茶

周作人と同時代の著名な文学者である林語堂(一八九五―一九七六年)は、一九一九年に、ハーバード大学に留学し比較文学を学んだ。一年後にドイツへ渡り言語学を専攻した後、帰国して北京大学の教授になった。一九二〇年代に、魯迅、周作人らの雑誌『語絲』に参加し、五・四運動の退潮期に小品文やユーモアを提唱した。一九三五年に、ノーベル文学賞を受賞したアメリカの女流作家パール・バック(一八九二―一九七三年)の強い勧めにより、西洋人に対して中国の民族、風土、思想、文化、哲学、歴史を紹介するため、英語で『中国=文化と思想』という本を書き出版した。欧米文化との比較を念頭に置きながら書いたこの本の原題は『My Country and My People』で、出版されてすぐベストセラーになり、アメリカにおいて文学者としての地位を確立した。

この本の最終章――第九章は、「生活の芸術」というタイトルで、中国人の人生の楽しみ方、住宅と庭園、飲食などについて説明し、飲茶文化も人生の楽しみの一つとして次のように書いた。

中国人にとって茶を飲むことは一種の芸術である。一部のものは茶を飲むことに対して神聖な崇拝の気持ちさえ抱いている。香や酒、石などに関する専門的な書籍があるように、茶に関しても少なからぬ専門書が残されている。茶を飲む習慣は、他のいかなる習慣よりも際立っており、中国人の日常生活を非常に豊かなものにしている。欧州のカフェと同様、中国の茶館は中国人にとって欠かすことのできない生活の一部となっている。中国人は家庭でも茶を飲むし、また茶館でも茶を飲むのである。時に一人で茶を飲むこともあれば、人とともに飲むこともある。会議の時にも、もめ事を解決する時にも茶は欠かすことができない。朝食の前にも、夕食の後にも茶を飲むのである。茶瓶さえあれば、どこにいようと中国人は上機嫌である。茶は中国人の中に広く行われている習慣であり、心身の健康にいかなる害ももたらすことはない。……極上の茶は口当たりがまろやかで、芳醇な香りと味がいつまでも口中に留まる。……こうした茶をのんだ後は誰でも良い気持ちになることができる。茶は消化を助け、気分を穏やかにする働きを持っており、したがって中国人の寿命を延ばしていると私は信じる。[25]

そして「茶の葉と泉水の選択も一種芸術である」と、林語堂は一七世紀初めの学者張岱の随筆を引用して、茶の葉と泉水についての鑑定問答を紹介した。春茶と秋茶の区別、茶の濃厚な味と好奇な香り、そして泉水へのこだわりと作り方は特に印象深い。「恵泉の水を汲み出す時には、必ず井戸をすっかり浚《さら》って、深夜人が寝静まり新しい泉が湧き出るのを待ち、湧き出たらすぐにそれを汲んで、底に山石を敷いた甕《かめ》に入れ、風のある時を見計らって舟を出すのです。こういうわけで水は角が取れずに新鮮なのです」[26]。中国では、主人と客が茶葉と水、そして茶器について様々に問答しながら「品茶」――茶を楽しむことが人生の楽しみであり、生活の芸術になっている。「要するに中国人は覚醒した意識状態の時には、基本的にいかに生活すべきかを心得ている。……生活の芸術は中国人の第二の本能であり、かつ宗教である」[27]と林語堂は言う。彼は、中国文明は、精神を高めるより、こうした現実の生活を存分に楽しむことから発見できると言っている。この現実主義的な生き方からも、「儒・

釈・道」の現実重視という思想の影響が窺えるのである。

林語堂は「茶と交友」[28]という文章の中で、人生を享受する観点から、飲茶の雰囲気、環境と相手、茶の楽しみ方などを挙げて茶の社交的な役割について語った。いかにして茶を楽しむべきなのかについて、彼は次のように説明している。煙草、酒、茶は、ゆったりとした時間、友情と社交を楽しむための特効性を持っている。この三つを享受する時には、雪月花草を楽しむ時と同じように、相応しい相手が必要である。これは、中国の生活の芸術家たちが最も大切に考えていることである。たとえば、雨の音は、夏の日に山中の寺院で、竹で編んだ畳の上に寝転んで聞くのが一番情緒的である。つまり、何かを鑑賞する時に一番大事なのは、心境である。人生を享受したいのならば、第一の条件は気の合う相手を見つけ、そしてその友情を維持することである。これが、生活の芸術家の出発点である。「茶の香りと味は、静かで清々しい雰囲気の中で、穏やかな気持ちをもって心の通じ合う友とともに楽しむなら、よくわかるものである」[29]。茶は風流の隠遁者の珍味であり、人々を人生に対する深い思考の世界に導いてくれる性質を持っている。冷静な頭でこの慌ただしい世の中を観ることができる人こそ、茶の純潔な色・香・味を理解できる。宋代以降、茶の鑑賞家たちは、味の薄い茶に最高の価値があると考えた。中国の飲茶法の規則は日本ほど厳しくはないが、しかし、楽しみと趣に富んでいて高尚である。

現実の生活を楽しむことを目的とする中国の文人は、飲茶の儀式と規則よりも、茶そのものを意識して色・香・味を楽しむ。何より大切なのは、周りの雰囲気と一緒に楽しむ相手である。そこには「品茶」を通してあくまでも一度だけの人生を存分に享受したいという中国人の現世重視の人生観と美意識が窺える。林語堂は欧米文化と比較しながら中国人の現世を享受する理想と自然体的な人生の楽しみ方を紹介した。岡倉天心と同じように、西洋の現代文明に対する批判もあるが、彼のユーモアあふれる文章からは、「儒・釈・道」から生まれた中国文化の雰囲気が強く感じられる。林語堂自身、伝統的な「風流儒雅」を身につけながら西洋文化を取り込んだのである。

## 4　王旭烽の『南方有嘉木』

文学は最も生き生きと心に刻まれる記憶であり、魂の歴史である。文学があるから、歴史は抹殺されることがなく、その時々の情熱と思考は永久のものになり、心を満たして潤わせてくれるものである。一九七八年、中国が改革・開放政策に転じてから、二〇〇八年にちょうど三〇年になった。この三〇年は、言うまでもなく中国文学にも大きな変化をもたらした。二〇〇九年、中国の出版界で「世紀のプロジェクト」と言われる『中国新文学大系（一九七六－二〇〇〇年）』が、新中国成立六〇周年を記念して正式に出版された。

王蒙は「平常心看待当代文学」（平常心で現代文学を考えよう）[30]という文章の中で、次のように指摘した。過去三〇年の中国文学は、文学史において、多くの時代の文学よりも、賑やかで、活発で、多彩であるが、みなに認められるような優れたピークがない。しかし、今日の文学は、より深みが加わって多様になり、より個性的で芸術性が高くなった。より人間性に富み、感動させられる。より想像力が豊かで、ユーモアにあふれている。読んでいて飽きがこない。さらに、広い視野から見ると、我々の文学は次第に正常化してきた。良かれ悪かれ、いろいろな作品がどんどん世に出ている。面白いことは、二〇世紀後半の作品は、ますます平常化、平淡化されてきた。これらが平常心と並び、この三つの禅の趣のある言葉は、今日非常に流行っている。天道には常があり、時代とともに変化することも理に適う。経済建設、民生、市場などの発展と変化は、ある意味では、文学の正常化をもたらしたのかも知れない。王蒙は、激動の時代の感動的な作品の歴史的意味を重んじているが、経済発展が進んでいる今日の平常、平淡になってきた文学の新しい傾向を認めた。

『中国新文学大系（一九七六－二〇〇〇年）』の長編小説巻五は、上海文芸出版社から二〇〇九年五月に出版さ

れ、選ばれた作品は以下の通りである。『在细雨中呼喊』（余华）、『旧址』（李锐）、『黄金时代』（王小波）、『一个人的战争』（林白）、『南方有嘉木』（王旭烽）、『务虚笔记』（史铁生）、『私人生活』（陈染）、『马桥词典』（韩少功）、『尘埃落定』（阿来）、『日光流年』（阎连科）、『香港三部曲』（施叔青）、『羊的门』（李佩甫）、『大漠祭』（雪漠）。

この内、歴史学を専攻した作家王旭烽（一九五五年－）の『南方有嘉木』は、『茶人三部曲』という茶文化をテーマにした三部作の第一部である。二〇〇〇年、『茶人三部曲』の第一部『南方有嘉木』と第二部『不夜之侯』は、『抉择』（张平）、『尘埃落定』（阿来）、『长恨歌』（王安忆）と共に、第五回「茅盾文学賞」を受賞した。

茅盾（一八九六－一九八一年）は、本名が沈徳鴻で、字は沈雁氷。現代中国の著名な作家で、五四新文化運動の先駆者の一人であった。「茅盾文学賞」は、一九八一年に、茅盾の遺志に従って、中国では初めて個人の名前を冠して設けられた文学賞で、中国長編小説の最高の文学賞の一つである。「長編小説は、ある時期においての国の文学レベルを代表している」と茅盾は言った。「茅盾文学賞」は一九八二年から始まり、中国作家協会が四年ごとに入賞作を選定している。設立当初は、著名な作家の巴金が審査委員長を務めた。

王旭烽『茶人三部曲』（一、二部）の「茅盾文学賞」受賞は、大きな意味がある。審査委員会は、この二つの作品が民族精神を表現したとして授賞を決めた。審査委員会の評価は次のようになっている。「この二部の小説は緑茶の都、杭州にある忘憂茶庄の主人、杭九斎一家の四代の人々の翻弄された運命の変化を主軸に、杭天酔、杭嘉和、趙寄客、沈緑愛など異なる人物を通して、苦難に満ちた人生を忍耐強く生き抜いた杭州茶人の気質と精神を見事に描いた。中華民族の生命に対する熱い願望、自由で明るい未来に対する強い憧憬を求める心を表わした。茶の青い煙、血気、心と愛の葛藤が、作者の爽やかでしかも力強い描写によって織りなされている。世紀の風雲、杭州の歴史、茶業の盛衰、茶人の情趣が互いに照り映え、一体になって盛り上がっていく。作者の慎み深く明達な歴史観とダイナミックな社会現象を描く力が表れている。(31)」

『茶人三部曲』は浙江文艺出版社から出版され、『南方有嘉木』（一九九五年）、『不夜之侯』（一九九八年）、『筑草为城』（一九九九年）から構成されている。一九九〇年に執筆を始め、茶文化をテーマに一〇年をかけて完成したこの一三〇万字の長編三部作は、出版されてすぐ大きな反響を呼んだ。これは、文学史において初めての茶文化を主題とした小説である。三部作の時代背景は、アヘン戦争以降の清末から民国までの動乱期、日中戦争期、文化大革命とその後である。作品は一七世紀に英国東インド会社が清から茶を輸出する時代から始まり、茶を背景とテーマに、生き生きとした多くの人物を通して民族文化精神を表現している。物語は一八六三年に太平天国軍が杭州を撤退してから一九九八年に開かれた杭州第五回国際茶文化シンポジウムまでの長い歴史の中で、民族、家族、個人の運命を茶の文化史と中国の近代史と絡ませて展開していく。王旭烽が伝統文化への深い理解と現代文化に対する洞察力――この二重の文化意識を持ちながら、茶の精神の具象化である作品人物を作り上げ、中国近代史の運命と再興の歴史を描いた。

では、作者は作品を通して読者に何を訴えたいのか。中国の民族精神とは何なのか。それについて王旭烽は次のように述べた。「もし植物で我々の民族を喩えるなら、茶ほど相応しいものはない。茶が持っている謙遜さ、悠久の歴史と旺盛な生命力は中華民族の優秀な気質と一致している」[32]。『南方有嘉木』の序文の中で「茶は綺麗な緑色を帯びて温和、閑静、優雅、楽天的な気質を持っている」[33]と書いた。王旭烽はインタビュー[34]で次のように答えた。『茶人三部曲』――『南方有嘉木』、『不夜之侯』、『筑草为城』の主題は、それぞれ異なり、順番で言うと、新生と滅亡、平和と戦争、文明と野蛮になっている。茶は新生、平和、文明、進歩、奉仕など美しい気質を持っている。茶の精神とは、平和、強靭、奉仕の精神であり、これは、中華民族の精神を表わして人類の文明の宝物でもある。『茶人三部曲』を通してこの精神を表現し発揚することが小説を書く動機であった。茶文化は歴史が悠久で奥が深い。中国茶人の精神というのは、平和を求める心、天人合一の精神（自然と人間の調和を求める）

と人生を享受する人文主義である。これは、中国文化精神の一部分であり、中国式の真善美であると思われる(35)。一九九〇年代から中国では、伝統文化を再評価して「和諧」(調和)が強調されるようになった。『茶人三部曲』はちょうどこの時期に現われた作品であり、精神文化の具体化として茶文化が取り上げられ、反響を呼んだのである。

「茶葉をとってから、濾してひねた後に火の上にかけ炒める。飲む時に沸騰した湯をかけると、炒めた茶葉が茶碗の中で生き返ってきて採りたての時と同じように美しく、しなやかであり、その鮮やかな緑色も変わっていない(36)」。王旭烽の作品から読み取れる現代知識人の「風流」は、六朝時代の文人を凌いだと言えよう。

## 五　おわりに

これまで述べてきたように、「儒・釈・道」は、中国文化の基本精神を構成してきた。その中では現世・現実重視の儒学が支配的な考え方であり、中国の士大夫、文人、知識人に大きな影響を与えてきた。その表出として自由闊達な中国の「風流」が生れ、そこには、現実の人生に対する憧れとこだわりがある。

中国人の生活に対する考え方について、林語堂は次のように述べた。「中国人の生活と芸術を全般的に検討するならば、過去中国人は確かに生活の芸術の大家であったことを承認せざるを得ないであろう。中国人は物質生活に対し強い執着心を持ち、その情熱は決して西洋人に劣らぬばかりでなく、その生活は西洋人に較べてさらに成熟しており、さらに深みを持っている。中国では精神的価値は物質的価値と不可分のものであるばかりでなく、運命に定められた生活を精一杯享受することを助ける働きをしている。これこそ中国人が陽気な性格とユーモアを持つ所以である(37)」。「中国人は現世に対する信仰を持ち、かつ精神的価値と物質的価値とを同時に包含している。……中国人は本能の世界と精神的世界とを同時に生きることができると考えている。……なぜなら中国人の精神は生活を美化するために用いられ、生活の本質を明らかにし、本能の世界が避け得ない醜悪さや苦痛を克服する助けとなっているからであり、生活を逃避したり、来世の意義を探ったりするためではないからである。孔子は死の問題を問われた時に、『未だ生を知らず、いずくんぞ死を知らんや』と答えたが、これは人生と知の問題に対する常識的、具体的、現実的態度を表現したものである。こうした認識こそ現代中国人の生活と思想の特徴を形成してきたのである」(38)。この態度が中国人の価値尺度を決定し、民族意識の奥深いところにまで浸透しているのである。それ故に中国人は芸術、人生、詩文の中において、本能的に田園生活を崇尚し、宗教には興味を示さない。

中国文化を他の文化――キリスト教文化、イスラム教文化、仏教文化と比較して分かることは、中国人にとっては死後の世界より、現実の世界のほうが大切である。つまり、死後のために今生の人生を生きるという目的がないことである。では、中国人にとって人生の真の目的は何か。林語堂の言葉を借りると、「中国人の人生の真の目的は、天命を楽しみ、分に安じ、もって素朴な生活、とくに和やかな家庭生活と睦まじい社会関係を享受することにある」(39)のである。こうした人生の理想は、現実主義と現世重視の儒家思想からきている。しかし、儒教の現世に対応する厳しい制約だけでは、人々の心を満足できない。そこで、道教や仏教の超自然主義的な考え方が補完的な働きをしているのである。

現実と現世を重んじながら、現世と超現世の間に生きる「儒・釈・道」の思想とその思想から生まれた自由奔放でありながら、閑静と浪漫を求める「風流」の生き方は、中国の伝統文化の特徴である。中国の主流文化を支えてきた文人たちは伝統文化の伝承者であり、儒家の「士志於遠」の高遠の志、道家の「無為自然」の酒脱と禅の「本来無一物」の悟りを持ち合わせている。これらが中国の「風流」の根底にある思想であり、中国文人の

「品茶」と大衆文化としての「茶芸」をもたらしたのである。これは、外面的には型・形を重視しながらも、内面の精神性を高めることによって「道」を極める日本の茶道との大きな違いである。
（1）顾炎武『日知录・周末风俗』。
（2）余英时「中国知识人之史的考察」（『士与中国文化』上海人民出版社、二〇〇三年）六〇二頁。
（3）顾炎武『亭林文集』巻四、『与人書』二五。
（4）余英时「中国知识人之史的考察」（『士与中国文化』上海人民出版社、二〇〇三年）六〇九頁。
（5）陈寅恪『论再生缘』『寒柳堂集』北京、三联书店、二〇〇一年、七二頁。日本語訳は筆者による。
（6）鈴木修次『中国文学と日本文学』東京書籍、一九七八年九月、一三一－一八三頁参照。
（7）前掲書、一三四頁参照。
（8）『南史』列伝巻九、論。
（9）鈴木修次『中国文学と日本文学』東京書籍、一九七八年九月、一六三頁参照。
（10）『詩品』上、張協。
（11）鈴木修次『中国文学と日本文学』東京書籍、一九七八年九月、一六八頁。
（12）前掲書、一七六頁。
（13）前掲書、一七六－一七七頁参照。
（14）前掲書、一八三頁。
（15）和辻哲郎『風土』岩波文庫、一九八八年、一五五頁。
（16）前掲書、一五五－一五六頁、一六〇頁参照。
（17）「生活の芸術」（『周作人随筆』松枝茂夫訳、冨山房百科文庫、一九九六年六月）二六頁。
（18）前掲書、二一七頁。

(19) 前掲書、二七－二八頁。
(20) 前掲書、二八頁。
(21) 前掲書、二八－二九頁。
(22) 前掲書、二九－三〇頁。
(23) 陈平原・凌云岚編『茶人茶話』三联书店、二〇〇九年版、二〇九－二一二頁参照。出典 周作人『喝茶』、『語糸』第七期、一九二四年一二月。日本語訳は筆者による。
(24) 前掲書、七－九頁参照。出典 周作人『茶之書』序、『立春以前』太平書局一九四五年版。日本語訳は筆者による。
(25) 林語堂『中国＝文化と思想』鋤柄治朗訳、講談社学術文庫、二〇〇四年版、五〇八－五〇九頁。
(26) 前掲書、五一〇頁。
(27) 林語堂『中国＝文化と思想』鋤柄治朗訳、講談社学術文庫、二〇〇四年版、五一一頁。
(28) 陈平原・凌云岚編『茶人茶話』三联书店、二〇〇九年版、二一三－二二〇頁。出典『林語堂文集』作家出版社、一九九五年版、日本語訳は筆者による。
(29) 前掲書、二一五頁、日本語訳は筆者による。
(30) 王蒙「平常心看待当代文学」人民日报海外版、二〇〇九年八月一七日。http://www.chinawriter.com.cn 参照。
(31) 曾镇南「第五届茅盾文学奖评委会部分评委撰写的获奖作品评语」(『人民日報』、二〇〇〇年一一月一一日)。
(32) 『北京晚报』、二〇〇〇年一一月二三日。
(33) 王旭烽『南方有嘉木』浙江文艺出版社、二〇〇〇年、第五版、三頁。日本語訳は筆者による。
(34) 「历史风貌的文化叙述—王旭烽访谈录」、『时代文学』二〇〇五年六月 参照。日本語訳は筆者による。
(35) 前掲書。
(36) 王旭烽「苦要苦得象茶」(『人民论坛』二〇〇一年二月)。日本語訳は筆者による。
(37) 林語堂『中国＝文化と思想』鋤柄治朗訳、講談社学術文庫、二〇〇四年版、五一一－五一二頁。

(38) 前掲書、五一二頁。
(39) 前掲書、一六七頁。

# 一九八〇年代の俗信批判書をめぐって

材木谷　敦

## 一　はじめに

### 1　対象と検討の方向

俗信は、社会の古層の表れとして、新旧の社会の変化や同質性を考える上で、参考となることがある。俗信そのものの内容を問題とすることが重要であるのはもちろん、俗信に関する認識や俗信を取り巻く状況を問題とすることにも、一定の意味があると考えられる。

今日の状況に先立つ、少し前の時代の中華人民共和国における俗信に関する認識や俗信を取り巻く状況について検討しようとする場合、一九八〇年代に出版された俗信批判書『迷信を打破する問答百題』(1)（以下、新版と呼ぶ）が、好材料となるように思われる。これは、一九六〇年代に出版された『迷信を打破する問答』(2)（以下、本稿の地の文では旧版と呼ぶ）を再構成したものである。

新版「編集後記」に言う。

現在、一部の地方では封建的迷信活動が台頭しており、ある地方では混乱状態に陥り、かなり深刻であり、群衆の生活と生産、そして社会の安定に直接的な影響を及ぼしている。したがって、無神論を宣伝し、迷信を打破する仕事は、目下の現実に対して重要な意義があり、社会主義精神文明と物質文明の建設にかかわる大事である。この仕事に協力するため、我々は本書を編み、宣伝資料として広い範囲の幹部と青年の参考に供する。

制作過程において、我々は社会調査を行い、本書を、新しい形勢と新しい状況から出発し、基層の宣伝作業の現実的な需要を満たすものとするよう努めた。本書がQ＆A形式を採用したのは、簡明に要点を押さえ、深くかつわかりやすく、問題を解説しようとしたためである。本書が、封建迷信にかかわる重要な問題を全て列挙し、比較的完備したものであるとともに、哲理と知識性に富み、教養程度の異なる全ての読者に適応し、読むことも調べることもできて、ある程度の工具書の役割を果たし、また農村の放送と黒板新聞による宣伝にも使えるよう、我々は願っている。我々のレベルが低いせいで、我々の企図した目的が達せられるかどうかは、社会実践の検証を待たなければならない。読者には、批評と意見をお寄せいただき、将来我々が本書を再版する際によりよいものとするためご協力くださるよう、切に希望する。

六〇年代、我々は『迷信を打破する問答』という本を出版した。今回、新たに書き直し、さらに多くの新しい内容を補った。新旧二冊の本の出版過程においては、周谷年同志がたいへんな労力を費やしており、多くの文章は彼が書いたものである。謝意を表する。(3)

本稿は、新版と旧版を「新たに書き直し、さらに多くの新しい内容を補った」という部分に着目しつつ比較し、「新しい形勢と新しい状況」について検討してみたい。

日本語では、科学と無関係に信じられている知識を、「迷信」と呼んだり「俗信」と呼んだりする。前者は価値判断を伴い、後者は価値判断を含まない。新版においても旧版においても、「俗信」や「迷信」という日本語に当たるものは、「迷信」という中国語で呼ばれる。そもそも中国語では価値判断と無関係に「俗信」という概念を表す語が一般的ではないためでもあるし、非科学的なものは批判するべきであるという観点が両書にあるためでもある。中国語原文の「迷信」を「俗信」と訳せば意味がわからなくなる場合が多いことから、本稿では、そのまま「迷信」と訳すこととする。それに伴い、本稿の地の文でも以下「迷信」という語を用いる。

新版では、いくつかの項目で執筆者名が示されているものの、全ての項目で示されているわけではない。旧版では、執筆者が示されている項目はない。先に見た新版「編集後記」は、新版でも旧版でも多くの項目が周谷年氏によるものであると言う。しかし、周谷年氏がどの項目を書いたのか明らかではない。全体として、誰が何を書いたのか、よくわからない。したがって、本稿では、個々の項目の執筆者レベルの認識ではなく、書物のレベルの認識を問題としたい。

## 2 新版と旧版の差異と類似

検討に先立ち、新版と旧版の関係を整理しておきたい。新版と旧版の各項目の対応関係は、次表の通りである。

表

| 新版 | | 旧版 | |
|---|---|---|---|
| 番号 | 項目 | 番号 | 項目 |
| 1 | 世界には神霊がいるのか | 1 | 世界には神霊がいるのか |
| 2 | 人の迷信的思想はどのように生じたのか | 2 | 人の迷信的思想はどのように生じたのか |
| 3 | 天国と地獄はあるだろうか | 3 | 天国と地獄はあるだろうか |
| 4 | 輪廻転生はほんとうか | 4 | 輪廻転生はほんとうか |

| | | | |
|---|---|---|---|
| 5 | 人の禍福は運命で決まっているのか | 5 | 人の禍福は運命で決まっているのか |
| 6 | 神話物語はどのように生じたのか。神話物語をどのように扱うのか | 6 | 神話物語はどのように生じたのか。神話物語をどのように扱うのか |
| 7 | 旧社会において反動的統治階級はどのように迷信を利用して人民を欺いたのか | 7 | 旧社会において反動的統治階級はどのように封建的迷信を利用して人民を欺いたのか |
| 8 | 新社会において、悪人と邪心のある人はなおも迷信を利用して破壊活動を行うだろうか | 8 | 新社会において階級の敵はどのように封建的迷信を利用して破壊活動を行うのか |
| 9 | 迷信的思想にはどのような害があるのか | 9 | 迷信的思想と迷信活動にはどのような害があるのか |
| 10 | 我々はなぜ宗教信仰の自由を主張するのか | | |
| 11 | 宗教信仰の自由を守ることは無神論を宣揚することや迷信を根絶することと矛盾するだろうか | | |
| 12 | 宗教と封建的迷信の境目は何か | | |
| 13 | 人民政府はなぜ寺廟を保護するのか | 10 | 人民政府はなぜ寺廟を保護するのか。迷信根絶に矛盾するだろうか |
| 14 | 名所の宗教施設は修理復元してよいのに、なぜ農村に新たに小さな寺廟を新設してはいけないのか | | |
| 15 | 神霊を信じるべきではないのに、なぜ時として死者のために追悼会を開いたり墓参りをしたりするのか | 11 | 神霊を信じるべきではないのに、なぜ死後に追悼会を開き、時には墓参をするのか |
| 16 | 迷信的デマに対してはいかなる態度をとるべきか | | |
| 17 | 人々の間の一般的な神霊観と自発的な迷信活動に、どのように対処するのか | | |
| 18 | 今も若者の間に迷信的思想があるのは、何が原因か | | |

| | | | |
|---|---|---|---|
| 19 | 占いや祈禱などの活動も副業に相当するという意見は正しいのか | | |
| 20 | 神を信じることは人の心を善良にし、道徳的な高みに導くのか | | |
| 21 | 自分の目で霊を見たという人がいるのに、霊がいないと言えるのか | | |
| 22 | 多くの人が信じる怪異現象は真実か | | |
| 23 | 教養や知識がある人の中にも神霊を信じる人がいることから、神霊の存在を証明できるのか | | |
| 24 | 古典小説や戯曲における神仙妖怪のキャラクターと物語は、どのように扱うべきか | | |
| 25 | 人によっては、神霊を信じないのに、気持ちの奥底ではやはり霊を恐れたりするのは、なぜか | | |
| 26 | 民間の祭祀活動にはどのように対処するのか | | |
| 27 | 身内の葬儀はどのように行うのか | | |
| 28 | 共産党員や革命幹部は封建的迷信活動を行うことができるのか | | |
| 29 | 占い師はどのように人を騙すのか | 14 | 占い師はどのように人を騙すのか |
| 30 | 小鳥が札を銜える占いはどういうことか | 15 | 札を銜える占いはどういうことか |
| 31 | 人相で人生の前途の良し悪しを見ることができるのか | 16 | 人相占い師は人の運命を断定できるのか |
| 32 | 文字占い師はどのような手口を弄するのか | 17 | 文字占い師はどのような手口を弄するのか |

| | | | |
|---|---|---|---|
| 33 | 占いはなぜ信じてはいけないのか | 18 | 占いはなぜ信じてはいけないのか |
| 34 | おみくじは当たるのか | 19 | おみくじは当たるのか |
| 35 | 建物の敷地に吉凶があるのか | 21 | 風水師はどのように人を騙すのか |
| 36 | 降霊術の真相は何か | 22 | 降霊術の真相は何か |
| 37 | シャーマンが霊を殺して血を見せるのは、信じられるのか | 24 | シャーマンの言う霊を捕らえるとはどういうことか |
| 38 | まじないは病気を治せるのか | 25 | まじないは病気を治せるのか |
| 39 | 箸仙女とはどういうことか | | |
| 40 | 指紋で占うことは科学に合致するのか | | |
| 41 | 霊が乗り移るとはどういうことか | 23 | 霊が乗り移るとはどういうことか |
| 42 | 仙水や仙薬やお香の灰は病気を治せるのか | 12 | 仙水や仙薬やお香の灰は病気を治せるのか |
| 43 | お札と呪文は効果があるのか | | |
| 44 | 冤罪で死んだ人の霊はほんとうに復讐で人を殺せるのか | | |
| 45 | なぜ錫箔などの迷信用品を燃やしてはいけないのか | 13 | なぜ錫箔などの迷信用品を燃やしてはいけないのか |
| 46 | 願掛けやお札参りにはどんな害があるのか | | |
| 47 | ある病人が神仏に祈りを捧げた後、病気が確かによくなったのは、本当に神仏の加護があったのか | | |
| 48 | 人の寿命は運命で決まっているのか | | |
| 49 | 結婚は運命で決まっているのか | | |

| | | | |
|---|---|---|---|
| 50 | 辰年と寅年の夫婦は相性が合わないか | 20 | 辰年と寅年の夫婦は相性が合わないか |
| 51 | 未亡人は疫病神か | | |
| 52 | 産婦や新妻が家に入ると、その家は縁起が悪いのか | | |
| 53 | 墓地だった土地に家屋を建てると縁起が悪いのか | | |
| 54 | なぜ人によっては高熱の時に目の前に幽霊や妖怪が出現したりするのか | 26 | なぜ人によっては高熱の時に奇怪な光景が目の前に出現したりするのか |
| 55 | なぜ夢では死んだ身内に会うことがあるのか | 27 | なぜ夢を見るのか。夢ではなぜ死んだ身内に会うことがあるのか |
| 56 | 夢でうなされるのは霊が体を圧迫しているのか | 28 | なぜ夢でうなされることがあるのか |
| 57 | 夢を見ながら起きて行動する人は、霊に惑わされているのか | 30 | なぜ、人によっては、夢を見ながら起き上がって行動して、眼が覚めた後でわからなくなるのか。寝言を言うことがあるのはなぜか |
| 58 | 子供が驚いて失神して目を覚まさないのは、霊魂が出て行ったのか | 29 | 子供が驚いて失神して意識不明の状態に陥るのは、霊魂が出て行ったのか |
| 59 | 小児の夜泣きは神霊の怒りに触れたせいか。他人に転移させることはできるのか | | |
| 60 | 人が病むのは神霊の怒りに触れたのか | 31 | 人が病むのは神霊の怒りに触れたのか |
| 61 | 口を歪ませることができるような不思議な風はほんとうにあるのか | 32 | 口を歪ませることができるような不思議な風はほんとうにあるのか |
| 62 | 瞼の痙攣は吉凶の予兆か | 33 | 瞼の痙攣で吉凶を判断できるのか |
| 63 | 闇夜に荒野を歩くとほんとうに霊が塀を築くのに出くわすのか | 34 | 闇夜に荒野を歩くとほんとうに霊が塀を築くのに出くわすのか |

| | | | |
|---|---|---|---|
| 64 | 霊が髪を剃り落とすとはどういうことか | 35 | 霊が髪を剃り落とすという言いかたはなぜ間違っているのか |
| 65 | 子ができるかどうかは運命で決まっているのか | 36 | 子ができるかどうかは運命で決まっているのか |
| 66 | 奇形児は妖怪の転生か | 37 | 奇形児が生まれるのはどういう理屈か |
| 67 | 嬰児の体のあざは閻魔大王が蹴ったせいか | 38 | 嬰児の体のあざはどのように生じるのか |
| 68 | 眼の下にほくろがあると不幸になるのか | 39 | ほくろは必ず取り除かなければならないか |
| 69 | 人は死んで復活することができるのか | 40 | 人が死んで生き返ることができるのは、どういう理屈か |
| 70 | 死後に眼を閉じない人がいるのは、心残りがあるからか | 41 | 死んだ後に眼を閉じない人がいるのはなぜか |
| 71 | 死人はキョンシーになるのか | | |
| 72 | 人によっては死体が長年腐敗しないのは、修行によって成仏したのか | 42 | 死体によっては何年も腐敗しないのは、どういう理屈か |
| 73 | 不老長寿の薬はあるのか | | |
| 74 | 害虫は天が降すのか | 44 | 害虫は天が降すのか |
| 75 | キツネは化けることができるのか | 45 | キツネは化けることができるのか |
| 76 | 古木には神が宿るのか | | |
| 77 | メンドリが鳴くのは不吉か | 46 | メンドリがオンドリのように鳴くことがあるのはなぜか |
| 78 | フクロウは不吉な鳥か | 47 | フクロウは不吉な鳥か |
| 79 | イヌが遠吠えするのは、イヌが霊を見たのか | 48 | イヌが遠吠えするのは、どういうことか |

| | | | |
|---|---|---|---|
| 80 | 家に出るヘビは家の守り神か。双頭のヘビを見たら不幸な目に遭うのか | 49 | 家に出るヘビは退治することができるか |
| 81 | 霊が叫ぶということは、ほんとうにあるのか | 50 | 霊が叫ぶということは、ほんとうにあるのか |
| 82 | 水死霊が身代わりを探すことは、ほんとうにあるのか | 51 | 川に水死霊がいるという迷信は、どのように生じたか |
| 83 | 鬼火はほんとうに霊の提灯か | 52 | 鬼火はどんなものか |
| 84 | 竹が花を咲かせたら一家は破滅するのか | 53 | 竹はなぜ花を咲かせるのか |
| 85 | むろには霊が潜んでいるのか | 54 | なぜむろは人をたやすく窒息させるのか |
| 86 | 草むらはなぜ原因不明の発火をするのか | 55 | 草むらが原因不明の発火で燃えるのはどういうことか |
| 87 | 夜に誰もいない部屋で音が響くのは、霊の祟りか | | |
| 88 | 地下から噴き出す水は仙水か | 56 | 場所によってはなぜ地下から絶えず水が噴き出すのか |
| 89 | 山津波が起こるのはミズチが大水を出しているのか | 57 | 山津波が起こるのはどういう理屈か |
| 90 | 地震はオオガメが寝返りを打っているのか | 58 | なぜ地震が発生するのか |
| 91 | 人が落雷を受けるのは罰が当たっているのか | 59 | 雷はなぜ人を死なせることがあるのか |
| 92 | 竜巻は龍が水を吸い上げるのか | 60 | 竜巻はどのように発生するのか |
| 93 | 竜神に祈ると雨が降るのか | 61 | 竜神に祈ると雨が降るのか |
| 94 | 広い海原にはほんとうに仙境があるのか | | |
| 95 | 大安吉日はほんとうにあるのか | 43 | 大安吉日はほんとうにあるのか |

| | | | |
|---|---|---|---|
| 96 | 閏月のある年はよくない年か | | |
| 97 | 酉年、申年は凶年か | | |
| 98 | 日食は天のイヌが太陽を食べ、月食は野良の月がほんとうの月を食べるのか | 62 | 日食は天のイヌが太陽を食べ、月食は野良の月がほんとうの月を食べるのか |
| 99 | 空で星がひとつ落ちたら、地上では人がひとり死ぬのか | 63 | 空で星がひとつ落ちたら、地上では人がひとり死ぬのか |
| 100 | 空に彗星が出現したら人間界に災難があるのか | 64 | 空に彗星が出現したら人間界に災難があるのか |

全体の構成を見ると、新版は、四つの部分に分かれている。1から28は、迷信や宗教について概説する部分であり、迷信や宗教に伴う観念や思考様式を否定し、迷信や宗教の中国における歴史を述べ、中国共産党・中国政府の立場を明らかにする（「第一部」と仮称する）。以下、迷信的思考を科学的思考によって否定することを目的とする内容が続く。29から53は、呪術などに関する部分であり、占い、願掛け、祈禱、縁起担ぎの類を問題にする（「第二部」と仮称する）。54から73は迷信的な観点から理解されやすい身体現象などを科学的に解説する部分である（「第三部」と仮称する）。74から100は迷信的な観点から理解されやすい自然現象などを科学的に解説する部分である（「第四部」と仮称する）。

各項目には番号があるものの、四つの「部分」については、章タイトルや章番号が示されているわけではない。ただ、目次では28と29、53と54、73と74の間にアスタリスクが三つずつ挿入されており、一定の編集意図が示されていると思われる。

旧版では、1から11が迷信と宗教についての概説的な部分となっており、新版の第一部に対応する。12から25が呪術に関する部分となっており、新版の第二部に対応する。旧版の目次でも11と12、25と26の間に、アスタリスクが三つ挿入されており、やはり一定の編集意図が示されていると思われる。項目26から64は、迷信的な観点から理解されやすい身体現象などと自然現象などを科学的に解説する部分となっており、新版の第三部および第四部に対応する。旧版は、身体現象などと自然現象などについて、その順序で挙げるものの、新版と異なり、章立て上の区別をしていない。

構成からすれば、新版は、比較できないほど大幅に旧版を変更したものではないと言えるだろう。一方、比較する意味がないほど差がないわけでもない。

新版「編集後記」が「新たに書き直し、さらに多くの新しい内容を補った」と言うように、旧版の項目に対する書き直しと、旧版になかった項目の追加が見られる。

書き直された項目は、全体としては、大幅に論旨が変わった項目よりも、表現を変えたに過ぎないもの、要約・省略あるいは敷衍・補足したものなどが多く見られる。

追加された項目は、三六が数えられる。新版は、旧版の各項目を全て含んでおり、新版において削除された項目はない。第一部から第四部までのいずれの部分にも追加された項目が見られるものの、約半数は第一部にある。第一部で追加された項目は、中国共産党・中国政府の立場などに触れる性格上、旧版の当時から新版の当時までの政治状況や社会状況の変化を反映したものが目立つ。これに対して、個々の迷信の具体的内容を検証して見せる第二部以下で追加された項目は、迷信の内容だけに着目すれば、旧版にあっても不自然ではない内容である。

「新しい形勢と新しい状況」は、第一部には見て取りやすく、第二部には見て取りにくいことになる。そこで、本稿では、新版を、第一部と第二部以下とに分けて、検討してみたい。

## 二　第一部について

### 1　追加された項目

新版10「我々はなぜ宗教信仰の自由を主張するのか」から「第一部」の最後である新版28「共産党員や革命幹部は封建的迷信活動を行うことができるのか」までの内、新版13「人民政府はなぜ寺廟を保護するのか」と新版15「神霊を信じるべきではないのに、なぜ時として死者のために追悼会を開いたり墓参りをしたりするのか」以外は、いずれも追加された項目である。ここでは、「新しい形勢と新しい状況」を顕著に反映していると思われる項目のみを取り上げる。

まず、新版10「我々はなぜ宗教信仰の自由を主張するのか」新版11「宗教信仰の自由を守ることは無神論を宣揚することや迷信を根絶することと矛盾するだろうか」新版12「宗教と封建的迷信の境目は何か」新版13「人民政府はなぜ寺廟を保護するのか」新版14「名所の宗教施設は修理復元してよいのに、なぜ農村に新たに小さな寺廟を新設してはいけないのか」について検討してみたい。

この内、新版13「人民政府はなぜ寺廟を保護するのか」は、旧版10「人民政府はなぜ寺廟を保護するのか。迷信根絶に矛盾するだろうか」に対応するものであり、追加されたものではなく、主旨は概ね変わっていない。しかし、新版においては、新たな文脈に置かれ、新たな意味を生じていると見て、ここでの検討に加える。

新版10「我々はなぜ宗教信仰の自由を主張するのか」(4)と新版11「宗教信仰の自由を守ることは無神論を宣揚することや迷信を根絶することと矛盾するだろうか」(5)は、中国共産党と中国政府の政策について説明する。新版11から派生した内容であると思われる新版12「宗教と封建的迷信の境目は何か」(6)は、成立宗教を正式かつ正当な宗教として肯定し、呪術の類と区別する観点を示す。新版13「人民政府はなぜ寺廟を保護するのか」[7]は、宗教信仰の自由のために、宗教信仰の場所を保障する必要があること、寺廟のような名所古跡やそこに伝わる文化財は保護する必要があることなどを述べる。新版13から派生した内容であると思われる新版14「名所の宗教施設は修理復元してよいのに、なぜ農村に新たに小さな寺廟を新設してはいけないのか」[8]は、小学校に仏像や神像や神器が置かれた、一九八一年と一九八二年の事例を批判する。

これらの項目は、中国共産党が一九八二年三月に発表した文書「我が国の社会主義時期の宗教問題に関する基本的観点と基本的政策」[9]（以下、「観点と政策」と呼ぶ）を踏まえていると思われる。

「観点と政策」は一二章から成る。ざっと要約すれば、第一章は、社会主義、共産主義の発展によって宗教はいずれ消滅するとしても、無理に消滅させることは不適切であり、長期的に存在することを許容するべきであるという認識を示す。第二章は、中国が歴史的に見て多宗教国家であるという認識を示す。第三章は、中華人民共和国建国以来の状況を説明し、文化大革命時期における宗教弾圧についての反省を述べ、中国共産党と中国政府が宗教信仰を自由とする政策を選ぶ旨を説明する。第四章は、宗教信仰の自由の内容を説明し、中国共産党が無神論の立場であることを確認し、宗教が国家行政、司法、学校教育、社会教育に関与することを禁止する。第五章は中国共産党と中国政府が宗教関係者に働きかけることの必要性を説明する。第六章は、宗教活動の場所を保障し、管理することの必要性を説明する。第七章は、宗教団体に中国共産党と中国政府への協力を求める。第八章は、職業的宗教者の計画的な養成の必要性を説明する。第九章は、宗教信仰の自由が中国共産党員には適用されないことを説明する。第一〇章は、正常な宗教活動とは区別して、宗教を装った犯罪活動や反革命的破壊活動、国家の利益と人民の生命財産を損なう迷信的活動を厳禁する。第一一章は、宗教に関係する外国の敵対的勢力を拒否する。第一二章は、中国共産党の重要性をうたう。

新版の項目と「観点と政策」各章との関係を考えると、新版10は「観点と政策」の第一章と第四章を、新版11およびそこから派生したであろう新版12は「観点と政策」第四章、第一〇章を、新版13およびそこから派生したであろう新版14は（部分的に）「観点と政策」第六章を、それぞれ踏まえていると考えられる。「観点と政策」が発表されたことは、「新しい形勢と新しい状況」として重要だったことだろう。「観点と政策」は新しい考えが突如として出現したという質のものではなく、長期にわたって積み重ねられた議論の結果であり、部分的には旧版の時点で見られる内容も含まれる。しかし、総合的には、新版の一連の項目は、「観点と政策」の出現、すなわち中国共産党・中国政府の方針の明確化を前提に、追加されたものと思われる。「観点と政策」の発表は、中国共産党が文化大革命などを総括した文書「建国以来の党の若干の歴史問題に関する決議」（一九八一年六月）を受けている。時期的にも、内容的にも、新版は、文化大革命終結後の状況を反映していることになる。その意味で興味深いのは、新版18「今も若者の間に迷信的思想があるのは、何が原因か」である。

新版18は、「原因」について、次のように説明する。

一〇年の動乱によって生じた種々の深刻な社会問題は、今の時代の青年の間の意志薄弱な者が迷信的思想を抱く重要な原因である。あの時代〔文化大革命時期〕、彼らはちょうど知を求め始める年齢であったが、科学的教養を獲得する権利を奪われてしまい、多くの人が非識字者となった。彼らが出くわしたのは全面的な動乱であり、是非善悪が混乱し、でっちあげの罪名がいつ彼らの身近な人にかぶせられ、自分もその巻き添えになるか、わからなかった。不安定な社会現象とうまくいかない生活のせいで、彼らは人生の無常と見通しのなさを感じ、個人の全てが運命で決まっているかのように、消極的で悲観的な思想を持つようになった。

〔略〕

「四人組」が粉砕された後、一〇年の動乱が残したたくさんの社会問題は、ここしばらくはまだ完全には解決できない。一部の若者は、人生において、進学問題とか就職問題とか恋愛や結婚の問題などで満足できる解決が得られなかったり、あるいは一家や個人が天災や人災の苦しみを受けたりして、理想と現実に矛盾が生じるのを感じる。本人が正確な政治的信念と人生観を確立できておらず、科学的な教養や知識も欠けるところに、家庭の中の古い思想や古い習俗に感化を受け、さらには迷信的活動をする人に騙され誘惑されてしまうと、このような場合、神霊を盲目的に信じる泥沼に陥り、吉凶を予知すること、災いを除去すること、福をもたらすことを神霊に求め、さらには今生を軽視して来世の幸福を祈り、宗教や迷信的思想のとりことなる可能性が高い。したがって、現在、一部の若者が迷信的思想を抱くのは、一〇年の動乱が残した後遺症であると言うことができる。(10)

古くからの迷信的思想や習俗が残っていたところに、「全面的な動乱」により、迷信を拒否できないような無知な若者が育ち、加えて不安感が常態となるような局面を経て、「現在」に至るという認識である。文化大革命に対する反省が濃厚な項目である。

新版では、必ずしも若者であるとは思われない人々が迷信に関与する例も、多々挙げられている。例えば、追加された項目である新版28「共産党員や革命幹部は封建的迷信活動を行うことができるのか」では、中国共産党員は無神論者であるとか、中国共産党員には宗教信仰の自由が適用されないなどといった問題以前の事例が挙げられる。

目下、一部の党員と幹部は、思想の解放や政策の緩和を誤解し、憲法が規定する宗教信仰の自由と、封建的迷信活動を行うこととを、一緒にしてしまっている。

〔略〕

目下、一部の党員と幹部は、教養程度が低く、最低限の科学知識も欠いているせいで、天災人災が生じるや、封建的迷信を信じ、ひどい場合には進んで封建的迷信による活動を行う。[11]

これだけを読むと、この場合、無知が重要な問題であるように見える。何らかの不安感が問題であるとしても、表面上は、その常態化は問題ではないように見える。しかし、新版18を読んだ後では、「全面的な動乱」による不安の常態化と無関係に読むのは難しいものがある。

無知そのものは新しい条件ではない。新版でも旧版でも、基本的には、迷信的思想や習俗が残った原因は、旧社会の民衆の無知と、旧社会の支配階級が迷信を利用して民衆を抑圧しようとしたことなどに、帰せられている（新版2「人の迷信的思想はどのように生じたのか」[12]、旧版2「人の迷信的思想はどのように生じたのか」[13]その他）。無知の生じた背景が変わるだけで、旧社会以来、無知な人々はあり続けていたということである。文化大革命が迷信問題にとって新しかったのは、不安の常態化をもたらしたことにおいてではないか。

新版28の言う「思想の解放や政策の緩和」は、文化大革命終結後の改革開放による。その事情を反映する項目として興味深いのは、新版19「占いや祈禱などの活動も副業に相当するという意見は正しいのか」[14]である。この項目では、上海郊外の農民がミコとして金を稼ぎ、自分がミコになるのは副業であると主張した事例が挙げられ、批判される。同書の観点からすれば、ミコとして占いや祈禱を行うことは禁じられるべき迷信活動であることが明らかなので、「副業に相当するという意見は正しいのか」という問いは、そもそも成立しないように思われる。それでもわざわざこのような問いを立てたのは、農民の副業という話題が「新しい形勢と新しい状況」に関係していたためだろう。

## 2　書き換えられた項目

ここでは、論旨の変更が目立つ項目として、新版6「神話物語はどのように生じたのか。神話物語をどのように扱うのか」、新版8「新社会において、悪人と邪心のある人はなおも迷信を利用して破壊活動を行うだろうか」、新版15「神霊を信じるべきではないのに、なぜ時として死者のために追悼会を開いたり墓参りをしたりするのか」を取り上げ、必要に応じて、追加された項目について言及したい。

新版6「神話物語はどのように生じたのか。神話物語をどのように扱うのか」が対応する旧版6「神話物語はどのように生じたのか。神話物語をどのように扱うのか」は、神話物語の虚構性を指摘し、次いで妖怪物語について次のように言う。

妖怪物語に至っては、多くが封建社会の産物であり、「六道輪廻」や「因果応報」の思想を含み、描写する対象は多くが「冤罪で死んだ人の霊」や「悪霊」であり、たとえ「冤罪で死んだ人の霊」や「悪霊」でないとしても、荒唐無稽なものばかりである。これらの物語は、人々とりわけ児童に恐怖を与え、迷信観念を強化することしかできず、彼らの自覚の向上に影響を及ぼす。したがって、このような迷信を助長する妖怪物語は、百害あって一利なしである。(15)

旧版6はこれで終わるので、妖怪物語の価値は全否定されたことになる。

新版6は、大部分が旧版6の要約となっているものの、妖怪物語についての扱いが異なる。

妖怪物語に至っては、多くが封建社会の消極的思想の産物であり、「六道輪廻」や「因果応報」などといったものは、人々とりわけ児童に恐れを感じさせ、迷信観念を強化することしかできず、彼らの多くの事物に対する見方に影響を及ぼす。したがって、このような迷信を助長する妖怪物語は有害である。『聊斎志異』などの小説の中の一部の物語は、キツネの精や妖怪を取り上げており、迷信的色彩が濃厚であるけれども、作者は実際にはそれら〔妖怪物語〕によって封建制度と礼教を批判したのであり、したがって積極的意義を持っているのである。青少年に紹介する際は、分析説明を加え、彼らが正確に文化遺産を受け継ぎ、よき部分を選び取り、悪しき部分を除去するよう、手助けするべきである。[16]

新版6は、妖怪物語の価値を部分的に肯定していることになる。

追加された項目である新版24「古典小説や戯曲における神仙妖怪のキャラクターと物語は、どのように扱うべきか」は、新版6の議論から派生していると思われる。この項目は、「古典小説や戯曲に描かれた神仙妖怪の物語は、みな作者の虚構であって、信じてはいけない」とした上で、その種の物語を、旧社会の体制に迎合する意味で「封建的迷信思想を宣揚」したものと、「封建秩序あるいは旧礼教に対する不満と反抗を屈折的に表した」ものとに分け、「分析を加え、是非を弁別しなければならず、特に古人が書いた文芸作品を全て事実であるとみなしてはいけない」とする。[17] 新版6を補完する内容となっている。

新版75「キツネは化けることができるのか」[18]で、『聊斎志異』に言及する（これに対応する旧版45「キツネは化けることができるのか」[19]では言及されない）など、新版ではしばしば古典文学作品を例に取り上げる。新版は、古典文学への態度が旧版と異なるようである。それは、広く、古い時代の遺物に対する態度の違いの反映であるかもしれない。

新版8「新社会において、悪人と邪心のある人はなおも迷信を利用して破壊活動を行うだろうか」は旧版8「新社会において階級の敵はどのように封建的迷信を利用して破壊活動を行うのか」に対応する。旧版の当時から新版の当時にかけての状況の変化に伴い、項目名が変化したのみならず、内容も変化しているようである。

旧版8では、迷信的思想による「破壊活動」について「一、更生が済んでいないミコやカンナギなどの迷信を生業とする者を利用して、群衆の間に各種のデマを流し、各種の迷信活動を行い、どさくさに紛れて利益を手にし、生産を破壊し、社会主義建設を破壊する目的を達成しようとする」こと、「二、階級の敵が自ら神霊のふりをして、人民群衆を脅し、人心をゆるませ、生産を破壊し、集団の財産を窃取し、損害をもたらす目的を達成しようとする」こと、「三、階級の敵が、しばしば宗教を装い、ひそかにアメリカ帝国主義および蔣介石の賊と結託し、各種の反革命活動を行う」ことを挙げ、それぞれに具体例を示し、次のように注意を喚起する。

階級の敵はいつもあらゆる方法で破壊しようとしており、反革命復活の実現を企図している。したがって、我々は決して警戒をゆるめることはできない。政治的警戒心を高め、あくまでも彼らの一切の陰謀と破壊活動を暴きだし粉砕しなければならない。[20]

新版8では、「事実からすれば、新社会でも悪人と下心のある人物は、なおも迷信を利用して破壊活動を行うだろう」と述べた後、建国初期以来の経過を説明する部分に、「破壊活動」の例が現れる。

ある者は迷信を利用して反革命的なデマを流し、群衆を共産党と人民政府に反対するようにミスリードしようとした。ある者は迷信を利用して群衆を脅し、彼らが土地改革、反革命の鎮圧、抗米援朝などの活動に参加するのを阻止した。ある者は少数民族と漢民族を離間させ、紛争を引き起こした。ある者は宗教を装い、或いは反動的な迷信組織を利用し、反革命的な扇動を行い、反乱を策動した。ある反革命分子と悪党地主は自ら神霊のふりをして、群衆を欺き、恫喝した、などなど。中年以上の人ならばまだ記憶に新しいだろう。[21]

旧版8で挙げられた三つの類型に近いものもあるが、それに収まらないものとして、少数民族の問題が加えられている。文化大革命期間の経緯を反映しているのだろう。

次いで、新版8は、現状について、「〔建国以来〕三十年余りが過ぎ、現在でも一部の地方では悪人が封建的迷信を利用して破壊活動を行い、詭計を弄する事件が発生している」として、一九七〇年代後期から一九八〇年代初頭に迷信に絡んで発生した、詐欺、殺人、性犯罪などの事件の例を三つ挙げる(22)。

先の「記憶」と、これら「現在」の事件は、直結するだろうか。新版8が挙げる「現在」の事件は、いずれも旧版8の「二」の類型に近いと言えば近い。しかし、社会主義建設の破壊とか、種々の政治的陰謀が背景にあるとかの、大それたものではなく、むしろ一般的な犯罪行為であると見受けられる。

上記のような〔迷信絡みの〕犯罪活動は、まだ各地に見られる。これは、我々としては新民主主義革命を経たことにより三つの大山を覆し、さらには社会主義改造を経たことにより、すでに大陸から搾取制度と搾取階級を消滅させたが、国内の条件と国際的な影響により、階級闘争が終結しておらず、一定の範囲において長期にわたって存在するせいである。共産党と社会主義を敵視する一部の敵対分子と不法分子は、なおも各種の方法（迷信を利用することも含む）によって破壊活動を行うだろう(23)。

新版8のこの認識は、挙例から考えれば、いささか大げさに見える。より具体性があるのは、その後に続く「別の面では、旧社会が数千年にわたって残してきた迷信的思想は根深く、加えて、相当数の人民群衆の科学教養程度は比較的低く、そのせいで、ごく少数の悪人に、迷信を利用して破壊活動を行う機会が与えられる(24)」という認識だろう。注意を喚起する表現も、「我々は彼ら〔「ごく少数の悪人」を指す〕に対して警戒心を高めるべきであり、決して騙されてはならない(25)」となっており、旧版8の表現とは大きく異なる。旧版の当時から新版の当時にかけて、迷信による「破壊活動」のスケールに対する認識が、変化したのではないかと思われる。新版15「神霊を信じるべきではないのに、なぜ時として死者のために追悼会を開いたり墓参りをしたりするのか」は、旧版11「神霊を信じるべきではないのに、なぜ死後に追悼会を開き、時には墓参をするのか」に対応する。追悼も墓参も、宗教儀式や迷信とは関係がなく、死者の業績を学び死者をしのぶためであるという論旨は共通している。しかし、挙例などが大きく異なる。

旧版11は、追悼されるべき死者の例として一九六三年三月頃から神格化が始まった雷鋒を挙げる。

> ひとりの雷鋒が死に、党の呼びかけのもと、全国の人民が彼に学んだ後、千百万の雷鋒が出現した。(26)

これに対して、新版15は、一九四四年に毛沢東が張思徳の追悼会で行った演説「人民に奉仕する」の内容を紹介し、さらに文化大革命の犠牲者の追悼に言及する。

> 「四人組」が粉砕された後、「文化大革命」において殺害された多くの革命幹部や知識人が名誉を回復されることとなり、彼らに対する「四人組」による誣告の影響を清算するために、この数年、追悼会が開催されたことも、全く必要なことであった。会の席上で弔辞が捧げられ、花輪が並べられ、黙禱が捧げられたのは、死者への哀悼の意を示すものにほかならず、やはり迷信の要素は存在しない。(27)

ここでの例の変更や追加は、文化大革命が影響していると思われる。雷鋒は、文化大革命に固有の偶像ではないものの、文化大革命の記憶が色濃く付随するせいで避けられ、自己犠牲という点で雷鋒と似たような属性を持つ張思徳を毛沢東が追悼したエピソードに変更されたのではないか。文化大革命の犠牲者への追悼の意義を強調することは、文化大革命への反省を前提としているだろう。

旧版11に見られず新版15に現れる内容として、浪費の忌避がある。

今、多くの革命古参幹部は、我が国の目下の経済が依然として立ち遅れており、まさにみなが力を集めて四つの現代化建設を進めている時であると感じて、国家の人的資源と物質的資源を節約するために、追悼会を開かず遺骨を残さない旨の遺言を残している。このような人民のために徹底した革命精神は、広く群衆の感服を受ける。(28)

死後に霊魂が存在すると思って迷信活動を行ったり、見栄を張って浪費したりすることさえなければ、〔追悼活動は〕いずれも非難する余地はない。(29)

浪費の忌避は、新版15から派生していると思われる新版26「民間の祭祀活動にはどのように対処するのか」新版27「身内の葬儀はどのように行うのか」では、より明確になる。

新版26は、華美で盛大な葬儀や迷信に基づく儀式を批判し、次のように言う。

現在、一部の場所では少数の人が群衆の祖先をしのぶ心情を利用して、祖廟や墓の建立といった非合法活動を起こし、これによって封建的思想と迷信的思想を宣揚し、宗族派閥的な観念を撒き散らし、群衆の金銭を詐取している。(30)

また、新版27は、中国共産党員でもある地方幹部による大掛かりな葬儀の例を挙げるなどして、華美で盛大な葬儀を批判し、葬儀は簡素であるべきことを強調し、次のように言う。

節約するべきであり、見栄を張って浪費してはいけない。葬儀を行うために多くの金銭を費やすのは、最も無駄なことである。古い伝統習俗に照らせば、葬儀を行うには必ずそれなりの内容がなければならず、さもなければ「立派な子孫」となり得ず、物笑いの種となってしまうということらしい。我々はこのような古い習慣の勢力の圧力を断固として抑え、葬儀において虚栄を求めず、形式に拘泥せず、弔問客に大盤振る舞いをするなどの俗な挨拶ごとをせず、節約こそが立派であり浪費を恥ずべきであるものとする、新しい思想、新しい気風を確立しなければならない。(31)

旧版でも迷信一般に伴う浪費を戒める内容がないわけではない。しかし、葬儀に関しては、新版15での加筆、新版26および新版27の追加により、新版と旧版には明らかな差異が認められる。これら新版の記述は、華美で盛大な葬儀が行われていた状況や、新版15が言及する四つの現代化政策などを、反映した内容であると言えるだろう。

## 三　第二部以下について

### 1　迷信内容の同質性

第二部以下の各項目では、旧版以後に旧来の迷信と全く無関係に生じたような新しい迷信は見られない。したがって、迷信内容だけに着目する限り、いずれの項目も、旧版にあっても不自然ではないものばかりである。

追加された項目の中から、「新しい形勢と新しい状況」を反映していると思われるものを強いて挙げるならば、新版40「指紋で占うことは科学に合致するのか」新版44「冤罪で死んだ人の霊はほんとうに復讐で人を殺せるのか」新版53「墓地だった土地に家屋を建てると縁起が悪いのか」などがある。

新版40「指紋で占うことは科学に合致するのか」では、新しいタイプの占いが挙げられてはいる。

先頃、街頭で「指紋占い」と呼ばれる印刷物が売られていた。そこには、この種の方法は外国人が発明したものであり、コンピュータによる統計資料に基づいており、一九七〇年代の科学の新成果であり、的中率は九八％以上であるなどと書いてある。占いの方法は、人の性格を三二タイプに分け、誰でも、指紋の形状からどのタイプに属するかを調べれば、自分の性格の良し悪しや一生の運勢がわかるというものである。このような印刷物がいたるところに流れており、工場、学校、さらには〔人民解放軍の〕部隊でも見つかっている。(32)

しかし、「指紋で占うのは別に新しい発明ではない。旧中国では、人相占い師の詐術として人相占い、骨相占い、手相占いの三種類があり、手相占いは指紋占いを含んだ」とされているし、そもそも「指紋占い」は「占い」という迷信の一類型に過ぎないので、迷信内容としては特に新しいわけではない。(33)

新版44「冤罪で死んだ人の霊はほんとうに復讐で人を殺せるのか」は、「現在上演されている」という、霊の復讐譚を内容とする京劇「李慧娘」について、あるべき理解を説明するものである。(34)しかし、これも、迷信内容そのものは、古くからあったものである。(35)

新版53「墓地だった土地に家屋を建てると縁起が悪いのか」は、住宅建設が盛んになりつつあった状況を反映している。

現在、農村では、党中央の農業生産を発展させることに関する正しい政策を徹底していることにより、生産が向上し、農民の生活は広く改善された。農民が金銭を得れば、家を建てて居住条件を改善したくなるのは、当然のことである。家を建てるには、耕作地を占有するのはできるだけ避けるべきであり、荒れた古い墓地があるならば先に利用するよう手配するべきである。この理屈は明らかであり、説明を加える必要もない。しかし、一部の人はそうしようとせず、古い墓地に家を建てるのは縁起が悪いとか、後で災いが続くとか、一家が破滅するなどと言う。(36)

社会の変化が契機となって迷信問題が顕在化しているものの、迷信内容は、死者の霊が祟るなどという、やはり古くからあったものである。

新版にとっては、どのような迷信が存在するかという点では、旧版の当時と比べて、状況が大きく変化したわけではないようである。

もちろん、中には、風水のように、新版の当時までに、一旦は影響力が減じたと思われる迷信もある。新版35「建物の敷地に吉凶があるのか」とそれに対応する旧版21「風水師はどのように人を騙すのか」を見てみよう。旧版21は、次のように、風水師が存在することを前提としていた。

　風水を見るというのは、詐欺であるけれども、このような迷信的習俗は昔からあるもので、また労働人民の科学教養のレベルが低いので、一部の群衆の間にはいまだにその市場が存在する。(37)

これに対して、新版35は、次のように、風水師は存在せず、風水に関する知識だけが残っているという認識を示す。

　解放後、群衆の認識の向上と人民政府の取り締まりにより、風水師はすでに姿を消した。しかし知識に乏しい一部の人の間では、このような迷信的思想の残滓が依然として存在する。農村で宅地を選ぶ際、入り口は大通りに面してはいけないとか建物は真南に向いてはいけないとか、「虎口の地」「龍尾の地」「太歳の地」などと言い、着工を控えるように言う人などが、まだいるだろう。(38)

その上で、「民間の風水に関する迷信的思想は、まだ消滅しておらず、引き続き打破する必要がある」とする[39]。新版は、ある迷信を職業的に積極的に利用する人がいなくなるなどして、その迷信の影響力が減じたとしても、その迷信が知識として無批判なままに存在を続ければ、いつでも悪影響を再発させる恐れがあるということを問題とする認識に立っていたのだろう。どのような迷信が存在するかという点で、旧版の当時と比べて、新版にとって状況が大きく変化したように見えないのは、そのような認識の結果であるとも考えられる。

## 2　農村・農民についての言及

新版と旧版では、否定の対象となる迷信に、基本的には変化がなかった。迷信を科学的思考によって否定するという目的にも変化はない。したがって、表現や具体例が変わっても、議論の方向にはさしたる変化がないように見受けられる。

しかし、迷信がどのように存在するかという点では、新版は旧版と異なる認識を示しているようである。具体的には、迷信と農村・農民との結び付きが、明確になっていることである。もちろん、旧版も、迷信と農村・農民との結び付きに言及する場合がある。問題は、新版が旧版を書き換えた結果、農村や農民への言及を加えている項目がいくつかあるということである。

そのような項目としては、前節で見た新版35「建物の敷地に吉凶があるのか」も一例であるほか、新版38「まじないは病気を治せるのか[40]」、新版58「子供が驚いて失神して目を覚まさないのは、霊魂が出て行ったのか[41]」、新版66「奇形児は妖怪の転生か」、新版98「日食は天のイヌが太陽を食べ、月食は野良の月がほんとうの月を食べるのか[42]」が挙げられる。

例えば、旧版37「奇形児が生まれるのはどういう理屈か」は、次のように言う。

誰かが奇形児を生むと、親戚や近隣の者があれやこれや言い出すことになる。内容は、決まって、霊魂が生まれ変わったとか、前世で悪いことをしたとか、早死にした子供が家に来たとかである。(43)

これに対し、新版66「奇形児は妖怪の転生か」は、次のように言う。

農村では、一部の地方は比較的閉鎖的で、双子が背中や胸でつながっているシャム双生児とか手足に欠損があるとかの奇形児を女性が産むと、みながあれやこれや言い出すことになる。迷信を信じる人は、これは妖怪が生まれ変わったのであって、前世で悪いことをした報いだとか、早死にした子供が家に来たとか言うだろう。(44)

旧版では場所が明示されていなかったのに対して、新版では農村であることを明示している。

このほか、追加された項目に着目すると、新版43「お札と呪文は効果があるのか」(45)、新版47「ある病人が神仏に祈りを捧げた後、病気が確かによくなったのは、本当に神仏の加護があったのか」(46)、新版52「産婦や新妻が家に入ると、その家は縁起が悪いのか」(47)。前節で見た新版53「墓地だった土地に家屋を建てると縁起が悪いのか」、新版87「夜に誰もいない部屋で音が響くのは、霊の祟りか」(48)などが、いずれも迷信と農民や農村を結び付けて議論している。

書き直しや項目の追加の様態からすれば、迷信が問題となる場所として、農村が顕在化していたのだろう。農村の顕在化は、新版にとって「新しい形勢と新しい状況」のひとつだったことだろう。新版「編集後記」に言う、「農村の放送と黒板新聞による宣伝にも使えるよう」という目的は、目的を列挙する中でたまたま挙げてみたという質のものではなく、重要なものだったのかもしれない。

## 四　おわりに

以上、新版と旧版を比較し、新版「編集後記」に言う「新しい形勢と新しい状況」の反映と思われる部分をいくつか指摘した。

新版の刊行から、すでに四半世紀以上が経過している。迷信のありかたもそれを取り巻く状況も変化し、内容的に古くなっている部分がある。この間、一九九九年に同じ上海人民出版社から『迷信を打破する問答百題』第二版が出たようである（未見）。その内容は、どのように変化し、あるいは、していないだろうか。その検討は、今後の課題としたい。

（1）上海人民出版社編、原題『破除迷信問答百題』上海人民出版社、一九八二年一一月。
（2）上海人民出版社編、原題『破除迷信問答』上海人民出版社、一九六三年二月。ただし、本稿では一九六四年五月の第二版第二刷による。
（3）註（1）前掲書、二四三―二四四頁。以下、中国語言説は拙訳により示す。また、訳文の〔　〕内は引用者による補足などを示す。
（4）同前書、二七―三〇頁。
（5）同前書、三〇―三三頁。
（6）同前書、三三―三六頁。
（7）同前書、三六―三七頁。
（8）同前書、三七―三八頁。

(9) 中共中央文献研究室総合研究グループ、国務院宗教事務局政策法規司編『新時期宗教工作文献選編』宗教文化出版社、一九九五年八月、五四－七三頁。
(10) 註(1)前掲書、四八－四九頁。
(11) 同前書、七九頁。
(12) 同前書、四－七頁。
(13) 註(2)前掲書、三－六頁。
(14) 註(1)前掲書、五一－五二頁。
(15) 註(2)前掲書、一五頁。
(16) 註(1)前掲書、一七頁。
(17) 同前書、六四－六六頁。
(18) 同前書、一八九－一九一頁。
(19) 註(2)前掲書、一一一－一一三頁。
(20) 同前書、二一頁。
(21) 註(1)前掲書、二一－二二頁。
(22) 同前書、二二頁。
(23) 同前書、二四頁。
(24) 同前。
(25) 同前。
(26) 註(2)前掲書、二六頁。
(27) 註(1)前掲書、四一頁。
(28) 同前。

(29) 同前書、四二頁。
(30) 同前書、七一頁。
(31) 同前書、七六－七七頁。
(32) 同前書、一一〇頁。
(33) 同前。
(34) 同前書、一二一－一二三頁。
(35) これに関連して、新版71「死人はキョンシーになるのか」に触れておきたい。この項目は、項目名だけを見ると、香港映画で特に一九七〇年代後半からキョンシーを取り上げる映画（例えば、一九八〇年公開のサモ・ハン・キンポー監督・主演「燃えよデブゴン8」、原題「鬼打鬼」など）が続出していることとの関係を想像しやすい。しかし、例として挙げられるのは『聊斎志異』や、村の老人の物語などであり、香港映画との関係が認められるような記述はない。なお、日本にもキョンシーブームをもたらした香港映画「霊幻道士」は一九八五年公開であり、新版に後れる。
(36) 同前書、一四四－一四五頁。
(37) 註(2)前掲書、五五頁。
(38) 註(1)前掲書、一〇一頁。
(39) 同前。
(40) 同前書、一〇五－一〇七頁。
(41) 同前書、一五五－一五六頁。
(42) 同前書、一六九－一七一頁。
(43) 註(2)前掲書、九三－九四頁。
(44) 註(1)前掲書、一七〇頁。
(45) 同前書、一一七－一二一頁。

(46) 同前書、一二七-一三一頁。
(47) 同前書、一四二-一四四頁。
(48) 同前書、二一二-二一四頁。

# 魯迅と京劇

波多野　眞　矢

## 一　はじめに

京劇は二〇世紀中国の変動を顕著に反映して、二〇世紀の間に大きく形を変えた。その変化には、為政者と一般民衆の間にあって、新思潮をもたらし世論を動かす知識人たちの京劇への見方が関与している。京劇に対する最初の激しい批判は、一九一八年に雑誌『新青年』で展開された、五四知識人らによるものであった(1)。魯迅は代表的五四知識人の中でただ一人、伝統劇改革を論じる文章を書いていない。またこの時期だけではなく、その後も演劇を専門に論じた文章は書かないのだが、雑感文など様々な文章の中で、たびたび京劇や梅蘭芳に対する辛辣な言説を書き記している。それらの印象により、魯迅が京劇を嫌い、梅蘭芳を嫌ったこと、また弟である周作人と合わせ、周氏兄弟が京劇を嫌ったことは、中国人の間ではほぼ一般通念となっている。しかし周作人の場合、その記述を追ってみると、五四時期以降京劇に対する思考と評価を徐々に変えていき、最終的にはあるがままの京劇に対して深い理解を示す、というように大きく見方の転換をさせていた(2)。更に胡適の場合は、もともと留学前の上海では好んで京劇を観劇していたが、アメリカ留学以後、表向きは一貫して京劇を否定する態度を取り、一方では梅蘭芳の訪日公演に多大な協力をするなど、両面性を持つ複雑な関わり方を続けていた。それでは一体、魯迅の場合はどうだったのであろうか。本稿では、魯迅と京劇について、魯迅の記述を読むことを中心に整理して考察してみたいと思う。魯迅については、これまでに日本でも中国でも膨大な量の研究が行われてきたことは言うまでもない。しかし管見の限り、日本では、魯迅と京劇というテーマは、まだまとめて論じられていないようである。記述を読み進めれば、魯迅の京劇観は、京劇を批判する側に立った知識人の持つ京劇観の一つとして、際立って特徴的であることがわかる。二〇世紀の京劇を考える上で、周作人・胡適と並び、魯迅の京劇に対する言動も看過することはできないと言える。

## 二　先行研究

魯迅の京劇や梅蘭芳に対する言説をどう受け止めたらよいのか、中国での関心は非常に高く、これまでに多数の随筆や研究論文などで取り上げられている。以下、その概況について簡単にまとめておく。

八〇年代以前は目立った研究はないが[3]、一九八一年の魯迅生誕百周年以後、魯迅研究が活発になり、梅蘭芳と魯迅の両名の記念行事などをきっかけとしてこの話題が持ち出され、以後、議論は断続的に繰り返されている。九〇年代までは、魯迅側、京劇側どちらかの立場に立って、それぞれに解釈や主張を述べているものが多い。そのため、即座に反論が出て論争が起きている。一九九四年の梅蘭芳生誕百周年の際に、上海において作家の柯霊と黄裳の間で論戦となり、それが更に波紋を広げた如くである[4]。具体的な批判の言説については次章で検討するが、魯迅の「男が女に扮すること」「本来俗なものを高雅化することについて」「京劇が象徴主義芸術と称されること」「梅蘭芳が海外公演を行ったことや名誉博士号を取ったこと」「梅蘭芳の支援者（梅党・梅毒）について」

等への批判・風刺に対し、これらは純然たる非難なのかどうか、この梅蘭芳評価をどう見るべきか、が問題の核心となっている。これらの論議の全体を分析した論考もなされている。(5) そうしたものも参考にして大まかにまとめると、京劇側に立つ論者は概して被害者意識を持ち、魯迅の「京劇芸術に対する無理解、深い偏見」を指摘する。(6) それに対し魯迅側に立つ論者は、「魯迅の梅蘭芳批判に賛同する」、「やはり過激に過ぎる」、「批判してはいない」と様々で、「伝統演劇・伝統文化の記号もしくは代表とみなしての批判」、「民族性への反省を促す」など文化や民族心理など多様な角度から研究されている。(7) また、二〇〇〇年前後からは魯迅側・伝統劇側という立場に偏った論争ではなく、中国伝統文化や民間文学、現代演劇の示唆となるものを読み取ろうとする研究、また胡適や毛沢東との比較研究など、それまでとは違う広がりを見せている。(8) また現在も、二〇〇八年末の陳凱歌監督の映画『梅蘭芳』公開によって再び梅蘭芳への関心が高まり、この話題が取り沙汰されている。このように断続的に関心を集め、なかなか火が消えないのは、両名がともに二〇世紀中国を代表する人物である上、いかに魯迅の罵倒の筆鋒の鋭さが著名でも、一方的で辛辣なその内容が思いがけないためであろう。また、新たな傍証の出ない限りは「解釈」の問題であるから、結論が導き出されないこともその原因と考えられる。

## 三　魯迅の伝統劇に関わる記述

以下、魯迅の記述を具体的に読んでいきたいと思う。本稿では、書かれた年代順に時代を追って検討するという方法を取る。社会の変化、京劇の動きなどと結びつけやすく、また魯迅の生涯の中での在り様を見ることができるからである。対象は、本稿で扱う京劇、紹劇、目連戯など伝統劇である。新劇や芸能、映画は含めていない。記述を年代順にピックアップし、ナンバリングしたものをまず一覧に挙げる。以下、このナンバーを各文に附して示す。なお、読解・取捨選択に関しては異見もあると思われるが、この三一篇によって、特徴、傾向は把握できるものと考えている。

◇年代順記述一覧（執筆年月日、タイトル、掲載誌・紙、発表年月日、収録書名）

①一九一二年六月一〇、一一日『壬子日記』
②一九一五年一月一日『乙卯日記』
③一九二二年一〇月「社戯」同年一二月上海『小説月報』一三巻第一二号『吶喊』
④一九二四年七月一六日、一七日、一八日、二六日、八月三日『日記十三』
⑤一九二四年一一月一一日「論照相之類」『語絲』第九期一九二五年一月『墳』
⑥一九二六年六月二三日「無常」『莽原』半月刊第一巻第一三期同年七月一〇日『朝花夕拾』
⑦一九二六年九月二〇日『両地書』四二
⑧一九二六年九月二三日「厦門通信」『波艇』月刊第一号同年一二月『華蓋集続編』
⑨一九二七年一二月二一日「文芸与政治的岐途」（上海曁南大学講演）『新聞報・学海』一九二八年一月二九、三〇日　第一八二、一八三期『集外集』
⑩一九三〇年一月一六日「現代電影与有産階級　訳文、并付記」『萌芽月刊』第一巻　第三期『二心集』
⑪一九三一年一一月二〇日「宣伝和做戯」『北斗』第一巻第三期
⑫一九三三年三月一日「書簡三三〇三〇一致台静農」
⑬一九三三年三月九日「曲的解放」『申報・自由談』一九三三年三月一二日『偽自由書』
⑭一九三三年三月三〇日「最芸術的国家」『申報・自由談』一九三三年四月二日『偽自由書』

⑮　一九三三年四月二四日「大観園的人材」『申報・自由談』一九三三年四月二六日『偽自由書』
⑯　一九三三年六月一五日「二丑芸術」『申報・自由談』一九三三年六月一八日『准風月談』
⑰　一九三三年六月一五日「偶成」『申報・自由談』一九三三年六月二二日『准風月談』
⑱　一九三三年九月七日「電影的教訓」『申報・自由談』一九三三年九月一一日『准風月談』
⑲　一九三三年一〇月一三日「双十懐古」発表されず『准風月談』
⑳　一九三四年二月三日「〝京派〟与〝海派〟」『申報・自由談』一九三四年一月三〇日『花辺文学』
㉑　一九三四年三月二四日「書簡三四〇三二四　致姚克」
㉒　一九三四年四月二〇日「法会和歌劇」『中華日報・動向』一九三四年五月二〇日『花辺文学』
㉓　一九三四年五月三〇日「誰在没落」『中華日報・動向』一九三四年六月二日『花辺文学』
㉔　一九三四年六月四日「拿来主義」『中華日報・動向』一九三四年六月七日『且介亭雑文』
㉕　一九三四年八月六日「看書瑣記一」『申報・自由談』一九三四年八月九日『花辺文学』
㉖　一九三四年八月二四日－九月一〇日「門外文談」『門外文談』一九三五年九月上海天馬書店『且介亭雑文』
㉗　一九三四年九月二〇日「莎士比亜」『中華日報・動向』一九三四年九月二三日
㉘　一九三四年九月二九日「秋夜偶成」『日記』
㉙　一九三四年一〇月三一日「臉譜臆測」発表されず『且介亭雑文』
㉚　一九三四年一一月一日「略論梅蘭芳及其他（上）（下）」一九三四年一一月五日、六日『中華日報・動向』『花辺文学』
㉛　一九三六年九月一九日、二〇日「女吊」『中流』第一巻第三期　一〇月五日『且介亭雑文附集』

表　記述内容分類表

| | | |
|---|---|---|
| A | 京劇の観劇、京劇嫌悪 | ①②③ |
| B | 男が女に扮することへの批判 | ⑤⑭ |
| C | 高雅化、不自然さ（黛玉・天女）への批判 | ⑤⑩㉑㉒㉕㉘㉚ |
| D | スター、「芸術家」への批判 | ⑤⑫㉚ |
| E | 梅蘭芳支持者、「士大夫」への批判 | ⑦⑧⑫㉗㉚ |
| F | 京劇を象徴主義とすることへの批判 | ㉓㉔㉙㉚ |
| G | 梅蘭芳の海外公演への批判 | ㉓㉔㉗㉚ |
| H | 地方劇への懐愛着、素朴さ・自然さへの好感 | ③④⑥⑯⑱㉖㉚㉛ |
| I | 演説、他者攻撃のレトリックとして使用 | ⑨⑩⑪⑬⑮⑰⑲⑳ |

AからGは京劇に対するもの、そのうちBからGはすべて梅蘭芳に関わるものである。Hは社戯、目連戯など地方劇に対するものである。Iは記述内容ではないが、手法として特徴的なため項目を設けた。

Aの内容については、①②③以後は出てこない。Bはインパクトの強い言説であるが、早い時期の二篇以降は言及していない。Dは数が少ないが、年代的な範囲は広い。Eは⑦から始まり、やはり数は少ないが年代の幅は広い。F、Gは梅蘭芳の訪ソ公演と関連するので、㉓から始まる。Hは数が最も多く、また、年代的にも始めから終わりまで分布している。

## 1　魯迅の観劇――日記（一九一二年六月、一九一六年一月）「社戯」（一九二二年一〇月）

まず、魯迅の観劇体験についてまとめておく。

一八八一年に生まれた魯迅は、幼少時に故郷の紹興で地方劇を見て育っている。魯迅が見ていたのは観劇料を払って劇場で見る芝居興業ではなく、土地の風習や信仰と結びついた「社戯（廟会戯）」「目連戯」「大戯」などであった。丸尾常喜は『魯迅「人」「鬼」の葛藤』[9]において、魯迅が親しんだこれらの芝居についても詳細に研究している。それによって簡略に説明すれば、社戯（廟会戯）とは農村で土地廟の祭の際などに演じられた奉納芝居で、目連戯やほかの演目などが演じられた。目連戯は祖霊や亡霊の超度のため上演され、目連救母の物語を演じた。大戯は災害などの際に悪鬼怨魂を鎮めるためのもので、紹興戯の専門俳優によって演じられていた。社戯でも目連戯を演じることがあり、大戯は目連戯の応用と見なすことができる。[10]『故事新編』『阿Q正伝』『薬』の中に目連戯を応用したり影響が見られたりする点についても指摘している。[11]魯迅のエッセー風小説として著名な③「社戯」には、水辺で演じられる社戯を観劇した、子供時代の情趣に富んだ回想が描かれている。『魯迅親友尋訪録』[12]には、一八九八年以後の南京での勉学時代にも、また日本留学（一九〇二年三月－一九〇九年八月）を終えて帰国した後の一九一〇年にも観劇をしていることが記されている。一九〇一年一月八日、寺東社廟での観劇[13]、一九一〇年旧暦六月一八日の寺東での紹興戯観劇、同年七月の昌安門外の松林での目連戯観劇である。[14]社戯、目連戯の鑑賞が魯迅にとって大きな楽しみであったことは、記述内容一覧のHに挙げた通り、後の文章にも幾度となく取り上げられ、郷愁、愛着、賛美に満ちて、どれも肯定的な表現で描かれる。⑥「無常」は、㉜「女吊」と並んで魯迅の好んだ目連戯であり、㉖の「門外文談」にも無常の姿が引用されている。『朝花夕拾』に収められた「五猖会」の祭りや「二十四孝図」「山海経」の図像に対する深い愛着などと並んで、魯迅の神秘的な原初体験の一部を形成している。⑱「電影的教訓」には、立ち回りや虎や火焔や妖怪などを子供たちが喜んで見たことのほかに、物語に感動した芝居について触れられている。

また、他の地方劇で、⑤に一九二四年の西安講演旅行で見た秦腔の易俗社の観劇についての記述がある。演じられたのは、愛国主義宣揚がテーマの新作などで、滞在中に五回も観劇をしており、易俗社への思い入れの深さを感じさせる。この時同行した孫伏園によれば、易俗社の社会教育的演劇活動について、魯迅は早くから知っていて、観劇を楽しみにしていたという。[15]自ら「独弾古調」と揮毫した扁額まで贈り、古い劇種ではあるが、民衆啓蒙という進歩的改良の風の新作劇創作を行っていることを賞賛している。また、日本留学中には、仙台で歌舞伎を見ていたことがわかっている。[16]

それでは京劇の観劇はどうであったか。同じ③「社戯」の冒頭には、これまでの二〇年間で「中国戯」は二度しか見ておらず、その二回も、何も見ないうちに出てしまった、と二度の悲惨な京劇体験があり、それによって以後京劇に別れを告げたことが述べられている。一回目の観劇は、魯迅の日記①を見ると、事実そのままではない。③では民国初年に初めて北京に出てきて、友人に誘われて興味津々で見に行った、と書かれているが、①では天津での観劇と記されている。劇場に誘った友人というのは、教育部の同僚であり、きわめて親しい間柄であった斉寿山で、[17]二人は天津へ新劇の視察という教育部の仕事で赴き、六月一〇日夜は曇天のため公演が中止となり、やむなく丹桂園に京劇を見に行っている。そして翌一一日には、午後天楽園で京劇を見て、夜、広和楼で視察を行った。新劇は『江北水災記』のみで、そのほかは子供による京劇が演じられ、観客はわずか一三〇人あまりだった、というのである。この記述に従えば、京劇を見る機会は実際には三回あったことになる。

③では、大音声と混み合う客席の喧騒、拷問具のような椅子に、ほとんど何も見ないまま劇場を出てしまった様子が描かれている。視察を行った一一日夜ではないとして、一〇日のことであれば、翌日また午後から京劇を見るだろうか。一一日昼であれば、前夜は無事観劇できて、二日目に様子が変わったのか。『吶喊』に収められ

ている小説であり、肝要なのは後半部分の素朴な回想を描くことで、前半の京劇は対比として誇張も含んだものである可能性は高い。二回目の観劇については、③では湖北省災害救済義援公演で、老旦の龔雲甫が目連戯らしきものを演じ、大軸戯（切り狂言）を務める名優・譚鑫培が出るまで、いろいろな役柄が次々に演じるのを辛抱強く見続け、一二時になっても譚が出ないので劇場を後にした、と割合詳しく様子が描かれている。『順天時報』にも、龔雲甫が『目連救母記』の一節『六殿』を演じ、大軸は譚鑫培と陳徳霖、劉永春の『二進宮』だったことが、観劇記の中に記載されている。[18]日記②の記述でも、場所は北京の第一舞台で、一二時に帰ったとあるからこれはほぼ事実と考えられるが、感じた内容は書かれておらず、③の表現が真実そのままかどうか特定はできない。以上のことから、この①②③の後に京劇を見たという記載はないが、それによって見た可能性を否定することはできない。

それでは、梅蘭芳を舞台で見た可能性についてはどうか。梅蘭芳（一八九四－一九六一）は一九一一年秋から人気が出て、一九一三年一一月の上海公演で初めて大軸戯（切り狂言）を務めて大スターとなったので、魯迅の観劇時にはすでに注目される存在であったことは確かである。しかし一九一二年春から初夏にかけては北京で公演をしており、天津で公演したという記録は見当たらない。一九一五年一月一日の義援公演でも、『順天時報』の観劇記に名前は挙がっていない。[19]記載された以外に観劇していたとすれば、見ていないとは断定できない。舞台以外にも、映画で見た可能性もある。梅蘭芳は一九二〇年に『春香鬧学』『天女散花』を撮影しており、一九二四年には五演目を撮影している[20]（すべて無声白黒映画）。レコードは、一九二〇年に六演目を録音している。[21]ただ、それらを鑑賞したという記載は見当たらないが、見ていないとは断定できない。

記述からは言えるのは以下のような点である。幼少時から親しんだ社戯などの観劇には郷愁や愛着を感じて繰り返し見た。地方劇の秦腔にも関心を持って連続して観劇した。京劇に関しては、興味を持って見に行ったものの、舞台下の客席に満ちる異様な喧騒に拒絶反応を起こし、舞台上で演じられる内容や役者の芸の鑑賞には至らないまま、疎外感を感じ、嫌悪を覚え、その後は全く関わりのないこととして観劇をしなかった。しかし、魯迅の意識は複雑で慎重である。観劇していても不用意に事実を漏らさなかった可能性は考えられる。

## 2　梅蘭芳への揶揄――「論照相之類」（一九二四年一一月）

京劇は老生の役者が主体となって発展し、晩清までは、女形役者が劇界のトップに立つということは考えられなかったが、社会の変化に伴い女優や女性の観客も登場し、視覚的要素も重視され、女役が注目を浴びるようになる。梅蘭芳の場合、馮耿光（後の中国銀行総裁）、斉如山（欧州滞在経験のある知識人）など多くの支援者が集まって綴玉軒というブレーン集団を形成し、資金から劇作、衣装や道具、宣伝など様々な面での支援をし、それまでにない集体創作による試みを次々に行った。一九一三年からは時装新戯（現代物の新作劇）の創作・試演をはじめ、一九一五年には昆曲のほか、『嫦娥奔月』『天女散花』など古装新戯（時代物の新作劇）の上演なども行う。一九一九年には京劇初の海外公演で訪日を果たし、一九二四年四月に訪中したタゴールとは、梅蘭芳が演じた古装新戯『洛神』の観劇後の感想や、中国劇の美術などについて語り合っている。また同年一〇月からは二度目の訪日公演を行い、東京・大阪・京都で公演を行った。梅蘭芳以前にも、秦腔の女優劇で早くも時事問題を取り上げた新作劇上演など改良の動きがあった[22]が、梅蘭芳の挙動は大きくて目立ち、追随者がそれに続き、劇界をリードするような形を作っていた。

その一九二四年一一月の⑤「論照相之類」に、魯迅の文中で初めて梅蘭芳の名が登場する。全体は三つの部分から構成され、写真にまつわる内容が次々と書かれる。一「材料之類」では、「毛唐は目玉をくりぬき、塩漬にして写真を取る」など、幼少時のS市で聞いた出鱈目な風説などについて述べ、二「形式之類」では、人々が撮る様々な肖像写真のタイプについて皮肉な論評をする。そして三「無題之類」で、北京の写真館に掛けられる名士の写真は権勢の得失によって入れ替わるが、変わらず掛けられている梅蘭芳が俎上に上げられる。厚ぼったい目と唇の『黛玉葬花』の林黛玉・『天女散花』の天女の写真を、小説で読んだ黛玉がよもやこんな福々しい容姿とは思わなかった、と揶揄する。来訪したタゴールと唯一光栄な握手をしたのも梅蘭芳、トルストイやニーチェやゴーリキー他多くの芸術家ではなく、写真館に掛けられるのは梅蘭芳、「惟有这一位〝艺术家〟的艺术、在中国是永久的[23]（この「芸術家」の芸術のみが、中国では永遠だ）」と、梅蘭芳が「芸術家」として遇されることをあげつらう。男が女を演じる男旦（女形）は男女両方から愛され、「我们中国的最伟大最永久的艺术是男人扮女人[24]（中国で最も偉大で永久な芸術は男が女を演じること）」というフレーズを、最後にも「我们中国的最伟大最永久、而且最普遍的艺术也就是男人扮女人[25]（中国で最も偉大で永久で、しかも最も普遍的な芸術もやはり男が女を演じること）」と繰り返す。一、二と合わせて、愚昧な中国人への痛烈な批判を感じさせる流れだが、写真そのものよりも、「なぜ梅蘭芳がそんなに歓迎され芸術家扱いされるのか」に比重が置かれている。

書かれた時期から言っても、タゴールとの会見や訪日公演が動機であろう。梅蘭芳が『天女散花』を初演したのは一九一五年一〇月、『黛玉葬花』は一九一六年の一月のことで、一九二四年当時はすでに梅蘭芳の演目として定着していた。訪日公演の際にもこの二つが演じられている。魯迅は以後も、『天女散花』『黛玉葬花』『貴妃酔酒』以外の芝居については言及せず、これらの演目だけを繰り返し批判している。京劇役者を写真という視覚的要素で切り取って論じている点については、実際に北京の写真館で写真を見たことが直接の契機であったかもしれないが、美術へ強い関心を持つ魯迅独特の視点である。㉕「看書瑣記」には、文学には普遍性はあるが、読者の体験によって変化する、ということの例で、林黛玉に誰を思い浮かべるか、という内容が書かれている。[26]四〇年前であれば『紅楼夢図詠』（改琦作）であろうが、今は梅博士の「黛玉葬花」の写真から得た先入見を排除すれば、断髪した、インド更紗の服を着た、すらりとして寂しげなモダンガールだろう、というように、そこでもビジュアルイメージを用いて端的に語る。そもそも京劇のような演劇で、魯迅が感受した『紅楼夢』の人物は描けないと考えていた。孫伏園は「楊貴妃」の中で、先に述べた西安旅行の際、本来は楊貴妃を題材にした話劇の脚本を書こうとしていたが、結局断念したことを述べている。そのことを説明するのに「黛玉葬花」を例に出し、「魯迅先生怕看〝紅楼梦〟这一类戏，他对我说过，就为的不愿破坏他那白纸黑字得来的完美的第一印象。」と記している。楊貴妃が完成しなかったのも、「完美」なイメージと異なる実際の西安を見てしまい、イメージが破壊されたから、というのである。[27]「怎么写」では、『紅楼夢』は読んでも、『林黛玉日記』は一頁で小半日不愉快にさせられる、とも言っている。[28]また、梅蘭芳はこうした芝居とはタイプの異なる「時装戯」で、時事問題を扱った現代女性も演じた。しかしこれは京劇の演目として二〇年代以降まで定着しなかったから、批判対象にならなかったとしても理解できる。ほかにも『木蘭従軍』（一九一七年三月初演、劇中で更に男装して武具を扱う）や、代表演目の一つとなる『覇王別姫』（一九二一年一月初演）など、武芸達者で意志の強い女性が主人公の新編劇もあったが、それらを論じることはない。つまり、「古装新戯」の主人公は一般庶民の女性ではなく、梅蘭芳に合わせて作られた、典雅で浮世離れした文人たちの理想的女性であり、しかもそれが魯迅の抱くイメージとかけ離れた不愉快なものだったということに、魯迅の批判の矛先が向いたのである。

次に、「男が女に扮すること」それが「中国の最も偉大で永遠普遍な芸術」という、二度繰り返される揶揄のフレーズについて考える。五四時期の『新青年』誌上での伝統劇批判では、男旦についての批判は見受けられない。その後の文明戯、話劇においては、一九二三年九月に洪深が胡適作『終身大事』を男女合演で上演するまで、女優が不足していた上、男女が舞台に立つことへの道徳的忌避という理由もあって、男性俳優が女性を演じることが一般的であった。魯迅が幼少時に見ていた晩清の地方劇で男が女に扮することはあったし、日本で見た歌舞伎の女役についても、死の二日前に鹿地亘・池田幸子夫妻が訪問した時に牡丹灯籠やお岩の話を楽しそうに語っている。[29] 魯迅がここで批判をしたのは、やはり梅蘭芳に関連して、という要因が大きいだろうが、この文章が執筆される前年の一九二三年一月に起きた、魯迅も関わったエロシェンコの劇評事件[30]も要因の一つではないか。そこでは「男が女に扮すること」への批判が重要なポイントになっている。魏建功ら北京大学の学生が演じたトルストイ劇で男子学生が女性役を演じ、エロシェンコは劇評で「文明国の中で男女が同じ舞台に立てないのは、恥かしく、惨めなことだが、中国だけだ」と嘆いている。当時の魯迅とエロシェンコの間の近さから考えても、両者の言葉には共通するものが感じられる。男が女に扮することへの批判・反感の全般については、別に稿を改めて考えたいと思う。

このように名指しで批判された梅蘭芳は、この文について沈黙しているのでどう受け止めたかはわからない。しかし、古装新戯創作の路線は変わらず、訪日公演からの帰国後、一九二五年に『長恨歌』『長生殿』に材を取った楊貴妃劇『太真外伝』、一九二七年には『紅楼夢』の一節『俊襲人』を新たに作っている。更に一九三〇年にはアメリカ公演を実現させ、二つの大学から名誉博士号を送られる。過去、役者はずっと賤業であったから、このような学位を授与されたのは空前の出来事である。

## 3　論戦——上海時代（一九二七年以後二〇篇）

厦門大学、そして広州中山大学の教授を経て、魯迅は一九二七年一〇月に上海へと移動する。この上海時代に、数量的には⑨から㉛まで、二二篇の文章で伝統劇や京劇、梅蘭芳に触れている。その中で、タイトルに梅蘭芳の名を出して論じる一九三四年の㉚「略論梅蘭芳及其他」、幼少時に見た地方劇を語る一九三六年の㉛「女吊」は別に論じることにし、二〇篇について考えたい。

当時の文壇の状況であるが、一九三〇年に左翼作家連盟が成立し、国民党の厳しい言論統制に抵抗しつつ、民族主義文学論争、自由人・第三種人論争、大衆語論争など、多くの論争が戦わされ、論戦が繰り広げられた。魯迅は左翼作家連盟の主要メンバーであり、様々な筆名で、現状の風刺、反対派への攻撃などの文章を発表して戦っている。そのような状況で書かれたものであるから、短い文章の一言一言に、即効性のある大小様々な毒や刀を潜ませてある。それらの中で、他者攻撃のレトリックとして梅蘭芳の名を持ち出し、読者・聴衆をひきつけたり、誰かの隠喩として梅蘭芳を批判したりする。たとえば⑳「〝京派〟与〝海派〟」では、京派・沈従文と海派・杜衡の論争があり、それに対して、京派か海派かは出身で決まるわけではない、梅蘭芳は本籍は江蘇省であっても、芝居は真正なる京派だ、と引き合いに出す。誰にでもわかりやすい比喩として使っていて、ここでは特に梅蘭芳を非難しているわけではないが、梅蘭芳「博士」という表現で梅蘭芳自身を皮肉ることも忘れてはいない。

一九三三年には八篇、一九三四年には一一篇と、この二年間は特に多い。一九三三年はまず、⑫「書簡・致台静農」に語られるバーナード・ショーの訪中があった。ショーと中国劇について話す梅蘭芳の言葉を魯迅は見下すが、「梅毒」たち、つまり梅蘭芳の毒に中った熱狂的支持者が多いから、梅の言葉が賞賛されるのも異とするに足らず、と言う。梅を取り巻く支援者やファンたちの集団はやはり魯迅の批判対象である。

続いて、⑬「曲的解放」⑭「最芸術的国家」⑮「大観園的人材」⑯「二丑芸術」⑰「偶成」⑲「双十懐古」㉒「法会和歌劇」㉘「秋夜偶成」では、国民党政府や政策に対する批判の文脈で使われる。⑬では、伝統劇の形式を用いて、日本軍の熱河占領当時、熱河省主席だった湯玉麟を丑（道化役）に仕立てて、短い風刺喜劇を作劇している。⑭「最芸術的国家」は、再び「中国で最も偉大で永久で普遍的な芸術は男が女に扮すること」というフレーズを用いている。しかしここではすでに「枕」である。男が女の扮装をするという粉飾の意味から、科挙・

捐班という「固有文化」に施された「民国」という粉飾が剝げ落ちた状態を批判し、または男から見れば女、女から見れば男に見えるということから、二面性・中庸とつなげて、中国を芸術的、中庸の民族だと述べている。前述の⑤「論照相之類」では京劇、梅蘭芳批判であったが、この文ではそこに比重は置かれていない。また、⑲「双十懐古」はほかの雑文とは異なり、「自分の三年前の写真を見るように」、三年前の上海の大小各新聞の切り抜きの見出しが、ただ列挙されている。その深意に関してはここで論じないが、その中で、一〇月五日に「蔣介石の政治犯大赦要求」などの見出しと並んで「程艶秋の公演盛況」があり、そして一〇月一〇日には土匪や海賊の跋扈、「南昌市　裸足を取り締まる」と並んで「程艶秋　国慶節を祝賀」とある。男旦・程艶秋の名はここにしか出ないようだが、列挙された事件から類推すれば、「国民党政府に供される」というような意味にとれ、好意的でないことは明白である。

一方、地方劇はやはり好意的に描かれている。⑯「二丑芸術」では、浙東のある地方に、横暴な若旦那や権勢を笠に着る宰相の腰巾着に扮する「二丑」という役柄があり、今の世にもこういう人たちがいる、庶民たちには明白で、とっくに舞台上に登場させているのだ、と言う。地方劇に現れた、庶民の世相風刺を快く見ている。⑱「電影的教訓」では、映画の話から遡って相対的な身分について語られるが、子供の頃、農民の子たちと一緒に筋など関係なく見ていた芝居の中で、一つだけ感動させられた、主人の身代わりで死ぬ老僕の物語『木誠を斬る』について触れている。㉖「門外文談」では、大衆語論争を受けて、中国語表記のラテン化提唱を促し、大衆語文を提唱すれば文学の質が低下するというものではないことの例として、⑥「無常」にも書かれた、目連戯に登場する無常の人情味あふれる様子をそのセリフとともに引用し、民間の芝居に描写された無常の人物像は、文学者による描写よりはるかに優れている、とする。

さて、梅蘭芳の方は、訪米公演成功のあと、一九三一年には余叔岩・張伯駒らとともに、国劇学会及び国劇伝習所を設立、京劇の研究・継承という学術的な活動も始め、一九三三年には居を移した上海で、抗戦をテーマにした新作京劇『抗金兵』を初演する。一九三四年には欧州、ソ連公演の計画が持ち上がり、ソ連が無産階級とはかけ離れた京劇や梅蘭芳を迎えることについては多くの論議がなされた。㉓「誰在没落」㉔「拿来主義」㉗「莎士比亜」㉙「臉譜臆測」では、訪ソ公演と、それに対する議論に関連して書かれている。ソ連で盛んな象徴主義は京劇にもあてはまり、京劇は写実演劇とは違って象徴主義である、という新解釈に対する反駁と、梅蘭芳の訪ソ公演を支援する施蟄存や杜衡、第三種人への攻撃である。㉗「莎士比亜」ではソ連の政治方策の変化を指摘した施蟄存を、訪ソ公演で『貴妃酔酒』を演じるかもしれない梅蘭芳を支援して、資産階級の余毒のみならず、国粋にも染まろうとしている、と突き刺す。㉙「臉譜臆測」は、京劇が象徴主義かどうかに関し、田漢が臉譜（隈取り）の色の意味は象徴的手法であると述べたことを受けて書かれる。赤は忠勇、青は妖異、白は奸詐を表す、という説明に対し、「忠義の人の思想は簡単で顔も赤くなりやすい。永遠に中立を守る第三種人の場合、一部は青に、一部は白く、ついに鼻は白が目立つだろう（道化役は鼻の周囲を白くする）」、とこの部分に傍線を付して、現代の風刺という「なかなか面白い」、「別の意味ある遊び」に応用して表現している。

以上の上海時代の文章を振り返ると、ほとんどが国民党政府や第三種人や論敵に対する風刺、攻撃のために書かれた文章である。その中に、自在に操れる武器のように、楽しげにさえ感じられるほど軽妙に、皮肉な口調で「梅蘭芳・梅博士」「梅毒」などを多用する。「京劇のスター役者、それをとりまく人々とその大げさな活動」という「梅蘭芳現象」自体も魯迅の嫌悪と攻撃の対象の一つではあるが、それを表にも裏にも取れるよう巧妙に戦いの中に用いていていたと言える。

## 4　専論でない専論――「略論梅蘭芳及其他　上・下」（一九三四年一一月）

タイトルに梅蘭芳の文字が入った唯一の専論が㉚「略論梅蘭芳及其他　上・下」である。それと同時に「其の他」も含めた略論であり、梅蘭芳の訪ソ公演・象徴主義の問題と施蟄存・杜衡批判を重ねている点では、㉓、㉗や㉙と同列の文章である。

上篇では、かすかに憐憫の情を感じさせる筆致で、「現在の有名な梅蘭芳」を、他の役者と対比させて論じる。「ガラスケースに入れられ、優雅な「天女散花」や「黛玉葬花」をやらされ、彼が芝居をやるのではなく芝居が彼のために作られている。訪日・訪米公演は、周辺に輝きが及ぶときには中心の光が消えているようなものだ。」このあわれな状態は、女役である梅蘭芳を崇拝する梅党の士大夫たちが手を出したことが原因で、「いつも民間のものを奪い取る」彼ら士大夫の目に適うよう高雅にされ、多数の人には遠い存在になってしまった、と言う。それに対し、冒頭部分では士大夫に操作されなかった老生の名優・譚鑫培を挙げる。譚の場合はひいきにした西太后という権力者を憚って手出しができなかったと但し書きがつく。次に挙げられた同じ旦の地方劇の山西梆子、河北梆子の老名優・十三旦の場合、士大夫に囲われてガラスケースに閉じ込められていないから、高齢でも満座の喝采を浴びる、と評価する。更にもう一人、それは士大夫によって高雅にされる前の、生き生きと活気あふれる「梅蘭芳自身」である。ここで魯迅が梅蘭芳を二人に分けている点は注目に値する。批判と嫌悪の対象である梅蘭芳と、十三旦同様、士大夫たちの高雅な賞玩物になり下がっていない、素朴だが虚飾がない、多数の人々とともにある、魯迅にとって肯定的な梅蘭芳である。だが、この文章の最後は魯迅の思惑通りのペシミスティックでアイロニカルな言葉で結ばれる。「然而梅蘭芳対记者说，还要将别的剧本改得雅一些。[31]（けれども梅は記者に向かって、更にほかの脚本をもうすこし雅なものに改めたいと語っている）」

下篇は、「しかも梅蘭芳はさらにソ連に行こうとしている。」から始まる。そのあと梅蘭芳の訪ソが物議をかもしている様子を描き、施蟄存と杜衡の言動を持ち出すのは、上述の㉓などと全く同列である。梅蘭芳は芸術のための芸術で、第三種人であるという梅蘭芳批判もするが、最後まで、杜衡らの言葉をもじった揶揄や暗喩が続いて、話は芝居とはかけはなれていく。上下合わせてこの文章を読むと、二人目の梅蘭芳を登場させたことにより、梅蘭芳を歪めた人々と、更に歪めようとしつつある人々への批判を強く感じさせ、結局この文章の重点は「及其他」に置かれている、と感じさせる書き方である。

梅蘭芳は一九三五年にソ連公演を実現させ、エイゼンシュテインは『虹霓関』を映画に撮影し、メイエルホリド、スタニスラフスキー、ブレヒトらから高い評価を受けた。その後欧州視察を経て、八月に上海にもどる。これ以後、魯迅の文章に梅蘭芳の名前が出ることはない。

## 5　目連戯への愛着――「女吊」(一九三六年九月)

最後に、魯迅が亡くなる一カ月前に書かれた㉛「女吊」(首吊り女の亡霊)を見ておきたい。魯迅が書いた、最後の伝統劇に関わる文章である。「紹興には、特色のある亡霊が二種ある、一つは死に対する無力を表しながら、無頓着である「無常」であり、すでに『朝花夕拾』で紹介する光栄を得た。」そしてもう一つをここで紹介する、と言う。「復讐の性格を帯びた、他のあらゆる亡霊よりも美しく、力強い亡霊」の登場する目連戯を、三〇〇〇字もの長さで順を追って解説を加えながら、臨場感あふれる詳細な描写で書き表す。日記を見れば、この頃は発熱が続いて須藤医師が毎日注射にやって来ている。この文の収められた『且介亭雑文末編』の前の一篇は、九月五日に書かれた「死」である。すでに自分の死が目の前に迫っているという認識があったと思われるのだが、情熱にあふれ、回想しながら書く喜びの伝わる文章で、驚かされる。普通の芝居とは違い、招待される観客は、供えられた位牌、神、亡霊、横死した怨霊である。厳かな緊張の中、儀式が行われていく。色々な芝居が演じられ、そして白い顔に赤い唇の魅惑的な首吊り女の亡霊が登場する。紹興の首吊りの亡霊は、時には復讐も忘れて身代わりを探す。文章は、人間の皮をかぶった圧迫者についての諷刺をして結ぶのだが、三〇〇〇字の長さはそれを書くためではない。そこまでに表現された圧倒的神秘的情景の中では最後の部分はもはや単なる付け足しで、長年の習慣で書いているにすぎないか、もしくは「女吊」を書いたことに対しての無理な正当化か理由付けのようにすら感じる。

魯迅にとって目連戯は、最晩年の病床にあってすらこれほどまで詳細に描写できるほど、印象深い事象であった。ここで役を演じているのは、プロの役者ではない。途中、舞台の布に首をからませる首吊り男が出てくるが、これだけは危険なので専門の人を頼み、あとはアマチュアばかりである。役者の名声や、自分のための新作など関係しない、ただその土地と風俗とに一体化した、神と霊たちと人間とが一緒に過ごす神秘的体験の場である。

## 四　魯迅の京劇批判

以上述べてきたように、魯迅は目連戯などに対してはどんな要素についても愛着を持ち、否定的に語ることはない。そのスタンスは揺らぐことがなく、明確で一貫している。一方京劇については、ほぼ梅蘭芳に特化しているが、「男が女に扮すること」「イメージを破壊する天女や黛玉や楊貴妃」「芸術家とされ、象徴主義とされること」などを批判し、更に京劇を歪め操作する「士大夫」たち、「第三種人」、国民、国民性につなげて批判をしていた。しかし京劇自体を全面的に批判しているわけではなく、生き生きと庶民とともにある京劇は肯定的に見られていた。

京劇や梅蘭芳への批判は魯迅だけでなく、ほかからも上がっている。魯迅以上に激しい批判として、たとえば瞿秋白の『乱弾』「代序」（一九三一年九月）では、完全に一般庶民と隔絶して貴族紳士たちの賞玩物となった昆曲の変遷を述べて批判し、更に乱弾（様々な田舎芝居、ここでは京劇の前身を指す）の京劇までもがそうした人々のために雅になったことを厳しく指摘する。[32] また、一九二九年一月一五日に出版された、鄭振鐸主編の『文学週報』第三五三期では、「梅蘭芳専号」が組まれ、一二編もの梅蘭芳を罵倒する文章が収められている。[33] 記述によれば上海における梅蘭芳フィーバーが契機となったという。鄭振鐸による巻頭の「打倒男扮女装的旦角——打倒旦角的代表人梅蘭芳」では、これまでずっと京劇に対する反感を抱いてきたが、「真正なる芸術を提唱するために虚偽の芸術を攻撃して消滅させる必要がある」とし、梅蘭芳をその代表として「打倒」を叫ぶ。また、倒霉による「工具」という文章では、梅蘭芳の人気の理由を「梅蘭芳是發洩變態性慾的工具（梅蘭芳は変態的性欲を満たす道具である）」とする。瞿秋白の場合は、真正面から理路整然と説いた正論である。かたや『文学週報』は、全体として魯迅よりはるかに過激で激昂したあからさまな表現による、梅蘭芳打倒を目的とした攻撃である。そうした批判と今まで見てきた魯迅の場合を比較すると、魯迅は明らかに質が違う。打倒や全面的非難を叫ぶことも、正面から論説することもない。皮肉な冷笑を浮かべ、巧妙かつ自在に、読み手をぎくりとさせるような批判の仕方をする。魯迅は「論照相之類」の収録された『墳』の「題記」にあるように、「天下不舒服的人們多着，而有些人們却一心一意在造专给自己舒服的世界。这是不能如此便宜的，也给他们放一点可恶的东西在眼前，使他有时小不舒服，知道原来自己的世界也不容易十分美满。[34]（世の中には愉快でない人々が沢山いる。それはそう都合よくさせてやるわけにはゆかぬ。ところがある人々は一意専心、自分のために愉快な世界を造ろうとつとめている。それはそう都合よくさせてやるわけにはゆかぬ。彼らの眼の前に少しは憎らしいものを置いてやって、時には少し不愉快な目にあわせてやり、自分の世界も完全無欠にはなかなかならぬものだということを、思い知らせてやりたい。）」と考えていたのである。早い時期に、多くの嫌悪の対象の一つとして、京劇や男旦の梅蘭芳を嫌った。それは上海時代も変わらず続き、隆盛ぶりを面白くなく感じる一方、文章の中でそれを有用な素材として、別の批判対象、より高次の批判対象にぴったりと縫いつけて、副次的にも読めるよう用いたということだ。

また、魯迅が目連戯などへの愛着を否定せず批判対象は京劇に限られていた点で、他の多くの五四知識人たちが進化論によって京劇以外も含めて伝統劇そのものを批判していたのとは大きく異なる。林毓生の『中国の思想的危機』「Ⅵ魯迅の複雑な意識」では、魯迅の意識の特徴を「伝統破壊主義的総体論と、伝統中国のいくつかの価値観に対する思想的・道徳的信奉の間の、深刻で解決不能の葛藤」にあるとし、卓越した分析をしている。その中で、魯迅の民間劇の神秘性への好奇心に対し、そうした総体論的伝統破壊主義に反対するモチーフは彼の主義姿勢の正当性を問題にするものであったにもかかわらず、中国の伝統の道徳的（もしくは反道徳的）な側面に対する不快感とは別に、彼の意識の私的な領域においては審美的に身近かなものと感じていた、と指摘している。そして、「彼を魅了したのはまさしくそれらに特有の中国的特質であって、芸術の普遍的・通文化的側面のそれらへの表れや、それらの技巧上の可能性ではなかったのである。」と述べている。(35) この中では京劇への批判については触れられていないので、この分析を用いて考えてみれば、次のようなことが言えるであろう。民間劇、つまり目連戯、秦腔などは、総体論的伝統破壊主義に反対するモチーフで、魯迅が信奉するものに属す。しかし京劇の場合は、更にそれが総体論的伝統破壊主義に則った批判対象であると同時に、反対するモチーフたり得る存在である。なぜなら、素朴で民衆とともにあったはずの芝居が、伝統的士大夫たちによりその理想にかなう高雅なものに不自然に飾りたてられた、と捉えているからである。そこに不快感、嫌悪感を覚えるのも適合している。そしてその民間劇的素朴な部分に対しては、肯定的な捉え方をした——おそらくその唯一の発露が、(30)の「もう一人の梅蘭芳」だったのである。目連戯などに比べ、京劇が魯迅の信奉する要素の中に占める割合はいかにも小さく、文章の中では論戦の武器の一つにすぎない。微細ながらも、魯迅の激しい相対論的伝統破壊主義とそれに反対するモチーフが同居した、矛盾した存在であり、それゆえに批判を繰り返したのだ、と言うことができよう。

演劇は観客や社会の中から生まれ、観客や社会の要請を受けて絶えず変化をする。魯迅が生きた時代の晩清から民国にかけての京劇は、変革が叫ばれて伝統劇から近代劇へとちょうど大きな変化を迎えていた時期にあった。南方出身の魯迅にとって、北方都市の演劇や観劇法になじまず辟易したであろうことは容易に理解できる。西太后にも愛され清宮で演じられ、字句の発音や唱法、動作のすみずみまで演技術は洗練され、「役者を贔屓にする」習慣があるなど、京劇は魯迅がすでに持っていた確固とした伝統劇観に適合した素朴な芝居ではなかった。それが更に、魯迅にとって批判すべき人々の手により、梅蘭芳の古装新戯に代表される、魯迅が感受していたイメージを破壊するような「梅蘭芳の京劇」という形式による不愉快なリライトで具現化され、ますます素朴さから乖離するような変化を見せた。それに熱狂する論敵たちの様子もまた、魯迅にとって批判すべき事態であった。魯迅が揶揄や皮肉や打撃を与えた対象は、この梅蘭芳だけに絞られた。黛玉や楊貴妃に美を感じるというのも、「総体的伝統破壊主義」から言えば「反対のモチーフ」に属し、許しておけない感情である。それを梅蘭芳が具現化した際の過剰なまでの反応は、まさにそれを証明している。そして、そうした批判を繰り返したということは、魯迅の複雑な意識における深刻な葛藤に、魯迅が真摯に対峙していたことの表れと見ることができる。

のちに魯迅は「聖人」に祭られる。京劇は、士大夫とは別の高次の力により、幾千もの芝居をすべて否定して、人民のために革命を宣伝して英雄しか描かない、両手の指にも満たぬ数しかない、絶対的な人民の教科書へと成り変わった。魯迅の愛した「無常」や魅惑的な「女吊」については言うまでもない。魯迅のこれらの言辞は、多くの人や社会には不可解であれ皮肉な「京劇批判」と読まれ、京劇全体が魯迅の嫌悪と攻撃の対象と目されたことは、京劇にとって不幸なことであった。京劇は魯迅の意識の表層においてさしたる重みを持つ事象ではないながらも、葛藤と戦いにより一貫した京劇批判をした魯迅は、裏を返せば、実は京劇と誠実に相対していた観客であったからである。

（1）拙稿「五四時期の伝統劇論争について」『近代中国都市芸能に関する基礎的研究』平成九－一一年度科学研究費基盤研究（c）研究成果報告論文集。
（2）拙稿「周作人と京劇――その京劇観の変遷」（『國學院中国学会報』第四七輯、二〇〇一年一二月）。
（3）黄艾仁「浅談魯迅対京劇的意見――読書札記」（『江淮論壇』一九六五年一月）では、文革前、魯迅の京劇への批判をいかに京劇改革に生かすかについて書かれる。
（4）柯霊「想起梅蘭芳」（『読書』一九九四年第六期）に端を発し、『文滙読書周報』紙上で黄裳と柯霊の論戦が繰り広げられ、更に杜浙「魯迅与梅蘭芳和柯霊」（『書城』一九九四年一一期）、袁良駿「再談魯迅与梅蘭芳―兼向杜浙先生請教」（『魯迅研究月刊』一九九五年四期）などに波紋を広げた。
（5）李城希「二〇世紀〝魯迅与中国伝統文化〟研究回顧」（『魯迅研究月刊』二〇〇三年第四期）、胡淳艶「魯迅論梅蘭芳問題研究述評」（『戯劇芸術』上海戯劇学院学報、二〇〇七年第四期総一三八期）。
（6）徐城北「魯迅与梅蘭芳」（『伝統文化与現代化』一九九八年第三期）、蔣星煜「魯迅先生論梅蘭芳――略論梅蘭芳及其他」（『文芸争鳴』一九八七年第五期）。
（7）劉一新「也談魯迅対中医和京劇的看法」（『魯迅研究動態』一九八四年第五期）、杜浙「魯迅与梅蘭芳和柯霊」（『書城』一九九四年一一期）など。
（8）廉文澄「魯迅中国伝統戯曲的審美情趣」（『西安教育学院学報』一九九九年第二期（総三九期）、彭万栄「魯迅的戯劇観」（『武漢大学学報』第五六巻第三期、二〇〇三年五月、王志蔚「批判与接受：魯迅与胡適対梅蘭芳的文化選択」『（学術探索』二〇〇七年六期）。

（9）丸尾常喜『魯迅「人」「鬼」の葛藤』岩波書店、一九九三年。

（10）前掲書、三三頁。

（11）前掲書、一三九－一四三頁。

（12）張能耿『魯迅親友尋訪録』党建読物出版社、二〇〇五年。

（13）前掲書、一七二－一七三頁。また、『周作人日記』大象出版社、一九九六年、一九一－一九二頁に「午飯後開舟至寺東社廟観戯大哥往観予不去（略）夜予亦去観更鶏一劇頗佳夜半回寝」とあり、魯迅は昼から観劇し、周作人は夜になってから見に行ったことが記されている。

（14）張能耿　前掲書、四六三－四六四頁。

（16）仙台における魯迅の記録を調べる会『仙台における魯迅の記録』平凡社、一九七八年、一七三－一七四頁。森徳座という劇場の歌舞伎公演で、しばしば魯迅を見かけたという日本人の同級生の証言が記載されている。

（17）魯迅を京劇に誘った友人の斉寿山は、奇しくも梅蘭芳のブレーンとなる斉如山の実弟である。梅蘭芳と斉如山が出会うのは一九一二年の秋なので、①の時点ではまだ知り合ってはいなかった。許寿裳と並ぶ程の親友である斉寿山を通して、後々京劇とのつながりが生じなかったものか。一九一三年九月五日の日記には、斉寿山から斉如山の著作『説戯』を贈られたという記載がある。九月の購書目録にも記録されている。しかし、同一六日にはほかの本と一緒に周作人あてに郵送して、手放してしまっている。現在の所、京劇では二人はつながりがないと見た方がよいようである。

（18）『順天時報』一九一五年（民国四年）一月五日、第五版。

（19）「第一舞台顧曲記」に切符は二元で六〇〇〇枚発売され、許徳義・朱桂芳の『取金陵』、孟蒲斎・黄潤甫の『黄金台』、王瑶卿・楊小朶・謝寶雲の『樊江関』、龔雲甫の『六殿』、大軸は譚鑫培と陳徳霖、劉永春の『二進宮』についての評が書かれている。

(20) 梅蘭芳『我的電影生活』中国電影出版社、一九六二年。一九二〇年に商務印書館が『春香鬧學』『天女散花』を、一九二四年に民新影片公司が華北電影公司に委託して『西施』羽舞、『霸王別姫』剣舞、『上元夫人』払塵舞を撮影している。
(21) 百代公司『嫦娥奔月・汾河湾・虹霓関・木蘭従軍・天女散花・黛玉葬花』一九二〇年。
(22) 吉川良和「晩清北京の戯曲改革と秦腔」(『人文学報』東京都立大学人文学会、一一二号、一九七六年一月)。
(23) 『魯迅全集』人民文学出版社、二〇〇五年、第一巻、一九五頁。
(24) 前掲書、一九六頁。
(25) 前掲書、一九六頁。
(26) 前掲書、第五巻、五六〇頁。
(27) 孫伏園『魯迅先生二三事』湖南人民出版社、一九八〇年、及び竹村則行『楊貴妃文学史研究』研文出版、二〇〇三年、「一七　魯迅の未完腹稿「楊貴妃」について——時間旅行の幻滅——」三八七-四〇四頁。
(28) 『魯迅全集』第四巻、二四頁。
(29) 丸山昇『魯迅・文学・歴史』汲古書院、二〇〇四年、二三八頁。
(30) 孫玉石「北大新演劇与五四文化批評品格——以魯迅与魏健功関於愛羅先珂的筆墨之交為中心」(『魯迅研究月刊』二〇〇二年第七期)。
(31) 『魯迅全集』第五巻、二〇〇五年、六一〇頁。
(32) 瞿秋白『乱弾及其他』波文書局、一九七三年、三-五頁。
(33) 『文学周報』文学周報社、一九二九年、第三五三期。
(34) 『魯迅全集』人民文学出版社、二〇〇五年、第一巻、三-四頁。
(35) 林毓生著、丸山松幸・陳正醍訳『中国の思想的危機　陳独秀・胡適・魯迅』研文出版、一九八九年、一三五-二〇一頁。

# 頼声川の「相声劇」について
## ――究極の「語る」演劇――

飯塚　容

## 一　はじめに

一九五〇年代以降、フランスから全世界に広まった前衛劇「アンチテアトル」では、従来の演劇を構成していた要素がすべて否定された。その中には、筋書きや人物造形と並んで、台詞や対話も含まれる。ベケットらの不条理劇では、しばしば対話はすれ違いに終わって成立しない。台詞は極端に少ないか、逆に多い場合にはとりとめのない抽象的モノローグの形式を取ることが特徴的だった。

中国語圏の演劇でこうしたポストモダンの傾向を代表するのは、ノーベル賞作家・高行健の劇作であろう。その作品内容と特色については、すでに論じたことがある。(1) もともとフランス演劇に造詣の深かった高行健（現在はフランス国籍）がたどった軌跡に、何ら不思議はない。それは世界的視野に立つ、新しい東洋演劇の創造という実験だった。

ところで、同様に西洋演劇のドラマツルギーに精通し、中国語圏の演劇をリードしている劇作家に頼声川がいる。彼は一九八〇年代に台湾で「表演工作坊」という演劇団体を結成し、翻訳劇と創作劇を両輪として活動してきた。中でも、中国の伝統芸能の一つである「相声」(漫才)の形式を使った「相声劇」は、演劇におけるリアルな対話の面白さを再認識させると同時に、廃れかけていた伝統芸能「相声」の復活にも大きく貢献したのである。

その後、表演工作坊の「相声劇」は代表的なレパートリーとしてシリーズ化され、台湾のみならず、香港、そして中国本土でも人気を博している。日本ではほとんど知られていない[2]頼声川の「相声劇」、究極の「語る」演劇の全貌とその特色を順を追って明らかにしてみたい。

## 二　頼声川と表演工作坊[3]

頼声川は一九五四年、ワシントンで生まれた。原籍地は江西省会昌、父親の頼家球は中華民国駐米大使館の一等書記官だった。母親は屠玲玲、上に兄・頼声羽がいる。一九六二年、父親がシアトルの領事館総領事となったため、シアトルに移る。さらに一九六六年、父親が外交部情報局の局長兼報道官となったため、台北に移った。その父親は一九六九年、四六歳の若さで癌のため急逝してしまう。そのとき、頼声川はまだ一四歳だった。

一九七二年、輔仁大学英語系に入学。建国中学(高校に相当)時代から絵画と音楽を愛好していた彼は翌年、学友たちと忠孝東路に音楽喫茶「アイディアハウス」を開設し、ギターの弾き語りで多くの観客を集めた。当時の台北で、「アイディアハウス」は若者文化の中心地となっていたという。

一九七八年、「アイディアハウス」で知り合った丁乃竺と結婚。きわめて珍しいチベット仏教の様式で婚礼を行ったらしい。頼声川の仏教に対する関心が、早くもここにうかがえる。結婚後、二人は渡米し、カリフォルニア大学バークレー校に学ぶ。頼声川は演劇研究所、丁乃竺は教育研究所に所属した。頼声川の指導教授はオグデン（Ogden）、また一九八三年に客員教授として赴任したオランダ・アムステルダム・ワークシアターの演出家・ストルーカー（Strooker）に、集団即興創作のノウハウを学んだことが、後々大いに役立つ。

この年の夏、頼声川は優秀な成績で博士号を取得すると、台湾に戻り、新設された国立芸術学院（二〇〇一年より、国立台北芸術大学と改称）戯劇系に赴任した。アメリカに残る道もあったが、著名な劇作家の姚一葦（戯劇系主任兼教務長）から直接の誘いがあり、帰国を決意したという。

劇作家としてのスタートは一九八四年、集団即興創作の形式で、『我們都是這様長大了』『摘星』『過客』を完成させた（演出はいずれも頼声川）。このうち、『我們都是這様長大了』と『過客』は、国立芸術学院戯劇系の学生指導の産物で、大学生の生活体験をもとにしている。前者と柯一正監督の同名映画、後者と魯迅の同名作品はまったく関係ない。『摘星』は、当時台湾の小劇場運動の中心的劇団だった「蘭陵劇坊」との共同制作。頼声川の妻・丁乃竺、その妹・丁乃筝が女優として参加している。また、この公演を通して頼声川は、蘭陵劇坊の中心人物である金士傑、李国修と知り合った。

この年から、頼声川夫妻はチベット仏教の僧侶を台湾に招く活動を始めている。実際、こうした信仰心が彼の創作上のインスピレーションとエネルギーを支えるものとなったようだ。

そしてこの年の一一月、頼声川は独自の演劇集団「表演工作坊」を結成する。これは当初、決して大規模な劇団組織ではなく、頼声川が李国修と李立群の二人と「相声劇」の上演について相談するうちに出来上がった小グループだった。この経緯については、次節の最後に詳述する。

一九八五年三月に上演された『那一夜、我們説相声』が大成功を収めたおかげで、表演工作坊は一躍、台湾演劇界の寵児となった。同じ年に上演された『変奏巴哈』は、再び国立芸術学院戯劇系の授業の成果。当時の頼声川は香港の演出家ダニー・ユン（栄念曽）、さらにはアメリカ前衛劇の演出家ロバート・ウィルソンの影響を受けていたとのことで、かなり抽象性の強い、実験的演劇となっている。

次に表演工作坊の演目として上演され、彼らの名声を確立したのが、一九八六年三月の『暗恋桃花源』だった。この作品は、のちに頼声川自身の手によって映画化され（一九九二年）、東京国際映画祭のヤングシネマ・コンペティション部門でシルバー賞を受賞した。劇場公開されたので、日本人にもなじみがある。国共内戦中の上海で生き別れになった恋人同士が四〇年後に台湾で再会する悲劇「暗恋」と、陶淵明の『桃花源記』に材を取った喜劇仕立ての時代劇「桃花源」が、劇中劇の形でクロスオーバーする。涙と笑いの向こう側に台湾人のアイデンティティーなどの問題が浮かび上がる、奥行きの深い作品だった。主演は金士傑、李立群、顧宝明、そして丁乃竺。丁乃竺はこの作品を最後に女優をやめ、以降はプロデューサーとして表演工作坊の仕事にかかわっていく。

この年、頼声川は国立芸術学院戯劇系のために、もう一つの作品『田園生活』を創作している。台北市のアパートの四つの部屋に暮らす人々を描く群像劇だった。

翌八七年に頼声川が創作・演出した表演工作坊の作品は、『円環物語』と『西遊記』。前者はシュニッツラー『輪舞』にヒントを得た都会の喜劇。後者は台北市国家戯劇院の求めに応じて共同制作した音楽劇である。

またこのほかに、陳立華演出で上演されたハロルド・ピンターの『昔の日々（Old Times）』（『今之昔』と改題）では、翻訳を担当している。この作品は表演工作坊による外国劇上演の嚆矢となった。

この年の四月、ネパール、インドへ聖地巡礼の旅をする（その後も、インド、ブータンなどへ同様の旅を続ける）。続く五月には、香港芸術センター主催の演劇フォーラムに参加。郭宝崑（シンガポールの劇作家）、高行健らを知る。中国語圏全体を視野に入れた演劇活動を始める契機となった（翌八八年一月には、郭宝崑の招きでシンガポールを訪れ、余秋雨、ダニー・ユン、高行健らとともに講演を行っている）。

一九八八年に表演工作坊の上演はない。国立芸術学院戯劇系（前年に姚一葦が退職したのにともない、頼声川は戯劇系主任となっていた）が上演したのは『落脚声――古厝中的貝克特』。ベケットの小品『来去（行ったり来たり）』『無言劇Ⅱ（言葉なき行為Ⅱ）』『戯（芝居）』『什麼 哪裡（なに どこ）』『俄亥俄即興（オハイオ即興劇）』『落脚声（あしおと）』の翻訳と演出を頼声川が担当した。観客が四合院を移動しながら、六つの短劇を見ていくという実験劇だった。

一九八九年の表演工作坊の演目は、『回頭是彼岸』と『這一夜、誰来説相声？』。前者は現実社会と武侠小説の世界を融合させた大型劇で、戒厳令解除後の中台関係をテーマとすると同時に、仏教的な死生観も反映されている。後者は「相声劇」の第二作で、初の海外公演（シンガポール）作品となった。これについては別途詳述する。

一九九〇年は国立芸術学院（頼声川は新設された戯劇研究所の所長に就任している）で、チェーホフの『かもめ』を翻訳（脚色）・演出した。

表演工作坊の演目では、『非要住院』（トム・ストッパードのテレビドラマにもとづく）の脚本（陳立華と共同）、『来、大家一起来跳舞』の脚本（丁乃箏、黄建業と共同）を担当している。また、表演工作坊はこの年、『回頭是彼岸』のシンガポール公演と『這一夜、誰来説相声？』の香港公演を行った。

一九九一年に入ると、『這一夜、誰来説相声？』のアメリカ公演（ニューヨーク、ロサンゼルス、サンフランシスコ）、『暗恋桃花源』の再演を経てのアメリカ、香港公演と、海外進出がさらに加速する。新作は李立群による一人芝居の『台湾怪譚』。これは「単口相声（一人漫才）」の形式を援用しているので、「相声劇」シリーズの変種と考え、節を立てて取り上げる。

このほか、年末には国立芸術学院戯劇系のために、ヴァン・イタリーの『面接試験』を翻訳・演出した。

一九九二年、映画版『暗恋桃花源』が完成し、九月に台湾で公開。その後、東京国際映画祭に出品された。

一九九三年には、二本目の映画『飛俠阿達』を撮る（翌年七月に台湾で公開）。

表演工作坊の仕事としては、五月に上演された『厨房鬧劇』（原作はエイクボーンの『変人称単数』）で、翻訳・脚色を担当している（演出は陳立華）。また、『那一夜、我們説相声』の新版が一〇月に上演されている。

一九九四年、新版の『那一夜』はアメリカ、シンガポールを巡演。頼声川は母校カリフォルニア大学バークレー校で、客員教授として教壇に立った。表演工作坊での新作は、創立一〇周年記念作品『紅色的天空』。老人ホームに暮らす老人たちの日常を描く。頼声川が師と仰ぐストルーカーの代表作『黄昏（Avenrood）』にヒントを得たものだという。この作品は年内にアメリカ公演が実現し、その後、香港版、中国大陸版が制作され、頼声川の代表作の一つに数えられるようになった。

一九九五年は表演工作坊で二つの翻訳劇を手がけた。『一夫二主』（原作はゴルドーニの『二人の主人を一度にもつと』）の翻訳・脚色・演出、そして『意外死亡（非常意外）』（原作はダリオ・フォーの『アナーキストの事故死』）の翻訳・脚色（演出は金士傑）である。また、この年には連続テレビドラマ『我們一家都是人』の脚本と演出もつとめている。

一九九六年は表演工作坊の『情聖正伝』（原作はニール・サイモンの『最後の愛』）で、丁乃箏、陳立華とともに翻訳・脚色を担当。また、『新世紀・天使隠蔵人間』（原作はトニー・クシュナーの『エンジェルス・イン・アメリカ 第一部至福千年紀が近づく』）で、翻訳と演出をつとめる。

一九九七年、表演工作坊が「相声劇」シリーズの新作『又一夜、他們説相声』を上演。これについては別途詳述する。

一九九八年は活躍の目覚しい一年となった。『先生、開個門！』は、香港芸術センターで行われた「中国旅程九八」の参加作品として制作された。中国語圏の一二人の劇作家が新作を持ち寄るという企画である。二〇分以内のショートドラマ、出演者は二人、舞台装置は中国伝統劇の規則通りに机一つと椅子二つのみという条件が課されていた。頼声川は深圳から上海に向かう列車の中という設定で、台湾のビジネスマンと中国の女性列車長の対話を芝居に仕立てた。

表演工作坊の新作『我和我和他和他（私と私、彼と彼）』は、これをさらに発展させたものではなかったか。商談のため列車で香港へ向かう中国の企業主と、その交渉相手で飛行機に乗っている台湾の財閥の娘の自我の分裂を描く。この作品は台湾での初演のあと、香港で開催された「華文戯劇節」（隔年開催の中国語圏演劇祭）にも参加している。表演工作坊の演目ではもう一本、『絶不付帳！』（原作はダリオ・フォーの『払えない 払わない』）で、頼声川は翻訳と舞台設計をつとめた（演出は丁乃箏）。

さらにこの年は、郭宝崑の招きでシンガポール実践話劇団の『霊戯』を演出、香港話劇団の招きで香港版（広東語版）の『紅色的天空』を演出、さらには北京で大陸版『紅色的天空』を演出と、多忙をきわめている。北京人民芸術劇院の名優・林連昆が主演した大陸版『紅色的天空』は翌九九年、北京のあと上海、天津で上演を続け、さらに里帰りして台北でも披露された。

一九九九年に表演工作坊が上演した新作は『十三角関係』。議員とその妻、愛人をめぐる喜劇の形で、台湾社会を諷刺した。また、この年にはキャストを一新した第三版の『暗恋桃花源』が上演されている。

二〇〇〇年三月、表演工作坊は頼声川作・演出の『菩薩之三十七種修行之李爾王』をもって、香港で開催された「実験シェイクスピア」演劇祭に参加した。この年の末に上演された「相声劇」シリーズの新作『千禧夜、我們説相声』については別途扱う。

この年にはほかに、国立芸術学院が上演した『如夢之夢』がある。新任の若い医師が瀕死の病人の語る昔話を聞くという形で進行する幻想的な劇で、頼声川の仏教思想が反映されている。観客の四方で、時間、空間、人物が曼陀羅図のように変化する、八時間に及ぶ大作だった。のちにこの作品は香港話劇団、そして表演工作坊によって再演されることになる(4)。

二〇〇一年は『千禧夜』の台湾各地での巡演、および中国（北京、上海）での公演があった。表演工作坊の新作は、『一婦五夫』と『等待狗頭』。前者はゴルドーニの『宿屋の女主人』を脚色したもの、後者はベケットの『ゴドーを待ちながら』である。頼声川版『ゴドー』の特色は、観客席から舞台へと伸びる四〇メートルの長い道にあった。

二〇〇二年、改組された国立台北芸術大学戯劇学院の初代院長に就任。北京での大陸版（小劇場版）『千禧夜』上演（北京・北劇場）、香港話劇団の『如夢之夢』上演では、いずれも演出をつとめた。また、この年の九月に急逝した郭宝崑追悼のため、年末にシンガポールへ行き、『新加坡即興』を記念上演する（香港話劇団の俳優との合作）。

二〇〇三年、表演工作坊の新作は『在那遥遠的星球、一粒沙』と『乱民全講』。前者は、失踪した夫の帰りを待つ妻（夫は宇宙人に連れ去られたと信じている）の話。SARS流行中の公演にもかかわらず、多くの観客を集めたという。後者は、台湾人の生活の一コマを断片的につなぎ合わせた諷刺喜劇である。

二〇〇四年、『在那遥遠的星球』がシンガポールの「華人芸術祭」に参加。頼声川は、先のテレビドラマの続編『我們両家都是人』の脚本と演出を担当した。

二〇〇五年、「相声劇」の最新作『這一夜、Women説相声』の初演（ついで、シンガポールの「華人芸術祭」にも参加）。この作品については後述する。また、表演工作坊が創立二〇周年を記念して、『如夢之夢』を上演した。

二〇〇六年、初演から二〇年を経過した『暗恋桃花源』の「二〇〇六台湾版」と「二〇〇六北京版」を制作。台湾版は台湾各地を巡演した。一方、北京版は翌年にかけて、北京、上海、西安、深圳、広州、南京、成都、重慶、長沙を巡演している。なお、この年に頼声川は国立台北芸術大学の職を辞することになり、これを記念して「頼声川劇場芸術国際シンポジウム」が開催された。

二〇〇七年には、香港話劇団が『暗恋桃花源』の香港版を制作。さらに、香港話劇団、表演工作坊、中国国家話劇院が共同で「両岸三地合作版」を制作し、香港および北京で上演した。また、『這一夜、Women 説相声』の両地版（内地版）も制作され、深圳、広州、北京、蘇州、上海を巡演している。

年末、新作『如影随行』が台北で初演された。二つの家族の六人の人物のストーリーが複雑にからみ合う。前年、頼声川がスタンフォード大学に客員教授として招かれたときに制作した英語劇『Stories for the Dead』にもとづくという。翌〇八年には台湾各地を巡演。シンガポールの「華人芸術祭」にも参加した。大陸版も制作され、上海、北京、蘇州で上演されている。

『這一夜、Women 説相声』の両地版は〇八年も引き続き、寧波、上海、北京、南京、深圳などを巡演した。

新作の『陪我看電視』は、北京の中央電視台が新社屋に付設する「華匯時代劇院」の柿落としのため、頼声川に依頼して作った演目。二〇〇八年九月の深圳を皮切りに中国の各地を巡演し（肝心の北京は建設中だった中央電視台ビルの火災の影響で上演中止）、二〇〇九年七月の台北凱旋公演に至った。一台の白黒テレビがたどった運命を通して、一九八〇年代以降の中国社会の変化を描く。

表演工作坊の最新作は〇八年末に初演された『宝島一村』。国民党政府の移転とともに台湾に渡ってきた外省人の「眷村」（キャンプ）に暮らす人々を描く。さらにもう一つ、頼声川の新作という意味では、『水中之書』がある。香港話劇団の求めにより脚本と演出を担当した作品で、二〇〇九年三月に初演された（広東語による上演）。金融危機で不安を抱える現代人が何とか人生に楽しみを見出そうとする姿を描く。タイトルは仏典に由来しているという。

以上見てきたように、頼声川の二〇数年来の活躍には目覚ましいものがあった。とりわけ、ここ数年の活動は台湾だけにとどまらず、中国語圏の演劇界を席捲する勢いである。

## 三　「相声」と「相声劇」(5)

### 1　相声の歴史

相声（日本の漫才に当たる）の源流は春秋戦国時代の「俳優」（芸人）や唐代の「参軍戯」（道化芝居）にまで遡ることができるというが、現在行われている相声の発生は清の同治年間（一八七〇年ごろ）とするのが妥当なようだ。民間に伝わる笑話をもとに、物まね、伝統演劇、その他各種の芸能の要素を取り入れて成立した。

初期の芸人に、張三禄、朱紹文、阿彦濤、沈春和らがいる。相声の四大技能は「説」（語る）、「学」（まねる）、「逗」（笑わせる）、「唱」（歌う）であるが、そのいずれにも秀でていたのが朱紹文だった。相声の開祖と称される所以である。

続いて登場したのは、焦徳海、李徳錫ら、名前に「徳」の字がつく八人の芸人で、「八徳」と呼ばれた。彼らによって、相声は北京から天津、さらには唐山、保定、済南、および東北各地にまで広まっている。

これを受け継ぎ、一九四〇年代の天津を中心に活躍し一派を成したのが、張寿臣、常宝堃、侯宝林、馬三立である。ここに至って相声は高い芸術水準を獲得した。また、彼らの作品は抗日戦争期という時代背景もあいまって、強烈な社会諷刺性を備えている。

中華人民共和国成立後、共産党の文芸政策の下、老舎や侯宝林らによって相声の改革が進められる。色事にかかわる題材や身体的欠陥に触れる表現は一掃された。相声は教育的役割を担うことになり、旧社会を諷刺すると同時に新中国を讃美する内容の作品が大量に出現した。また、一方では整理を経た伝統演目も盛んに演じられる。とりわけラジオを媒体として、全国的に相声は庶民に愛される娯楽の一つとなった。この時期の著名な芸人として、馬季、唐傑忠、趙振鐸、李伯祥、常貴田らが挙げられる。

一九六六年から一九七六年の文化大革命期、相声の芸人は「反動的学術権威」「牛鬼蛇神」として打倒され、一〇年以上にわたって空白の時代が続いた。文化大革命終結後、「四人組」の醜態を笑いものにする作品で、相声は息を吹き返す。党の新しい政策「四つの現代化」を讃える作品が現れる一方で、社会諷刺性、娯楽性の強いものも好調で、姜昆、馮鞏、笑林、趙炎らが歓迎を受けた。

その後、相声は娯楽の多様化にともない、相対的地位を下げた。特にテレビ時代を迎えて、小品（コント）に客を奪われた観がある。ただし、ライブ公演は依然として根強い人気を得ており、二〇〇五年ごろから急激に売れ出した郭徳綱のようなスターも生まれている。

## 2　相声の技巧、形式、構造

相声の技巧のうち、「説」には単に物語を述べるだけでなく、詩を吟じたり、早口言葉を言ったり、しゃれを飛ばしたりすることも含まれる。リズムよく長台詞を一気呵成にまくし立てる「貫口」という技もある。「学」には物まね、人まねのほか、方言をまねる「倒口」（別名「怯口」）という技が含まれる。「逗」はギャグで笑わせること。そのネタを「包袱」（風呂敷）と呼ぶ。「抖包袱」（風呂敷を振り広げる）と言えば、仕込んだネタを披露する意味になる。「唱」は民謡や芝居の一節を歌うこと。相声と伝統演劇の結びつきは強く、芝居の歌まねの技を特に「柳活」と呼ぶ。

相声には三つの演技形式、「単口相声」（一人漫才、日本の漫談、落語に当たる）、「対口相声」（二人漫才）、「群口相声」（三人以上による漫才）がある。「単口相声」は最も早く成立した形式で、作品数もいちばん多い。いくつかの段落に分かれた長篇作品もある。「対口相声」は、「逗哏」（つっこみ役）と「捧哏」（ぼけ役）の掛け合いで進行する。「逗哏」が主役で「捧哏」の台詞が極端に少ないタイプのものを「一頭沈」、両者が互角に議論を戦わせるタイプのものを「子母哏」と呼ぶ。「群口相声」は三人以上で演じられる。三人の場合、「逗哏」と「捧哏」のほかに「膩縫」という役柄が存在する。「逗哏」と「捧哏」による「子母哏」の展開に、調停役の「膩縫」がからむという形式である。

相声の作品は、「墊話」「瓢把」「正活」「攢底」から構成される。「墊話」はいわゆる「まくら」で、即興性が強い。ここで芸人は客をつかむ。「瓢把」は「墊話」と「正活」をつなぐ部分。簡潔で洗練されていなければならない。「正活」はメインとなる物語。いくつかの段落に分かれる。各段落に「包袱」（ギャグ）を入れる必要がある。「攢底」はクライマックス。最後に最大の「包袱」を残しておかなければならない。

### 3　台湾の相声

もともと北方の芸能である相声は、国民党政権の台北遷都によって台湾にもたらされた。創始者は陳逸安。一九四九年に台湾に渡り、一九五〇年代以降、呉兆南、魏龍豪と協力して相声を根付かせた。呉と魏は北京人で、相声については「票友」（アマチュアの演芸家）だったが、台湾でラジオの相声番組に出演して名声を得た。六〇年代には多くのレコードを残している。

しかし、台湾における相声はあくまで外省人のノスタルジーに訴える娯楽に過ぎず、広範な観衆に受け入れられることはなかったようだ。一九七〇年代に呉兆南がアメリカに移住してから、台湾における相声は衰退の一途をたどる。一九八〇年代に頼声川の「相声劇」が登場する前の時点で、相声は瀕死の状態に陥っていたという。

表演工作坊の「相声劇」の大成功によって、相声を専門とする新たな上演団体が登場した。一九八八年には、もともと頼声川の学生で表演工作坊の「相声劇」にも出演することになる馮翊綱が、宋少卿とともに「相声瓦舍」を結成した。また、一九八六年に成立した「漢霖民俗説唱芸術団」、一九九〇年に成立した台湾東海大学「蒼鶻曲芸団」、一九九三年に成立した「台北曲芸団」などは、相声のみならず多様な伝統芸能を上演している。

## 4 「相声劇」の誕生

一九八四年、蘭陵劇坊との合作で李国修、金士傑と意気投合した頼声川は、子供のころに慣れ親しんだ相声が台湾で下火となり、まさに消失しようとしている現状を憂慮し、慨嘆した。そこで相声を素材として、文化の盛衰を描く「相声劇」を創作し、これをもって相声への「祭文」(弔辞)としようと考えたという。たまたま、金士傑はフルブライト奨学金を得てニューヨークへの留学が決まり、この企画に参加できなくなった。代わって白羽の矢が立ったのが、当時コントやトークショーで人気を博していた李立群だった。当初は「蘭陵」の名義での上演を考えたが劇団の同意を得られなかったため、頼声川、李国修、李立群は「表演工作坊」を組織する。

三人は中国および台湾の著名な相声の録音テープを大量に集め、それを聴くことから勉強を始めた。魏龍豪ら多くの関係者を訪ねて、相声の構成法と歴史を理解し、練習を重ねて相声の基本を身につけた。頼声川の演劇理論と企画力、李国修の舞台経験と演技力、李立群の言語感覚と話術が理想的に融合したところに、「相声劇」は誕生したのである。

## 四　『那一夜、我們説相声』

「相声劇」シリーズの第一作であると同時に、表演工作坊の旗上げ公演でもあった『那一夜、我們説相声（あの夜、我々は漫才をした）』は一九八五年三月、台北市南海路の国立芸術館で初演された。演出は頼声川、出演は李立群と李国修。劇は五つの「段子」（漫才の一演目に当たる）から成り、プロローグとエピローグがつく。「段子」と「段子」の間に短い「過場」（幕間の「つなぎ」）がある。

プロローグは一九八〇年代台北市の西洋レストラン「華都西餐庁」、ナイトショーの司会者二人が本日の出し物を紹介する。いまや廃れつつある伝統的民俗芸能「相声」の大家を招いたという。ところが、その大家（舜天嘯と王地宝の二人）は現れない。司会者は苦し紛れの笑い話で、何とか時間をつなぐ。この時点で、観客は完全に「相声」の話芸に引き込まれている。この比較的長いプロローグの前半は、作品全体の「墊話（まくら）」として巧みに計算されたものであることがわかる。いくら待っても大家が現れないので、司会者たちはやむを得ず、扮装して舜天嘯と王地宝になりすます。かくしてプロローグの後半は偽物の大家による、ぎこちない「相声」の実演となる。この部分は「段子一」への「瓢把（つなぎ）」に当たるものだろう。

話題に困っていた二人はようやく恋愛というテーマを見つけ、段子一「台北の恋」が始まる。現代の台北の話なので、基本的には台湾の「国語（共通語）」による日常会話。間違い電話がもとで知り合った彼女との初デートから別れまでが語られる。「相声」の技術としては、電話をかける場面で「貫口（早口の長台詞）」の応用があった。彼女の面影から前世の記憶がよみがえるという展開に、この作品全体に通底する「歴史の再検証」というテーマが暗示される。

「過場」で一九六〇年代の服装に着替えた二人は、段子二「テレビと私」を語り始める。経済発展にともなって庶民の生活も豊かになった台湾。テレビを買った男の家に隣人たちが押しかける。テレビ番組中心の生活、テレビに振り回される人々、この時代に台湾の文化のあり方は大きく変わったのだろう。集まった隣人の中には、上海語、閩南語、山東語、広東語を話す者がいて大混乱。ここでは、「相声」の「倒口（方言のまね）」の技巧が使われる。

「過場二」は楽屋での二人の会話。大陸から連れてきた犬が行方不明になった話が出る。これが「瓢把（つなぎ）」となって、段子三「防空記」が始まる。日本軍による激しい空爆を受けていた戦時下の重慶。私設の防空壕での、つつましくも華麗な生活が語られる。椅子や机をしつらえ、間に合わせの料理と酒を用意して、いい加減な詩作に興じているうちに重慶は大空襲を受けて壊滅状態となる。

段子四「記憶と忘却」はさらに時代を遡って民国初年、「五四新文化運動」のころ。舜天嘯と王地宝は、いよいよ伝統的「相声」の芸人らしくなっている。舜天嘯が台詞を忘れてしまうという導入部から、人間の記憶力というテーマに話が進む。中国新文学の重要な作家・徐志摩の故事を織り込むところに、ハイブラウな味わいがある。記憶力のいい人の長台詞に「貫口」の技巧。また、六年前に上演された芝居の内容を詳細に覚えているという話で、「柳活（京劇の歌まね）」の技巧が披露される。

段子五「終着駅」は清末、一九〇〇年の北京。王地宝は葬式見物が趣味で、ある日、自分と同姓同名の男の葬儀に出くわしたと語る。一方、舜天嘯は鳥を飼うのが趣味だが、不注意から鳥を逃がしたり死なせたりしたという。そして最後は直隷大地震の日。目覚めると家はつぶれていた。街に出た舜天嘯は、段子一から四までの登場人物たちの幻覚を見る。

エピローグは再び「華都西餐庁」。素に戻った司会者二人は、ナイトショーを締めくくる。

それぞれ独立している五つの段子は相互に関係があり、全体として二〇世紀の中国人がたどってきた歴史が明らかになる。また、「相声」が歩んできた歴史も同時に示される。しかも、いずれの歴史も衰退の歴史なのである。表面的な笑いとは裏腹に、この作品の基調はペシミズムに染め上げられている。

なお、本作は集団即興創作という形式のため、本来、固定的な脚本がなかった。上演の翌年、当時国立芸術学院の学生だった馮翊綱が、ビデオにもとづいてテキスト化し、単行本（皇冠出版社、一九八六年）の刊行に至ったという。また、上演のカセットテープが発売され（飛碟唱片、一九八五年）広く流布した。

その後、一九九三年一〇月に新版が再演されたとき、出演者は李立群と馮翊綱に代わった。脚本も手を加えられ、特にプロローグと段子一「台北の恋」の部分が一九九三年の時点の世相に合わせて改変された。新版を収録したビデオおよびＤＶＤ（群声出版、一九九四年）によって、その内容を確認することができる。ただし、その後出版された二種類の単行本[6]は、いずれも一九八五年版を基本とするテキストを収録している。

## 五　『這一夜、誰来説相声？』

「相声劇」の第二作『這一夜、誰来説相声？（今夜、誰が漫才をするのか？）』は、一九八九年九月、台北市の国立芸術館で初演された。出演者は李立群、金士傑、陳立華。一九八七年の戒厳令解除、大陸への親族訪問解禁、一九八八年の李登輝総統就任という政治状況の変化を反映して、形式は同じでも前作とは内容の異なる作品が生まれた。一九八九年六月に大陸で起こった「天安門事件」も何がしかの影響を与えているだろう。作品のテーマは、まさに「両岸関係」という敏感な問題である。

プロローグは「華都西餐庁」。司会者の厳帰と鄭伝（二人の名前をつなげると「言帰正伝」＝「本題に戻る」の意となる）

は、戒厳令解除後の世相を諷刺した「墊話（まくら）」のあと、大陸から招いた「相声」の大家（常年楽、白壇の二人）の登場を告げる。ところが、現れたのは白壇（「白談」＝「むだ話をする」に通じる）のみで、師匠に当たる常年楽は台湾到着後行方不明。鄭伝が探しに行き、白壇と厳帰は間に合わせの漫才を始めることになる。

段子一「出航」の話題は四〇年前の上海。白壇の父親はあと一歩で台湾行きの船に乗りそこなった。質屋を経営していた父親は、顧客から船の切符を手に入れ、大混雑の中で懸命になって乗り込んだ。ところが、その船はソ連行きだったというオチである。

段子二「難民の旅」は二つのパートから成る。その一「国と家」は、厳帰の父親が台北付近の「眷村」（外省人居住区）で過ごした日々の話。そこは一種の難民キャンプだった。まるで中国地図そのままに、各地域からの移住者が区分けされて暮らしていたという。言葉の聞き違えから起こるドタバタが、「倒口（方言のまね）」の技法を使って描かれる。

その二「羊を増やして国に報いる」は、白壇が語る文化大革命中の下放先での話。人民公社の生産大隊で飼っている羊を増産せよという命令に応えるため、様々な荒唐無稽な方法を試みるが、いずれも失敗。最後は絵に描いた羊で上級幹部の視察をごまかす。

常年楽先生の行方はまだわからないという鄭伝の報告（過場）を挿んで、段子三「言語の芸術」が始まる。テーマは話術。厳帰は小学六年生のとき、スピーチコンテストに参加した経験を話す。国民党政府のスローガン「青年の心得」を織り込んだスピーチだった。一方、白壇は大陸での話術は「闘争」のために不可欠だったと語る。試みに白壇は厳帰に自己批判を迫り、言葉と平手打ちで完全に打ちのめす。そのやり方は文化大革命期の紅衛兵方式である。これに対し、厳帰は「青年の心得」で反撃して白壇をやり込める。闘争のコツを素早くつかんだのは同じ中国人だからというブラックなオチで幕。

「過場」で鄭伝は常年楽先生の宿泊先から、先生の贈り物「笑神」の像を持ち帰る。舞台奥に安置された「笑神」が見守る中、白壇と厳帰は仕方なく漫才を続ける。

段子四は京劇の演目「四郎探母」をもじった「四郎探親」で、大陸への「探親」（家族訪問）がテーマとなる。厳帰の父親は、開放政策が始まる五年前に親族訪問を果たしたという。「四郎探母」は『楊家将演義』の一節で、捕虜となって一五年を異郷に過ごす楊四郎（延輝）が二四時間という制約の中で母親の佘太君に会いに行く話。京劇好きの厳帰の父親は、これを自らの大陸行になぞらえる。ここではもちろん、京劇の歌まねが披露される。軍人として台湾に渡った厳帰の父親は、大陸に残してきた家族と連絡がつき、上官の許可を得て香港経由で帰郷を果たす。母親はすでに亡くなっていたが、叔父、妻、息子と再会を果たし、とんぼ返りで台北に戻ってきたのだった。

この話を聞いた白壇はいたく感動し、両岸の連帯は可能かという段子五「大同の家」に移っていく。連合政府はできるか、国名や国旗をどうするか、双方とも主張を曲げない。やがて口論となり、鄭伝が仲裁に入る。そして協調の上に成り立つ、理想的な「大同の家」を思い描く。しかし、いつしか想像は悲観的な結末に至り、段子六「盗墓記」へと続く。

白壇は墓地の盗掘が流行していることを話す。祖先の墓を掘り進めると、一代ずつ昔に遡り、最後に広大な空間が開けたという。そこは中国の全領土の縮図のような場所だった。ところが、棺桶をこじ開けると、出てきたのは風呂敷一枚だけ。それを振るってみた瞬間、外で雷が鳴り大雨が降り出し、雨水が浸入して墓は崩れ落ちた。

エピローグは再び「華都西餐庁」。厳帰と鄭伝は遠来の客・白壇に錦の旗を贈る。そこに書かれていたのは「両岸猿声」の四文字。李白の「早に白帝城を発す」の一部である。悲しみをそそる猿の鳴き声が、三峡ならぬ台湾海峡の両岸に響き渡るということだろう。

この作品のテキストは、『頼声川：劇場3』（元尊文化、一九九九年）所収と『頼声川劇作：両夜情』（群声出版、二〇〇五年）所収の二種類がある。頼声川は後者で、段子六「盗墓記」を削除した。「創作から一〇余年、作者はこの一場を削ったほうが、構成がより完全なものとなり、表現も統一されると考えた」のだという。

## 六　『台湾怪譚』

『台湾怪譚』は一九九一年四月、台北市の国軍文芸センターで初演された。出演は李立群のみ。一連の「相声劇」シリーズとスタイルはやや異なるが、典型的な「単口相声」の特徴を備えている。また、テレビ画面の中の自分との掛け合いの部分は、擬似的な「対口相声」と見ていいだろう。

テレビの中の李発の紹介につれて、本物の李発（「怪譚」の語り手）が登場。ひとしきり政治ネタを「塾話（まくら）」としたあと、精神分裂症の友人のことを語り始める。しかし、李発の話は頻繁に脱線を繰り返し、なかなか本題に入らない。明らかに、李発自身が精神分裂気味なのである。

再三、テレビの中の李発に促されて、ようやく例の友人「阿達」が生まれた四〇年前の台北の話となる。日本統治時代の影響がまだ色濃く、朝鮮戦争が残した記憶も鮮明だったころ。国民党政府の遷都を始めとするすべてが、「臨時的」なものとして受け取られ、人々は「臨時的」な生活を送っていた。八、九歳のとき、阿達は体に変調をきたす。しかしある夜、自分と瓜二つの人物の来訪を受け、一粒の真珠を口に含ませてもらうと、元気を取り戻すことができた。口に含むだけにしろと言われたにもかかわらず、阿達は最後に禁を破り、その真珠を飲み込んでしまう。

ここで李発は話が重くなったからと言って、気分転換にテレビカラオケで一曲の歌を流す。それは阿達が幼いころに聞き覚えた『港都夜雨』、港町・基隆を歌った歌である。作曲は楊三郎（一九三〇年代に、日本の清水茂雄に師事した）、作詞は呂伝梓で、一九五一年に作られた。この日本の演歌のような哀愁に満ちた曲が流れる中、幕間休憩となる。

後半は成人後の阿達の話。そのころ、台北も発展して大都市になっていた。真珠を飲み込んでから阿達は健康になったが、分裂した性格は直らず、様々な職業を転々とする。そして最後に選んだのは俳優稼業だった。

やがて、阿達はカラオケと「相声」を合体させた「カラハハ」を発明する。テレビ画面に出てくるのは相方（ボケ役）の台詞のみ。サンプルとして示される演目が『這一夜、誰来説相声？』の一節というのは、ご愛嬌だろう。この「カラハハ」もまた、人格の分裂を象徴するものだと思われる。

阿達がすなわち李発であることを証明するように、このあと李発はテレビ画面の中の自分と掛け合いで「対口相声」を展開する。話題は台湾の現状。ここに至って、自我の分裂が実のところ、中国と台湾の分断の暗喩であったことが明らかになる。李発は台湾社会の変化にともなって、多くの人が「改行」（商売替え）したという（このエピソードは侯宝林の名作「相声」のタイトル『改行』を意識したものか）。ポップコーン屋は兵器の販売、シンコ細工の職人はマッサージ店の経営、大判焼き屋はニセ札の製造、船舶解体業者は国会議員（国会内での乱闘で物品を破壊するから）へと、それぞれ特技を生かして出世し、金持ちになった。だが、いくら富があっても、墓場まで持っていけるわけではない。

自分の影との「相声」を終えた李発は、「説書」（中国の講談）の口調で結論部分を語る。誰もが「改行」する時代についていけない阿達は、昔が懐かしくなる。あのもう一人の自分に会いたいと思うが、捜し当てることはできない。かつて通った小学校へ行ってみると、国語の先生は文字占いの占い師、歴史の先生は人相見に転職していた。いずれも、金儲けのことしか考えていない。公民の先生の葬儀に参列したあと、阿達は悟る。性格の分裂は、あのもう一人の自分と一体化したいという欲求が原因だったのだ。もう、捜すことはやめよう。阿達は訣別を決心した。

このとき、年老いた李発の影がテレビに出現し、李発と語り始める。彼ら二人も別れを決意し、最後は一緒に『港都夜雨』を歌う。

## 七 『又一夜、他們説相声』

『又一夜、他們説相声（またの夜、彼らは漫才をした）』は一九九七年八月、台北国家戯劇院で初演された。出演は馮翊綱、趙自強、卜学亮の三人。プロローグは例によって「華都西餐庁」。司会者の龐門と左道（二人の名前をつなげると、「旁門左道」＝「異端者」の意となる）は、旧作と同様、あるいはそれ以上に激しい政治ネタで「まくら」を展開する。おなじみの「三匹の毛虫」のネタも、九六年の総統選挙のパロディーにアレンジされて、観客の爆笑を買ったようだ。

トークショーのゲストは中国思想の大家・馬千（司馬遷のもじり）だが、現れたのは馬先生の弟子・呉慧（「誤会」＝「誤解」と同音）。師匠は株取引のコンサルタントや政治家の顧問として忙しいので、自分が代役としてやってきたという。本職は予備校の教師で、歴史を教えている。「相声」の愛好者である呉慧は、こうしてステージに立つことが夢だった。早口言葉や名作「相声」の一節を披露して見せる。かくして、この予備校教師が左道を相方として、馬先生が決めた演目「中国思想全史」を語ることになる。

段子一は「孔子の七十三番目の弟子」。孔子の教えをRapのリズムに乗せて紹介するという新趣向を交えながら、話は現代の予備校から古代の予備校とも言える私塾に移る。門下に七二賢人を従えた孔子を予備校講師になぞらえるわけだ。呉慧の先祖は子虚という名前で（「子虚烏有」＝「ありもしない話」という四字句に通じる）、孔子の七三番目の弟子だった。子虚が残したという日記をもとに、呉慧は聖人孔子の教訓や逸話がことごとく誤伝であることを証明していく。

徹底的に孔子を揶揄した呉慧は、過場一の「後台（楽屋）」で、馬先生からの電話を受ける。こちらへ向かっているという馬先生を呉慧が駅まで迎えに行ってしまったため、段子二「私の老子」は左道と龐門が間に合わせで語ることになる。

「老子」には「おやじ」の意もあることから、左道は自分の父親の話を始めた。無実の罪で一二年間を獄中に過ごした父親は釈放後、社会の変化に対応できない。自宅を図書館として開放し、自分は静かに老子の『道徳経』を読む毎日を送ろうとしたが、利用者のモラルの低さにあきれ、老子が函谷関を出たように、中正飛行場から国外に去って行ったという。

自信をつけた龐門がすっかりその気になり、馬千らしく扮装したところへ、馬千にめぐり会えなかった呉慧が戻ってくる。そして龐門を馬千その人であると「誤解」し、段子三の「董仲叔叔」は、馬千（じつは龐門）と呉慧が語ることになる。

「馬千」によれば、中国思想はすでに春秋戦国時代に完璧なまでに発展し、漢代の董仲舒以降は先人の文章に付け足しをするだけになった。新しい思想は生まれず、出てくるのは妄想ばかりだという。続いて「馬千」は、早熟だった高校時代（飛び級のため、わずか七、八歳のころ）の恋愛の体験を語る。相手の女子学生の父親は厳格で、決して娘に男を近づけようとしない。名前は董仲、まさに漢学者然とした「董仲おじさん」（中国語で「おじさん」は「叔叔」、「舒」と「叔」は同音）である。厳戒体制の董家から娘を連れ出すまでは、抱腹絶倒の笑い話。しかし、外に出た娘は「坊や、ありがとう」と言い残して、別の男子生徒とデートに行ってしまう。「過場」は楽屋で語られる後日談。「馬千」は最近、董おじさんの娘に再会したという。そこに左道が登場し、市政府の決定により、このレストランの取り壊しが始まったことを告げる。「馬千」は工事責任者のところへ談判に行ってしまった。

段子四「陰陽家が中国を統一する」は、左道と呉慧が演じることになる。破れかぶれの左道は、デカルトの名言をもじって、「我、思わざるがゆえに、我あり」と語る。思想など存在しない現代社会への諷刺である。そして、諸子百家の思想で現在なお生き残っているのは陰陽家だけだという。台湾での風水の流行は、その一例。そして左道は、「将来、中国を統一するのは一国二制度でも、三民主義でもない。陰陽家が全世界を統一するのだ」と主張する。一方、呉慧は馬千先生の教えを守り、「人々が互いに思いやりの心を持てば、この社会を救える」と信じている。そのとき、舞台にあいた穴から馬千（らしき人物）が登場。八卦占いをしている様子を見せる。呉慧と左道は占いの結果を期待するが、馬千は何も言わずに立ち去ってしまう。

エピローグは「華都西餐庁」。龐門の説得によって、今夜の取り壊しはどうやら回避されたらしい。しかし、明日はどうなるか知れない。

「思想」の欠如により混乱した現代社会を諷刺した作品だが、絶望の色はますます濃い。「華都西餐庁」の取り壊しが暗示され、これで「相声」シリーズも終わりかと思わせるラストであった。

## 八　『千禧夜、我們説相声』

『千禧夜、我們説相声（ミレニアムの夜、我々は漫才をした）』は二〇〇〇年一二月二九日、台北国家戯劇院で初演された。第一章（北京の「千年茶園」、時は一九〇〇年の大晦日）と第二章（台北の「千年茶園」、時は二〇〇〇年の大晦日）の二部構成。二つの場所の二つの時代を対比的に描く。

第一章のプロローグは茶園の舞台裏。義和団事件、八カ国連合軍の北京入城による混乱もようやく収まり、楽翻天と皮不笑は半年振りに漫才を演じる機会を得た。楽翻天は来場予定の「貝勒爺」（清朝の貴族）の前で、無難に芸を披露することだけを考えている。万一機嫌を損ねたら、この茶園はすぐに閉鎖されてしまうからだ。一方、雨漏りを修理しようとして屋根に上がった皮不笑は雷に打たれ、不思議な幻覚を見る。それは、きらびやかな舞台に立つ、将来の自分たちの姿らしかった。

段子一「把笑」は、舞台に上がった二人の漫才。「把脈」（脈をみる）ならぬ「把笑」（笑いをみる）、すなわち人間の笑い方の分析がテーマである。皮不笑の話はしばしば脱線し、役人に対する鋭い諷刺となる。

続いて「過場」で貝勒爺が到着。鳥籠をさげ、従僕の「玩意児」を引き連れている。「貫口」の技法を使って、かつての栄耀栄華を一気にまくし立てる。その傲慢な態度に、皮不笑は反抗的。楽翻天は皮不笑を退場させ、段子二「聴花」は楽翻天と貝勒爺（芸名は高貴な人を指す「雲中鳥」）による漫才となる。

テーマは「美」。貝勒爺は、「美」の真諦を知るためには、物事を見るのではなく聴かなければならないと主張する。紅葉を聴き、咲き乱れる花を聴き、舞台を聴くところでは京劇『楊家将』の一節が歌われる。最後に、貝勒爺の鳥籠を聴こうとすると、中に入っていたのは鉢植えの花。飼っていた鳥は逃げてしまったのだという。鳥の名前が「我」だったというのが、また一つの笑いの種となるのだが、これは「自我の消失」を暗示するのだろう。

貝勒爺は楽翻天の卑屈な態度が気に入らず、相方を皮不笑に換えて、段子三「老仏爺と小艶紅」を演じる。貝勒爺は八カ国連合軍の攻撃を逃れるため、老仏爺（西太后）と一緒に避難したときの話をする。一方、皮不笑は妓女・小艶紅と駆け落ちしたときの話をする。それぞれの話は不思議とかみ合い、最後に二人は橋の上で遭遇するのだった。

第一幕最後の「過場」で、皮不笑の反抗はエスカレートし、貝勒爺は千年茶園の封鎖を宣言する。ここでの皮不笑の台詞は、役人の搾取、特権意識、外国勢力への屈服、保守的な姿勢を強烈に批判するものだった。皮不笑は、明日からはすべてが変わる、無能な役人は唾棄されるべきだ、清朝の終わりは近いと予言する。

第二章のプロローグは、ミレニアムの台北。北京から移築された千年茶園の楽屋。労正当（「老正当」=「いつもまとも」に通じる）は今夜の漫才を成功させ、スポンサーを満足させようと考えている。相方の沈京炳（「神経病」と同音）は、昨夜夢に見た漫才の一幕を脚本に書いている。

段子四「語言無用」は、この二人の漫才。「まくら」は大量の政治ネタで笑いを取る。主要なテーマは言語無用の時代。新世紀には「相声」も必要価値を失うだろう。現代人は大量の意味のない言葉を垂れ流すか、意味のある言葉があっても耳を傾けないかのいずれかである。その具体例として、娘にも妻にも飼い犬にも相手にされず、たまたま出会った見ず知らずの人を知人と思い込んだ男の悲喜劇が語られる。

段子五「鶏毛党」の冒頭で、国会議員選挙の候補者・曽立偉が幹事長（秘書長）を連れて登場。この人物が今夜のスポンサーである。第一章の貝勒爺と同様の俗悪ぶり。所属する政党は「鶏毛党」（「鶏毛撢」=「鶏の毛で作ったハタキ」と同音）だという。旧悪の一掃を旗印としている。彼らの目指す荒唐無稽な改革は、現在の台湾社会のあらゆるシステムを破壊することに他ならない。曽立偉は、この千年茶園の舞台も取り壊しにかかる。

ミレニアムの夜もいよいよ「結尾」（終わり）に近づき、沈京炳は労正当を相手に、段子六「結尾学」を語る。物事の過程はどうでもいい、結尾が大事だという学説である。様々な実例を挙げたあと、沈京炳は人類の最後を研究するために、昔の写真を見て目を開かれたという。写っていたのはまだ自然が豊かで、夜空には無数の星があり、人々がのんびり暮らしていた時代の光景だった。つまり、研究の結論は「いまを大切にすること」なのである。

「開始」と名付けられたエピローグは、再び一九〇〇年の大晦日。千年茶園の楽屋。雷に打たれて気を失っていた皮不笑が目を覚ます。「今日は特別な日だ、明日はないのだから、しっかり演じなくては」そう言って皮不笑は楽翻天とともに舞台に出て行く。

この作品の特徴は第一章と第二章が千年の月日を隔て、場所も異なっているにもかかわらず、まったく同じことが繰り返されるという構造にある。後半は前半の皮不笑が予見した未来なのかも知れないし、逆に前半が後半の沈京炳が見た過去の夢なのかも知れない。また、従来の「相声劇」では、来るべき人が来ないことによって劇が進行したのに対して、この作品では余計な人が現れることによって劇が展開していく。

なお、この作品は二〇〇一年一一月からの北京、上海巡演に合わせて、脚本が一部書き改められた。また、二〇〇二年三月の北京版上演に際して、さらに改訂が行われている。二度の改訂によって、作品全体がかなり簡潔になった。台湾特有の政治ネタ、社会ネタの部分は大幅にカットされている。その他、若干の字句、卑俗な表現、台湾と中国で異なる用語にも、削除あるいは置き換えが見られる(7)。

キャストは、オリジナル版が皮不笑・沈京炳に金士傑、楽翻天・労正当に趙自強、貝勒爺・曽立偉に倪敏然、玩意児・幹事長に李建常。北京版は倪敏然だけが残り、金士傑に代わって陳建斌、趙自強に代わって達達が出演している。

## 九　『這一夜、Women 説相声』

『這一夜、Women 説相声（今夜、女たちが漫才をした）』は二〇〇五年一月、台北城市舞台で初演された。頼声川はこの作品で、伝統的に禁忌とされていた女性による「相声」を舞台に上げた。(8)

二幕構成。場所は一貫して、美容ダイエット商品「トータル・ウーマン」の即売会会場である。

第一幕のプロローグでは、セールス・ウーマンの安妮（アニー）と貝蒂（ベティー）が、パーティーの司会者として登場。二人は会社の理念、商品の効能について説明したあと、女性は姿形が美しいだけでは不充分で、言葉を自在に操る技術が必要であるとして、今夜のゲストを紹介する。女性「相声」の大家・周方氏である。ところが、本人は登場しない。二人が何とか取り繕っているところに、芳妮（ファニー）が現れる。芳妮は周方氏の孫娘で、祖母の代理で来たのだった。しかも、周方氏は「相声」の大家ではなく、近所の人たちを集めて家の玄関先で弁舌を振るっていただけだという。かくして、芳妮を中心に安妮と貝蒂がからむ「群口相声」が始まる。

段子一は「罵街」。周方氏に扮した芳妮は、台湾現代社会の混乱状態について「罵街」（人前でわめき散らすこと）する。これは伝統社会の女性に許された唯一の感情発露の方式だった。周方氏は戦乱の時代を生き、早くに夫を亡くし、「潑婦」（気性の激しい女）となった。芳妮が再現する周方氏の「罵街」は大道芸に近い。当時の映画で大流行した黄梅調（安徽の地方劇）のほか、京劇、歌仔戯（台湾、福建の地方劇）など、伝統劇の歌も盛り込まれる。

段子二は「我姨媽」。女性の語る「相声」には女性の話題がなければならないという芳妮のアドバイスを受けて、安妮と貝蒂が「対口相声」を始める。話題は安妮と貝蒂の「姨媽」（おばさん）のこと。ほぼ毎月一度やってきて数日泊まって行く「姨媽」とは、女性特有の「生理」を暗示するものだった。

段子三は「練口才」。再び「群口相声」に戻り、芳妮は祖母の指導の下で、いかに口才（弁舌の才能）を鍛えたかを語る。ここで芳妮は、「数来宝」（民間芸能の語り物の一種）の技法でエレベーターガール、「貫口」の技法でレストランのウェイトレスを演じて見せる。

休憩のあと第二幕に入り、段子四「旅程」は「単口相声」の形式。芳妮が楽屋の鏡の前で、一人語りをする。内容は結婚、離婚をめぐる苦悩、自我を求めての彷徨である。

段子五「立可肥」は同じく楽屋で、安妮と貝蒂による「対口相声」の形式。女性はなぜ太ることを恐れ、ダイエットに努めなければならないのか。単一の価値観に縛られている現代社会を嘆く。楊貴妃のようなふくよかな女性が美しいとされていた時代なら、「立可肥」（「すぐに太る」の意）という薬が売れていただろう。

段子六「恋愛病」では、「トータル・ウーマン」のパーティーが再開される。安妮と貝蒂は芳妮に対して、言語芸術の技術を身につけた女性はそれを精神生活にどう生かすべきかを尋ねる。芳妮はそういう発想自体が「恋愛病」だとして、恋に溺れる人々の愚かさを指摘していく。ゆえに、中国伝統の「指腹為婚」（子供が腹にいるうちに親同士が決める結婚）は正しかったという結論は、もちろん諧謔的な逆説であろう。

段子七「瓶中信」も引き続き、三人の「群口相声」。女性だけの秘密結社の話を「まくら」にしたあと、芳妮は祖母が残した「女書」（湖南に伝わる女性専用の文字）を取り出す。古代の女性にとっての「女書」は唯一の通信手段で、「瓶中信」（孤島に暮らす人が空き瓶の中に入れた手紙）のようなものだった。芳妮は、人類の歴史は男の手によって記録されてきたが、本当の歴史は「女書」の中にあるという。祖母・周方氏の「女書」の内容は、女はまさに「トータル・ウーマン」として生まれてくるが、男社会に損なわれて、自分を失ってしまうというものだった。

エピローグその一、司会者の安妮と貝蒂は最後に、「トータル・ウーマン」全商品が当たる抽選を行う。当選者は何と、周方氏であった。

エピローグその二、芳妃によれば、周方氏はいま入院中だが、医者や看護士を相手に毒舌を振るっているという。

この作品も、二〇〇五年の台湾初演版と二〇〇七年に中国各地を巡演した内地版の間で、キャストの変更および脚本の改訂があった。(9) 初演のキャストは、芳妃役に方芳、安妃役に鄧程恵、貝蒂役に蕭艾。内地版は方芳が変わらず、安妃役に楊婷、貝蒂役に阿雅が起用された。脚本は『千禧夜』と同様、台湾特有の人名、地名、政治ネタ、やや下品な話題などを変更または削除している。

## 一〇　おわりに

ここで改めて、頼声川の「相声劇」の特徴をまとめておこう。

①「相声」の構造と技巧

当然のことながら、作品は「相声」の形式を十全に備えている。「まくら」から「つなぎ」をへて「本題」に入るパターンで一つの「段子」が語られ、それをいくつか重ねる形で作品が完成する。多くの「ネタ」が仕込まれていることは言うまでもない。また、「単口相声」「対口相声」「群口相声」の三つの形式を自在に組み合わせている。技巧としては、「貫口」「倒口」「柳活」などが頻繁に使用される。

② 中国の歴史と伝統文化

中国の歴史を踏まえた作品、伝統文化に関する知識を前提とする作品が多い。一見すると通俗な会話が繰り広げられているようだが、根底には深い教養が感じられる。古代思想、古典文学、伝統劇からの引用が重要な部分を占めている。

③　現代社会に対する諷刺性

大量の政治ネタを「まくら」に使うところに現代性が顕著である。決して後ろ向きの作品ではない。強烈な諷刺は、よりよい社会のあり方、人間の生活のあり方を模索することにつながる。

④　中国人のアイデンティティーの追求

以上のことを踏まえて、賴声川の「相声劇」のテーマを一つに絞るなら、それは中国人のアイデンティティーの追求だろう。歴史を遡る中で検証され、中台関係の中で相対化され、文化的伝統を意識する中で獲得されるべき「自我」とはいかなるものか。常にそのことが問われている。

⑤　悲劇と喜劇の結合

結果的に、賴声川の「相声劇」は表面上の喜劇的体裁とは裏腹に、悲劇的な色彩を帯びている。これは作品における「笑い」が皮相で安価なものではなく、自己省察をともなった高度な諧謔精神の産物であるからだろう。

⑥　俳優の個性と話術

集団即興創作は、賴声川の独断を俳優に押し付けることをしない。俳優の自発的な演技を引き出すのに有効で、生き生きとした表現が可能になる。李立群や金士傑をはじめとする俳優の個性と独特の話術が、一連の作品の大きな魅力となっている。

以上の特徴はすべて、出演者が徹底的に「語る」ことによって生じる。いわば前近代的な芸能の形式が、隘路に入った現代演劇を救う契機を作ったのは果たして偶然だろうか。ポストモダンがプレモダンの応用から始まるというのは、決してあり得ない話ではない。

（1）飯塚容「高行健の劇作について」（中央大学人文科学研究所編『近代劇の変貌』中央大学出版部、二〇〇一年）。

（2）日本人研究者による数少ない紹介として、次の二篇がある。
瀬戸宏「台湾・香港の現代演劇、その現状と日本」（『国文学』一九九八年三月号）六四－六九頁。

山口守「ミレニアムを笑い飛ばせ――頼声川のコメディー」（『ユリイカ』二〇〇一年三月号）二三六－二三七頁。

（3）この節の記述は以下の資料による。
陶慶梅、侯淑儀『刹那中――頼声川的劇場芸術』（時報文化出版、二〇〇三年）。

鍾明徳『台湾小劇場運動史』（揚智文化、一九九九年）。

李立亨『ＯＨ？李国修！』（時報文化出版、一九九八年）。

田本相『台湾現代戯劇概況』（文化芸術出版社、一九九六年）。

馬森『西潮下的中国現代戯劇』（書林出版、一九九四年）。

鴻鴻、月恵『我暗恋的桃花源』（遠流出版、一九九二年）。

（4）表演工作坊による再演（二〇〇五年五月）については、日本人の劇評がある。
瀬戸宏「孟京輝『琥珀』と頼声川『夢のような夢』」（『シアターアーツ』二〇〇五年六月）六八－七一頁。

（5）この節の記述は以下の資料による。
侯宝林『侯宝林談相声』（黒龍江人民出版社、一九八三年）。

金名『相声史雑談』（福建人民出版社、一九八四年）。

余釗『相声芸術入門』（北京広播学院出版社、一九九二年）。

汪景寿、藤田香『相声芸術論』（北京大学出版社、一九九二年）。

王決、汪景寿、藤田香『中国相声史』（北京燕山出版社、一九九五年）。

宋雅姿整理「相声的記憶――頼声川回憶『那一夜、我們説相声』的創作過程」（『那一夜、我們説相声』皇冠出版社、一九八六年）一〇－一二七頁。

馮翊綱「相声劇：台湾劇場中的新品種」（『戯曲研究』第五五輯、二〇〇〇年）七五－九四頁。

李立群「回憶『那一夜、我們説相声』」（『表演芸術』二〇〇四年一〇月号）一一頁。

緒方一男「相声について」（『大阪外国語大学学報』第八号、一九六〇年）五九－九四頁。

勝股高志「相声の『まくら』――『墊話』と『瓢把児』について」（愛知学院大学『教養部紀要』第四四巻第三号、一九九七年）三－二二頁。

勝股高志「単口相声の叙述形式について」（愛知学院大学『教養部紀要』第四六巻第四号、一九九九年）三三－五〇頁。

黄當時、弓長小武「中国相声芸術初探」（仏教大学『文学部論集』第八四号、二〇〇〇年）七七－八一頁。

（6）『頼声川：劇場1』（元尊文化、一九九九年）、および『頼声川劇作：両夜情』（群声出版、二〇〇五年）。

（7）『千禧夜、我們説相声』の巡回用、北京用の脚本については、二〇〇三年に台北国立芸術大学の于善祿先生を通じて、頼声川氏から提供を受けた。ここに記して謝意を表したい。なお、その後、初演版の脚本は『頼声川劇作：世紀之音』（群声出版、二〇〇五年）、北京版の脚本は『頼声川劇場（第二輯）』（東方出版社、二〇〇八年）によって公刊されている。

（8）女性による「相声」を禁忌とすることについては、緒方一男「相声について」（前掲）が、張寿臣の談話をまとめる中で、以下のように述べている。
「女は相声をやる資格がない。これは日本人のわれわれにはちょっと意外であるが、女性が舞台で表情を面白おかしく変化さすということと、ことばの表現が多分に低級であったという二点からであろう。解放後は漸次女性の進出も考えられるところである。」

（9）脚本の異同は、前掲の『頼声川劇作：世紀之音』と『頼声川劇場（第二輯）』によって確認することができる。

## 参考文献

### 単行本（台湾）

頼声川『那一夜、我們説相声』皇冠出版社、一九八六年。
頼声川『頼声川：劇場1』元尊文化、一九九九年。
頼声川『頼声川：劇場2』元尊文化、一九九九年。
頼声川『頼声川：劇場3』元尊文化、一九九九年。
頼声川『頼声川：劇場4』元尊文化、一九九九年。
頼声川『如夢之夢』遠流出版、二〇〇一年。
頼声川『頼声川劇作：両夜情』群声出版、二〇〇五年。
頼声川『頼声川劇作：対照』群声出版、二〇〇五年。
頼声川『頼声川劇作：魔幻都市』群声出版、二〇〇五年。
頼声川『頼声川劇作：世紀之音』群声出版、二〇〇五年。
頼声川『頼声川劇作：拼貼』群声出版、二〇〇五年。
鴻鴻、月恵『我暗恋的桃花源』遠流出版、一九九二年。
陶慶梅、侯淑儀『刹那中――頼声川的劇場芸術』時報文化出版、二〇〇三年。
馬森『西潮下的中国現代戯劇』書林出版、一九九四年。
李立亨『OH？李国修！』時報文化出版、一九九八年。
鍾明徳『台湾小劇場運動史』揚智文化、一九九九年。
馮翊綱、宋少卿『這一本瓦舎説相声』揚智文化、二〇〇〇年。
馬森『台湾戯劇――従現代到後現代』仏光人文社会学院、二〇〇二年。

単行本（中国）

田本相『台湾現代戲劇概況』文化芸術出版社、一九九六年。
頼声川『頼声川的創意学』中信出版社、二〇〇六年。
頼声川『頼声川劇場（第一輯）』東方出版社、二〇〇七年。
頼声川『頼声川劇場（第二輯）』東方出版社、二〇〇八年。
馬季『相声芸術漫談』広東人民出版社、一九八〇年。
王決『曲芸漫談』広播出版社、一九八二年。
侯宝林『侯宝林談相声』黒龍江人民出版社、一九八三年。
金名『相声史雑談』福建人民出版社、一九八四年。
余釗『相声芸術入門』北京広播学院出版社、一九九二年。
汪景寿、藤田香『相声芸術論』北京大学出版社、一九九二年。
王決、汪景寿、藤田香『中国相声史』北京燕山出版社、一九九五年。

論文等（中国語）

張華芝「相声芸術与台湾四大家初探」（国立芸術学院伝統芸術研究所修士論文、一九九九年）。
白泰澤「由『千禧夜、我們説相声』看頼声川所領導的集体即興創作」（国立台湾大学戲劇学研究所修士論文、二〇〇二年）。
汪俊彦「戲劇歴史、表演台湾　一九八四－二〇〇〇頼声川戲劇之戲劇場域与台湾／中国図像研究」（国立台湾大学戲劇学研究所修士論文、二〇〇四年）。
座談会「当代劇場発展的方向」（『聯合文学』第四巻第五期、一九八八年）一〇－三五頁。
馮翊綱「相声劇：台湾劇場中的新品種」（『戲曲研究』第五五輯、二〇〇〇年）七五－九四頁。
夏波「〝相声劇〟是一種什麼樣的戲劇？」（『中国戲劇』二〇〇二年第五期）一六－一九頁。

李立群「回憶『那一夜、我們説相声』」(『表演芸術』二〇〇四年一〇月号)一一頁。

林婷「伝統的現代転換——頼声川相声劇的啓示」(『中国戯劇:従伝統到現代』中華書局、二〇〇六年)三三一-三三六頁。

論文等(日本語)

瀬戸宏「台湾・香港の現代演劇、その現状と日本」(『国文学』一九九八年三月号)六四-六九頁。

山口守「ミレニアムを笑い飛ばせ——頼声川のコメディー」(『ユリイカ』二〇〇一年三月号)二三六-二三七頁。

瀬戸宏「孟京輝『琥珀』と頼声川『夢のような夢』」(『シアターアーツ』二〇〇五年六月)六八-七一頁。

緒方一男「相声について」(『大阪外国語大学学報』第八号、一九六〇年)五九-九四頁。

弓削俊洋「中国の漫才〈相声〉と風刺性」(愛媛大学『法文学部論集』第二〇号、一九八七年)一一五-一三六頁。

勝股高志「文化大革命期の相声」(愛知学院大学『教養部紀要』第三七巻第二号、一九八九年)三五-四八頁。

勝股高志「「文革」後の相声について」(愛知学院大学『教養部紀要』第三八巻第一号、一九九〇年)二七-四二頁。

勝股高志「一九八〇年代の相声——改革・開放期の中国の大衆芸能」(愛知学院大学『教養部紀要』第三九巻第一号、一九九一年)一三三-一四五頁。

勝股高志「相声の『まくら』——『墊話』と『瓢把児』について」(愛知学院大学『教養部紀要』第四四巻第三号、一九九七年)三-二二頁。

勝股高志「単口相声の叙述形式について」(愛知学院大学『教養部紀要』第四六巻第四号、一九九九年)三三-五〇頁。

黄當時、弓長小武「中国相声芸術初探」(仏教大学『文学部論集』第八四号、二〇〇〇年)七七-八一頁。

# 太平洋戦争期の上海における音楽会の記録
## ――上海交響楽団の演奏活動について――

榎本泰子

## 一　はじめに

筆者は著書『上海オーケストラ物語　西洋人音楽家たちの夢』（春秋社、二〇〇六年）において、上海共同租界の市営オーケストラであった工部局交響楽団（Shanghai Municipal Orchestra）の歴史をたどった。その前身は一八七九年にイギリス人居留民らによって設立された上海パブリックバンドであり、一九二二年に工部局交響楽団と改称、日中戦争期も活動を続け、中華人民共和国建国後も存続した（現在の上海交響楽団）。

工部局交響楽団は、一九世紀後半以来の新興都市である上海において、市民の税金によって運営される数少ない公的文化団体として知られていた。しかし多額の費用がかかることを理由に、すでに一九二〇年代から存廃が議論され、一九三六年には経費削減を旨とした大幅な改組が行われた。一九四一年一二月に太平洋戦争が始まり、日本軍が共同租界を支配下に収めると、それまで欧米人向けの贅沢な娯楽として、一部の日本人の批判を受けてきた楽団は解散するものと思われた。ところが、「英米人が維持してきたオーケストラを日本人がつぶせば面子が立たない」という論調が日本人居留民の間にわき起こり、その結果新たに「上海音楽協会」を結成して楽団の運営にあたることが決まった。

『上海オーケストラ物語』のエピローグ「日本人と「上海交響楽団」」に書いたように、一九四二年六月に結成が発表された上海音楽協会は、理事会に日本人居留民の有力者・音楽愛好家などが参加し、「顧問」として興亜院や軍の関係者が名を連ねていた。また同月一八日夜には「上海音楽協会創立記念演奏会」が開かれたことが、現地の日本語新聞『大陸新報』の記事からわかる。

ところで、終戦までの三年あまりの間、この楽団が具体的にどのような活動をしていたのかについては、長く不明のままであった。現在の上海交響楽団の資料室には、二〇世紀初頭からの演奏会プログラムなどが大量に保存されているが、日本軍占領期の演奏記録は一切所蔵されていない。

この空白を埋めるのが、本稿で紹介する故・草刈義人所蔵の資料である（草刈の経歴については『上海オーケストラ物語』を参照されたい）。日本軍占領期の上海交響楽団のマネージャーを務めた草刈が、戦後引き揚げの時に持ち帰った演奏会プログラムや写真・手稿などは、二〇〇四年に草刈が亡くなったあと遺族によって整理され、二〇〇八年に東京芸術大学図書館に寄贈された。

筆者は遺族の厚意で、寄贈される前の資料を閲覧することができ、さまざまな知見を得ることができた。『上海オーケストラ物語』を執筆していた時点では、この資料の全貌を知ることができなかったため、同書においては断片的な事実を紹介するにとどまっている。そこで本稿では、この資料の内容を紹介し、楽団の演奏活動の全体像やその目的・意義などについて考察することにしたい。太平洋戦争期の上海における日本側の「文化工作」の実態は、資料の散逸などにより不明な点が多いが、こと音楽分野に関しては、この資料を通じてかなりの部分が見えてくるはずである。

## 二　資料概説（付・資料分類一覧）

草刈義人は戦後の一時期、日本の音楽界や舞踊界で公演プロデュースや評論活動に携わった。しかし人間関係のトラブルなどからその後は遠ざかり、晩年は一人暮らしが長かったため、資料の存在はごく限られた友人以外には知られていなかった。自らの手で上海交響楽団の歴史を書き残したいという希望を持っていた草刈は、資料の紛失を恐れて、全体を他人に見せたり、貸し出したりすることはなかったようである。

草刈の死後、親族によって遺品が整理される過程で、一部の資料は破棄されたり、所在不明になったりしたと聞く。筆者が二〇〇六年秋に閲覧を始めた時点での資料は、以下の二種に大別される。

①　太平洋戦争期（一九四一年一二月－一九四五年八月）日本軍支配下の上海におけるオーケストラ・バレエ関連資料

②　戦後日本（一九四六年－一九五一年）におけるオーケストラ・バレエ関連資料

①に属する上海交響楽団関連資料（分類一覧A、以下分類は筆者が独自に行ったもの）、上海バレエ・リュッス関連資料（同B）は、現在中国国内ではまとまった形では保存されていないと見られ、大変貴重なものである。

上海音楽協会は先述のとおり、一九四二年六月に創立記念演奏会を開き、その後、同年七月から「上海音楽協会交響楽団」として定期野外演奏会を開始した。続いて同年一〇月から翌年五月まで、「上海交響楽団」の名称で定期演奏会を行った。これを公演プログラムでは「第一楽季」と称している。

今回上海交響楽団関連資料の分類にあたっては、活動開始の一九四二年七月から、「第一楽季」の終了する一九四三年五月までを一区切りとした（A－1）。同様の区切りは「第三楽季」まで三回繰り返されることになる

（A－2、A－3）。この間に、客演指揮者や演奏家を迎えた特別演奏会も不定期に行われている。日本国内との関係では、第二楽季の一九四三年一二月から翌年一月にかけて、朝比奈隆が客演していることが注目される（定期演奏会六回、「大東亜戦争二周年記念演奏会」一回）。

上海音楽協会は、上海交響楽団の演奏活動だけでなく、「上海バレエ・リュッス」の公演にも関わっていた。これは一九三四年に結成された白系ロシア人中心のバレエ団である。草刈の資料からは、上海音楽協会が一九四三年三月の公演からこのバレエ団に関わったらしいことがわかる（B－2）。草刈は個人的に、早くからこのバレエ団に関心を持っていたようで、太平洋戦争以前のプログラムも所蔵している（B－1）。

上海交響楽団は、工部局交響楽団時代もそうであったように、上海有数の劇場であるライシャムシアターを冬季の定期演奏会の会場としていた。一方バレエ・リュッスも、ライシャムシアターを活動の拠点としていたため、草刈は効率的な劇場経営の面からも、バレエ公演のプロデュースを手がけるようになったと見られる。バレエのほかに、少数ではあるがオペラ公演のプログラムも残されている（A－5）。

以上の公演活動は、すべて上海音楽協会という組織の主催ではあるが、草刈の手稿（A－6）によれば、戦時中のインフレーションで理事会には資金もなく、「何もしてくれず、又力もなかった」。ロシア語に堪能で、楽団やバレエ団のメンバーと意志の疎通ができる草刈が、民間からの寄付金集めに奔走しながら、かろうじて公演活動を成り立たせていた様子が読み取れる。

草刈のバレエへの関心は戦後日本に引き揚げてからも続き、小牧正英、谷桃子らとの交流が資料からも裏付けられる（C－2、C－3）。小牧正英は上海バレエ・リュッスで頭角を現した舞踊家で、草刈とは旧知の間柄であった。草刈は小牧正英と離別したあとの谷桃子を支援し、一時期公演プロデューサーとして密接な関係を持っていたことがわかる。

草刈は上海交響楽団に客演した朝比奈隆が、戦後関西交響楽団を立ち上げた時も、協力者の関係にあったと見られる。一九四八年から四九年にかけての関響定期演奏会のプログラムに、「緑野卓」のペンネームで曲目解説を執筆していることが注目される（C－1）。

草刈は上海時代から「今野秀人」のペンネームを用いて新聞にバレエ公演の批評などを発表していた。資料に含まれる多数の新聞切り抜きからは、草刈が執筆を得意とし、自らの批評眼に自信を持っていたことを推測させる。バレエやオーケストラの実務経験を通じて磨いた見識が、戦後の一時期、日本国内でも一定の評価を得ていたことがわかる。

以上すべての資料は一九三六年から一九五一年の間のもので、日中戦争から太平洋戦争、終戦、戦後という激動期にわたっている。舞台も中国・上海から戦後日本の大阪、東京へと移っている。その事実は、戦中上海で日本人が関わった芸術活動が、終戦によって断絶したわけではなく、むしろ戦後日本の芸術活動の中に引き継がれていったことを示している。この点は、さらに検証を必要とする重要な課題である。

資料分類一覧

A　上海交響楽団関連資料

0　（太平洋戦争開戦前）工部局交響楽団プログラム（一九三六年－一九四一年）八種

1　上海交響楽団プログラム（一九四二年七月－一九四三年五月）

野外演奏会　第一－一二回分

定期演奏会　第三－三二回分（第一、二回欠）

特別演奏会　五種
室内演奏会　一種

2　上海交響楽団プログラム（一九四三年七月－一九四四年五月）
野外演奏会　第一－一〇回分
定期演奏会　第一－二八回分
定期室内楽演奏会　第一－四回
特別演奏会　二種

3　上海交響楽団プログラム（一九四四年七月－一九四五年五月）
野外演奏会　第一－一〇回分
定期演奏会　第一－一一回分
定期室内楽演奏会　第一－五回分
個人リサイタル　四回分
特別演奏会　二種

4　上海交響楽団プログラム（一九四五年七月－八月、戦後一九四六年一月まで）
野外演奏会　二回分
特別（慈善）演奏会　一種
戦後の英文プログラム（のコピー）二種

5　上海音楽協会オペラ公演プログラム（一九四五年三月－六月）三種

6　上海交響楽団に関する手稿・資料・新聞掲載の批評など

B　上海バレエ・リュッス関連資料

1　太平洋戦争以前のプログラム（一九三六年－一九三八・三九年シーズン）二種

2　太平洋戦争開戦後、上海音楽協会が関わったと見られる公演（一九四三年三月－一九四五年七月）一三種、ほかチラシ類

3　上海音楽協会と無関係もしくは関係が不明な公演（一九四四年一月－一九四四年五月）三種

4　形態が違うもの、戦後のもの（一九四五年六月－一九四六年四月）五種

C　戦後日本の資料

1　関西交響楽団および朝比奈隆関連（一九四八年－一九四九年）

関西交響楽団定期演奏会プログラム　二二部

「名曲レコードによる阪急コンサート」プログラム　九部

関響機関誌『交響』　五部

ポスター　三種

2　バレエ・オペラ公演プログラム、雑誌など（一九四六年－一九五〇年）

「白鳥の湖」二種（計二部）

「コッペリア」一部

「椿姫」一部

「セヴィラの理髪師」一部

「お蝶夫人」一部

評論掲載誌・パンフレットなど　五部
芸術文化雑誌「DEMOS」　三部
「ノートルダム・ド・パリ」ポスター　二種（日付違い）・チラシ　一種二部

3　谷桃子関連（一九五〇年－一九五一年）
谷桃子バレエ団および谷桃子が出演した芸術祭等のパンフレット　八部
「谷桃子バレエ教室に関する契約書」　一部
谷桃子バレエ地方巡演の記録とパンフレット　一セット
写真　二葉
谷桃子から草刈義人への私信　一通
チラシ・ポスター　多数

D　写真（ハルビン、上海、戦後日本で撮影されたもの　多数）

## 三　演奏活動の実態と目的

本稿では、太平洋戦争期の上海における音楽活動の一端を明らかにするために、草刈所蔵の資料のうち、分類Aに属する上海交響楽団関連の資料について詳しく見ていくことにする。以下、A－1、A－2、A－3、A－4に含まれる公演プログラムについて、活動の中心となる「野外演奏会」と「定期演奏会」を年度別に表にまとめた。さらに日本軍支配下の特色を表すものとして、「特別演奏会」を一つの表にまとめた。

今回の検証の目的は、主に演奏会の頻度や、音楽家たちの活動状況を知ることであり、表には日時や場所、指揮者・ソリストの名前などの基本データを挙げるにとどめた。各演奏会の曲目などの分析は、紙幅の制限もあるため別稿に譲ることにする。

公演プログラムは、想定される聴衆の国籍に合わせて使用言語が異なるため、それも重要情報として備考欄に記した。また、人名・劇場名等の固有名詞は、プログラムの年度によって表記の不統一や誤植が見られるため、表にまとめる際に現在通用している表記に統一した。

なおこの時期の上海交響楽団については、すでに大西七歩が中国語新聞『申報』の広告欄を調査し、演奏会の回数や一部の曲目などを紹介している（二〇〇六年度中央大学文学部中国言語文化専攻卒業論文「太平洋戦争期の上海交響楽団と日本人芸術家」）。本稿では、大西の調査を反映し、各表の備考欄に「申」の記号を付して『申報』に広告が掲載された日付を記した。

## 1　演奏会の回数と頻度（表1―8）

夏季の野外演奏会、冬季の屋内での定期演奏会という活動スケジュールは、工部局交響楽団時代のそれを踏襲したもので、シーズン中毎週一回というペースもほぼ守られている。演奏会の回数は、戦争末期の一九四四年後半からめっきり減り、四五年一月から四月の間は一度も行われていないが、プログラムから見るかぎり、「定期演奏会」というスタイルは維持されていた。

表1　一九四二年夏季野外演奏会

| 回数 | 年月日 | 曜日 | 開演時間 | 場所 | 指揮者 | ソリスト | 備考（使用言語等） |
|---|---|---|---|---|---|---|---|
| 1* | 一九四二年七月一五日 | 水 | 二〇時 | 新公園島チョコプール | マルゴリンスキー | | 日　曲目解説あり |
| 2 | 一九四二年七月一九日 | 日 | 二〇時三〇分 | 顧家宅公園 | パーチ | | 英 |
| 3 | 一九四二年七月二六日 | 日 | 二〇時三〇分 | 顧家宅公園 | パーチ | コーナー（Pf.） | 英 |
| 4 | 一九四二年七月三〇日 | 木 | 二〇時 | 新公園島チョコプール | フォア | 金山史朗（Bar.） | 日　曲目解説あり |
| 5 | 一九四二年八月二日 | 日 | 二〇時三〇分 | 顧家宅公園 | フォア | ルヴォヴァ（Pf.） | 英 |
| 6 | 一九四二年八月九日 | 日 | 二〇時三〇分 | 顧家宅公園 | マルゴリンスキー | Fruchter（T） | 英 |
| 7 | 一九四二年八月一三日 | 木 | 二〇時三〇分 | 顧家宅公園 | フォア | シシューリン（B） | 英 |
| 8 | 一九四二年八月一六日 | 日 | 二〇時三〇分 | 顧家宅公園 | フォア | | 英　チャイコフスキー特集 |
| 9 | 一九四二年八月二〇日 | 木 | 二〇時 | 新公園島チョコプール | パーチ | 金山史朗（Bar.）<br>陳美蘭（S） | 日　曲目解説なし<br>伊太利歌劇の夕 |
| 10 | 一九四二年八月二三日 | 日 | 二〇時三〇分 | 顧家宅公園 | パーチ | 金山史朗（Bar.）<br>陳美蘭（S） | 英　第九回の再演 |
| 11 | 一九四二年八月三〇日 | 日 | 二〇時三〇分 | 顧家宅公園 | マルゴリンスキー | | 英 |
| 12 | 一九四二年九月六日 | 日 | 二〇時三〇分 | 顧家宅公園 | フォア | Fruchter（T） | 英 |

表2　一九四二―四三年（第一楽季）定期演奏会

| 回数 | 年月日 | 曜日 | 開演時間 | 場所 | 指揮者 | ソリスト | 備考 |
|---|---|---|---|---|---|---|---|
| 1* | 欠 | | | | | | |
| 2 | 欠 | | | | | | |
| 3 | 一九四二年一一月一七日 | 火 | 一九時三〇分 | 国際劇場 | フォア | アドラー（Vn.） | 日・英　日文のみ解説あり（以下一四回まで） |
| 4 | 一九四二年一一月二二日 | 日 | 一七時三〇分 | 南京劇場 | フォア | | ベートーヴェン特集 |
| 5 | 一九四二年一一月二九日 | 日 | 一七時三〇分 | 南京劇場 | パーチ | | |
| 6 | 一九四二年一二月三日 | 木 | 一九時三〇分 | 国際劇場 | フォア | | |
| 7 | 一九四二年一二月一三日 | 日 | 一七時三〇分 | ライシャムシアター | フォア | | |
| 8 | 一九四二年一二月一七日 | 木 | 一七時三〇分 | 中華大戯院 | 山田耕筰 | 伊藤武雄（Bar.）、辻輝子（S） | 山田耕筰サイン入り |
| 9 | 一九四二年一二月一八日 | 金 | 一七時三〇分 | 中華大戯院 | 山田耕筰 | 同右 | 第八回の再演 |
| 10 | 一九四二年一二月二七日 | 日 | 一七時三〇分 | ライシャムシアター | パーチ | 董光光（Pf.） | |

＊　表紙に「上海音楽協会交響楽団　第四回野外交響楽大演奏会」とあるのを、草刈義人の筆跡で「第一回オープンエアコンサート」と修正し、以下順に同様な修正が施されている。おそらくこれ以前に室内で三回演奏会を行ったものと思われ、草刈としては、工部局交響楽団時代と同じように、冬季と夏季の演奏活動を分けて括りたかったのであろう。

| | | | | | | | |
|---|---|---|---|---|---|---|---|
| 11 | 一九四三年一月三日 | 日 | 一七時三〇分 | ライシャムシアター | フォア | | フランス音楽の夕 |
| 12 | 一九四三年一月一〇日 | 日 | 一七時三〇分 | ライシャムシアター | パーチ | | |
| 13 | 一九四三年一月一七日 | 日 | 一七時三〇分 | ライシャムシアター | スルツキー | ゾーリチ（S） | |
| 14 | 一九四三年一月二四日 | 日 | 一七時三〇分 | ライシャムシアター | フォア | | |
| 15 | 一九四三年一月三一日 | 日 | 一七時三〇分 | ライシャムシアター | パーチ | | 日・英・中　中文のみ解説あり（以下三二回まで） |
| 16 | 一九四三年二月七日 | 日 | 一七時三〇分 | ライシャムシアター | フォア | 斯義桂（B） | |
| 17 | 一九四三年二月一四日 | 日 | 一七時三〇分 | ライシャムシアター | パーチ | 沈雅琴（Pf.） | |
| 18 | 一九四三年二月二一日 | 日 | 一七時三〇分 | ライシャムシアター | スルツキー | メンツェル（S） | |
| 19 | 一九四三年二月二八日 | 日 | 一七時三〇分 | ライシャムシアター | フォア | フォア（Vn.）、ジラルデロ（Fl.）、ペチェニューニク（Fl.） | |
| 20 | 一九四三年三月七日 | 日 | 一七時三〇分 | ライシャムシアター | パーチ | | |
| 21 | 一九四三年三月一四日 | 日 | 一七時三〇分 | ライシャムシアター | フォア | 呉楽懿（Pf.） | |
| 22 | 一九四三年三月二一日 | 日 | 一七時三〇分 | ライシャムシアター | スルツキー | | |
| 23 | 一九四三年三月二八日 | 日 | 一七時三〇分 | ライシャムシアター | フォア | シンガー（Pf.） | |

| | | | | | | | |
|---|---|---|---|---|---|---|---|
| 24 | 一九四三年四月四日 | 日 | 一七時三〇分 | ライシャムシアター | パーチ | コーナー（Pf.） | |
| 25 | 一九四三年四月一一日 | 日 | 一七時三〇分 | ライシャムシアター | スルツキー | フォア（Vn.） | |
| 26 | 一九四三年四月一八日 | 日 | 一七時三〇分 | ライシャムシアター | フォア | デクレティ（Pf.） | |
| 27 | 一九四三年四月二五日 | 日 | 一七時三〇分 | ライシャムシアター | フォア | | |
| 28 | 一九四三年五月二日 | 日 | 一七時三〇分 | ライシャムシアター | フォア | ルヴォヴァ（Pf.） | |
| 29 | 一九四三年五月九日 | 日 | 一七時三〇分 | ライシャムシアター | パーチ | 金山史朗（Bar.） | |
| 30 | 一九四三年五月一六日 | 日 | 一七時三〇分 | ライシャムシアター | フォア | ヴァレスビー(Vn.) | |
| 31 | 一九四三年五月二三日 | 日 | 一七時三〇分 | ライシャムシアター | スルツキー | マールコフ（T） | |
| 32 | 一九四三年五月三〇日 | 日 | 一七時三〇分 | ライシャムシアター | フォア | | 増員管弦楽団 |

＊ きれいに揃っている資料の中で、このシーズン第一回、第二回のプログラムのみ欠けている。開催日時等は不詳。

表3　一九四三年夏季野外演奏会

| 回数 | 年月日 | 曜日 | 開演時間 | 場所 | 指揮者 | ソリスト | 備考 |
|---|---|---|---|---|---|---|---|
| 1 | 一九四三年七月三日 | 土 | 二〇時三〇分 | 顧家宅公園 | フォア | 岩井貞雄（シロフォン） | 英・中（解説なし） |

表4　一九四三—四四年（第二楽季）定期演奏会

| 回数 | 年月日 | 曜日 | 開演時間 | 場所 | 指揮者 | ソリスト | 備考 |
|---|---|---|---|---|---|---|---|
| 1 | 一九四三年一一月二一日 | 日 | 一七時三〇分 | ライシャムシアター | スルツキー | | 英・日・中 解説は中文のみ |
| 2 | 一九四三年七月一〇日 | 土 | 二〇時三〇分 | 顧家宅公園 | フォア | マルコフ（T）、タファノ（S） | 英・中 歌劇音楽之夜 |
| 3 | 一九四三年七月一七日 | 土 | 二〇時三〇分 | 虹口公園音楽堂 | フォア | 岩井貞雄（シロフォン） | 日・英・中 |
| 4 | 一九四三年七月二四日 | 土 | 二〇時三〇分 | 顧家宅公園 | スルツキー | | 英・中 ロシア作品之夜 |
| 5 | 一九四三年七月三一日 | 土 | 二〇時 | 虹口公園音楽堂 | フォア | 小牧正英、オルロワ | 日・英・中 交響楽と舞踊の夕 |
| 6 | 一九四三年八月七日 | 土 | 二〇時三〇分 | 顧家宅公園 | フォア | | 英・中 スカンジナビアとウィーン音楽の夕 |
| 7 | 一九四三年八月二一日 | 土 | 二〇時三〇分 | 顧家宅公園 | スルツキー | ロランド（Bar.）、ゾーリッヒ（S） | 英・中 ロシア歌劇音楽の夜 |
| 8 | 一九四三年八月二八日 | 土 | 二〇時 | 虹口公園音楽堂 | フォア | 上海バレエ・リュッス（小牧正英ほか一七名） | 日・英・中 ロシア音楽と舞踊の夕 演出：ソコルスキー |
| 9 | 一九四三年九月二日 | 木 | 二〇時 | 虹口公園音楽堂 | フォア | | 日・英・中 北欧と中欧音楽の夕 |
| 10 | 一九四三年九月一一日 | 土 | 二〇時三〇分 | 顧家宅公園 | フォア | ロス、小牧正英 | 英・中 ロマン派音楽作品および舞踊の夜 |

| | | | | | | | |
|---|---|---|---|---|---|---|---|
| 2 | 一九四三年一一月二八日 | 日 | 一七時三〇分 | ライシャムシアター | スルツキー | アドラー（Vn.） | |
| 3 | 一九四三年一二月五日 | 日 | 一七時三〇分 | ライシャムシアター | スルツキー | ボーアルネ（Pf.） | |
| 4 | 一九四三年一二月一二日 | 日 | 一七時三〇分 | ライシャムシアター | スルツキー | シェフツォフ（Vc.） | |
| 5 | 一九四三年一二月一九日 | 日 | 一七時三〇分 | ライシャムシアター | 朝比奈隆 | | 申一二月一七日 |
| 6 | 一九四三年一二月二六日 | 日 | 一七時三〇分 | ライシャムシアター | 朝比奈隆 | ヴァレスビー（Vn.） | 申一二月二四日 |
| 7 | 一九四四年一月二日 | 日 | 一七時三〇分 | ライシャムシアター | 朝比奈隆 | コーナー（Pf.） | 申一二月三〇日 |
| 8 | 一九四四年一月九日 | 日 | 一七時三〇分 | ライシャムシアター | 朝比奈隆 | ビリューリン（Pf.） | 申一月七日 |
| 9 | 一九四四年一月一六日 | 日 | 一七時三〇分 | ライシャムシアター | 朝比奈隆 | アドラー（Vn.） | 申一月一四日 |
| 10 | 一九四四年一月二三日 | 日 | 一七時三〇分 | ライシャムシアター | スルツキー | フォルティーナ（Fg.） | 申一月二一日 |
| 11 | 一九四四年一月三〇日 | 日 | 一七時三〇分 | ライシャムシアター | 朝比奈隆 | | 朝比奈隆告別出演 |
| 12 | 一九四四年二月六日 | 日 | 一七時三〇分 | ライシャムシアター | スルツキー | | 申二月四日 |
| 13 | 一九四四年二月一三日 | 日 | 一七時三〇分 | ライシャムシアター | スルツキー | 李恵芳（Pf.） | 申二月一一日 |
| 14 | 一九四四年二月二〇日 | 日 | 一七時三〇分 | ライシャムシアター | スルツキー | | 申二月一九日 |

| | | | | | | | |
|---|---|---|---|---|---|---|---|
| 15 | 一九四四年二月二七日 | 日 | 一七時三〇分 | ライシャムシアター | スルツキー | 高芝蘭（S） | 申二月二五日 |
| 16 | 一九四四年三月四日 | 土 | 一八時 | ライシャムシアター | スルツキー | | 申三月三日 |
| 17[*1] | 一九四四年三月一一日 | 土 | 一八時 | ライシャムシアター | スルツキー | シェフツォフ（Vc.） | 申三月八日 |
| 18 | 一九四四年三月一八日 | 土 | 一八時 | ライシャムシアター | スルツキー | アドラー（Vn.）、ジラルデロ（Fl.）、ヴェルニック（Cl.） | 申三月一六日 |
| 19[*2] | 一九四四年三月二五／二六日 | 土／日 | 一七時三〇分 | ライシャムシアター | スルツキー | チュマコヴァ（Ms.）、マルコフ（T）、ロシアン合唱団ほか | ロシア特集 申三月二一日 |
| 20 | 一九四四年四月一／二日 | 土／日 | 一七時三〇分 | ライシャムシアター | スルツキー | | 増強楽団 申三月二九日 |
| 21 | 一九四四年四月八／九日 | 土／日 | 一七時三〇分 | ライシャムシアター | スルツキー | アドラー（Vn.）、ポドゥシュカ（Vl.） | 増強楽団 申四月四日 |
| 22 | 一九四四年四月一五／一六日 | 土／日 | 一七時三〇分 | ライシャムシアター | スルツキー | 王文玉（Sp.） | |
| 23 | 一九四四年四月二二／二三日 | 土／日 | 一七時三〇分 | ライシャムシアター | スルツキー | 董光光（Pf.） | 申四月一八日 |
| 24 | 一九四四年四月二九／三〇日 | 土／日 | 一七時三〇分 | ライシャムシアター | スルツキー | ビアンキーニ（Hr.） | 申四月二六日 |
| 25 | 一九四四年五月六／七日 | 土／日 | 一七時三〇分 | ライシャムシアター | スルツキー | 李天鐸（S）、金山史朗（Bar.） | 申五月三日 |
| 26 | 一九四四年五月一三／一四日 | 土／日 | 一七時三〇分 | ライシャムシアター | スルツキー | 伴野澄子（Pf.） | 申五月一〇日 |

| | | | | | | | |
|---|---|---|---|---|---|---|---|
| 27 | 一九四四年五月二〇／二一日 | 土／日 | 一七時三〇分 | ライシャムシアター | スルツキー | ボナビタ（T） | 申五月一二日 |
| 28 | 一九四四年五月二七／二八日 | 土／日 | 一七時三〇分 | ライシャムシアター | フォア | | 特別大編成管弦楽 申五月二五日 |

＊1　第一七回よりプログラムの形態が変わる。従来英・日・中で一頁ずつ同じ内容（曲目・演奏者名）を印刷していたのが、以後、英文で曲目・演奏者名（一頁）、中文で曲目解説のみ（三分の二頁）、日文で曲目のみ（三分の一頁）と、内容を分担した形となる。用紙を節約する意味もあったのだろう。

＊2　第一九回以降、二日ずつ同じプログラムで演奏するようになった理由については不明。このシーズンは第五回からほぼ毎回『申報』に予告広告が掲載されているが、朝比奈隆の出演を契機としたものか。

表5　一九四四年夏季野外演奏会

| 回数 | 年月日 | 曜日 | 開演時間 | 場所 | 指揮者 | ソリスト | 備考 |
|---|---|---|---|---|---|---|---|
| 1 ＊1 | 一九四四年七月一／二日 | 土／日 | 二〇時 | 顧家宅公園 | フォア | | 英・中 申六月二九日 |
| 2 | 一九四四年七月八／一〇日 | 土／月 | 二〇時 | 顧家宅公園 | フォア | | 申七月八日 |
| 3 | 一九四四年七月一五／一六日 | 土／日 | 二〇時 | 顧家宅公園 | スルツキー | | 申七月一五日 |
| 4 | 一九四四年七月二二／二三日 | 土／日 | 二〇時 | 顧家宅公園 | スルツキー | | 申七月二二日 |
| 5 | 一九四四年七月二九／三〇日 | 土／日 | 二〇時 | 顧家宅公園 | フォア | ドブロヴォルスキー（Tp.） | 申七月二九日 |
| 6 | 一九四四年八月五／六日 | 土／日 | 二〇時 | 顧家宅公園 | スルツキー | コードロム（S） | |

| | | | | | | | |
|---|---|---|---|---|---|---|---|
| 7 | 一九四四年八月一二／一四日 | 土／月 | 二〇時 | 顧家宅公園 | フォア | | |
| 8 | 一九四四年八月一九／二〇日 | 土／日 | 二〇時 | 顧家宅公園 | スルツキー | | 申八月一九日 |
| 9 | 一九四四年八月二六／二七日 | 土／日 | 二〇時 | 顧家宅公園 | フォア | アドラー（Vn.） | 申八月二六日 |
| 10 | 一九四四年九月二／三日 | 土／日 | 二〇時 | 顧家宅公園 | スルツキー | ヤヌシェフスキー（T）ほか 演出・ソコルスキー | 歌劇「道化師」*2 申八月二八日 |

＊1　このシーズンは、各回とも二日ずつ同じプログラムを演奏している。
＊2　英文と中文の梗概あり。

表6　一九四四－四五年（第三楽季）定期演奏会

| 回数 | 年月日 | 曜日 | 開演時間 | 場所 | 指揮者 | ソリスト | 備考 |
|---|---|---|---|---|---|---|---|
| 1* | 一九四四年一〇月一日 | 日 | 一七時一五分 | ライシャムシアター | フォア | | 英・中 申九月二六／一〇月一日 |
| 2 | 一九四四年一〇月八日 | 日 | 一七時一五分 | ライシャムシアター | フォア | シェフツォフ（Vc.）、ポドゥシュカ（Vl.） | 申一〇月三／八日 |
| 3 | 一九四四年一〇月二九日 | 日 | 一七時一五分 | ライシャムシアター | フォア | ドクソン（Vc.） | 申一〇月二五日 |
| 4 | 一九四四年一一月五日 | 日 | 一七時一五分 | ライシャムシアター | フォア | アドラー（Vn.） | 申一一月三日 |
| 5 | 一九四四年一一月二六日 | 日 | 一七時一五分 | ライシャムシアター | フォア | ディクレティ（Pf.） | |
| 6 | 一九四四年一二月二四日 | 日 | 一七時一五分 | ライシャムシアター | フォア | アドラー（Vn.）、リスキン（Vn.）、シェフツォフ（Vc.） | 申一二月二三日 |

| | | | | | | | |
|---|---|---|---|---|---|---|---|
| 7 | 一九四四年一二月三一日 | 日 | 一七時一五分 | ライシャムシアター | フォア | コードロム（S） | 中一二月三〇日 |
| 8 | 一九四五年五月六日 | 日 | 一七時一五分 | ライシャムシアター | フォア | | 中五月二／五日 |
| 9 | 一九四五年五月二〇日 | 日 | 一七時一五分 | ライシャムシアター | フォア | ドクソン（Vc.） | 中五月一六日 |
| 10 | 一九四五年六月三日 | 日 | 一七時一五分 | ライシャムシアター | スルツキー | | 中六月三日 |
| 11 | 一九四五年六月二四日 | 日 | 一七時一五分 | ライシャムシアター | フォア | ディクレティ（Pf.）、ドブロヴォルスキー（トロンバ） | 中六月二一／二四日 |

＊このシーズンは、プログラムに日本語がほとんど見られない（表紙に「ライシャム劇場」の表記があるのみ）。英文で曲目・演奏者名を、中文で曲目解説を掲載している。

表7　一九四五年夏季野外演奏会

| 回数 | 年月日 | 曜日 | 開演時間 | 場所 | 指揮者 | ソリスト | 備考 |
|---|---|---|---|---|---|---|---|
| 1＊ | 一九四五年七月二八日 | 土 | 一九時 | 日華倶楽部 | スルツキー | ロランド（Bar.） | 英　中七月二五／二八日 |
| 2 | 一九四五年八月一二日 | 日 | 二〇時 | 日華倶楽部 | フォア | 高芝蘭（S） | 英　中八月一二日 |

＊このシーズンは始まりも例年より遅く、終戦のためわずか二回で終わっている。戦争末期の物資の欠乏を反映し、プログラムの紙質も悪く、紙一枚に英文で曲目等が示されているのみで、「上海交響楽団」「日華倶楽部」などごく一部が中国語表記となっている。

表8　特別演奏会（一九四二－四五年）
〔上海音楽協会主催のものか、または上海交響楽団が出演している演奏会〕

| 年月日 | 曜日 | 開演時間 | 場所 | タイトル | 指揮者 | 備考 |
|---|---|---|---|---|---|---|
| 一九四二年一二月九日 | 水 | 二〇時 | 南京劇場 | 大東亜戦争一周年記念演奏会 | フォア | 日・英 |
| 一九四三年三月一〇日 | 金 | 一三時三〇分 | 美琪大戯院 | 盟邦陸軍紀念節交誼音楽与電影大会 | 中川牧三 | ＊1 日・中 |
| 一九四三年五月二〇日 | 木 | 一九時三〇分 | 虹口公園 | 虹口特別公演 | フォア | 日 ヴァレスビー（Vn.） |
| 一九四三年五月二六日 | 水 | 一三時三〇分 | 美琪大戯院 | 盟邦海軍紀念節交誼音楽与電影大会 | 記載なし | ＊2 日・中 |
| 一九四三年六月一二日 | 土 | 一七時 | 上陸軍部長公館 | 野外演奏会 | フォア | 日・英 フォルティーナ（Fg.） |
| 一九四三年一〇月一一日 | 月 | 二〇時三〇分 | 美琪大戯院 | 藤原義江・齊田愛子声楽大会 | ピアノ伴奏・高木東六 | ＊3 中・日 申一〇月七／八／一〇日 |
| 一九四三年一二月八日 | 水 | 二〇時三〇分 | 大光明大戯院 | 大東亜戦争二周年記念演奏会 | 朝比奈隆 | ＊4 日・英 |
| 一九四四年一〇月一一／一二日 | 水／木 | 記載なし | 大光明大戯院 | 中日音楽大会 | 服部良一、梁楽音 | 中 独唱・白虹、渡辺はま子ほか |
| 一九四四年一二月一〇日 | 日 | 一四時 | 美琪大戯院 | 大東亜戦争三周年記念交響楽公演 | フォア | 日・英 申一二月八日 |
| 一九四五年七月一日 | 日 | 一七時 | 大光明大戯院 | 梁楽音先生作品演奏慈善音楽会 | 梁楽音 | ＊5 中 |

＊1、＊2　この二つはいずれも上海交響楽団が出演しているが、上海音楽協会の主催ではない。主催団体は中国広播協会と中国電影聯合股份有限公司で、オーケストラ演奏に続いてそれぞれ映画「愛機向南飛」、「壮士凌雲」が上映されている。

＊3　この演奏会は上海音楽協会の主催だが、上海交響楽団は出演していない。
＊4　プログラムの形態は上海音楽協会の公演プログラムと似ているが、主催団体として「大東亜戦争二周年記念行事委員会」とある。
＊5　プログラムの表紙には中国語で「上海音楽協会主辦」と印刷されているが、草刈の筆跡で「にあらず」と書き込まれている。

## 2　会場と聴衆

上海音楽協会発足直後、一九四二年の野外演奏会（表1）と一九四三年の野外演奏会（表3）は、工部局交響楽団時代のそれと同様に、共同租界中心部の欧米人と、虹口地区の日本人に対象を分けて行われていたことがわかる。会場となった顧家宅公園（現在の復興公園）はフランス租界中心部にあり、一方の新公園（虹口公園。現在の魯迅公園）は日本人の憩いの場だった。ところが一九四四年になると、野外演奏会は顧家宅公園のみの開催となっている（表5）。戦局の悪化により、軍の引き締めが行われたか、またはすでに日本人居留民に野外演奏を楽しむゆとりが失われたことを意味しているのだろう。

会場について言えば、冬季の定期演奏会は、当初の何回かを除いてほとんどすべてライシャムシアターで行われており、これも工部局交響楽団時代の習慣を踏襲している。しかし日中戦争開戦以後、抗日テロを恐れる日本人は滅多に租界中心部に行くことはなかったため、フランス租界にあるライシャムシアターは遠い存在だった。したがって、定期演奏会の主要な聴衆として想定されていたのは、日本人ではなく、中国人と外国人（「敵国人」として娯楽場への出入りを制限された英米人等を除く。白系ロシア人や枢軸国人など）だったことがわかる。

## 3　指揮者・ソリスト

工部局交響楽団の指揮者だったマリオ・パーチは、上海音楽協会発足後、正指揮者への就任を固辞したといい、それまでコンサートマスター兼副指揮者だったアリーゴ・フォアが新楽団の指揮者に就任した。以後パーチは、ユダヤ人のマルゴリンスキーと共に客演指揮者の位置づけとなる。パーチとフォアはいずれもイタリア人（フォアはユダヤ系）であるが、一九四三年一一月からのシーズン（第二楽季）に二人が全く顔を出していないことが注目される（表4。最後の一回のみフォアが出演）。これは同年九月のイタリアの敗戦と関係していると見られ、上海でも戦線から脱落したイタリアは日本軍によって「敵国」と見なされ、資産の差し押さえなどが行われた。長年にわたり、上海音楽界に対して多大な貢献をしてきた二人であるが、当面は公的な場所に顔を出すのは不適切と考えられたのであろう。

このシーズンに、穴を埋めた形となったのがスルツキー（白系ロシア人）と朝比奈隆であった。スルツキーがロシア人によるバレエやオペラの舞台に頻繁に登場していたのに対し、朝比奈は上海では全く無名であり、最初のプログラムでは「朝奈比隆」と名前を間違って印刷される有様であった。しかし「大東亜戦争二周年記念演奏会」を振っただけでなく、定期演奏会を六回も振ったことや、コンサートマスターのアドラーをはじめ、ヴァレスビー、ビリューリン、フォルティーナなど団員を次々にソリストに据えていることからも、団員との相性は良かったと推察される。

ちなみに上海音楽協会設立当初の名簿（第一楽季第三回のプログラム所載）によれば、当時の団員は五〇人で（指揮者のフォアを除く）、大半は白系ロシア人かユダヤ人（ナチス・ドイツの迫害を逃れてきた難民）であり、二人の中国人と二人の日本人も含まれていた。前述のヴァレスビーは中国人とドイツ人の混血（父は著名な作曲家・音楽理論家の黎青主＝本名・廖尚果）で、団員の集合写真（草刈の資料Dにあり）を見るかぎりでは、二人しかいない女性団員の一人である。

一九四三年の野外演奏会に二度ソリストとして登場した岩井貞雄は、シロフォン（木琴）が専門で、打楽器担当の団員でもあった。もう一人の日本人団員高木辰男はロシア人との混血で、ヴィオラ奏者を務めた。

このほか、同年の野外演奏会に舞踊家として登場した小牧正英は、上海バレエ・リュッスの団員である。ハルビンの舞踊学校を卒業した小牧はロシア語が堪能で、ロシア人団員らとも親しく付き合っていた。当時の日本人としては先駆的な小牧の存在があったからこそ、上海音楽協会（ないし草刈義人個人）がバレエ・リュッスに注目し、コラボレーションが実現したのであろう。

日本人ソリストについてさらに言えば、一九四二年一二月に山田耕筰が客演した時に声楽家の伊藤武雄と辻輝子が、一九四四年五月にはピアノの伴野澄子が登場している。山田耕筰の客演は一九三八年一一月以来のことで、工部局交響楽団時代に客演した日本人指揮者としては、ほかに近衛秀麿がいる。山田は上海訪問に先立つ四二年一〇月に、伊藤と辻（のちの山田夫人）を率いて国内五都市を巡る「音楽巡回大演奏会」を行っており、その成功が上海公演の企画につながったとも考えられる。なお、一九四二年以来数度にわたって出演している金山史朗は、プログラムの英語表記によれば朝鮮出身の声楽家である。

## 4　演奏会の目的と意義

太平洋戦争勃発により、上海租界は日本軍の支配下に置かれたが、アジア有数の国際都市の機能を維持するという方針のもと、市民の日常生活に混乱が生じないよう配慮がなされた。また先述のように、欧米人によって築かれてきた音楽文化を、日本側がつぶすことは国家の面子に関わる問題と見なされたため、日本側は少なくとも従来と同程度の演奏活動を続ける必要があった。

工部局交響楽団の団員の大半が「中立国人」である白系ロシア人やユダヤ難民であったこと、指揮者のパーチやコンサートマスターのフォアが枢軸国であるイタリアの出身であったことは、楽団をそのまま維持するのに好都合だった。彼らとて、競争の激しい上海で生活の手段を失うことは本意ではなかったから、たとえ楽団の名称が変わり運営主体が変わろうとも、活動を続けることに異議はなかっただろう。

しかし、聴衆の側には大きな変化が生じていた。従来上海租界で政治的・経済的に最も大きな力を持っていたのはイギリス人・アメリカ人であり、工部局交響楽団の演奏会に足を運ぶのも、これらの人々が中心だったと考えられる。開戦後、「敵国人」は段階的に市民生活から排除され、最終的に収容所に送られるが、主要な聴衆を失うことは、上海音楽協会の活動にも当然支障を来したはずである。

これらの背景を考慮した時、今回の資料にはいくつかの注目すべき点がある。最も目を引くのは、工部局交響楽団時代とは異なり、演奏会プログラムに中国語の表記や曲目解説が登場したことである。一九四二－四三年（第一楽季）の定期演奏会プログラムは、当初日本語の曲目解説のみが掲載されていたが、第一五回からは中国語による解説が付されるようになった（表2）。一九四三－四四年（第二楽季）からは日本語の解説がなくなり、中国語のみとなっている（表4）。中国語の解説には「昌寿」（第二楽季以降は「陳昌寿」）の署名があるが、これは作曲家・陳歌辛の筆名である。(1)

当時ポピュラー音楽の作曲家として、いくつものヒットを放った陳歌辛と上海音楽協会の関わりについては、中国側の音楽家伝などではほとんど書かれることがなく、いわば「タブー」となっている。日本側の文献では、上田賢一『上海ブギウギ一九四五　服部良一の冒険』（音楽之友社、二〇〇三年）の中で、上海に滞在中の服部良一と親しく交わった中国人音楽家の一人として登場するが、「陳華辛」と誤記されているのが惜しまれる。

陳歌辛が上海交響楽団のために書いた曲目解説は、日本語版の翻訳ではなく、彼自身の筆によるものである。曲目の理解に必要な、基本的な内容であるが、週一回のペースで行われる演奏会のために、毎回三曲分ほどを書かなくてはならないから、相当の労力と時間を費やしたことが推察される。

先に述べたように、定期演奏会の会場であるライシャムシアターは、日本人にとっては足を運びにくい場所であったため、英米人聴衆がいなくなったあとは、中国人の聴衆を集める必要があった。一九四三年一二月からは、ほぼ毎回のように中国語新聞『申報』に広告も掲載している（表4）。これらの方策が誰の発案であったのかは明らかでないが、草刈自身は、彼の目に映った聴衆がほとんど中国人であったと述懐しており[(2)]、実際に効果が上がっていたことがうかがえる。

筆者がかつて取材した、上海在住のある歴史研究者（一九二七年生まれ）は、上海音楽協会主催の演奏会やバレエのプログラムを今でも保存していた。当時十代半ばだった彼は、おそらく親に連れられて見に行ったのだろうが、その頃のライシャムシアターが、中国人にとってすでに「敷居の高い」場所ではなかったことがわかる。

これまで見てきたように、日本側が工部局から楽団の運営を引き継いだとは言え、特に日本人聴衆を意識した会場の選定が行われたわけではなく、日本人向けの企画が増えたわけでもない。日本人に対する西洋芸術の普及という意識は、草刈を含む一部の関係者にはあったようだが、公演の実態から見るかぎり、日本人よりも中国人の方が、租界の音楽文化の「遺産」をより多く享受したように思われる。

上海音楽協会は、戦時の文化工作機関の一つと位置づけられ、音楽による人心の安定という目的を持っていたと考えられるが、それまで外国人がほぼ独占していた楽団の演奏会を中国人に開放し、西洋クラシック音楽やバレエ・オペラなどの舞台芸術を普及させたことは、文化交流の上で注目すべき成果であると言えるだろう。

## 四　おわりに

本稿では草刈が所蔵した資料のうち、上海交響楽団に関わる資料しか分析の対象とせず、それも野外演奏会と定期演奏会に焦点を当てるにとどまった。日本軍支配下の特色を表す特別演奏会や、今回表にはまとめきれなかった定期室内演奏会については、機会を改めて分析することにしたい。

また、本稿ではバレエ・オペラ公演については詳しく取り上げなかったが、従来ロシア人が主体となって運営していたバレエ団・歌劇団に、上海音楽協会がどのように関わっていったのかは、分析を要する重要な点である。また、草刈や小牧正英の戦後の活動を見た時、上海での経験が大きな糧となっていることは疑いなく、その連続性に注目した考察が加えられるべきであろう。これらは今後の課題として、引き続き研究を進めたい。

（1）第一楽季の第二七－三二回のみ、署名が「陳歌辛」となる不統一が見られる。

（2）「音楽は時空を超えて人を結ぶ」（『日中経済協会報』一九八号、日中経済協会、一九九〇年三月）一三頁。

# 呂楠論
## ——中国ドキュメンタリー・フォトにおけるチベットモチーフの位相——

山本　明

### 一　はじめに——気付かれた手

二〇〇八年三月二日、広東美術館でその白黒写真の前に立っていると、ささやき声が意識に割り込んできた。展覧会の初日、二日目と観客は寥寥たるものだった。中国における「紀実撮影」（ドキュメンタリー・フォト）の、しかも個人作家の回顧展では無理もない。三日目の今日は、日曜日のため観客が増えていたが、視界を長く遮られることもなく、私は二〇〇点を越える作品群の印象をゆっくりと反芻していた。ふと、目の前の観客が同じ反応をすることに気づき、その作品から注意を引き剝がされてしまったのである。第一展示室は精神病患者をモチーフとした第一作品集『忘れられた人々』から、第二展示室はカトリック村をモチーフとした第二作品集『路上』から、第三、第四展示室はチベットをモチーフとした第三作品集『四季』から作品が展示されていたが、他の作品の前でこのような現象は起きない。

人々はまず、影に浮かぶ白い手のひらに気付く。近づくと、山の斜面に幅三メートル、高さ二メートル、奥行き一メートルあまりの石牢があり、逆光で影になった壁面に三〇センチ四方の穴があり、そこから右手が突き出されていることがわかる。石牢の前には中年の男が座りこみ頬杖をついて地面をぼんやりと見ている。その横には老婆が座り、両手を男の左肩に添え、うつろな視線を足元に落としている。さらに近づくと、長文のキャプションが目に入る。右手の主は山村で唯一の大学生であり、冬休みに帰省した際に発病し、母親を殺害し、父親を傷つけた。恐れた家族によって彼は石牢に閉じ込められ、毎日食事を届けるのが、彼を愛する八五歳の祖母だとある。そこで観客は初めて三人が直面している事態を理解する。この三人が画面左下四分の一に小さく配置されているため、観客は改めて画面に近づき、悲劇的運命と対峙している人間の表情を確かめようとする。自己の内側を覗き込んでいるような父親と祖母の眼差しは、いかなる意味づけをも拒絶する。そこで観客は首をふり、虚空に必死で何かを求める白い手のひらに一瞥をくれる。画面左半分の悲劇を指さし、自分の連れに何かを語りながら、画面右半分のそれとはあまりに対照的な世界に、木々の葉や雑草が日差しを浴びて美しく輝いていることに、違和感を覚えるだろう。そして、画面の中心点に目が吸い寄せられる。石壁にもう一つ差し入れ用の穴が開いており、そこから、濃い闇が今にもあふれ出してきそうである。画面を満たす死の気配から、母親の死と石牢に隔離された社会的死から、死の暗闇から救いを求めて突き出された手から、目をそらすだろう。呂楠の「紀実撮影」の作品「家庭」である。[1]

「紀実撮影」とは、一九三〇年代アメリカで確立したジャンルが要請した呼称「documentary photography」[2]でもなければ、日本語のドキュメンタリーフォトグラフィーでもなく、中国写真史黎明期から存在した「documentary photography」でもない。一九八〇年代末期に意識化が始まり、九〇年代にジャンルとして確立した撮影理念と撮影スタイルである。撮影にあたり官憲の干渉を受け[3]、展覧会に出品できない時期を経て[4]、ようやく美術館で個人展が開催されるまでになった呂楠の歴史は、紀実撮影のジャンルがオーソライズされてきた歴史そのものといってよい。

一九八六年、紀実撮影最初の大回顧展『十年一瞬』が北京で開催され、李暁斌の「陳情者」(「上訪者」)が展示された。その作品がなければ、九〇年代の紀実撮影ブームはなかったであろうと評価されている。[5]一九七七年、それを撮った作者はカメラの没収を恐れて現場を逃げ出した。文革の狂気の遺産が表象化されたような老人の姿態は、一〇年経て十分に刺激的であった。呂楠の「家庭」にもタブーを犯すことで暴露された真実がある。文革の様式であった「高、大、全」や「紅、光、亮」に代表される虚構の画像とは異なる。医療行政の不備、辺境の農村の落伍性、貧困な階層の真実を示した。「呂楠は実際、ある種の流行をきりひらいたのであり、それは多くの写真家に『紀実撮影』では撮影対象の選択が極めて重要であることを認識させたのである。……九〇年代の『紀実撮影』の勃興において、その要因の一つに、特殊な領域に対する特殊な関心があった」[6]と評価される通り、タブーの侵犯は紀実撮影の特色であり、呂楠はジャンルの発展をリードしたといってよい。

一九九二年一〇月、一枚の写真が数万人の観客を集めた。貧困のために学校に行けない子供たちをモチーフとした解海龍の作品「大きな眼の少女」(「大眼睛的少女」一九九一年)は、就学支援を目指す運動「希望プロジェクト」を成功させた。この作品は、紀実撮影を「真に中国写真界と社会大衆から広く認知させる」[7]作品となった。紀実撮影は社会改良の工具として、政府からもオーソライズされるジャンルとなった。傷痕や反思文学の後、実験性や都市生活の細部へ、個人の内面へと沈潜していった文学が、社会改良という重責を肩から下ろし始めたとき、かわりに載道の重荷を背負ったのが紀実撮影といえるかもしれない。

一九八一年、『国際撮影』の編集林少忠と翻訳家王慧敏が、documentary photography を翻訳する際、ドキュメンタリー映画「紀録映画」との混乱を避けるため用いた「紀実撮影」は、こうして新たに勃興したジャンルを表す言葉となった。

拙稿で紀実撮影におけるカトリックモチーフの位相を論じたことがある。[8]複数の作家がカトリックというタブーに挑んだが、呂楠の作品には、宗教政策批判や社会改良の道具などに還元できない価値があることを検証した。死と、断絶と、哀しみと、家族と、自然という人生の普遍的手触りが個性的文体で表象化されていた。「家庭」に代表される精神病患者モチーフでも、チベットモチーフでもそれらの構成要素は通底する。しかし、構成要素を表現する映像文体には、三部作の歴程を通じて変化が生じた。では、監禁され「忘れられた」手は、どのような救済を見つけたのか。石牢の前で人生の本源的悲哀に囚われていた家族の眼差しは、どのように変化したのか。傍らで輝いていた辺境の自然は、どのように変質して立ち現れたのか。本稿では、三部作最後のチベットモチーフをとりあげ、「家庭」の変容を表現するために獲得された呂楠の個人文体を明らかにし、紀実撮影の表現史のうちに価値づけたい。

## 二　チベットの手

西蔵とは何を蔵（かく）してきたのか。蔵されることで生じた磁場は、人々を西方の彼岸へと招き続けてきた。その彼岸のイメージとは何か。

彼岸のイメージとは、水底まで透き通る神秘の湖や中空に浮かぶ信仰の対象たる山々であろう。かつては「偉大なる祖国の山河」とキャプションがつけられたそれらの風景写真は、現在、天気予報のアイコンへと凋落した。

彼岸のイメージとは、濃い緑の木々と黄色の花々の中で草を食む牛と、背後の村落であろう。チベットの画像は「世外桃源（俗世間の外の桃源郷）」とキャプションがつけられ、[9]再生産され続けている。桃源郷とは、秦帝国から逃れ棲み、歴史から「降りた」退行型ユートピアである。人類の起源が保存されている永遠の理想郷「シャンバラ」[10]と呼ばれるチベットも、子宮回帰願望に基づくユートピアに他ならない。グローバリズムや市場原理から「降りる」ことへの願望は、九〇年代以降の中国において強くなるばかりであろう。

彼岸のイメージとは、数々の寺院や仏像、僧侶たちと民族衣装を身に纏った人々の宗教儀式であろう。この画像は「西蔵仏教」とキャプションがつけられ、再生産され続けていく。そして今後も異国趣味や猟奇的視線を満足させていくだろう。

チベットモチーフとは、偉大な祖国という中国的物語のプロットとして、失われたユートピアという普遍的物語のプロットとして、消費されてきた。そしてカメラマンは、そうした常套的物語を再生産するためにチベットを訪れ、真実のチベットを隠蔽し続けてきたといえる。「多くのカメラマンが悲愴な様子で西蔵へ創作をしにくといいい、何度か行くとますます悲愴になって『魂まで浄化された』というようになる」[11]。チベットを無自覚に被写体とすることを批判されても、フォトジェニックという常套性へ逃げこむ写真家は絶えない。

「絵づらとしては取り柄のないことはわかっていた」[12]のに、藤原新也はシャッターを押し続けてしまう。ファインダーの中には、チベットの荒野を走る少年僧がいる。生命の痕跡がない無限の「荒野」=「地獄」の中で回合した、もはや意味を越えてそこに「在る」存在自体、つまり「生命」に、藤原は感応している。その瞬間、フォトジェニックという既存の意味文脈からも解放されている。被写体がラマ教の僧侶であり、チベット民族であってもエキゾチシズムを喚起しない。被写体は誰にでも、あるいはどのような生き物にでも置き換え可能であろう。つまり生命の本質が有する普遍性がそこにある。既存の意味にまみれた「西蔵」から解き放たれたチベットを、捉え得た作家は多くない。

楊延康はあえて常套的西蔵の聖性を被写体に選び、そこに日常性を写し撮ることで異化を図った。僧侶たちはみな少年のように遊び、笑い、居眠りをする。聖性の裏側の俗性を示すことで、生命のいかがわしい活力を動態的に描出した。藤原新也と似たスタンスといえよう。

その対極が呂楠であろう。呂楠はチベット農民の四季の日常生活を被写体に選んだ。聖性の中に日常を見つけるのではなく、日常の中の聖性を画面に捉えた。楊延康のように聖性を揶揄する観察者の視座ではなく、日常性、つまり被写体内部の視座を獲得した。しかし、農民モチーフも又、四季耕作図から「国家の主人公」や「労働模範」の表象まで、常套性の桎梏に囚われているのである。

馬原という小説家がチベットを舞台に作品を書き続けた。小説を書くためにチベットへ行ったと批判される。しかし、彼はチベットを書いたからではなく、いかに書いたかという方法的実験において価値づけられるべき作家である。確かに、チベットの磁場によって作品世界を切り拓いた点で、チベットを創作基地にしているといえよう。ただ、彼は旅行者の猟奇的視線ではなく、チベットで生活し、そこから引き揚げた者の視座に立つことで、作家としての出発点を得た。チベット民族と漢族の文化がフラットに並存する多元的世界観を盛るための新たな文体を開拓したのである。他民族を自己の鏡像として消費するのではなく、日常性の中から他者が立ち現れる触感によって多元性を表現するため、表現を模索した。結果、単語が意味文脈をはなれ、オブジェのように自立する「異化の文体」を駆使し、他者性が顕現する瞬間を造型したのである。私は、同様のスタンスをとった作家の水脈を安西冬衛にまで遡り、表現史における馬原の実験的価値を論じたことがある(13)。

呂楠もまた、個々の被写体を「チベット写真」や「農民写真」の常套的意味文脈からいかに引き剝がしたか、それによって何を顕現させたかという方法的実験において価値づけられるべきであろう。三部作の終着点は『四季——チベット農民の日常生活』であった。四季とはさまざまな相を見せながら流れていく時間であり、循環することで再生を繰り返していく永続的調和である。呂楠は、農民生活の諸相を通じ、自然と人間の調和態を、更にそうした風土の中で世代を越えて受け継がれていく文化構造としての「日常性」を、映像化した。そして市場原理の碾き臼に雪崩落ちていく九〇年代の中国都市生活の日常にとり、その「日常性」がいかに非日常であり、救済原理となりうるかを示した。

本稿では農民生活のさまざまな相を、他作家の作例と比較しながらたどることで、呂楠の画像の中心に「手」があることを実証したい。それは物理的な手にとどまらないが、いずれもチベット仏教を生んだ世界観の露頭であると考えられる何ものかである。そして旅行者や観察者の視座に立つ限り顕現しない画像であった。呂楠はいかなる視座を開拓することでその画像を実現しえたのか。

## 三　働く手

後輩に教えを請われたとき、呂楠は、「君は鉱山労働者を撮れ」といい、セバスティアン・サルガードの写真を見せた(14)。サルガードの代表作に労働賛歌があり、収穫する農民の動きも背後の自然もダイナミックである。無数の葉や砂糖黍が画面一杯に氾濫し、男たちがそれらをなぎ倒す。闘いが動態的に捉えられている(15)。農業とは、本来自然とのコミュニケーションの最前線である点で、生活と風土の融合態が顕著となる労働である。確かに収穫は自然との闘いにおける勝利という側面も持つが、呂楠はサルガードとは対極的なスタンスをとるであろう。

紀実撮影に、「麦客」という代表的モチーフがある。胡武功や侯登科も長期取材をし、農民が麦を刈る躍動感を動態的に捉えている。しかし、「麦客」とは、生まれ育った自然から切り離され、家族と離れ、金銭のために働く出稼ぎ労働者なのである。その過酷な実態を暴露する事で、九〇年代の紀実撮影隆盛に貢献した。農業とは、家族や村落共同体が作業を共にする点で、人間同士の紐帯が顕在化する労働である。金銭を得ることを目的とする農作業とは対極の労働を呂楠は形象化するであろう。

解放後の中国において農民は一定のイメージを持つ。国家の主人公である。しかし、国家や人民に服務するという点で、農業は手段である。計画経済のみならず、市場経済においても労働は、価値を生み出すための手段である。呂楠の映像文体は、農業自体が持つ本源的価値に気付かせるであろう。

サルガード作品の鉈を持つ手も、麦客の鎌を握る手も、労働の過酷さが結晶化した表象である。土門拳が作品化した匠の手は、ものを作り出す効率性が究極まで洗練された美の表象である。写実美であれ洗練美であれ、個々人の労働の表象である。しかし、呂楠の描出する手や手に代わる表象は、全く異質な美を我々に発見させるのである。

## 1 掘る

清末の上海郊外、二人の農民がロバと一緒に鋤を引き、畑を耕している。写真のキャプションには、「家畜が足りず、やむなく自分が牛馬となる」とある。(16) また、九〇年代の陝北では二人の農民が牛に鋤を引かせている。写真のキャプションには「時は止まっている。一千年前二千年前の人々もこのように耕していた」とある。(17) 土を掘り起こす重労働は、貧困と停滞性を表す格好のモチーフである。

もし、チベットの風土色を出すならば、ヤクに鋤を引かせるところを横から撮ればよい。(18) ヤクのフォルムも、鋤の形も、後について種を蒔いていく姿態も異国趣味を満足させるであろう。もし、農作業が持つ連帯感を表現するのであれば、文革時の集団耕作のように一斉に鍬を振り上げている人々を撮ればよい。(19) もし、農作業の過酷さ、大地の広大さを表現するのであれば、画面のほとんどを乾燥した畑地のマチエール、(20) あるいは無限の空とし、(21) 人物は点景として小さく置けばよい。

呂楠の作品集『四季』収載の「馬鈴薯を植える母娘」（図版一二）[22]はそれらいずれの常套的図像とも異なる。母と娘の二人だけを画面中央に大きく配した。母親は腰をかがめ、シャベルで土を掘り起こし、畝を作っている。バックショットのため、顔は陰になっているが、シャベルを握る節くれだった左手には光があたっている。その左手のすぐ横から紐が伸びている。その紐は、母親に向かい合って立つ少女の右手へと繋がっている。少女はその紐を引っぱることで手助けをしている。彼女たちの背景には無数の畝が地平線まで続き、地平線は横位置の写真のほぼ中央の高さを横切り、その上部画面四分の一の高さに灰色にかすむ山並の稜線が走り、その上には雲の無いフラットな空が広がる。

順光のため、少女の真剣な眼差しや、袖をまくりあげ、古びた上着がはだけるのもかまわず作業に集中している姿態が克明に描出されている。しかもローアングルのため、地平線より腰から上が、山の稜線より肩から上が出ている。牛と鋤が画面三分の二をも占めるため人物が後景化した陝北の作例とは異なり、又、人物を点景としたその他の作例とも異なり、呂楠はミレーが描いた農民のように少女を地平線の上に屹立させた。ならば作品を縦位置とし、少女だけを画面一杯に拡大する選択肢もあったはずである。しかし、画面の中心点は少女の上にはなく、シャベルと紐の結節点のすぐ上、二人の手を結ぶ線の上、二人の視線の集束点にある。陽光があたって白く輝いているため、見るものの視線は、まずその結節点へと導かれ、それからそれを持つ二人の手へ、さらに二人の姿態を経て、二人の視線を追って、再び視線が収束する結節点へと循環する。その動きを通じ、二人が一つの有機的な空間を形成していることに気付かされるのである。

陝北の農夫は共にカメラ目線であり、上海郊外の農夫はともにバックショットであり、集団耕作の農民たちでさえ、各々の視線が集束することはない。ミレーは「耕す人」というモチーフに二〇年あまり執着し、さまざまな構図を残した。[23]鍬の先に夫婦の視線が集束している点で類似構図（「馬鈴薯を植える人」）[24]もある。しかし、ローアングルではないので、二人の表情も手も克明に描出されない。ゴッホも当該モチーフに執着し、ミレーの模写にとどまらず、類似作例が多数存在する。ゴッホの全油彩画中、馬鈴薯畑で土を掘るモチーフは六例存在し、二人が向き合う構図は三例、畑で二人が向き合って土を耕している構図が一例存在する。(25)しかし、いずれもバックショットであったり、ハイアングルであったり、真横からのショットであったり、人物の表情や手は単純化されている。呂楠とモチーフも構図も類似しているが、過酷な労働自体がテーマとなっている。

呂楠の『四季』一〇九作品中、土を掘り起こす作品は七例(26)と、五番目に多いモチーフであり、一定の執着が認められる。ミレー等先行例との違いは、紐と視線と手にあり、それらは常套的な労働イメージではなく、むしろ家族の絆の形象化であることが確認されよう。

## 2 刈る

声をかけられ、ふと農婦が振り返る。右手には麦刈りの鎌を持ったまま、かすかな驚きとはにかみの混ざった表情を浮かべる。麦の穂の波が彼女をつつみ、麦畑の彼方には山並が横たわり、重い雲が広がっている。民族衣装に身を固め、麦の束を持って、屈託のない笑顔を浮かべる類型的画像なら「豊衣足食」とキャプションがつけられるだろう。(27)また、不本意なままレンズを向けられているなら、表情はこわばるはずだ。しかし『四季』の「収穫する娘」(図版四二)はそのいずれでもない。腰をかがめて地べたの麦を束ねているもう一人の農民から今、声をかけられた。そんな表情を彼女は浮かべている。

チベットの麦畑だけを被写体とし、アニミズム的作品とする選択肢があった。太陽の光に輝く大麦の穂だけを画面一杯に溢れさせるのである。(28)あるいは人物を排し、画面下半分に集団生命体のような穂の海の揺らぎを、上半分に山並と空を配置するのである。(29)大麦は炒られて粉となり、チベット民族の主食ツァンパとなる。一面の麦畑は、文字通り彼らの命の海なのである。

一方、女性を焦点化する選択肢もあった。侯登科は、高さが肩まである麦畑の海に浮かぶ、一人の女性のバストショットを作品化した[30]。彼女より手前と奥をアウトフォーカスすることで、唯一焦点が合わされた人物が前景化する。画面中央には彼女の顔があり、カメラを厳しい目つきで見つめ返している。自然は彼女を引き立たせる背景にすぎない。楊延康にもチベットの麦畑に一人佇む女性のバストショットがある[31]。こちらはパンフォーカスのため、自然も人間も等価に焦点化されている。ただ女性は尼僧であり、白い鳩を胸に抱いているのである。侯登科も楊延康も、人間と自然で構図を作るが、そこに生活はなく、両者の調和態はない。

労働モチーフを、麦を刈る瞬間で形象化する選択肢があった。ハイアングルによって麦畑の広がりをフレームインさせ、そこに腰をかがめて麦や米を刈る農婦を配置したり[32]、ローアングルによって空と畑の上を舞う鳥をフレームインさせ、腰をかがめた農婦を配置する[33]作例が紀実撮影にはある。しかし、いずれもバックや斜めからのショットで、表情や手は写りこんでいないのである。

侯登科は一九九七年に、胡武功は一九九八年に、同一人物を被写体とし酷似した姿態を作品化した[34]。二人の紀実撮影家を魅了した麦客の男は、右手に持ったT字型の鎌で、一抱えもありそうな麦の束を持ち上げている。左手を後ろに振り上げ、前傾して走っているかのようだ。必死な形相がローアングルで捉えられている。背景にはなぎ倒された麦が地平線まで続いている。ロバート・キャパにロシアの農婦を写した写真がある。左手で麦の束を持ち上げ、右手は後方に振り上げられ、ややボケている。歯を食いしばった表情がローアングルで捉えられている[35]。キャパの作品の左右を反転すると胡や侯の作品となる。ロシアの大地に根をはった労働英雄は、時を経て大地を流浪する一群となり、搾取される労働者へと凋落した。しかし、その図像的記憶は継承されている。

呂楠の作品の麦畑は、なぎ倒されてのた打ち回っているわけでも、農婦を呑みこむばかりに膨れ上がっているわけではない。彼女の腰の高さで、彼女と共に、静かに、思い思いに、揺れているばかりだ。集団生命体のエネルギーを漲らせるのではなく、農婦に寄り添い、ただそこに存在している。しかも人物は中心から右よりにずらされ、ピントは彼女のみならず、周囲の麦畑にも合わせられている。横位置の画面の中心点は彼女の顔ではなく、馬蹄形のやわらかな曲線の鎌を持った彼女の手である。この手は、T字型の鎌を力強く握り、麦を殺戮していた麦客の男の手とは異質だ。中空にぼんやりと浮かんでいるのである。前へ前へと突進する力動感はない。集団労働の高揚や歓喜はここにない。英雄的闘争的表情もない。彼女は一人、山々が見守る麦のゆりかごの中に、ふうわりと立ったまま融解していくかのようである。刈り倒された麦の束は、アウトフォーカスされている。農婦と麦の穂がつくる縦リズムの調和を乱すノイズは慎重に排除されているのである。

一九世紀末のフランスで、働く農婦の画像は「大地の女神や豊穣の女神とも重ね合わされ」(36)都市生活者に消費された。レルミットの農婦（「収穫」）は貴族女性のようにプロポーションがよく、優雅なポーズであるし、デュプレの「干草を集める女」は、干草を撒き散らすほどにたくましい(37)。いずれも理想化された英雄である。『四季』で麦に限らず収穫を取り上げた作例は九個(38)と、二番目に多いモチーフである。そして「収穫する娘」の手が象徴するように、女神や英雄ではなく、自然と人間の融和性が前景化している。

### 3　休　む

収穫の合間に休む農民たちという画題は、一六世紀の農民画から、農作業との対比構図によって伝統的に継承されてきた(39)。実際ミレーには、積み藁にもたれかかって談笑する農夫たち（「積み藁のそばで休息する農夫たち」、「刈入れする人たちの休息」）や、藁の上で寄り添って昼寝をする農民夫婦や家族を描いた作品（「昼寝」「昼休み」「刈り入れ」）などが存在する。ゴッホはこのモチーフを「永遠の相」の露頭であるとした(40)。一方、大久保作次郎が農民夫婦の休息を描いた作品の題名は「平和」（一九二一年）である。大正期になると、もはや伝統的な四季耕作図はもちろん、明治以降の洋画家たちの農耕モチーフからも変質し、「農耕と共同体としての家族の主題を組み合わせる」作例が登場してきた。[41] 地域と時代を越え、一仕事おえた心地よさ、家族の紐帯という普遍的感覚を、休息する農民のモチーフは有しているといえよう。

『四季』では八例が労働の合間の休息であり、三番目に多いモチーフである。[42] しかも抱きあって昼寝する家族、積み藁に寄り添って眠る家族を、横から、そして足元から捉えた作例は、ミレーと類似した構図となっている。[43] 九〇年代の紀実撮影においても他作家の作例は多く、[44] このモチーフは常套的といえよう。

一人の少女が、麦畑の中で昼寝をしている。刈り取られた麦の褥の上で、親の大きな上着を枕にして眠りこけている。少女の顔の前には大きな洗面器があり、底に僅かな水がのぞいている。その手前には八本の弓形の鎌が置かれている。少女が泥をおとした鎌は、いずれも綺麗に磨かれて午後の仕事を待っている。少女の背後には刈り取りを待つ麦たちが風にゆれ、思い思いの方向に穂先をゆらしている。画面奥には雪を頂に残した台形状の山が見下ろしている。ローアングルで眠る人を捉えている点でミレーの構図に似ている。しかし、呂楠のこの作品「鎌をとぐ少女」（図版四六）は縦位置のため、少女の膝から先がフレームアウトしてしまっている。眠る姿態の一部を犠牲にした結果、少女の顔、そして顔の下で上着にすがりつく手が画面中央に配置されたのである。

この作品には横線のリズムがある。山の平らな稜線と麦畑の穂の海面と少女の横たわる姿態と洗面器と横にならべられた鎌が、平行にリズムを作っている。そしてそれらの横線の中央に、山の頂、少女の顔、手、洗面器、四本ずつの鎌の刃の中間が縦一列に並んで垂直線を形成している。つまり、ここには三つの世界がある。上三分の一には、地平線へと続く麦畑とその上の聳える山という自然界。下三分の一には、鎌と洗面器という労働の世界。そして中央には、眠る少女の世界である。広角レンズで被写界深度を深くした結果、ディストーションで洗面器や鎌は少女の上半身ほども大きく肥大してしまったが、三つの世界がいずれもパンフォーカスで等価に描出されているのである。少女は左半身を下にして眠っているので顔の左半分は影になっている。もっと露光を長くすれば少女の顔は明るくなり克明に描出できたはずである。しかし、そのぶん麦の穂先や雪をいただいた山は白くとんでしまい、存在感が失われたであろう。また、鎌の刃は完全に白くなり、労働の歴史の結晶である錆のマチエールも失われたであろう。露出からも三者を調和のうちに描出しようとする態度が看取できる。題名の通り人物が主題であれば、横位置で少女の全身のみにピントを合わせ、クローズショットで写すべきであった。しかし、無意識のうちに家族の紐帯をさぐりあて、摑んでいる小さな手が構図の中心点とされた。自然に抱かれて胎児のようにまどろむ少女の手が、家族との紐帯、自然との融和態という構造の露頭となっているのである。

ミレーの「昼休み」は「鎌をとぐ少女」と同じ構成要素を有し、左半身を下に眠る女性の姿態は、そのまま呂楠の少女と重なり合うかのようだ。しかし、弓形の鎌は靴と並んで画面左下に置かれ、背景に自然はなく、巨大な積み藁が三つ配置されているだけである。人物全身像をあえて犠牲にした呂楠に比し、ミレーの作品は中央でまどろむ農婦が中心であり、労働の成果（積み藁）と手段（鎌）しかフレームインしていない。あくまで人間中心主義のミレーに対し、呂楠のアニミズム的スタンスが確認できよう。

### 4　帰　る

笠木治郎吉の油絵『帰農』には、左手で幼子の手を引き、右手に鎌を持ち、かごを背負って農作業から帰る母が描かれている。解説には「明治末期から農耕主題の絵画には、労働の共同体としての家族が登場し、労働者が家族と切り離されて個別に作業する都市労働との対比から、理想化された田園生活を象徴するようになっていく」(45)とある。農耕モチーフが四季耕作図といった伝統的モチーフから離れ、都市化、産業化の中で失われていく村落共同体の紐帯の象徴となっていく経緯が見て取れる。

王征の紀実撮影の作品に、母親が赤子を抱き、父親が二人の子供の手を引いて家路をたどる作品がある。キャプションには、「仕事がおわり、家族みんなで帰る道は幸せだ。夫と妻は全ての子供と一緒に、村へ、自分の属する空間へ。そして人類の永遠に続く繁栄へと歩いていく」とある。また、母親が子供の手を引いて歩いてくる王征の作品には「母親の手をつなぐだけで安心感があり、一緒に歩くだけでおそらくは幸せになる。それが子供だ」とある。(46)

働くことの誇り、仕事を無事終えた満足感、家族と共に家路をたどる快楽。労働はもはや生産手段ではなく、時間を共有し、安らぎを共有する共同体の紐帯そのものとなっている。従って、その感情表現にあたっては、笠木や王のように正面から表情を捉えるアングルが有効なはずである。事実、自然主義写真のエマーソンの「農作業から帰る人々」（一八八六年）も、紀実撮影の朱憲民の「労働から帰ってきた母子」（一九八九年）(47)も、時空を越え共に、正面から農婦の笑顔を撮っている。

『四季』の「仕事を終えた一家」（図版六三）で、呂楠はあえて正面性を、類型的アングルを放棄した。横位置の画面の右に、一人の農婦が片手を差し出している。その手の先には、中央の水溜りを隔て、片手を伸ばしている幼児がいる。そしてその後ろにはもう一人の農婦がかがみこむようにして幼児を見守っている。真横からのアングルのため、そして逆光のため、そこにあるはずの慈愛や労働の誇りといった表情は描出されない。背景は荒涼と広がる大地であり、見知らぬ惑星ように、あるいは始原の景色のように生命感が感じられない。そこに二人の農婦と幼児、山や僅かな草、地面に立てた鍬などが縦線のリズムを作っている。その秩序を壊して前景化するのが、母子が互いに差し出す手がつくる横線である。画面の中心点は、この横線上にある。ミケランジェロの「天地創造」で、アダムと神が互いに差し出す指先が作り出す動力線と類似している。万物の始原は、物やその動きではなく、空間上の零点によって表象されているのである。

ジャン＝オノレ・フラゴナールとマルグリッド・ジュラールが共作した「幼子の初めての歩み」は右端に貴族の母親が両手を広げ、幼児が両手を差し出して歩み寄っていく。母親の顔と幼児を見守る侍女の顔に光があたり、慈愛が表現されている。ミレーの「最初の一歩」やそれを模写したゴッホの「最初の一歩」も左端に父親が両手を広げ、幼児が歩み寄ろうとしている。[48] 特に後者は表情の描出がなく、姿態だけで家族の情愛を表現している。しかも二人の差し出す手の中間点を画面の中心点とする構図も呂楠と類似している。しかし、呂楠の背景は、貴族の庭園でもなければ、農家の裏庭の畑でもない。荒涼とした自然である。しかも被写界深度を深くとり、手前の水溜りから周囲の土の質感、さらに地平線へと続く大地に散在する草まで焦点をあわせている。人物だけをフレームインさせ、人物だけに焦点をあわせるのではなく、背景の比重を高める操作をしている。

楊延康にも、チベットの麦畑の中を帰る農婦と子供を撮った作品がある。[49] 籠を背負って俯き歩く農婦と、その前を歩く子供を、呂楠同様、正面ではなく横から撮っている。呂楠同様、被写界深度は深く、地平線まで続く刈り取られた麦畑、遠方に幾筋も画面を横切る積み藁の壁、山並みと雲までが克明に描出されている。しかし、ハイアングル、逆光で捉えられており、人物は、地平線の下に埋没するサイズのため、点景にすぎない。広大な自然が前景化し、人間はあまりに無力で卑小だ。

呂楠は、二つのモチーフ、「農作業から帰る」と「最初の一歩」を融合させた。結果、手は画面の中心点から外れた。しかし、差し出された双方の手の中間点において、家族の紐帯は表象化され、安らぎと喜びの色が重ねられた。更に、人物と自然を等価に描出することで、人間と風土の紐帯も形象化されたといえよう。

## 5 紡ぐ

チベットの草原をヤクの群が移動している。群の手前を歩く女性の右手からは、糸が垂れ、その先には紡錘がぶら下がっている。この写真には「糸巻きは女性を象徴する道具であり、神話の中にも描かれている」(50)とのキャプションが付されている。ヤクを羊に、チベットの民族衣装を一九世紀の農婦の衣装に変えると、ミレーなどの作例と一致する。更に、この女性を正面からのクローズショットで捉え、笑顔を付加すれば、一九三四年に漢族が撮影しようと、現代の日本人が撮影しようと(51)、時空を越えてアルカディアが出現する。また、文革期、編み物をしている少数民族達の笑顔には、新中国の女性労働者の誇りが表象されるであろう(52)。

糸を紡ぐモチーフは肯定的なイメージばかりではない。暗い室内で糸車をまわす農婦は陰鬱さをまとっている。工業化の進展によって衰退する家庭での糸紡ぎを、ゴッホは幾度も形象化する(53)。紡ぐ行為は貧困の度を増す農民生活の象徴であった。また、紡績工場で無数に並ぶ糸巻機の前に一人の少女が立っている。少女は一日一一、一二時間、立ちっぱなしで働く。そこでは、生きて一二歳を迎える子供は通常の半数にも満たない。二〇世紀初頭、ルイス・ハインが社会改良を目的として撮ったのは、搾取され人間性を奪われている子供である(54)。

『四季』には、糸を紡ぐ作品が九例(55)あり、呂楠が最も執着したモチーフである。しかも、呂楠以外の作例は全て屋外であるのに対し、呂楠は八例が室内なのである。貧しく狭い室内を背景とした結果、一例を除き、家族がフレームインしてくる。農婦は、眠る子供たちを見守りながら、子供へキスをしながら、子供たちに手伝わせながら、夜なべする夫や姑の傍らで糸を紡ぐ。ミレーであれ、庄であれ、紡錘を持つ一人の農婦のみを画面中央に配している。しかし、孤独な作業であるはずの紡錘への糸まきが、呂楠作品では家族との共同作業となり、家族との語らいの場へと変容する。

暗い室内、画面左端に紡錘を持った男の子がおり、右端にそこから糸を球に巻き取る母親がいる。母親は右手で糸を巻き取りながら、胸には乳房を吸う赤子を抱えている。呂楠の「糸をよる母親と二人の子供」（図版一〇〇）である。本来、紡錘は垂直に垂れて回転する。糸は手から垂直に垂れてゆれる。その動きはフォトジェニックである。ところが、ここでは画面左端の子供が紡錘を横にして持ち、そこから糸が水平に母親の左手へと伸びている。紡錘は静止し、糸のラインも水平である。両端に人物を配し、横線でつなぐ静態的構図を呂楠はあえて選択した。結果、背景の細部が潰れるほど暗い室内の闇に、男の子と母親をつなぐ白い糸が画面を横断して浮かび上がった。このラインは画面中央から三センチ下を通っている。しかし、三センチレンズを下げると母親の頭がフレームアウトしてしまうので、ラインを画面の中心に最も近づけたのが、この構図といえる。男の子の視線は母親の左手に、母親の視線は紡錘に向かい、その交錯点がほぼ画面の中央となる。

こうした構図を実現するため、呂楠はローアングルを選択した。結果、紡錘を持つ子供の真剣な表情や、乳房を吸う赤子の表情、母親の慈愛に満ちた表情までがフレームインした。ローキーとなる露出を呂楠は選択した。結果、室内の日常性の痕跡が闇に消失し、白く浮かび上がる人間と白い糸だけが焦点化された。

ここには、暗闇に抗う救済としての家族の紐帯が、白い糸となって可視化している。糸を紡ぐ行為はもはや労働を超え、授乳同様、世代を越えて命を繋いでいく聖別された営為となる。だからこそ白い糸球が聖体のように闇を照らすのである。

楊延康の「糸をまく師弟」[56]では二人の僧侶が紡いでいる。画面中央下には、一人の僧侶が椅子に座り、両手首には糸が巻かれている。そこから右斜め上へと糸が伸び、もう一人の僧侶が真剣な表情で糸を球に巻き取っている。背後の棚には食器や保温瓶など日常什器が並び、ストーブの上には大きな薬缶が置かれている。背景の細部を描出した結果、シャッタースピードが遅くなり、僧侶達の手はぶれてしまっている。僧侶が台所のような場所で糸を紡いでいる図像は、どこか滑稽である。紡ぐ行為はその日常性によって聖性を揶揄する道具にすぎない。

呂楠の作品には、もう一つの紐帯が可視化されている。ゴッホも模写をしたミレーの「夜なべ」(57)は、室内で針仕事をする妻と、作業をする夫が左右対称に配置されている。貧しい農民の平安が描かれている点も呂楠と通ずる。しかし、ハイアングルで中距離から、しかも夫はバックショットとなる。呂楠は複数人物を左右対称に配置してはいるが、ローアングル、クローズショットで正面から表情を捉えている。暗く狭い室内で上記の構図をとるには演出が不可欠である。そして演出にもかかわらず被写体は自然な感情を見せている。これは、撮影者と被写体が共有する場が、家族のように自然であることを示している。チベット民族と漢族が構築しえた紐帯の聖性が、ここには造型化されているといえよう。

## 6　運ぶ

自分の背丈に倍するものを背負い、押しつぶされそうに腰をかがめ、それでも歩む姿はフォトジェニックであり、紀実撮影でも常套的モチーフである。材木であれ収穫物であれ背負うものが大きいほど、土漠であれ冬であれ舞台が荒涼としているほど、老婆であれ子供であれ背負う者がか弱いほど、生きることの過酷さを運ぶモチーフは象徴する(58)。

荒涼とした大地に疾風が吹いている。両足を踏ん張って立つ少女がカメラを正面から見据えている。髪は風に激しくなぶられているが、少数民族の伝統的衣装ではなく、ズボンとスニーカーで大地に仁王立ちになっている。父親の髪も風にあおられ、土埃のせいか優しそうな目は細められ、少女をかばうように斜に立っている。二人は草が生えている地面を四角く掘り取ったものを背負っている。父親の両手は、胸の前で背負った紐を握っている。ひもの先端には輪がついている。少女の左手は自分が背負った紐を握っている。そして右手は、しっかりと、父親の紐の輪を握り締めている。『四季』の「草が生えた土をかつぐ親子」(図版一〇八)である。

前述の紀実撮影の作例は全て一人を被写体とする。その方が弱い人間と過重な荷物の対比を効果的に描出できるからである。呂楠も『路上』では、丸太を担いでいく農婦一人を撮った。背景は教会である。聖書では、重荷を背負って歩く人々は、その辛さゆえに救済される。十字架を担うキリストさながらのバックショットである。しかし、『四季』に運ぶモチーフの作品は三例しかなく、その全てが複数の人物を被写体としているのである。

冬に自分の背丈ほどもある薪の束を背負い、腰をかがめて運ぶ三人の女を描いたのがミレーである。(59) 顔が描出されないことで、生活の過酷さと悲哀、そして抗う強さが普遍化されるであろう。しかし、三人は幽鬼のように重たい空気の中に霞んでおり、相互の紐帯はない。一方、「草が生えた土をかつぐ親子」で、父親の肩紐を握って立つ少女の眼差しは、勁い光を放っている。

ゴッホにはミレー同様、雪のなか薪を運ぶ作例があり、(60) しかも呂楠同様、親子の図像である。しかし、夫婦も子供もみな足元へと視線を落とし、背負うものの重さと寒さに腰は折れ曲がりそうだ。生活の過酷さ、人生の悲哀を表現するなら、ゴッホのように横位置で広漠とした大地をフレームインさせ、斜め上から家族を小さく捉え、両者を対比させる手もあった。また縦位置で人物を上半分によせ、満足に草も生えない大地のマチエールを強調する手もあった。しかし、呂楠は過酷な環境の説明的物象を捨て、風に抗って屹立する親子の姿態と表情だけを画面一杯に拡大したのである。父親は腰から上が、少女は顔が、地平線より出ていることで、モニュメントのような存在感が醸成された。

重荷に折れない硬い腰と生命力を表現するなら、少女だけをフレームインさせればことたりた。実際、カメラは少女のアイレベルに置かれ、少女の勁い眼差しを焦点化しているのである。にもかかわらず、画面の中心点は少女の目ではなく、父親の肩紐を握る少女の右手のすぐ上にある。

「疾風知勁草」の言葉の通り、人生が過酷であればあるほど、人間の勁さが顕れる。そしてその勁さとは個人から生まれるものではなく、共に重荷に耐える家族を繋ぐ手からこそ生まれる。それが少女の目力の源泉であり、この作品の構図の意味であろう。草も満足に生えない西蔵の大地に根付くとは、この親子のように、か弱く卑小な種草を背負い、それを継いでいくことであろう。そしてこれは僅かな生命の種を継いで行く人間存在の暗喩とさえなっていよう。少女の誇りに満ちた眼差しの強靭さは、チベットの常套的イメージを消費しようとする読者を不安にさせる。「少数民族」の類型的笑顔とは異なるからである。

## 7 脱穀する

頭上を、無数の穀粒が舞う。空中に静止する無数の粒子はフォトジェニックである。フォークや箕が力強く跳ね上げられる。農具をしっかりと握り締めた手、空へと斜めに延びる農具のシルエットはフォトジェニックである。巨大な積み藁、地表を埋める無数の穂や穀粒は、豊作のイメージを有してきた。脱穀は過酷な労働である一方、ダイナミックな画像によって、絵画や写真にける常套的モチーフであり続けてきた。文革期前後の作品なら、一面の穀粒や積み藁は労働の成果であり、人民の勝利を象徴しよう。[61] しかし、呂楠の脱穀は伝統的画像と異なる特色を持つ。

二人の若者が一緒にフォークを跳ね上げ、その先から麦の穂が滝のように雪崩落ちている。ローアングル、クローズショットのため、横位置の画面の左半分を二人の青年が占有しているのだが、二人の踏ん張る足、フォークの角度、両手の位置、姿勢がいずれもシンクロしているのである。右半分は空中に舞う麦が占有しているが、シャッタースピードが遅いため、ブレが躍動感を出すと同時に、過剰な光が麦を生き物のように輝かせている。呂楠「脱穀する二人の男」（図版五六）である。

肉体の力動感を表現するなら、ミレーやゴッホのように画面中央に農夫一人のみを配すべきであろう。穀物の力動感を表現するなら、木村伊兵衛がミレーの「小麦をふるう人」の左右を逆転させた構図で試みたように、更にシャッタースピードを遅くして箕と跳ね飛ぶ穀粒をブレさせればよかった[62]。あるいは紀実撮影の朱憲民のように、一人の被写体へバストショットになるまで接近し、肉体の緊張感と穀物の零れ落ちる様をクローズショットで捉えるべきであった[63]。しかし、『四季』の麦の脱穀モチーフは、五作品全てが複数の人物を被写体にしているのである[64]。

李楠、侯登科等の脱穀モチーフの作例でも、複数の農民が被写体となっていたが、表象化されていたのは労働者の団結である。楊延康はそこに教会や、ころげまわる子供をフレームインさせた[65]。聖性や遊戯の添加によって伝統的イメージを異化する態度が見られる。上記の作例と呂楠が異なるのは、複数人物の動作がシンクロしている点である。シンクロする瞬間を捉えるのは困難であろうが、『四季』ではいとこ同士（図版六〇、二〇〇〇年）でも家族同士（図版五七、二〇〇二年）でもフォークを持ち上げる姿態がシンクロしている。手や紐といった二人をつなぐ物理的紐帯は存在しないが、動作の呼吸が一致すること自体、不可視の紐帯といえよう。当初、背景の山や積み藁、麦をふむ驢馬などがフレームインしていたが、二〇〇三年の「脱穀する二人の男」にいたり、シンクロする動作以外の構成要素を排除した。呂楠の主題の所在が確認できよう。

ならば二人を画面中央にすえる選択肢があった。事実、他の作例はその構図をとったため、穀物が画面に占める面積は僅かである。しかし、「脱穀する二人の男」では人間と麦の面積が同等である。しかも麦は、集団生命体のように輝き、舞っている。画面の中心点は男の左手であり、三人目のように画面に屹立する麦の流れとの接点なのである。両者を繋ぐ手がアニミズム的世界観を示唆する。

さて、風選の作業が行われている場は、種子が飛ばされないよう石垣の内側にある。「部外者」ならば、内側に立ち入ることを許されず、あるいは積み上げられた石のマチエールに魅かれてしまい、石垣をフレームインさせてしまうだろう。[66] 呂楠の作品は、石垣の内側で、一面に広がる種子や麦藁の上に跪き、すぐ下からなめあげるように撮影されている。被写体と一つの場を共有しているのである。

人間同士の紐帯、人間と自然の紐帯、被写体と撮影者の紐帯がここに表現されているといってよい。

## 四　食べる手

一〇人の家族が小さな食卓を囲んでいる。おかずの碗に箸を伸ばしている者もいれば、物思いに耽っている者もいる。正面に座る子供はバックショットである。背後の壁には光があたり六枚の聖画が浮かび上がる。その面積は、画面上半分を占め、家族と同じ比重である。『路上』収載の「夕食をとる一家」である。[67] 家族が十字架や聖画などに見守られていることで、貧しいながらも敬虔な生活を送っていることが示唆される。

ゴッホの「馬鈴薯を食べる人たち」（一八八五年）[68] は、五人の農民が貧しい食卓を囲んでいる。習作と比べ、壁の十字架の額が鮮明になっている。更に光に浮かび上がる節くれだった手が描きこまれている。「僕はこの絵で何よりも、ランプの下で皿に盛られた馬鈴薯を食べる人々の手が、大地を耕していた手であることを明確に表現することに力を注いだ」と手紙に書き残している。ゴッホは、食べるモチーフに労働の聖性を付加しようとしたのである。いずれにせよ、家族での食事は、人間の素朴な根源的正しさが表象されるモチーフであろう。ただ、二人ずつ分かれて会話を交わし、一人はバックショットで、ゴッホの作例では全員の視線が集束していない。

『路上』の作例を見ると、食前の祈り、聖体拝領、聖画の下の夕食と、食事そのものより宗教的儀式性がテーマであり、カトリックを示す物象がフレームインしていないのは一例にすぎない。『四季』にいたり、食事モチーフは七例に肥大する。[69] 聖体拝領のように孫娘はパンを祖父の口に運び、夫は妻にたべものを手渡し、時に食事の手を止めて臨月の妻のお腹に手を当てる。暗い室内での厳粛な儀式を想起させる。ただ、宗教的物象は一切排除されている。しかも、全てが家族での食事風景である。なおかつ、食べ物を分け与えたり、全員の視線が集束している。量的にも質的にも変化が確認できよう。

暗い室内に四人の家族が座っている。中央には鍋があり、母親が鍋をかき混ぜている。そのすぐ左に父親が鍋をのぞきこみ、夫婦の両側には二人の子供がそれぞれ御椀を持って鍋を見ている。横一列に並んだ家族を、正面から捉えた『四季』の「夕食をとる一家」（図版九九）である。横位置で背景を焼き落とし、室内の説明を排除しているため、家族だけが暗闇から浮かび上がり、画面のほとんどを占めている。

人民公社の「大鍋飯」を食べる人々であれ、[70]現代の大家族の食事風景であれ、[71]多くの人々を重ならないようにフレームインさせるためにはハイアングルが必要である。更に全員をフレームインさせるための距離が必要となる。しかも、食卓を囲む人の輪の外側から撮る以上、横顔やバックショットは避けがたい。ローアングルで撮っても事態は変わらない。[72]しかも、各人の視線は手元の碗に落ちて集束することはない。

呂楠は極端なローアングルを選択した。結果、画面下三分の一に竈や薬缶などが大きく入りこんでしまっている。加えて上三分の一に四人の顔が配置されるが、父親の顔はフレームアウト寸前になっている。結果、画面中央に杓文字を持つ母親の大きな手、そしてお碗を握る父親と二人の子供の手が水平に配置されることになる。しかも画面の中心点は母親の手のすぐ左である。またローアングルのため、各人の表情が克明に描出された。とりわけ母親の誇りと愉悦に満ちた笑みは、家族で食事を分け合うことの快楽を表象化している。食事という画題自体、食を分かち合うという点で家族の紐帯が前景化する。ゴッホの手が大地と人間の結節点であるとすれば、呂楠の手は、それに加えて家族の紐帯の表象化であるといえよう。

ミレーの「子供に食事をさせる女」では口をあけて母親が差し出す匙からものを食べようとする少女の表情、

両隣でそれを見守る少女の表情が細密に描かれている。しかし、少女の表情を描くため、母親はバックショットになり、しかも逆光で顔は影に隠れている。『四季』の「夕食をとる一家」にいたり、カメラは家族の輪に入った。更に四人の視線がいずれも鍋へ集束しているため、見る者の視線も同じ一点へと誘導され、その沈黙は食前の祈りを共有する至福感を醸成する。家族の紐帯を読者も共有する仕掛けになっているのである。

明るい日差しが差し込む室内で、ペットの猫に手ずから食べさせている少年僧が二人、お碗を片手にそれを見下ろしている師匠が一人、パンをほおばり片手にお碗を持ってその様子を見ている少年僧が一人。猫へと四人の視線が集束している点で楊延康の「昼ごはん中の師匠と弟子」(73)は、呂楠と類似している。しかし、四人の前には、パンが山盛りになった皿が二枚、林檎が三つ。さらに画面上半分を占める壁紙は、洋酒、ぶどう、ピザ、コーヒーなどが所狭しと描かれている絵である。僧院の禁欲や聖性とは対極の、享楽がある。食べることはもはや紐帯の確認ではなく、遊戯であり、快楽的消費である。同じくチベットモチーフを扱いながら、聖性の中の俗性を撮った楊延康に対し、呂楠はその対極のスタンスをとったといえよう。

## 五　抱く手

全家福と呼ばれる家族の肖像写真がある。中央の壁に対聯や絵画が掛けられ、その下にセンターテーブルがあり、その両脇の椅子に夫妻がそれぞれ腰掛けている。背筋を伸ばし、膝に手を置き、厳粛な表情を浮かべるものだ。この伝統的応接間は、「中原の庶民が彼らのあらゆる風俗、習慣、文化、信仰、栄誉、富の全てをこの小さな中堂に積み重ねる」(74)フォトジェニックな空間である。そこで夫婦はシンメトリーに配置され、正面のカメラを向き、手を膝において座っているであろう。中原に限らず、チベットにおいても、僧侶を迎え読経をしてもらう応接間があり、信仰生活を象徴する法器や仏像などが並んでいる。黒明のように、肖像写真をその空間で撮影すれば、異国趣味を満足させるであろう[75]。チベット遊牧民のテントを背景に肖像写真を撮れば、一九三〇年代であれ、二一世紀であれ同様の効果を有するであろう[76]。

一組の夫婦が座っている。背景は闇に沈んでいる。エキゾチシズムを満足させそうな痕跡は全て焼き落とされている。妻は膝に手を置き腰掛けているが、夫はその背後で一段高い椅子に腰掛け、妻を抱きかかえている。夫はカメラ目線であるが、妻の左目は白濁し、右目は遠くフレームの外に向いている。夫の手は膝の上にない。妻の身体を包みこんでいるため、妻の胸のあたりに節くれだった両手が置かれている。夫は眉間に皺をよせてちょっと哀しげな表情を浮かべている。光源が画面の左外にしかないため、妻の顔、夫の表情と右手が、闇の中から強烈なコントラストで残酷にも浮かび上がっている。『四季』の「夫と失明した妻」（図版一〇五）である。この作品は、日本の雑誌に掲載された際、呂楠自身によってキャプションがつけられ、二人の状況が明らかにされた。夫は七二歳で妻は七六歳、九人の子供はみな幼年期まで生きることはできなかった。妻も白内障で六年前に両目の視力を失うなど、身体の調子はよくない[77]。次々と全て子供を亡くした悲しみ、視力を失っておそらくは家事も出来ない苦しみ、ネックレスをした妻の清潔な身づくろいから推測される夫のかいがいしい介護の苦労、「農村で二人揃って健在である七〇歳以上の夫婦など滅多に見ることはできない」との呂楠のキャプション通り、いま二人が直面している過酷な生活環境。こうした辛さにもかかわらず、いやそうした辛さゆえにこそ二人が一つでありうること、そこにすでに救済があることを象徴するのが、画面の中心点である妻の胸に置かれた夫の手である。縦位置で夫の頭と妻の手がフレームインする程度に接近し、ローアングルで撮ったからこそ、この構図が可能になった。手を中央に配置し、左からの光で闇の中から神々しく浮出させ、ピントをあわせることで皺の一本一本、ごつごつした節々までを描出し、大きな存在感を持たせたのである。

チベットで九年間、薬を与えることで農民たちに溶け込んでいった呂楠にも、老婆の病は如何ともしがたい。夫の哀しげな視線は、それを受け止める呂楠のものでもあったろう。

呂楠は上記の作品の二年前に「娘の右目が失明したことを知ったばかりの母親」（図版三四）という親子像を撮影している。母親は失明した娘に背をむけ、眼差しはうつろで、右手は無意識の内に左手の指輪を触っている。呂楠の第一作品集でも、患者と家族のツーショットでは、家族がうつろな眼差しを画面の外に向けている作例が多い。運命に背をむけ、自己の苦痛に囚われている内向的視線である。しかし、上記の作品で夫は、自分の内側をのぞきこんではいない。苦痛を妻と共有し、撮影者とも共有している。運命を受容し、忍苦の生活によって初めて鍛えられた絆の強度が形象化されている。日本の雑誌掲載時、呂楠がつけた表題「Holy life」は、「悲しむ人は幸いである」を想起させる。

## 六　おわりに——重ねられた手

呂楠の作品と三日間付き合い、広東美術館を出て、二沙島を歩いていると、違和感が浸潤してくる。ふと立ち止まると、碁盤の目につくられた道路には、見渡す限り人影がない。背丈の二倍はありそうなフェンスと、午後の強い日差しがつくる鉄格子の陰がどこまでも続く。家賃月額数十万円のマンション街である。自分が書割の中にいる気がする。一方で、二沙島へと渡る巨大な橋のたもとに、出稼ぎ労働者の一群が野宿をしており、今朝も小ぬか雨の中でトランプをしていた。手の届く距離でありながら、見えないフェンスで仕切られた彼等の後姿にも違和感を覚える。一九八六年の夏、広州の路地を歩きながら包まれていた生活の匂いとはどうにも繋がらない。眼前の光景より、呂楠の写真の方が、よほど現実感があるのだ。一九八五年、ジャパン・アズ・ナンバーワンと浮かれた空気に胡散臭さを覚え、中国各地をぼんやりと歩いていたとき、私が見つけようとしたものがそこにあるからかもしれない。

一九九二年、北京は「外国」のように一変した。少なくも呂楠はそう感じた。「この国では鄧小平の講話以来、人々が金銭に目を向けてしまいました。その意味で私はこの国に希望はないと思っています」[78]。呂楠が北京を離れ、辺境を巡礼した挙句持ち帰った市場原理へのアンチテーゼ、あるいは「希望」が、おそらくは第三作品集である。単なる異国趣味や「さいはて写真」「辺土もの」のレッテルを越えて生き残る価値が、そこにあることを見てきた。それが紐帯としての場であり、それを表現する映像言語の文体であった。

呂楠の個人文体に対しては、その独創性が指摘されてきた。「写真表現の探求と個性的スタイルの強調」において評価され、既存の紀実撮影と差別化するため「新紀実撮影」と名づけられる[79]。しかし、独創性の内容となると、個々の作品に対する印象批評の域を出ない。西洋のドキュメンタリー・フォトの伝統を適合させた[80]、一九世紀西洋絵画のマスターピースの審美観を中国古典美学の抑制的スタイルに融合させた[81]といった抽象論である。たとえば、呂楠の「落穂拾いをする女」からミレーの「落穂拾い」を想起し[82]、そこに「ミレーの影」[83]を指摘することはあっても、全作品を対象として対照研究をし、同一モチーフごとに相違点を整理し、そこに呂楠の独自性を抽出する試みはなされていない。呂楠自身がミレーのリアリズムを賞賛した言葉を紹介しただけでは[84]、呂楠の個人文体は明らかにならないのである。石牢から突き出された手に対し、呂楠は一〇年をかけ、どのような「希望」を、「希望」が要請する文体に盛って差し出したのか。体系的に検証することが本稿の目的であった。

第一は画面中央に置かれた手であった。「夫と失明した妻」では夫の手が妻を支え、「鎌をとぐ少女」では親の上着を摑む手が少女を安らかにまどろませていた。実際、泣きじゃくる孫娘の手を老婆が握り（図版三三）、怒る夫の手に妻が手を添え（図版一〇六）、思いに沈む老人の手を孫娘が握り（図版三六）、事故で傷ついた夫の手を妻が握り（図版一〇四）、仕事をする老婆の手を孫娘が握る（図版七三）。悲しみ、怒り、不安、喜びと四季のように循環する人の感情は、家族の手によって慰められ、なだめられ、喜びを共有される。いずれも室内でローアングル、クローズショットで二人の正面から撮影されている。説明的要素は闇の中に焼き落とされ、人物だけがフレーム一杯に屹立している。ここに孤立した個人はいない。チベットの風俗もない。重ねられた手によって普遍的紐帯が表現されている。

第二は紐や糸である。「馬鈴薯を植える母娘」、「草が生えた土をかつぐ親子」、「糸をよる母親と二人の子供」で、それらは力をあわせて生きる家族の象徴であった。実際、目も開けられない砂風の中で立ち尽くす兄弟を一本の紐がつなぎ（図版七）、鋤の上に乗った妹と、鍬を引く馬と、馬をひく姉三者を一本の紐が繋いでいる（図版一〇）。また、糸を紡いでいる母親と少女も一本の糸を介して繋がっている（図版八四）。

画面を横断する紐が人間の紐帯となっている作例は、楊延康のチベットモチーフにも存在する。見渡す限りの草原で、二人の僧侶が首に紐を繋ぎ、腰に手をあて、体をのけぞらせ、口を開けて笑いながら互いに引き合っている。「力試しをする僧侶」(85)である。ハイアングルのため、人物は小さく画面下二分の一に収まり、ミディアムショットのため、力動感はない。呂楠にも綱引きのような作品はある（図版四八）。画面右端の少女がのけぞるように紐を引っ張っている。その紐の先には刈り取った麦を背負った老人が地面に座っている。少女は紐を引っ張ることで老人が立ち上がるのを助けようとしているのである。老人の顔はほころんでいる。ローアングルのため、少女がモニュメントのように屹立し、クローズショットのため、人物が画面一杯に広がり、表情も克明に描出されている。聖なる僧侶が遊戯に耽る非日常性に、生命のエネルギーを捉えたのが楊延康であるとすれば、呂楠は労働の日常性に、世代を超えて受け継がれていく生命の聖性を表象化したといえよう。

第三は、可視化されない紐帯である。動作のシンクロを脱穀モチーフで確認した。実際、堆肥を行う三人の姿勢もスコップも同じ角度であるし（図版三）、落穂拾いをする女たちも同一の姿態である（図版五〇）。労働を通じ、複数の人間が、有機体のように呼吸を合わせている。ここには調和した場が形象化されている。

交わり、集束する視線の意味を「馬鈴薯を植える母娘」、「糸をよる母親と二人の子供」、「夕食をとる一家」で確認した。第一作品集の精神病院では多くの人々がフレームインしていたにもかかわらず、それぞれが自己の世界に沈潜し、隣り合っていても視線は交わらない。一方、『四季』では、老婆と膝に抱かれた孫の視線が交わり（図版二七）、野良で談笑する家族の視線が交わり（図版四一）、川を渡るのに脅える弟と、背負った弟に微笑みかける兄の視線が交わり（図版三九）、年始回りに出かける父娘の華やいだ眼差しも交わる（図版八〇）。鋤を直す手元に家族の視線は集束し（図版九）、羊の糞をくべる手元に母娘の視線が集束し（図版二四）、蝋燭に火を点そうとする少女の指先に母娘の視線が集束し（図版九八）、うなだれた少女が持つ割れたお碗に母娘の視線が集束し（図版九四）、農作業に出かける父親のお弁当箱に父娘の視線が集束し（図版一〇七）、こわれたへらを直す夫の手先に夫婦の視線が集束する（図版八六）。これらの場面を繋ぎあわせると一日が、一年が、チベットでの生活が構成される。日常生活とそこに生ずるさまざまな感情の図鑑の中心点に、眼差しがある。視線の絡み合いは紐帯の可視化といってよい。

また、不可視の紐帯は、差し出される手と手の中間点に、求め合う感情の場の中心点に、生まれることも確認した（「仕事を終えた一家」）。

紐帯は人間同士のみならず、自然風土にまで及んでいた（「収穫中の娘」、「鎌を研ぐ少女」）。実際、他の作例からも、自然との調和が垂直三分割構図によって表現されていることが指摘できる。たとえば、「落穂拾いの女」（図版五〇）はミレーの「落穂拾い」との類似が指摘されてきたが、ミレーの作品は、農婦の背景が裕福さを象徴する巨大な積藁であり、貧富の対比構図となっていた。一方、呂楠は手前に刈り取られた麦畑のマチエール、中央に人物、そして背景に山脈と空の三分割構図になっている。ゴッホも模写したミレーの「麦を束ねる女」[86]と呂楠の「麦の束を持ち上げる女」（図版四五）、「麦を束ねる女」（図版四三）を比較すれば、三分割構図が意図的操作であることを確認できる。川べりで穀物を洗う二人の農婦も（図版六七）、輪になって踊る八人の農婦も（図版六四）同じ構図である。人間同士の紐帯だけを表現するなら、更にカメラを近づけ、繋がれた手だけをアップで撮れば、あるいは交わる視線やシンクロする動作だけをアップで撮ればよかった。結果、三分割構図にはならなかったはずである。呂楠のカトリックモチーフを論じた際は、他作家との対照から、カトリックの儀式と背景の自然をパンフォーカスにより等価に描出する傾向を指摘した。カトリックの信仰が個人のものであると同時に、家族の紐帯、カトリック村の村人の紐帯、辺境の村と自然風土との紐帯であること、上記の要素を同一画面の中に盛り込むため、多元的な画像になる。そのスタイルを「重層性」という言葉で表現した。『四季』の屋外での写真では、大地、労働者、自然が等価に焦点化された。畑や大地とは何代もの人々がつくり上げてきた点で、労働の歴史の結晶である。労働とは何代もの人々がつくり上げてきた自然との共存態である以上、受け継がれてきた命の流れの表象でもある。三分割構図は呂楠の世界観ともいえる重層性の『四季』的露頭である。

時を超える命の紐帯も捉えられている。老婆と孫娘がカメラを見据えている。頭がぎりぎりフレームインし、膝から下がフレームアウトするほどのクローズショットのため、画面の中心は孫娘を抱く老婆の大きな手である。背景は泥壁で、下半分は黒く焼き落とされている。孫娘を抱えた老婆の誇りに満ちた眼差しは勁い。二人はあまりにも似ているので、老婆から少女へ命のバトンが繋がれていることが一目でわかる（図版九〇）。あるいは妊婦と夫がカメラを見据えていて、画面の中心部に妊婦のお腹に置かれた夫の手がある作例でもよい（図版七九）。妊婦の目は誇りに満ち、喜びに溢れる夫の目の光は尋常ではなく、泪さえ浮かんでいるようだ。両者ともに命が継承されていく様を正面からローアングルで捉えたものである。『路上』にも、孫達と祖父母の肖像はある。しかし、彼らはミディアムショットで撮られ、画面左下四分の一に配置され、残りは多くの聖画がはられた壁が占めていた(87)。『路上』にも、クローズショットの作例がないわけではない。モンゴルのシスターが捨て子の赤子を抱きかかえている作品は、孫娘を抱えた老婆の肖像に近い。しかし、シスターは画面中央三分の一を占めるにすぎず、背後のオンドルやその上の寝具、はげた土壁などさまざまな生活の痕跡が、外光によって克明な質感で描出され、貧しい暮らしを示唆している。赤子の視線は天井へ向き、シスターはカメラ目線で、視線は交わらない。『四季』にいたり、室内写真では、説明的物象を排除し、命の連続体としての家族に焦点を絞り、より近く、より低いカメラポジションから、畏敬をもって形象化しているといえよう。

『忘れられた人々』の「家庭」では、母親の死と石牢の中にいる孫の社会的死によって家族は幾重にも断絶していた。『四季』が提出したビジョンとは、石牢から差し出された手に手を重ね、断ち切られていた命のバトンを繋ぐこととといえよう。『忘れられた人々』では、画像で死そのものを扱うことはなかった。キャプションに被写体が後日亡くなったことを記すことで間接的に表現された(88)。『路上』では死が直接的に映像化される。遺体が三例、葬儀や墓参りが三例(89)、その他にも死を待つ老婆の画像もある。『四季』にいたり、言葉によっても画像によっても死は取り上げられなくなる。死によって生を語る地点から、生によって「生」を語る地平へと、呂楠は進み出たといえよう。その「生」とは人々が競争や差別や排除によって孤立断絶して存在する状態ではなく、相互に紐帯を持ち、それが個人の生を越えて継承されることで自然とも紐帯を有する調和の場としての生命態であった。

その生命態を前に、呂楠は、ローアングルで正面から向き合い、クローズショット、パンフォーカスで撮り続けた。被写体に対し、高みから望遠レンズで必要な画像だけを「盗る」観察者のスタンスではない。相手に対し、畏れをもって跪き、正面から向き合い、心を開いて耳をすまし続ける、やがて日常性の中から聖性が顕現する、そして聖性との交わりに入る、こうした過程を祈りというのではなかったか。ならば呂楠のスタイルを、祈りの文体と呼ぶことも許されるであろう。

（1）呂楠『被人遺忘的人：中国精神病人生存状況』中国図書出版社、二〇〇八年、図版二〇。
（2）今橋映子『フォト・リテラシー』中公新書、二〇〇八年、八四頁。
（3）王保国「南駅一号的夜半酒―訪呂楠」（『中国撮影』二〇〇七年第八期、中国撮影雑誌社、二〇〇七年）五三頁。栗憲庭「生命在上天堂的路上」『在路上――中国的天主教』中国図書出版社、二〇〇八年、一頁。
（4）飯沢耕太郎「中国、香港、台湾の写真家たちの熱いうごめき」（『デジャ＝ヴュ第一六号』フォトプラネット、一九九四年）一〇六頁。呉嘉宝「視丘攝影文選十之八：台灣、中國香港兩岸三地攝影文化之比較」（http://old.photosharp.com.tw/discussion/Wu/wu-8.htm）。
（5）楊小彦「填補歴史空白――従『中国人本』撮影展説起」（http://blog.artintern.net/yangxiaoyan/2761）。
（6）楊小彦、前掲サイト。
（7）顧錚「在現実与記憶之間――二〇世紀九〇年代的中国紀実撮影」（『中国撮影』二〇〇一年第五期）。
（8）山本明「呂楠論（一）――中国ドキュメンタリー・フォト（『紀実撮影』）におけるカトリックモチーフの位相」（『中央大学論集』第三〇号、二〇〇九年）。
（9）『漫遊西蔵』西蔵人民出版社、二〇〇一年、一三三頁。
（10）フランソワーズ・ポマレ『チベット』創元社、二〇〇三年、九九頁。
（11）劉樹勇「你老去西藏干什么??」（http://blog.voc.com.cn/blog.php?do=showone&uid=1720&type=blog&itemid=45358）。
（12）藤原新也『西蔵放浪』朝日文庫、二〇〇五年、一〇四頁。
（13）山本明「小説のセンテンス（二）――馬原の文体」（『人文研紀要』第四四号、二〇〇二年）。
（14）李媚「劉錚訪談録」（http://blog.voc.com.cn/sp1/limei/1057394676.shtml）。

(15)『SEBASTIAO SALGADO セバスティアン・サルガード写真集』岩波書店、一九九四年、二八―二九頁。
(16) 上海図書館編『老上海風情録（三）行業写真巻』上海文化出版社、一九九九年、一一頁。
(17) 黒氏四兄弟『看陝北』浙江撮影出版社、一九九五年、四〇頁。
(18) 渡辺一枝『風の馬』本の雑誌社、二〇〇八年、二三頁。
(19) 王璜生編『中国人本：紀実在当代』嶺南美術出版社、二〇〇三年、四八八、四九一頁。
(20) 侯登科『中国撮影家叢書　侯登科』中国工人出版社、二〇〇四年、図版四〇。侯登科『侯登科　飛去的候鳥』中国人民大学出版社、二〇〇七年、一一八頁。
(21) 庄学本『中国撮影家叢書　庄学本』中国工人出版社、二〇〇六年、図版五七。
(22) 呂楠『四季――西蔵農民的日常生活』四川美術出版社、二〇〇七年、図版一一、以下同様。
(23)『田園賛歌――近代絵画にみる自然と人間』展図録、読売新聞社、二〇〇七年、四六頁。
(24) アレクサンドラ・マーフィー「ミレーのサロン絵画における政治性：描かれた国家」（『山梨県立美術館研究紀要』第一六号、二〇〇〇年）七六頁。
(25) 六例とは、『ゴッホ全油彩画』タッシェン社、二〇〇七年、一一七、六一八頁。三例とは、同書四七、一〇一、六一八頁、一例とは一一二頁。
(26) 七例とは、呂楠　前掲書、図版四、五、六、七、九、一〇、一一である。
(27)『漫遊西蔵』、二六四頁。
(28) 渡辺一枝　前掲書、五二頁。
(29) 小島一郎『小島一郎写真集成』インスクリプト、二〇〇九年、一三六頁。
(30) 侯登科『侯登科　飛去的候鳥』、六八―六九頁。
(31) 楊延康『蔵伝仏教』中国書局、二〇〇八年、図版二七。
(32) 于徳水『于徳水　大地耕詩』中国人民大学出版社、二〇〇七年、一六〇―一六一頁。木村伊兵衛『木村伊兵衛　昭和

を写す四』ちくま文庫、二〇〇七年、一五八頁。
(33) 胡武功『胡武功　民間記憶』中国人民大学出版社、二〇〇七年、八八－八九頁。
(34) 侯登科　前掲書、一四〇－一四一頁。胡武功　前掲書、七九頁。
(35) The Family of Man, The Museum of Modern Art, New York,2008,p.66.
(36)『田園賛歌』展図録、七四頁。
(37) 前掲書、六七、七四頁。
(38) 九例とは、呂楠　前掲書、図版二、四二、四三、四四、四五、四九、五〇、五二、五三である。
(39)『田園賛歌』展図録、二三頁。
(40) 坂崎乙郎『新潮美術文庫二二　ミレー』新潮社、二〇〇五年、図版一五。
(41)『田園賛歌』展図録、一四七頁。
(42) 呂楠　前掲書、図版八、三八、四六、四七、五一、五四、五五、六九。
(43) ミレー「昼休み」(『ミレー展　ボストン美術館蔵』図録、日本テレビ、一九八四年）五九頁。「昼寝」坂崎　前掲書、図版二六。「刈り入れ」『山梨県立美術館研究紀要』二五頁。呂楠　前掲書、図版三八、五一、六九。
(44) 侯登科　前掲書、九六、九八、一四五、一六〇頁。胡武功　前掲書、八二、八三頁、呉家林『呉家林　辺地行走』中国人民大学出版社、二〇〇七年、一三九頁。于徳水　前掲書、一七四頁。
(45)『田園賛歌』展図録、一七八頁。
(46) 王征『王征　寂寞生霊』中国人民大学出版社、二〇〇七年、一〇六、一四〇頁。
(47) John, Taylor, The Old Orderand The New P. H. Emerson and Photography 1885-1895, PRESTEL, p.66.　朱憲民『朱憲民　黄河等你来』中国人民大学出版社、二〇〇七年、一六五頁。
(48) エリカ・ラングミュアー『「子供」の図像学』東洋書林、二〇〇八年、一六六頁。ミレー「最初の一歩」は『山梨県立美術館研究紀要』、四八頁、ゴッホの模写は『ゴッホ全油彩画』、六〇九頁。

(49) 楊延康　前掲書、図版七九。
(50) フランソワーズ・ポマレ　前掲書、二二頁。
(51) 庄学本　前掲書、図版五八。渡辺一枝　前掲書、一九頁。
(52) 朱憲民　前掲書、六五頁。
(53) 『ゴッホ全油彩画』、八一頁。『田園賛歌』展図録、一一五頁。
(54) ラッセル・フリードマン『ちいさな労働者』あすなろ書房、一九九六年、一〇頁。
(55) 呂楠　前掲書、図版一七、二五、二六、七三、八四、八五、八九、一〇〇、一〇三。
(56) 楊延康　前掲書、図版六一。
(57) 『ゴッホ全油彩画』、五六七頁。
(58) 呉家林　前掲書、一七一、一六九頁。『中国人本』、四四頁。胡武功　前掲書、一六二頁。李楠『中国撮影家叢書　李楠』中国工人出版社、二〇〇六年、図版三四。解海龍『中国撮影家叢書　解海龍』中国工人出版社、二〇〇四年、図版三三。
(59) 『アサヒグラフ別冊　美術特集　西洋編九　ミレー』朝日新聞社、一九八九年、図版七四。
(60) 『ゴッホ全油彩画』、四六頁。
(61) 『中国人本』、四八五頁。朱憲民　前掲書、六九頁。
(62) ミレー「小麦をふるう人」坂崎乙郎　前掲書、図版八、一〇。ゴッホ「脱穀する人（ミレーによる）」『ゴッホ全油彩画』、五五〇頁。木村伊兵衛　前掲書、一七一頁。
(63) 朱憲民　前掲書、一五一頁。
(64) 呂楠　前掲書、図版五六、五七、五八、五九、六〇。
(65) 楊延康『中国撮影家叢書　楊延康』中国工人出版社、二〇〇五年、図版一三、一四。
(66) 長岡洋幸『FACES PORTRAITS OF TIBET』万葉舎、二〇〇〇年、四六頁。

(67) 呂楠『路上』、図版二九。
(68)『ゴッホ全油彩画』、九六頁。
(69) 呂楠　前掲書、図版二八、二九、四一、七九、八七、九二、九九。
(70) 王璜生　前掲書、五六三－五六四頁。
(71) 前掲書、二五三頁。
(72) 彭祥杰『中国撮影家叢書　彭祥杰』中国工人出版社、二〇〇六年、図版五六。
(73) 楊延康　前掲書、図版一八。
(74) 姜健「話説中堂」(『大衆撮影』一九九四年第二期、一九九四年) 一〇頁。
(75) 黒明『中国撮影家叢書　黒明』中国工人出版社、二〇〇六年、図版六三。
(76) 庄学本　前掲書、図版六二、黒明　前掲書、図版五四。
(77)『風の旅人 vol.24』ユーラシア旅行社、二〇〇七年、一一頁。
(78)『アサヒカメラ五月増刊　誰も知らなかった中国の写真家たち』朝日新聞社、一九九四年、一九九頁。
(79)「香港藝術中心挙辦『中、港、台当代撮影展』」(『撮影家第十二期』撮影家雑誌出版社、一九九四年)。
(80) 魯虹「関注底層——関于呂楠三個撮影系列的読解」(http://new.cphoto.net/chinese/kl/lvnan/01.htm)。
(81) 王保国「撮影里的日子——読呂楠的照片并代編者手記」(『中国撮影』二〇〇七年第八期、中国撮影雑誌社、二〇〇七年)。
(82)「伝奇撮影師呂楠：我只希望作品活得比我長」(http://www.der8.cn/article/56/63/2008/20080320l5998.shtml)。
(83) 魯虹　前掲サイト。栗憲庭「荘厳的日常経典——呂楠的『四季』讓我粛然起敬」呂楠　前掲書、一頁。
(84) 王寅「呂楠：我懐着謙卑之心」(http://www.infzm.com/content/6716)。
(85) 楊延康　前掲書、図版三六。
(86)『ゴッホ全油彩画』、五五〇頁。

(87)『路上』、図版二〇。

(88)呂楠『被人遺忘的人』、図版三、一四、一七、二〇、四一。

(89)呂楠『路上』、図版五五、五七、五八、及び一四、一六、一八、二五。

## 執筆者紹介（執筆順）


讃《さぬ》井《い》　唯《ただ》允《よし》　研究員　中央大学文学部教授

遠《えん》藤《どう》　雅《まさ》裕《ひろ》　研究員　中央大学法学部教授

小《お》田《だ》　格《いたる》　客員研究員　財団法人　大学基準協会専任職員

渡《わた》辺《なべ》　新《しん》一《いち》　研究員　中央大学商学部教授

栗《くり》山《やま》　千《ち》香《か》子《こ》　研究員　中央大学法学部准教授

池《いけ》澤《ざわ》　滋《しげ》子《こ》　研究員　中央大学商学部教授

彭《ほう》　浩《こう》　研究員　中央大学総合政策学部准教授

材《ざい》木《もく》谷《や》　敦《あつし》　研究員　中央大学文学部教授

波《は》多《た》野《の》　眞《ま》矢《や》　準研究員　中央大学大学院　文学研究科博士後期課程

飯《いい》塚《づか》　容《ゆとり》　研究員　中央大学文学部教授

榎《えの》本《もと》　泰《やす》子《こ》　研究員　中央大学文学部教授

山《やま》本《もと》　明《あきら》　研究員　中央大学商学部教授



現代中国文化の光芒

中央大学人文科学研究所研究叢書　49

---

2010年３月20日　第１刷発行

編　者　中央大学人文科学研究所

発行者　中央大学出版部

代表者　玉造竹彦

---

〒192-0393　東京都八王子市東中野742-1

発行所　中央大学出版部

電話 042(674)2351　FAX 042(674)2354

http://www2.chuo-u.ac.jp/up/

---





奥村印刷㈱

ISBN978-4-8057-5336-1

中央大学人文科学研究所研究叢書

8 ケルト　伝統と民俗の想像力

古代のドイツから現代のシングにいたるまで、ケルト文化とその稟質を、文学・宗教・芸術などのさまざまな視野から説き語る。

A5判　四九六頁
定価　四二〇〇円

9 近代日本の形成と宗教問題〔改訂版〕

外圧の中で、国家の統一と独立を目指して西欧化をはかる近代日本と、宗教とのかかわりを、多方面から模索し、問題を提示する。

A5判　三三〇頁
定価　三一五〇円

10 日中戦争　日本・中国・アメリカ

日中戦争の真実を上海事変・三光作戦・毒ガス・七三一細菌部隊・占領地経済・国民党訓政・パナイ号撃沈事件などについて検討する。

A5判　四八八頁
定価　四四一〇円

11 陽気な黙示録　オーストリア文化研究

世紀転換期の華麗なるウィーン文化を中心に二〇世紀末までのオーストリア文化の根底に新たな光を照射し、その特質を探る。巻末に詳細な文化史年表を付す。

A5判　五九六頁
定価　五九八五円

12 批評理論とアメリカ文学　検証と読解

一九七〇年代以降の批評理論の隆盛を踏まえた方法・問題意識によって、アメリカ文学のテキストと批評理論を多彩に読み解き、かつ犀利に検証する。

A5判　二八八頁
定価　三〇四五円

13 風習喜劇の変容　王政復古期からジェイン・オースティンまで

王政復古期のイギリス風習喜劇の発生から一八世紀感傷喜劇との相克を経て、ジェイン・オースティンの小説に一つの集約を見るもう一つのイギリス文学史。

A5判　二六八頁
定価　二八三五円

14 演劇の「近代」　近代劇の成立と展開

イプセンから始まる近代劇は世界各国でどのように受容展開されていったか、イプセン、チェーホフの近代性を論じ、仏、独、英米、中国、日本の近代劇を検討する。

A5判　五三六頁
定価　五六七〇円

中央大学人文科学研究所研究叢書

15 現代ヨーロッパ文学の動向　中心と周縁

際だって変貌しようとする二〇世紀末ヨーロッパ文学は、中心と周縁という視座を据えることで、特色が鮮明に浮かび上がってくる。

A5判　三九六頁
定価　四二〇〇円

16 ケルト　生と死の変容

ケルトの死生観を、アイルランド古代／中世の航海・冒険譚や修道院文化、またウェールズの『マビノーギ』などから浮かび上がらせる。

A5判　三六八頁
定価　三八八五円

17 ヴィジョンと現実　十九世紀英国の詩と批評

ロマン派詩人たちによって創出された生のヴィジョンはヴィクトリア時代の文化の中で多様な変貌を遂げる。英国十九世紀文学精神の全体像に迫る試み。

A5判　六八八頁
定価　七一四〇円

18 英国ルネサンスの演劇と文化

演劇を中心とする英国ルネサンスの豊饒な文化を、当時の思想・宗教・政治・市民生活その他の諸相において多角的に捉えた論文集。

A5判　四六六頁
定価　五二五〇円

19 ツェラーン研究の現在　詩集『息の転回』第一部注釈

二〇世紀ヨーロッパを代表する詩人の一人パウル・ツェラーンの詩の、最新の研究成果に基づいた注釈の試み、研究史、研究・書簡紹介、年譜を含む。

A5判　四四八頁
定価　四九三五円

20 近代ヨーロッパ芸術思想

価値転換の荒波にさらされた近代ヨーロッパの社会現象を文化・芸術面から読み解き、その内的構造を様々なカテゴリーへのアプローチを通して解明する。

A5判　三二〇頁
定価　三九九〇円

21 民国前期中国と東アジアの変動

近代国家形成への様々な模索が展開された中華民国前期（一九一二～二八）を、日・中・台・韓の専門家が、未発掘の資料を駆使し検討した共同研究の成果。

A5判　六〇〇頁
定価　六九三〇円

中央大学人文科学研究所研究叢書

22
ウィーン　その知られざる諸相
もうひとつのオーストリア
二〇世紀全般に亙るウィーン文化に、文学、哲学、民俗音楽、映画、歴史など多彩な面から新たな光を照射し、世紀末ウィーンと全く異質の文化世界を開示する。
A5判　四二四頁
定価　五〇四〇円

23
アジア史における法と国家
中国・朝鮮・チベット・インド・イスラム等における古代から近代に至る政治・法律・軍事などの諸制度を多角的に分析し、「国家」システムを検証解明する。
A5判　四四四頁
定価　五三五五円

24
イデオロギーとアメリカン・テクスト
アメリカン・イデオロギーないしその方法を剔抉、検証、批判することによって、多様なアメリカン・テクストに新しい読みを与える試み。
A5判　三二〇頁
定価　三八八五円

25
ケルト復興
一九世紀後半から二〇世紀前半にかけての「ケルト復興」に社会史的観点と文学史的観点の双方からメスを入れ、複雑多様な実相と歴史的な意味を考察する。
A5判　五七六頁
定期　六九三〇円

26
近代劇の変貌　「モダン」から「ポストモダン」へ
ポストモダンの演劇とは？　その関心と表現法は？　英米、ドイツ、ロシア、中国の近代劇の成立を論じた論者たちが、再度、近代劇以降の演劇状況を論じる。
A5判　四二四頁
定価　四九三五円

27
喪失と覚醒　19世紀後半から20世紀への英文学
伝統的価値の喪失を真摯に受けとめ、新たな価値の創造に目覚めた、文学活動の軌跡を探る。
A5判　四八〇頁
定価　五五六五円

28
民族問題とアイデンティティ
冷戦の終結、ソ連社会主義体制の解体後に、再び歴史の表舞台に登場した民族の問題を、歴史・理論・現象等さまざまな側面から考察する。
A5判　三四八頁
定価　四四一〇円

中央大学人文科学研究所研究叢書

29
## ツァロートの道　ユダヤ歴史・文化研究
一八世紀ユダヤ解放令以降、ユダヤ人社会は西欧への同化と伝統の保持の間で動揺する。その葛藤の諸相を思想や歴史、文学や芸術の中に追究する。
A5判　四九六頁
定価　五九八五円

30
## 埋もれた風景たちの発見　ヴィクトリア朝の文芸と文化
ヴィクトリア朝の時代に大きな役割と影響力をもちながら、その後顧みられることの少なくなった文学作品と芸術思潮を掘り起こし、新たな照明を当てる。
A5判　六六〇頁
定価　七六六五円

31
## 近代作家論
鴎外・茂吉・『荒地』等、近代日本文学を代表する作家や詩人、文学集団といった多彩な対象を懇到に検証、その実相に迫る。
A5判　四三二頁
定価　四九三五円

32
## ハプスブルク帝国のビーダーマイヤー
ハプスブルク神話の核であるビーダーマイヤー文化を多方面からあぶり出し、そこに生きたウィーン市民の日常生活を通して、彼らのしたたかな生き様に迫る。
A5判　四四八頁
定価　五二五〇円

33
## 芸術のイノヴェーション　モード、アイロニー、パロディ
技術革新が芸術におよぼす影響を、産業革命時代から現代まで、文学、絵画、音楽など、さまざまな角度から研究・追求している。
A5判　五二八頁
定価　六〇九〇円

34
## 剣と愛と　中世ロマニアの文学
一二世紀、南仏に叙情詩、十字軍から叙事詩、ケルトの森からロマンスが誕生。ヨーロッパ文学の揺籃期をロマニアという視点から再構築する。
A5判　二八八頁
定価　三一五五円

35
## 民国後期中国国民党政権の研究
中華民国後期（一九二八～四九）に中国を統治した国民党政権の支配構造、統治理念、国民統合、地域社会の対応、対外関係・辺疆問題を実証的に解明する。
A5判　六五六頁
定価　七三五〇円

中央大学人文科学研究所研究叢書

36 現代中国文化の軌跡

文学や語学といった単一の領域にとどまらず、時間的にも領域的にも相互に隣接する複数の視点から、変貌著しい現代中国文化の混沌とした諸相を捉える。

A5判 三四四頁
定価 三九九〇円

37 アジア史における社会と国家

国家とは何か？ 社会とは何か？ 人間の活動を「国家」と「社会」という形で表現させてゆく史的システムの構造を、アジアを対象に分析する。

A5判 三五四頁
定価 三九九〇円

38 ケルト 口承文化の水脈

アイルランド、ウェールズ、ブルターニュの中世に源流を持つケルト口承文化——その持続的にして豊穣な水脈を追う共同研究の成果。

A5判 五二八頁
定価 六〇九〇円

39 ツェラーンを読むということ

詩集『誰でもない者の薔薇』研究と注釈

現代ヨーロッパの代表的詩人の代表的詩集全篇に注釈を施し、詩集全体を論じた日本で最初の試み。

A5判 五六八頁
定価 六三〇〇円

40 続 剣と愛と 中世ロマニアの文学

聖杯、アーサー王、武勲詩、中世ヨーロッパ文学を、ロマニアという共通の文学空間に解放する。

A5判 四八八頁
定価 五五六五円

41 モダニズム時代再考

ジョイス、ウルフなどにより、一九二〇年代に頂点に達した英国モダニズムとその周辺を再検討する。

A5判 二八〇頁
定価 三一五〇円

42 アルス・イノヴァティーヴァ

レッシングからミュージック・ヴィデォまで

科学技術や社会体制の変化がどのようなイノヴェーションを芸術に発生させてきたのかを近代以降の芸術の歴史において検証、近現代の芸術状況を再考する試み。

A5判 二五六頁
定価 二九四〇円

中央大学人文科学研究所研究叢書

43 メルヴィル後期を読む

複雑・難解であることで知られる後期メルヴィルに新旧二世代の論者六人が取り組んだもので、得がたいユニークな論集となっている。

A5判　二四八頁
定価　二八三五円

44 カトリックと文化　出会い・受容・変容

インカルチュレーションの諸相を、多様なジャンル、文化圏から通時的に剔抉、学際的協力により可能となった変奏曲（カトリシズム（普遍性））の総合的研究。

A5判　五二〇頁
定価　五九八五円

45 「語り」の諸相　演劇・小説・文化とナラティヴ

「語り」「ナラティヴ」をキイワードに演劇、小説、祭儀、教育の専門家が取り組んだ先駆的な研究成果を集大成した力作。

A5判　二五六頁
定価　二九四〇円

46 档案の世界

近年新出の貴重史料を綿密に読み解き、埋もれた歴史を掘り起こし、新たな地平の可能性を予示する最新の成果を収載した論集。

A5判　二七二頁
定価　三〇四五円

47 伝統と変革　一七世紀英国の詩泉をさぐる

一七世紀英国詩人の注目すべき作品を詳細に分析し、詩人がいかに伝統を継承しつつ独自の世界観を提示しているかを解明する。

A5判　六八〇頁
定価　七八七五円

48 中華民国の模索と苦境　1928～1949

二〇世紀前半の中国において試みられた憲政の確立は、戦争・外交・革命といった困難な内外環境によって挫折を余儀なくされた。

A5判　四二〇頁
定価　四八三〇円

定価に消費税５％含みます。